RONSO KAIGAI MYSTERY

論創海外ミステリ 97

The MISADVENTURES of ELLERY QUEEN

エラリー・クイーンの災難

EDITED BY
YUSAN IIKI
飯城勇三 編訳

論創社

THE MISADVENTURES OF ELLERY QUEEN
Edited by Yusan Iiki

エラリー・クイーンの災難

目次

まえがき　飯城勇三　6

第一部　贋作篇

生存者への公開状　F・M・ネヴィンズ・ジュニア　11
インクの輪　エドワード・D・ホック　37
ライツヴィルのカーニバル　エドワード・D・ホック　79
日本鎧の謎　馬天　107
本の事件　デイル・C・アンドリュース&カート・セルク　143

第二部　パロディ篇

十ヶ月間の不首尾　J・N・ウィリアムスン　207
イギリス寒村の謎　アーサー・ポージス　217
ダイイング・メッセージ　リーイン・ラクーエ　231

画期なき男　ジョン・L・ブリーン　247
壁に書かれた目録　デヴィッド・ピール　255
フーダニット　J・P・サタイヤ　267

第三部　オマージュ篇

どもりの六分儀の事件　ベイナード・ケンドリック&クレイトン・ロースン　303
アフリカ川魚の謎　ジェイムズ・ホールディング　317
拝啓、クイーン編集長さま　マージ・ジャクソン　337
E・Q・グリフェン第二の事件　ジョシュ・パークター　345
ドルリー　スティーヴン・クイーン　371

エラリー・クイーン贋作・パロディの系譜　飯城勇三　388

まえがき

親愛なる読者諸賢へ。

これは、本書の編者の思い出です……。

学生時代、私は老舗ミステリ・ファンクラブ〈SRの会〉の会誌の編集をしていました。その一九八一年七月号では、会員に架空のアンソロジーを編んでもらうという企画を実施。山前譲氏による鮎川哲也アンソロジーなど、興味深い本が十六冊並ぶことになりました。そして、その中には、私が編んだ架空アンソロジー『エラリー・クイーンの災難』があったのです。収録作は以下の通りで、第一部は贋作・パロディ、第二部は明白なオマージュ、第三部は間接的なオマージュとなっています。（データは巻末エッセイを参照してください。また、訳題は最新のものに修正しています。）

《第一部》

生存者への公開状　F・M・ネヴィンズ・ジュニア

赤い風船の秘密　トーマ・ナルスジャック

マロリィ・キング　マリオン・マナリング

イギリス寒村の謎　アーサー・ポージス
スエーデン靴の秘密　J・L・ブリーン

《第二部》

イタリア・タイル絵の謎　ジェイムズ・ホールディング
E・Q・グリフェン第二の事件　ジョシュ・パークター
エラリー・クイーンを読んだ男　ウィリアム・ブリテン
エラリイのママをご紹介　マーガレット・オースチン

《第三部》

死んだコピーライターの島　ドナルド・E・ウェストレイク
最後の小切手　パット・マガー
犯罪の傑作　ロバート・トゥーイ
刑事コロンボ／構想の死角　W・リンク&R・レヴィンソン

本書はこの「架空アンソロジー」を現実のものとした、日本初の、いや、世界初の〈エラリー・クイーン贋作・パロディ集〉です。ただし、収録作は三作しか重複していません。一九八一年以降に発表や発見された作を追加し、単行本で入手可能な作品は外したからです。逆に言えば、本書収録の十六作はすべて、新刊書店では入手することができないのです。ポージスは現在品切れのアンソロジーに収録され、ネヴィンズ、ホック、ジャクソン、パークターの四作は早川書房のミステリマガジンに既訳がありますが、これ以外の十一作は、すべて本邦初紹介。年季の入ったクイーン・

ファンでも、読んだことのない作品が多いはずです。

本書の内容は三部構成で、第一部は聖典に沿った贋作、第二部は風刺に満ちたパロディ、そして第三部は探偵クイーンや作家クイーンや編集者クイーンに捧げるオマージュとなっています。どれもこれもクイーンへの敬意と愛情に満ちている上に、ミステリとしても優れています。「クイーンの名前を出せばEQMMに採用してもらえる可能性が高まる」といった安易な考えで書かれた作品は、一作たりともありません。年季の入ったミステリ・ファンでも、楽しめる作品が多いはずです。

アンソニー・バウチャーが敬愛の情をもって、〝アメリカの探偵小説そのもの〟と評した作家と探偵をめぐる優れた贋作・パロディが一冊にまとまったのは、このアンソロジーをもって嚆矢《こうし》とします。

どうしてこれまで誰かが同じことを思いつかなかったのか、不思議なくらいです。しかし、こうした仕事が私に残されていたことこそ幸運と言うべきでしょう。二十一歳の青年を見守ってくれた女王《クイーン》の御意かもしれず、天国へ至る前に一生に一度だけ授けられる特別な祝福かもしれないのです。

飯城勇三

第一部　贋作篇

エラリーは笑った。「いいかい、ジャーク、きみにも自分の手で真相を解き明かすことができるはずだよ。きみだって、すべての手がかりを手に入れているのだからね」
ジャーク・ブッチャーが落ち込んだ表情を見せる。「うーん、すべての手がかりか……。きみはここで、あのいまいましい〈読者への挑戦〉に移りたいのじゃないか？」

デイル・C・アンドリュース「いかれ帽子屋の秘密」より

〈探偵〉〝彼〟

生存者への公開状

Open Letter to Survivors

F・M・ネヴィンズ・ジュニア

ホームズものの贋作・パロディには、〝語られざる事件〟を描いたものが少なくありません。中でも「ソア橋」で言及されている「傘を取りに戻ったまま消えたフィルモア氏の事件」は人気があり、クイーンやカーも描いています。

クイーンにも、『スペイン岬の謎』で言及されている「負傷したチロール人の事件」をはじめ、数々の〝語られざる事件〟が存在します。そして、本作の発表当時はミステリ研究家として名高かったネヴィンズ（現在は「ジュニア」が取れていますが、作者名の表記は当時のものにしています）が、創作に手を染めた最初の作に選んだ事件は、『十日間の不思議』で言及されている「モンキュー事件」でした。おそらく、ネヴィンズの本職は弁護士なので、この設定に惹かれたのでしょうね。

残念ながら、〝エラリー・クイーン〟の名前は使えず、〝彼〟としか書かれていませんが、内容はいかにもクイーンらしいものになっています。『九尾の猫』執筆の苦闘、異常な遺言状、三つ子の決定不可能性の問題、X・Y・Zの頭文字、そして単純でありながら盲点を突く推理……。本書の巻頭を飾るにふさわしい贋作だと思います。

なお、本作はラストの一文に合わせ、EQMM一九七二年五月号に〈ファースト・ストーリー〉として掲載されました。そして、この作に添えられたクイーンのコメントによると、この年はまた、ネヴィンズが名著『エラリイ・クイーンの世界』（一九七四／邦訳は早川書房）を脱稿した年でもあったのです。

……アデリーナ・モンキュー事件では、エラリーの驚くべき解決は、この風変わりな婦人の遺言執行者の同意によって、一九七二年になるまでは発表できないことになった。……

エラリー・クイーン『十日間の不思議』（一九四八年）

その本の構想は部分的にしかまとまっておらず、大半はいまだに彼の内部であがいていた。大きくて薄汚れた近所の猫が、ユングからの引用が、灼熱の夏の熱帯夜を地下鉄の駅でだらだらとしのぐことが、生まれんとして苦しんでいる生命体の血となり肉となるのだ。だが、何かが、この世に生を受けるための何かが欠けている。ようやく彼は気づいた。自分と本に必要なのは、戦後の世界をおおう悪夢という水で、全身洗礼（キリスト教の洗礼の一つ）を行うことなのだと。そこで彼は、受話器を取り上げ、バート・ビリングズに――自分の顧問弁護士であり友人であり、これは偶然知ったのだが、さらにはアデリーナ・モンキューの顧問弁護士でもある人物に――電話をかけた。

不屈にして非凡、そして比類なきアデリーナよ――あるいは、彼女の仕事上の名前を使うならば、（一度も結婚していないのだが）ミセス・モンキューよ。おっと、Monquieux は「モンキー」ではなく「モンキュー」と発音するように。彼女はあふれんばかりの富に恵まれた家系の最後の一人であり、この時代における最高の政治評論家でもあった。そのまばゆい知的な瞳を持つガーゴイルのような顔が、三年ほど前、すなわちヒロシマの直後に「タイム」誌の表紙を飾ったことがある。このとき画家は、彼女のぼさぼさで赤茶色の髪のもつれの隙間に、死が途切れることなく浮き出る有様を描き込んだのだ。

年代記風にまとめられた「タイム」の特集記事は、この女性が一九三〇年代と戦争中のほとんどをヨーロッパとアジアを旅して回ったことを、国際政治について書いた彼女の数多くの本と論説が幻想を打ち破る輝きを持っていることを、さらには、彼女が持つ人間に対する救いがたいペシミズムのことを明らかにしていた。そして、ヒロシマとナガサキの後、彼女は「神は我らを一人残らず断罪する」と題した人道的な怒りで煮えたぎるエッセイを書き、自らの財産の大部分を原爆の犠牲者の面倒を見るために使うよう遺言状を書き換え、思索と執筆に専念するため先祖代々の土地に隠居したのだった。

ビリングズは一時間もしない内に折り返しの電話をかけてきた。かの偉大なレディは次の日曜の正午に彼と話す時間をとってくれるとのこと。

その日曜の早朝、彼は車で町を後にした。雲一つない空は青色のガラスさながらで、昼にはむっとする暑さが訪れることを約束しているかのようだった。彼は前日の土曜日を、「タイム」誌の記事を再読したり、アデリーナの何冊もの著作のページをめくることに費やしていた。おかげで彼は、このレディが先祖代々の地所に住んでいることや、同居者は、三人の息子――といっても、第一次世界大戦で親を失った孤児を養子にしたのだが――と、彼女の秘書として働いている姪の四人であることを学んでいた。また、この女性が、〝どんな人物であろうが、自国民や隣国の人々におぞましい残虐行為を与えずして近代国家を統治することはできない〟という信念を抱くようになったことも学んだ。彼は、アデリーナの内面は、ソロー（米の思想家ヘンリー・デヴィッド・ソロー。『市民としての反抗』など）の伝統にのっとった観念的な無政府主義と、スイフト（英の諷刺作家ジョナサン・スイフト。『ガリバー旅行記』など）的な全人類への諦念《ていねん》との間を、一定の間隔で揺れ動いていることを見抜いた気がした。巨額の富が孤独な哲学と結びついた女性よ、ずんぐりした肉体にすばらしき精神を備えた女性よ、この世の誰よりも魅力的な女性よ。彼はわくわくしてきて、面会が待ちきれなくなった。

十一時になると、ロードマスターの四八年型新車は、タウガス郡の公団道路を外れ、けわしい車道を登っていた。ガソリンスタンドの店員から脇道に入るように教わった場所から、さらに五マイルほど進んでいる。車輪が砂利の上でジャリジャリと音を立てる。突然、青々として涼しげな森のベッドが眼下に広がった。いつの間にか山頂に達していたのだ。森の中心近くが大きく切り開かれ、石造りの正方形の区画になっていたが、山頂からは子供の玩具より大きくは見えなかった。

モンキュー要塞か。

彼は山を下っていった。

車のラジオが、淡々とした声で主なニュースを挙げていく。ギリシアの内乱。ベルリン封鎖の脅威。チェコスロバキア連立政府の危機。イスラエルの新生国家が存続するための戦い。トルーマンが公式にスターリンを非難したこと。スターリンがトルーマンをとがめたこと。神よ、何という世界なのだ、と彼は思った。おそらく、アデリーナが正しいのだ。誰が生まれることを選んだというのだろうか？

こういった陰鬱な内省をしながらも、彼はロードマスターを巧みに駆る。下り坂の突き当たりのカーブを曲がり、木々がからみあう緑のトンネルをくぐり、最後に石造りのアーチを通り抜けると、要塞の脇の駐車場にたどり着く。彼は車のキーをポケットに入れると、手入れされていない緑樹と並び立っている年を経た古代ギリシア風の彫刻の前をぶらぶら歩いていった。手首の時計は十一時二十六分を示していたので、早く来過ぎて礼儀知らずと思われてしまわないか、と気にしながら。

玄関のベルを鳴らしてから三十秒ほどで、頑丈そうなドアが開いた。招き入れてくれたのは、長身で体格が良く、縮れた黒髪を持つ三十代前半の男だった。その若者はワイシャツの上に、値段が張りそうな灰色の夏用の部屋着を着て、その胸にはXの文字が縫い付けられている。「ようこそ。お入りください」彼は給仕頭みたいな笑みを浮かべて招き入れた。「ゼーヴィア・モンキューです。あなたの本のほとんどは、少なくとも二回は読んでいますよ」

「そいつは光栄です。あなたはミセス・モンキューの養子の一人ですね」

「そうです」とゼーヴィアは言った。「こちらに来ていただければ――」彼は天井が高く途方もなく広い部屋に案内する。そこには本がぎっしり並び、家具がびっしり置かれていた。「――弟たちを紹介しますよ。こちらがイーヴス、こちらがザカリーです」

長身で体格が良い三十代前半の男が二人、マホガニーのカウンターから歩み寄ってくる。どちらも縮れた黒髪で、どちらも手にジントニックを持ち、どちらもワイシャツの上には値段が張りそうな灰色の夏用の部屋着を着ていた。二人の外見はゼーヴィアとそっくりで、まるで一枚の写真を三枚に焼き増ししたかのようだった。彼らを見分ける手段は、服に縫い付けられている金色の頭文字しかない。一人の服にはY、もう一人にはZ。

「あなた方三人がそっくりな三つ子だったとは、知りませんでした」イーヴスから薄めのスコッチの水割りを受け取りながら、彼は間の抜けた声で言った。

「専門用語では『一卵性』と言います。少なくとも、ぼくが医学生だったときは、そうでした」イーヴスが訂正する。「指の先までまったく同じなのですよ。アデリーナ以外は誰も見分けることはできませんし、彼女がどうやって見分けているかは神のみぞ知る、ですね。ぼくたちは生物学的にはまれな存在だそうです。もっとも、楽しいことも少しはありますよ。デートの相手を交換したりとか、そういったことですが」

「女の子といえば、兄さん《モン・フレール》」とザカリーが割り込んで、「お嬢さんたちがもうすぐ着くはずだよ。ぼくたちは水泳パンツに着替えて、飲み物のカートが用意されているかを確かめた方がいい。あなたにお会いできて光栄です。アデリーナと話した後、もしひと泳ぎしたいのでしたら、ぴったりの水着を用意しますよ」そしてイーヴスとザカリーは、会釈をしてから部屋を出て行った。ほどなく、彼らが階段を上る足音が聞こえてくる。

「何が大事かわかってないな」ゼーヴィアはとがめるように舌打ちをした。「有名なミステリ作家とおしゃべりするより、泳ぎの方が大事だなんて。本好きを受け継いだのは、ぼくだけかもしれませんね。そこにあるのは、ほとんどがぼくの本なのですよ」彼はぎっしり詰まった本棚を手で指し示しながら、そう付け加えた。

「弟さんたちは、何か熱を入れているものはないのですか？」

「いや、ありますよ――。ぼくたちは当然のことながら、働く必要はないのですが。でも、この間の戦争中に、そろって軍隊でうんざりするような目にあわされましてね。それで、何もせずにぶらぶらするだけの生活に戻りたくなったのです。イーヴスは兵役に就く前は一年ほど医学生だったので、いずれ、そちらに戻るでしょうね。あと、彼は、アマチュアのオーケストラの第一バイオリン奏者でもあるのですよ。ザックは熱狂的な切手蒐集家で、ハリウッドで人気俳優になるという密かな夢を抱いています。……ちょっと失礼させてもらいますよ。階下《した》に行って、あなたが来たことをアデリーナに伝えてきますから」ゼーヴィアは軽やかに部屋を出て行った。

大部分の作家と大多数の読者がそうであるように、この客もまた、目についたあらゆる本棚の中身を調べたいという欲望を抑えきれなかった。手垢のついた大きな棚の一つに、ざっと目を走らせる。その棚にはヨーロッパの現代文学がまとめられていて、マン、サルトル、シローネといった作家が、ひときわ目立っていた。そのとき彼の背後で、今や一人きりではないことを伝えるための、女性の咳払いがした。ベージュの服を着た長身の金髪女性が、その太いフレームの眼鏡ごしに、まるで彼自身が珍しいサイン入りの初版本であるかのように検分している。

「アデリーナ伯母がおわびしておりました」と彼女は言って、「ですが、回想録が大事なところにさしかかっていて、どうにも手が離せないので、もう少しお時間をいただきたいとのことです。わたしはマリー・デュモント。遠縁なので、姪ではなく、姪みたいなものですわ。秘書と、その他もろもろの雑用係をしております。伯母から、しばらくの間、あなたのお相手をするように言われました」

男性客をどうやってもてなせば良いかがわからないかのように、彼女は三十秒以上も無言のままだった。やがて、「わかっておりますわ。あなたは、今お書きになっている本に政治的な雰囲気を加えるために、伯母の頭脳をわずかばかり拝借したいと考えているのでしょう？　でも、伯母のいかれた遺言の方が、ずっと得るものが多いと思いますけど。——あなたは遺言の内容をご存じないのでしょう？　アデリーナ伯母が亡くなった場合、三人の養子がそれぞれ五十万ドルを即金で受け取り、それとは別に、五十万ドルの信託財産からの収益も受け取ります。残りは相続税を除けば二千万ドルほどになるはずですが、これは、わたしたちが原爆を落とした日本の子供たちの面倒を見るための病院の建築と運営に充てられます。ただし——ここに落とし穴があるのですが——もし、階下《した》の伯母のオフィスにある金庫が、彼女の死後二十四年に満たない内に開けられてしまったならば、それが誰の手によるものであれ、どんな理由であれ、病院のためのお金は、即座に〈地球平面説協会《フラットアース》（地球は平らだと考え、科学を信用しない団体）〉に移管されてしまうのです」

「遺言としては奇妙ですね」彼はありきたりの感想を述べたが、その一方で、遺言の条項のどこかが気になり始めていた。もっとも、どこがどう気になるのかは、はっきりしないのだが。「あの人がそこまでして守りたい何かが金庫に入っているのですね。それは何ですか？」

「十二年間も秘書を務めたわたしでさえ、はっきりわからないのです。知っているのは、金庫には回想録が入っていて、伯母がそれを『生存者への公開状』と呼んでいることだけです。何しろ、本人自らが手書きしていますので、誰も内容を知らないのです。原稿を書いていないときは金庫の中に保管していますし、執筆中であろうがなかろうが、金庫はいつでもロックされています。組み合わせ番号を知っているのは、伯母とわたしと弁護士しかいません。ですが、回想録のページに、過去三十年間の歴史の裏面がどれだけ多く記されているか、あなたにも想像がつくでしょう。もし秘密が漏れたら、政府がどれほどぐらつくことか——。さあ、伯母がこれだけ用心する理由が、おわかりになったはずですわ」

「その遺言では、あなたも何か相続するのですか？」

彼女は肩をすくめた。「二、三十万かしら。この場所に十二年間も縛りつけられていた代償としては、充分とは言えませんけど」

「ここを離れることもできたのでは？」

「あなただって、渦巻きの中心からは抜け出せないでしょう」と秘書は言った。彼はその言葉を皮肉っぽく解釈した――『あなただって、無料の部屋と食事、それに間違いなく手に入ることがわかっている二、三十万ドルを放り出したりはしないでしょう』と。

「さてと、もうすぐ正午なので、あの人の手が空いたと思いますわ。階下《した》に下りて、オフィスでお会いになってください」

そう言ってマリーは彼を先導する。ヴィクトリア朝の彫像と先祖の肖像画がいくつも並ぶ大きな広間を通り、急な螺旋階段を下りると、控えの間のような部屋の中央に出た。書類と書類ばさみが積み上げられた機能的な秘書用のデスクが壁際にある。座り心地のよさそうな椅子が二、三脚と、錬鉄のランプと雑誌の最新号が置かれた補助テーブル、それに、計算された位置に置かれた灰皿スタンドもある。――どういうわけか彼は、流行《はや》っている歯医者の待合室を連想してしまった。

マリー・デュモントは突き当たりにあるオフィスのドアを叩いてから、中に首を差し入れた。

「もう仕事はお済みでしょうか？」

「お通しして」深みと豊かさを兼ね備えた返事の声が聞こえた。その数秒後に彼は、窓のない広い部屋の中央に立っていた。目の前には、チーク製のデスクがある。彼の左側の壁際には、他人を拒むかのように閉ざされたずんぐりした金庫があり、その上には、のどかな風景を描いた油絵がかかっている。アデリーナ・モンキューーは、デスクの前の赤革張りの椅子に座っていた。赤茶色の髪はぼさぼさに乱れ、わし鼻に乗った眼鏡はずれて、まるで知的なガーゴイルといった趣きだった。

「お会いできて光栄ですわ」と彼女は言った。その手は、分厚いルーズリーフ式バインダーに添えられている。この固そうな材質でできたバインダーは書類でぱんぱんになり――吸い取り紙、旧式の万年筆、小型の卓上ランプ、そして不吉な感じを受けるペーパーナイフを除けば――デスクの上にある唯一の品だった。「今日の分の執筆は終わりました。いずれにせよ、万年筆のインクが切れてしまいましたからね。午前中に書いた分に目を通したいので、数分ほど時間をいただけるかしら。これが終わったら、あなたの望むだけ、喜んで時間を割《さ》きますわ。あなたの考えを教えてくださらないかしら。わたくしたち生き残った者が――生き残れると仮定しての話ですが――この時代の真実を描いた文を読むことに、何らかの価値を見いだせると思いますか?」

彼女は苦々しさとあきらめを混ぜ合わせたように質問を投げかけた。三十年にわたって国際政治を見つめ続けたせいで、人間の貪欲さや愚行や腐敗が心に焼き付いてしまうことを避けられなかったかのように。アデリーナが笑いかけたとき、彼は、自分がこれまでに出会った死者の顔に浮かんでいた〝ぞっとする何か〟と同じものを見たように思えた。

彼は後ろ手に静かにドアを閉めたときになってはじめて、アデリーナにひと言もしゃべっていないことに気づいた。

控えの間の沈黙は重苦しく、会話をしなければ持たなかった。彼は、自分のデスクに腰を下ろしているマリー・デュモントに向き直り、「あの人はあそこでしか執筆しないのですか?」と、大して知りたいわけでもないのに尋ねた。

「伯母がこの家を相続して、地階を改築してからはずっと。仕事部屋としては完璧ですわ――防音機能があって、窓はなくて、娯楽のための物も置いておらず、出入口はただ一つだけですから。お手洗いだって、外にあるのですよ」

不意に彼女が窓の一つを身ぶりで示すと、そこから水のはねる音や陽気な歓声が聞こえてきた。どうやら、水泳プールかららしい。「女の子たちが着いたようね。あんな平和そのものの音でも、仕事中のアデリーナ伯母は気が散ってしまうのです。ヨーロッパでは一ダースもの空襲にさらされたはずなのに。これがオフィスを防音にした理由ですわ。そういえば、金庫の上にかかっていたイギリスの田園風景の絵にはお気づきになられましたか？　あれはチャーチルが描いたものなのですよ」

螺旋階段から軽快な足音が響いてきたので、二人は顔を上げた。すると、三つ子の一人が、裸足に紺青色の水泳パンツだけの姿を現した。彼は足を止めずにそのまま真っ直ぐ奥のドアに向かい、肩越しに軽い調子で「ちょっとアデリーナに用があるんだ」と声をかけた。

三つ子の一人は、奥のドアにおざなりなノックをしてから入っていき、背中がドアに隠された。マリー・デュモントのデスクの背後の壁にかかっているカッコー時計が、正午になったことを告げる。木彫りの鳥がカッコーと最後の刻《とき》を告げてから背後の小さなドアの奥に引っ込んだと同時に、大きなドアが再び開き、三つ子の一人が出てきて階段に向かい、そのまま上っていった。

「一体、何の用だったのですか？」

「わかりません」マリーは答えた。「でも、その用事とやらが終わったことは間違いないでしょうね。ちょっと見てきますわ」

マリーは軽くノックをしてから中に入り、ドアを閉める。と、一分もしない内に、真っ青な顔で戻ってきた。

「何てことかしら、死んでいるわ」彼女は上ずった声でささやいた。

突拍子もない考えが頭に浮かんだ刹那《せつな》、遺言のどこが彼を当惑させたのかがわかった。もし彼女が原稿をデスクの上に置いたまま死んでしまったならば、いかれた二十四年間の条項は何の役に立つというのだろうか？　この条項は原稿を守るためのものではなく、空っぽの金庫を守るためのものになってしまうではないか。

　彼はオフィスに駆け込んだ。アデリーナ・モンキューは椅子の上で手足を投げ出し、今でもずれている眼鏡の奥には、うつろな瞳が見える。心臓からは血が流れ出している。『生存者への公開状』の原稿はどこにも見当たらず、金庫は固く閉ざされていたので、彼は安堵のため息をついた。

　そして彼は、あの不吉な感じを受けたペーパーナイフもまた、どこにも見当たらないことに気づいた。

　カッコーが五時をけたたましく告げてから、自分の箱にさっさと帰って行く。アデリーナ・モンキューの死体――検死官によれば、刺されてから一分以内に絶命したとのこと――はすでに運び出され、その際に鑑識係のほとんどが引きあげてしまった。オフィスと控えの間は徹底的に捜査されたが、ペーパーナイフは見つからなかった。数名の私服刑事が各部屋や家の外をあてもなく歩き回っていた。タウガス郡の刑事でこの事件を担当することになったコディはシガリロを噛んでいたが、やがて、うんざりしたように吸いさしを灰皿スタンドに力任せにこすりつけた。

「あたしたちが相手をしなくちゃならん犯人は、途方もなく図々しいやつですな、あなた《アミーゴ》」と彼は言った。「ノルマンディのドイツ戦線の後方にいたあたしの小隊に放り込んでやりたかったですな！　あなたとそこの娘さんの目の前をさっさと通り過ぎて、ペーパーナイフのひと突きで老婦人を刺し殺し、凶器を持ったままオフィスを堂々と出て、もう一度あなた方の前を平然と通り、プールで女の子たちと合流した、と。いい度胸をしてるじゃないですか、あなた《アミーゴ》」

「おまけに、心理学についても、なかなかのセンスの持ち主ですね」とミステリ作家は付け加えた。「犯人は計算済みだったのですよ。三つ子がそろってぼくの前に姿を現すのはごく短い時間にとどめ、彼らの見分けがつかないようにしていますからね。それに犯人は、これまでの経験から、デュモントさんも見分けがつかないことを知っていたに違いありません」

「何とね」コディは相手に不満をぶつけた。「そんな馬鹿なことってあるんですかね。あなたのような犯人当てミステリの大家が――ニューヨーク市警のためにいくつもの事件を解決してきたお方が――殺人者の水着に縫い付けられていた文字がXかYかZかを、あたしに教えることすらできないなんて」

「それよりも気になるのは、ミセス・モンキューの殺害に使われたペーパーナイフが消えていたことです。なぜ殺人者はナイフを持ち去ったのでしょうか？　われわれが指紋を手に入れるのを防ぐためでしょうか？　でも、それならなぜ、ただ単に、オフィスを立ち去る前に凶器の指紋を拭き取らなかったのでしょうか？　なぜ犯人は、それよりももっと危険な行為、すなわち、被害者からナイフを抜き取り、それを所持したまま、控えの間にいた二人の証人の前を通り過ぎるという行動を選んだのでしょうか？　犯人は、より安全な手段を選ぶことが、そもそもできなかったのでしょうか？　それとも、邪魔が入ってできなかったのでしょうか？　もう一度言わせてください――なぜなのでしょうか？」

「とても賢いですな、天才殿は」コディは鼻を鳴らした。「ですが、話をそらしてあたしを馬鹿にせんでください。殺人者の水着に縫い付けられていた頭文字が何だったたか、あなたは気づいていなかったんですかい？」

「ぼくが気づいたからといって、何らの意味もあるとは思えませんね。犯人は兄弟の誰かの頭文字を自分の頭文字の上に重ねて縫い付けたのかもしれませんし、あるいは、兄弟の誰かの水着を着ていたのかもしれません。こういった可能性を無視できない以上、その頭文字の持ち主を有罪にはできませんからね。そういえば、この家にあった三人の紺青色の水着に血痕がついているかどうかを鑑識係が調べたと思うのですが、結果はどうでしたか？」

コディは膝に置いた書類の束から一枚を抜き出し、振ってみせた。「まったくの無駄でしたな。部下に表も裏も調べさせたのですが、血の痕跡すらありませんでしたよ。あの老婦人の返り血は殺人者の水泳パンツまでは飛ばなかったのですな。だめだめ、この事件はそんなにたやすく解決できませんよ、あなた《アミーゴ》。犯人が彼女をひと突きで殺したおかげで、あたしらは血痕を見つけることができなかったわけです。しかも、犯人は三つ子の一人なのに、あたしらが手に入れた成果ときたら、三人の中の誰なのかがわかる者が一人もいない、ってことだけなんですからな！」彼は新しいシガリロを取り出しながら、ののしった。

「まあ、少なくともわれわれは、一つだけ感謝できることがありますね。ミセス・モンキューが、入ってきた犯人に殺される前に原稿を金庫に戻しておいたことですよ。そもそもあのバインダーは、ぼくたちに気づかれずに殺人者が持ち出すには厚過ぎるし、オフィスの中で破棄する手段は――トイレさえ外にあるのですから――何一つない。となると、原稿は金庫に戻されているに違いありません。かくして、アデリーナ・モンキューが知っていたことが何であれ、二十四年間は秘密が保たれるわけです。アデリーナですって？　パンドラという名前の方がふさわしいですね。ところで、ビリングズさんと運送業者が明日取りに来るまでは、徹夜で金庫を見張らせるべきではないですか？」

「たしかにそうした方がいいですな。あたしは——おや、どうしたんです？」今までコディの目の前にいた著名な文学者は、突然立ち上がり、腹立たしげな様子でゆっくりと歩きだした。

「傷跡だ」彼はつぶやいた。「いいですか、あの兄弟は昼前に、〝戦時中は全員が軍務に就いていた〟とぼくに話しました。三人の中の誰かが、撃たれたか切られたか殴られたかしたとか、あるいは入れ墨の店に行ったとか、何かそんな体験をしていませんか？　デュモントさんもぼくも、殺人者にはそんな跡はなかったことを確認しています。これで三人の中の一人か、ひょっとして二人を除外できませんか？」

「いまいましいことに、ありませんな」コディはうなった。「戦争中、あのガキどもは国内の心理研究所で、安心で安全な生活を送っていたんですよ。ご存じですかね。あいつらは、お互い同士で何やら、頭でっかち連中がテレパシーって呼ぶものを使えるそうで——一卵性の双子や三つ子には、しばしばはっきり現れるって聞きましたがね——軍は、その原理を見つけ出そうといういかれた考えを抱いたんですな。連合軍の兵士を敵軍の捕虜収容所から脱走させるのに役立てるためだそうです。もちろん、何もかも失敗でしたよ。そもそも、テレパシーを受けられない誰かさんにこの能力を伝える術《すべ》がないのですからな。だいたい、人間がお互いの心を読むことを神様が望んでいたなら、あたしたちに声帯を与えたりはしないでしょうが。おや、今度は何です？」

「わかりませんか？　もし三つ子がお互いに考えを読み取ることができるならば、ただ単に、誰が犯人なのかを彼らに尋ねるだけで良いということになりませんか？」

「ははん」コディは低く響く声で言った。「ご自分の作り話の本を、もう一度読むべきですな。そうでしょう、あなた《アミーゴ》？　では、あなたが楽しめそうな屁理屈を教えてあげるとしますか。まず第一に、兄弟の内の罪ある一人とその共犯者が、三番めの罪なき一人を犯人に仕立てる可能性を除外することができません。第二に、そもそもテレパシー能力なんて、法廷では通用しません。そして第三に――まったくもう、戦争中を除けば、あたしはこの土地に三十七年間も住んでいるんですぜ。あのガキどものことも知ってます。あいつらはこれまで長年にわたって、何もかも一緒にやってきたんですよ。あの三人全員が殺人に関与していることは、あたしにはわかっているのです。あたしが今、ここに座っていることがわかっているのと同じようにね。あいつらは、藁のくじか何かで、誰が汚れ仕事に手を染めるかを決めたんですよ。それなのに、あなたは裁判所でそれが証明できると思って、あれこれ考えているんですからね。ねえ、あなた《アミーゴ》。あなた方のような作り話の作者は、現場で働いている警官が抱えている問題なんて、これっぽっちも考えようとはしないんですな」

三兄弟の共同謀議だという真相は腑に落ちるものだったので、彼のコディへの尊敬の念がより深まった。なぜ彼は見抜けなかったのだろう？　玄関のベルを鳴らしたそのときから、微笑みを絶やさない愛想の良い三兄弟のあらゆる言葉とあらゆる行動は、ブロードウェイの舞台における演技のように、注意深く計算されていたのだ。三人が同じ服を着て、三人がほとんど同じ抑揚で話す。各人の行動も話し方も、訪問客の頭に個人を特定できるような情報を記憶させないためのものだったのだ。自分が人形のように操られていたという事実は、気分の良いものではなかった。彼はパイプを荒々しくふかした。

無力だ。

日が沈み、うめくような声でコディに別れを告げると、彼は逃げるように車で去っていった。ものまね鳥が鳴く陰鬱な森のトンネルを通り抜け、ぞっとするような谷を後にして……。

次の日、彼は新聞で殺人の記事を読んだ。特に、アデリーナ・モンキューの私的な〝パンドラの箱〟が、遺言執行者である〈ビリングズ＆クリーガー法律事務所〉の手によって木箱に詰められて、市の特殊鋼製の大金庫に運び込まれたというニュースは、隅から隅までじっくり目を通した。『生存者への公開状』が二重に侵されざるものになったので、彼は、モンキュー事件の何もかもを大失敗として頭から追い払おうとした。

それから二ヶ月もたたない内に、彼は、アデリーナの死体がまだ温かい内に自分が気づくべきことが何だったのかがわかった。

そのきっかけとなったのは、調査のおこぼれだった。彼は自分の生まれかけの長編のために、郡の医学協会の図書館に出向いていた。出産に関する資料を調べる必要に迫られたのである。予期せぬものを見いだす彼の目は、出産から幼児へと、幼児から双子へと、そして、一卵性双生児と二卵性双生児における詳細な相違点へと移っていく。

それはそこにあった。医学の専門用語の山に埋もれてはいたが、石炭の山に埋もれた金塊のように、見間違いようがなかった。

一卵性双生児は、遺伝子上はあらゆる点において同一であり、指紋さえも例外ではない。

彼の頭脳はこの事実を取り込み、回転を始めた。

三分後、彼は図書館を出て行った。音を立ててドアを閉めたので、背後にいた数人の医学生が怒ってにらみつけた。

彼は急いで自分のアパートに戻ると、〈ビリングズ＆クリーガー法律事務所〉に電話をして、今すぐビリングズ氏と話したい、死活にかかわるなんて生やさしい問題じゃないんだ、と頼み込んだ。弁護士が電話に出ると、彼は手短に、そして手際よく頼んだ。「バート、モンキュー事件について相談したいので、今夜、きみのオフィスを使わせてもらえないかな?」

ビリングズは不思議そうだった。「どうしたんだ? なぜ私のオフィスなんだ?」そして、しばらくしてから、「おい、ひょっとしたら、殺人を解決したなんて言うのじゃないだろうな?」

「ある意味では解決できたと思うが、別の意味では解決できていない……。すまない、バート。ぼくが今話せるのはこれだけなんだ。八時に会うということでかまわないね? きみとクリーガーさんの二人に、遺言執行者の立場で出てほしいのだ。あと、コディも呼ぶつもりだ――彼のことは覚えているだろう? 心から感謝するよ、バート。八時に会おう」彼はいったん電話を切ってからコディにかけて、会合に出席することを了承させた。

夕食の少し後、彼は自分のためにすっかり忍耐強くなった父親に皿洗いを押しつけてから、許しを得てアパートを出た。そして、考えをまとめながらネオンがあふれる通りをゆっくり歩き、七時四十五分にタクシーを拾った。十分後、彼は〈ビリングズ・ジェームズ・B・クリーガー法律事務所〉に足を踏み入れた。バートとコディはすでにそこにいたが、クリーガーは少し遅れてやって来た。まるで餓死寸前のネズミのような風采の持ち主だった。初対面の者同士で挨拶が交わされ、握手が交わされ、会議室の長机の椅子が引かれ、そこに腰が落とされる。

彼はまず、一卵性双生児は指紋まで同一だという事実の説明から始めた。「もちろん、かなりの数のミステリ小説が――恥ずかしいことですが、ぼく自身の本も含まれることを告白しなければなりません――あらゆる指紋は唯一にして無二だという印象をばらまいてしまっています。ある人物と同じ指紋を持っている別の人物は存在しない、と言っているわけです。一般の人たちもまた、指紋はすべてその人固有のものだということに、何の疑問も抱いていません。ですが、ぼくが指摘したように、そうとは限らなかったのです。従って、われわれは、ゼーヴィア、イーヴス、ザカリーのモンキュー兄弟は、同一の指紋を持っているという結論を下さなければなりません――言うまでもありませんが、この点は、確認しようと思えば簡単にできます。さて、ここから何を導き出せるでしょうか？

第一に、三兄弟全員がこの事実を認識していることがわかりました。イーヴスがぼくと話をしたとき、彼は〝一卵性〟という言葉を使ったし、さらには『指の先までまったく同じなのですよ』という、文字通り完璧に正しい表現まで使っていましたからね。

第二に、消えたペーパーナイフにまつわるすべての問題について、われわれが何もかも誤解していたことを確信できました。われわれは二つの仮説を立てましたね。仮説Aは、オフィスからペーパーナイフを持ち去った人物は殺人者であること。仮説Bは、ペーパーナイフを持ち去った理由は、おそらくは指紋を隠したかったためであり、犯人は何らかの理由で指紋を拭き取るという簡単な行為ができなかったこと。ですが、われわれは今や、Bは完全に間違った仮定だとわかりました。三人兄弟全員の指紋が同じであり、指紋は警察にとって何の役にも立たないことを、彼らは知っていたからです。ということは、殺人者がナイフを持ち去った理由は、われわれが考えたものではあり得ません。ではみなさん、他の理由を挙げられる方はいますか？」

沈黙。コディはシガリロを噛んでいる。

「ぼくにもできません。実のところ――そして、この点を二ヶ月も見逃していた自分を蹴っ飛ばしたくなりますが――犯人にはペーパーナイフを持ち去る理由がないだけではなく、身につけて持ち去ることが物理的に不可能だったのです！

　マリー・デュモントとぼくは、被害者のオフィスから出てくる犯人をしっかりと見ていましたが、その手にペーパーナイフが握られていなかったことは間違いありません。では、ナイフを服に隠すことは可能だったでしょうか？　可能だとしたら、犯人は水泳パンツしか身につけていませんでしたから、ペーパーナイフはその内側に入れておくことしかできません。ですが、あなたは言いましたね、コディ。殺人者が着ていた可能性のある水着、つまり三人全員の紺青色の水泳パンツを調べたが、ほんのわずかの血痕さえもなかった――表も裏も、と。もし犯人が血のついた凶器を水泳パンツに隠して持ち出したならば、あなた方は、その痕跡を検出していなければなりません。結論――殺人者は凶器を持ち去っていません。なぜならば、持ち出すことができなかったからです」

「だったら、凶器はどうなったのですかね？」コディが問い詰める。「あたしの部下は、あのオフィスを櫛《くし》ですくように調べたんですぜ。凶器はあそこには絶対になかった！」

「もう少しだけ辛抱してくれませんか、コディ。では、この問題に別の方向から挑んでみましょう。ミセス・モンキューが死ぬ少し前には、ぼくが会話を交わしました。死の少し後には、マリー・デュモントとぼくがオフィスに入り、ナイフが消えているのに気づきました。この二つの出来事の間にナイフを隠すか持ち出すことができたのは、誰でしょうか？　ここまで言えば、みなさんにもおわかりでしょう……。このわずかな時間にオフィスに足を踏み入れた人物は、たった一人しかいません。それは、マリー・デュモントです。彼女がオフィスからよろめきながら出てきて伯母が死んでいることを告げるまでに、一分近く一人きりだったことは、みなさんも覚えているでしょう。

さて、論理の翼によって、われわれはもっと舞い上がることができるでしょうか？　できます。さらなる高みへと」彼は聴衆に向かって言い切った。「コディ、あなたの質問に戻ることにしましょう。――マリーは凶器をどうしたのでしょうか？　ぼくがドアのすぐ向こうにいたにもかかわらず、服の間に凶器を隠して持ち出したのでしょうか？　間もなく警察が押し寄せるのがわかりきっているのに、後で誰にも気づかれずに処分する機会を得ることができると考えたのでしょうか？もっと安全な選択肢があったならば、彼女はそんな危険は冒さなかったに違いありません。では、密室状態のオフィスに、もっと安全な選択肢があったのでしょうか？

ええ、あったのです――もしみなさんが語呂合わせを許してくれるならば――もっと安全《セイフ》な、金庫《セイフ》という選択肢が。あなたの部下は、オフィスのあらゆる場所を調べましたね、コディ。ですが、モンキューの遺言のせいで、そして、殺人者がナイフを身につけて持ち去ったというもっともらしいが間違っていた結論のせいで、あなた方は金庫をこじ開けるという行為に踏み切れませんでした。思い出してください。金庫の組み合わせ番号を知っていたのは、ミセス・モンキューとデュモント嬢、それに弁護士であるバート、きみだけだということを。

しかも、金庫はずっと警官に見張られ、その後で、あなた方が連れてきた運送業者が銀行の大金庫に運び込みましたね。バート、ぼくは賭けてもいいよ。今もなお、ペーパーナイフは金庫の中にあることに」

「何ということだ」ビリングズがつぶやいた。

「だが、なぜあの女はそうまでして殺人の凶器を隠そうとしたのかね？」ジェームズ・B・クリーガーがかん高い声を上げた。

「マリーの動機について訊いているならば、ぼくにはわかりません――殺人者を愛していたのか、金か結婚を求めようとしていたのかのどちらかでしょうけどね。そして、その本心が何であれ、ぼくの分析が影響を受けることはありません。とはいえ、こうした行動をとった目的については、はっきりしています。彼女は殺人者をかばおうとしたのですよ。では、こうした意図があったとしたら、その前提には、何が存在したでしょうか？」

再び沈黙。

「わかりませんか？　その前提とは、『マリーは三つ子の内の誰が殺人者なのかを知っていた』です。

さて、マリーは殺人より前にそれを知っていたのでしょうか？　考えがたいですね。もしそうならば、彼女が事前にあそこまでぼくに情報を与えることは、決してなかったでしょうから。だとすれば、マリーが真相を知ったのは、殺人の後しかあり得ません。ですが、そうだとすれば、彼女はオフィスに一人きりでいた一分足らずの間に、真相を知り、何をすべきか判断し、ペーパーナイフを金庫に隠し、戸口に戻ったことになります。ならば、真相を即座に、しかもはっきりと彼女にわからせる何かがあったに違いありません。

この点に関しては、みなさん、推測するしかありません。ただし、いくつもの事実に基づく、隙のない推測です。〈事実〉――検死官が教えてくれましたね、コディ。アデリーナ・モンキューは刺されてから一分ほどは生きていたと思われる、って。〈事実〉――ミセス・モンキューの万年筆は、死ぬ少し前にインクが切れていました。従って、彼女のデスクの上には、書くために使える道具は存在しなかったわけです。〈事実〉――『生存者への公開状』の原稿を片付けたのがミセス・モンキューその人だったかどうかは、われわれにはわかっていません。

〈仮説〉――アデリーナ・モンキューは――この世で兄弟たちを見分けることができた唯一の人物は――おのれの人生の最後の刻《とき》において、自分の体からナイフを引き抜き、原稿を綴じた固そうな材質のバインダーに、殺人者の頭文字を――それだけで犯人を識別できる文字を――刻み込んだのです。XかYかZを。マリー・デュモントが部屋に入ったときに目にしたのは、これだったのです。かくして彼女は、殺人者をかばうために、原稿のバインダーを隠さなければならなくなりました。そこで、やむを得ず金庫を開け、命取りとなるバインダーを中に入れたのです。そして彼女は、ナイフも同じように金庫に隠した方が、より安全だと判断しました。この二つの品を、後で金庫から持ち出すことができるだろうと計算していたからです。しかし、その後の状況と、バート、きみの雇った運送業者が、彼女の計算を台無しにしてしまったのだ。

みなさん、何か質問はありますか?」

コディは推理についていくのに必死だったのか、いつの間にか汗を浮かべていた。「あんたら弁護士があの金庫を運び出してくれて感謝しますぜ。おかげさんで、今でもまだ証拠を手に入れることができるのですからな!」

ビリングズはコディに顔を向けたが、その目つきは、まるで相手が赤ちゃん言葉でダアダア言ったかのようだった。「だが、きみは証拠を手に入れることはできないよ」と彼は指摘する。「ミセス・モンキューの遺言では、いかなる理由があろうが、金庫は彼女の二十四周忌まで開けてはならない、と定めている。だから、もしきみたちがこの規定を破ったならば、原爆の犠牲者のための病院は建てることができなくなってしまうのだ。きみたちが証拠を手に入れることには、どれだけ多くの命と引き換えにする価値があるのかね？　しかも、単なる仮説に過ぎない証拠のために」

　コディはけんか腰になった。「その遺言は無効にできないんですかね？　このくそったれな状況は、あのばあさんがいかれた遺言を作ったときには、頭になかったでしょうに」

「きみが裁判所に遺言無効の申し立てをすることは可能だ」とクリーガーは言った。「だが、私もいろいろ考えてみたのだが、きみは成功しないだろうね。加えて、遺言で指定された執行者として、そして人として、われわれにはきみを止める義務がある」

　ビリングズはうなずいた。「事態はもっと悪くなるのだ、コディ。仮に、裁判所が〝警察の手で金庫を開けても病院への遺贈は無効にならない〟という判決を下すことがあったとしよう。そして、なおかつ、たった今聞いた推理が正しかったとしよう。その場合、金庫を開ける行為は、われわれの依頼人が死んだ直後に金庫はすでに開けられていたことを示す決定的な証拠を白日の下にさらす行為となってしまうのだ。しかも、この〝警察が開ける前にすでに金庫は開けられていた〟という事実に対しては、裁判所の無効判決は通用しない。その結果、どれだけ多くの戦災孤児が死に、どれだけのたなぼたを〈地球平面《フラットアース》説協会〉が得ることやら。まさに神のみぞ知る、だろうな」

　コディは、法律に対して呪いの言葉を延々と途切れることなく浴びせ続けた。そして、彼に反対するほどの偽善者は、その部屋には一人もいなかった。

「まあ、プロの作家の立場から言わせてもらうと」その場にいるたった一人のプロの作家が意を決したように、「ぼくの手までは遺言に縛られてはいません。この事件についてのぼくの推理を発表するというのはどうです？　うまくいけば、ぼくを黙らせるとか、何かそんな愚かな試みを彼らがしでかすように仕向けられるのではないですか？」

「百万ドルの名誉毀損罪で自分がぺちゃんこになるのがお望みかな?」ビリングズが声高に言う。「きみは、自分が中身のある手がかりを一つも——ひとかけらさえも——持っていないことを忘れているぞ!」

全員が無言のまま座り続ける。

これ以上は何も得ることはできないと覚《さと》った彼は、腰を上げ、疲労で痛む体を伸ばして、うんざりした重い足取りでドアに向かった。「ぼくはまだもうろくしていません」と彼は言って、「あなたたちもそうでしょう。ぼくは待つことができます。そして、待っている間に、モンキューの遺産のかなりの額がしかるべき目的のために使われることになるはずです。ならば、ぼくは誓うよ、バート。今から二十四年後に、きみかきみの後任が金庫を開けるときは、ぼくもそこにいることを。そして、この目で自分が正しかったかどうかを確かめてやる……。

みなさん、一九七二年に会いましょう」

〈探偵〉エラリー・クイーン

インクの輪
The Circle of Ink

エドワード・D・ホック

作者のホックは、クイーンのラジオドラマと『チャイナ橙の謎』によってミステリの世界を知った、熱烈なクイーン・ファンです。そして、レオポルド警部ものや怪盗ニックものやホーソーン医師ものなどで知られる一流の本格ミステリ作家でもあります。その彼が、新作が期待できなくなったファンのために、贋作を発表しました。掲載されたのはＥＱＭＭのクイーンのデビュー七〇周年記念号（一九九九年九・十月合併号）です。

本作にはラップトップ・パソコンが登場するので、現代が舞台のようですが、探偵エラリーは若々しいまま。クイーン警視もジェシイとの再婚後にもかかわらず、引退はしていません。エラリーが短編「アフリカ旅商人の冒険」（一九三四）で大学で講義をしたのを「数十年前」、『九尾の猫』（一九四九）事件を「数年前」と言っているので、どうやら作者は一九五〇年代のイメージで描いているようです。「時代は現代だが登場人物は昔のまま」という、『サザエさん』方式なのでしょうか。まあ、『盤面の敵』以降の聖典も同じ感じなのですが……。

中心となる謎は、クイーンお得意のミッシング・リンク。ファンならば、真っ先に『九尾の猫』を思い出すはずです。しかし、解決篇まで進むと、クイーンの別の作品を思い出し、ホックの巧みさに舌を巻くに違いありません。その他にもクイーン的なモチーフが全篇にちりばめられていて、実によくできた贋作になっています。加えて、本格ミステリとして見ても、一級品なのです。ひょっとして、ホックの最高傑作では？

エラリー・クイーンが大学で応用犯罪学の講師を務めたのは数十年前のことだったが、この年月がもたらした変化は、門外漢にも一目瞭然だった。教室での学生や教師の服装はおしなべてくつろいだものになっていたため、彼はイギリス製のツイードを着るという冒険に挑むのは控えることにした。かつて、彼らの世代は、威厳に満ちた教室でそれを身にまとっていたものだったが。とはいえ、エラリーの話を聴きに来た学生たちの持つ受講の道具ときたら、くつろいだ講義などさせてもらえそうにないものばかりだった。彼が広々とした階段教室にまき散らすであろうすべての言葉やイメージをとらえるために、テープレコーダーやラップトップ・パソコンが待ち構えていたのである。

五月初めの火曜日の講義は「探偵小説」であり、彼が参加に同意した現代文学セミナーの一環として行われた。ヴァージル・ミードラー准教授から頼まれたこの仕事は、後半に質問の時間をとった一時間の講義で、それほど手間がかかるというわけではない。とはいえ、大学の教室ですら、おなじみの「作家はどこからアイデアを得るのか」を尋ねる人がいるという事実は、エラリーを面白がらせた。だから彼は、授業後のミードラー教授との雑談の中で、この話をすることにしたのだ。

「わかりますよ」とミードラーは言った。「学生連中は誰も彼も作家になりたがっている上に、そのための秘訣が存在すると考えてもいるのです」彼は長身でハンサムな三十代前半の男で、角張った顔によく似合った縁なし眼鏡をしている。最初にエラリーをセミナーに誘うべく電話をかけてきたとき、彼はクイーンの本は一冊しか読んでいないと認めた。もっとも、「でも、母はあなたの熱烈なファンなのですよ」と急いで付け加えたが。

かくしてエラリーは今、彼と話しているわけである。「まあ、講義はなかなかうまくいったと思うがね。学生の何人かは、講義の後で本を持ってきて、ぼくにサインを求めていたよ」

「申し分ありませんでしたよ！　不満は、ゲスト講師がみんなあなたのように上手だったら、と思うようになってしまったことしかありませんからね」

ミードラーだけが教室を去ると、長身で魅力的な若い女性が近づいてくるのが目に入った。席と席の間の階段を下りてくる。この女性も本にサインをしてほしいのだな、とエラリーは考え、笑みを浮かべて迎えた。

「クイーンさんですね？」女性はボリュームたっぷりのハンドバッグからテープレコーダーを取り出しながら尋ねる。「わたしはピア・ストラトン、チャンネル３ニュースの共同ニュースキャスターです」

「そしてきみも、ぼくがどこからアイデアを得るのか聞きたいわけだね」エラリーはぶすっと言った。

彼女はエラリーの考えをはねのけるかのように、茶色の巻き毛をはねあげた。「わたしが聞きたいのは、『あなたがこの大学にいるのは、アンドロヴニー教授の殺人事件でお父さまを手伝うためなのか？』ということです」

その質問は彼にとって青天の霹靂《へきれき》だった。「何だって？」

「あなたはリチャード・クイーン警視の息子さんではないのですか？」

「親父とはここ一週間ほどは、話もしていない。別々に暮らしているのでね。その殺人については何も知らないのだ」

彼女はまだ続けたいようだったが、テレビカメラを肩に提げた青年が教室の入り口に姿を見せた。

「ピア、連中は引きあげるみたいだぜ！」

「今行くわ！」彼女はテープレコーダーをカチリと切ると、さようならさえ言わずに階段を駆け上がっていく。エラリーは彼女の姿が見えなくなるまで目で追ってから、自分も階段を大股で上がっていった。

駐車場に向かう途中、彼はミードラー教授が年輩の白髪の男と熱心に話し込んでいるのに出くわした。エラリーが近づいてきたので二人は話を打ち切って、ミードラーは手を上げた。「エラリー、われらが文芸学部長にしてダンテ研究の最高権威のチャールズ・クラッケン教授を紹介させてください。チャールズ、こちらはエラリー・クイーンです。この人がどんなにすばらしい講義をしたか、さっき、あなたに話しましたよね」

男はエラリーと握手を交わす。「うむ、そうだな、クイーン君。きみの本には楽しませてもらっているよ」

「ありがとうございます」

ヴァージル・ミードラーは微笑んだ。「このお方は、自分が教えている十四世紀の古典の他にも、いろいろ読むべきなのさ」その口調からは、以前からずっと、親しみをこめて学部長をからかい続けてきたことがうかがえた。

「ぼくの本があなたの息抜きになるといいのですが」とエラリーは言った。ふと顔を駐車場の反対側に向けると、学生の一団が目に飛び込んできた。彼らはパトカーと窓のない白いワゴン車――エラリーには死体安置所《モルグ》のワゴンだとすぐわかった――を囲んでいた。「さっき記者が一人来て、殺人について何か知らないかって訊かれたよ。ここで事件があったのかい？」

クラッケンの顔が険しくなった。「本校の准教授の一人が、自分の研究室で撃たれて死んでいるのが見つかったのだ。事実関係を確認するまではコメントは控えようとしていたのだがね。あいにくと、誰かが報道関係に漏らしてしまったらしい」

「殺人を伏せておくのは、途方もなく難しいですからね」

「状況がつかめていないのです」ミードラーがエラリーに教える。「アンドロヴニー教授はやたらと問題を抱えている厄介者でした。あの人は自分で自分を撃ったのかもしれませんね」

クラッケン教授は悲しげにかぶりを振った。「あの男は前途有望だったよ。いずれ、わしの学部長の地位を譲り渡そうと思っていたくらいだ」

エラリーの目は、覆面パトカーの一台に乗り込む父親の姿をとらえる。日が暮れたら父に電話をしなくては、と彼は心に刻み込んだ。

「お父さん、お変わりないですか？」

リチャード・クイーンの声は、まるで春風邪をひいたかのように、ガラガラしていた。「不満は言えんよ、エラリー。老いぼれにしては元気な方だからな。おまえの方は、今日、大学にいたと聞いたが」

「少し離れたところで、あなたを見かけましたよ。教授が撃たれた件で来ていたのですか？」

「それは理由の一部に過ぎないのだ」警視の返事には、ため息が混じっていた。「今夜、こっちに来てくれんか?」

「いいですよ。夕食を終えたら、すぐ行きます」

「今すぐ来い。おまえに食事をふるまうのを、ジェシイがどんなに楽しみにしているかは、わかっておるだろう」

ジェシイ・シャーウッドは、リチャード・クイーンがその人生における二人めの伴侶に選んだ女性で、その当時でさえ間もなく五十歳に手が届くというのに、活発で陽気な看護婦だった。エラリーはこの出来事に驚くと同時に喜びも感じた。とりわけ、活力を取り戻した父親が人生を楽しむ姿を見るようになってからは。警視は、ニューヨーク市警から完全に身を引くという話はしなくなった。が、夫婦での旅行の時間をとれるように、仕事の量を調整するようにはなったのである。

時計が六時を打ったとき、エラリーは父親の家に着いた。そして、そろってテレビの前で「チャンネル3の夜のニュース」を観ている二人の姿に驚くことになる。彼はすぐに、画面に映るピア・ストラトンの茶色の巻き毛に気づいた。「チャンネル3ニュースは、警察関係の信頼すべき筋から、ある情報を得ました。アンドロヴニー教授が大学の自分の研究室で殺された今日の事件は、過去数週間の間にアッパー・ウェストサイドで起こった他の四つの射殺事件と関連がある、というものです。これが連続殺人だという見解を警察は認めてはいませんが、著名な作家兼素人探偵のエラリー・クイーン氏が、今日の午後、大学構内で目撃されています」

「本当ですか?」エラリーは尋ねた。「これまでにも四件の殺人があったのですか?」

クイーン警視は苦虫を嚙み潰したかのようだった。「何らかの糸口が見つかるまでは伏せておきたかったのだがな。数年前の〈猫〉の絞殺事件のとき、何が起こったか、おまえも覚えているだろう。町中が狂騒に駆られてしまった」

「最近では、マスコミがかぎつけなくても、秘密にしておくことはできませんよ。手持ちの情報を明かしてください、お父さん」

警視は、エラリーが六十歳の誕生日に贈ったしゃれた革の書類カバンを手元に引き寄せ、そこから書類ばさみの束を引っ張り出した。「これは、わし個人のためのコピーだ」と説明する。「原本はわしのオフィスにある。このいまいましい書類カバンは、いつか何かの役に立つだろうと思っておったぞ」この書類カバンは、ヴェリー部長や他の部下たちのからかいの種になったので、クイーン警視は持ち歩くのをやめてしまったのだ。エラリーも、書類カバンがどう見ても父には似合わないことを、しぶしぶ認めざるを得なかった。

「四つも事件があったのですか?」コーヒーテーブルに置かれた書類ばさみの束を見つめながら、エラリーは尋ねた。ジェシイは台所に引きあげている。

「今日の事件より前に四件だ、エラリー。見てみろ」

日付の順でいうと、最初はメイヴィス・オトゥールという、長々とした逮捕歴を持つコールガールだった。警察は当初、彼女はヒモか商売敵《がたき》に撃ち殺されたのだと考えていたらしい。事件が起こったのは、ひと月ほど前のイースターの二日後、四月六日の火曜日である。その八日後、フランク・オッターという名の中流階級の肉屋が、ブロードウェイのステーキ屋から出るところを殺された。

エラリーは、死体安置所で写したぶくぶく太った男の写真をためつすがめつする。「食い意地がはっていたようですね」

「実際、そうだったらしい」と老警視はうなずいた。

「どうして同一犯だとわかったのですか？」

「二つの理由からだ。まず、どちらの殺しでも、同じ銃が――二二口径の競技用拳銃が使われていたこと。ステーキ屋の外にいた連中は、誰も銃声を聞いていないので、おそらく消音器を付けていたのだろうな。他の殺しでも、銃声は聞かれていない」

「銃弾の旋条痕が一致したのですね？」

クイーン警視はうなずいた。「おまえが言いたいことはわかるぞ、エラリー。消音器付きの二二口径の競技用拳銃は、ギャングが殺しをする際のお気に入りの武器だからな。だが、わしらが調べた限りでは、フランク・オッターには、ギャングとのつながりはなかった」

「人違いだったのでは？」

「その可能性は常にあるがな」

「残りの二件はどうなっていますか？」

彼の父親は次の書類ばさみを開いた。「シドニー・ジェームズ。地元では〝モーニングサイド・ハイツの守銭奴〟として知られる地主だ。モーニングサイド公園をジョギング中に撃たれた。これが今から二週間前だ。お次は先週の金曜日で、二人めの女性が殺された。ローラ・オータムといって、小さなマーケティング会社〈オータム代理店〉の社長だ。彼女は聖ジョン大聖堂とカテドラル・パークウェイが交差するあたりのアパートに住んでいるのだが、そのビルに入ろうとしたときに撃たれた。近所にある〈モーニングサイド・ショッピングモール〉の食料品が入った買い物袋を持っていたらしい。銃弾が一致したことを知るまでは、彼女は社員の一人に撃たれたと考えておったよ。先週、会社でかんしゃくを破裂させて、何人かの首を切っていたのでな」

「お父さん、同一犯の仕業だと確信する理由が二つある、と言いましたね。銃以外のもう一つの理由とは何ですか?」

「被害者全員の左手の甲に、小さな赤い輪が残されていた。赤インクによるもので、どうやらゴム印で押したらしい」

ここでジェシイが声をかけ、夕食の支度が出来たことを告げた。


エラリーは翌朝、殺人のニュースが新聞の第一面だけではなく、テレビでもトップで扱われているのに気づいた。被害者となった三人の男性と二人の女性の写真までもが公開されている。記事では、彼ら全員が同じ銃で撃たれたことは報じていたが、手の甲のインクの輪については触れていなかった。タブロイド新聞の一つは、アッパーウェストサイドの地図を掲載し、それぞれの犯行現場にわかりやすくXの印を付けていた。その地図は、殺人が大学を中心とした不格好な円の中に収まっていることを示していた。

おそらく、殺人者が予定していた人物は、これで全員だったのだろう。おそらく、犯人はこれで殺人をやめるのだろう。

だが、エラリーはそう思えないのだ。正午の少し前に、彼はモーニングサイド・ハイツ行きの地下鉄に乗った。

この近隣は、エラリーの記憶にある昔からずっと、激しい移り変わりをくり返してきた。二十世紀初めから残る古いレンガ造りのアパートの建物は、今では校外に住む大学生のものとなっている。使われなくなった兵器庫は、〈モーニングサイド・ショッピングモール〉に変わっている。彼がこのいかにも頑丈そうな建物に近づいていくと、見覚えのある姿が目に入った。出入り口を囲む屋台のわきを通り過ぎて、早足で出てくる男。それは、昨日自分を大学に招いてくれたヴァージル・ミードラー教授に他ならなかった。教授は買い物袋らしきものは手にしておらず、背を向けたまま去っていく。エラリーは、マンハッタン版ショッピングモールをのぞいてみることにした。

まず彼が目を惹かれたのは、看板の波だった。「あなたのテラス・ガーデンのための草花」から「勉強や仕事のための事務用品」まで、あらゆる品物がそろっていることを高らかに告げている。「買い物をされたお客さまは隣りの駐車場が無料になります!」という看板もあった。巨大な兵器庫は、あらゆる欲求を満たすことしかできない中小規模の店による迷宮へと作り変えられたのだ。占い師もきれいな文字で自らの商売を看板に掲げている。「マダム・ベアトリス――運勢判断――予約不要」と。エラリーがぶらぶらと通り過ぎようとすると、ちょうど、タートルネックのセーターを着た頭の禿げた男が出て来るところだった。さらに進むと、二二口径の競技用拳銃を扱っているスポーツ用品店が目に入る。彼は数分ほど銃を眺めてから、一丁買いたいのだが、と聞いてみた。が、たとえ射撃競技の練習用でも、ニューヨーク州の拳銃購入許可証が必要だと言われてしまった。「もちろんわかっていたが、市場のチェックをしてみたんだよ」「法には従いませんとね」と店員は彼に話した。「ひどいことに、チンピラ連中はどの通りの隅でも許可証なしで銃を売っていますけどね」

出入り口に戻る途中、エラリーはすらりとした長身の女性が占いの店の前に立っているのに気づいた。開きっぱなしのドアの代わりには、ビーズで飾られたカーテンがかかっている。女性の年齢はおそらく六十近くで、白髪まじりの髪を伸ばしている。エラリーは彼女が自分を見つめているのに気づいて、引き寄せられるように近づいていった。「無料《ただ》で占ってあげようか？」と女性は声をかけると、一組のトランプカードを広げた。

　エラリーは微笑んだ。「占い師は水晶玉を使うものだと思っていましたよ」

「そっちがいいなら、できるけどね」と彼女は答える。「ウォーターフォード（アイルランドの大手ガラスメーカー）製の上等なやつがあるよ」

　自分が軽くあしらわれたのを知ったエラリーは、その女性の後について店に入っていく。そして、「今日び、占い師なんてマンハッタンからいなくなったと思っていましたよ」と言った。

「あなたが知らないだけで、何百人もいるわ。あたしなんて、三十年以上もこの商売をやっているんだよ。暇なときに、電話帳でも調べてみるんだね」彼女は簡素で小さなテーブルの前に腰を下ろすと、その上にカードを広げた。背後の壁は暗いビロードに覆われていて、床にはクッションがいくつか転がっている。

「ぼくは、自分で思っているほど外出していなかったみたいですね」エラリーはもごもご言った。「ぼくはどうすればいいですか？　カードを一枚選んで、あなたがその意味を教えてくれるとか？」

　マダム・ベアトリスはしたり顔で笑みを浮かべた。「あらクイーンさん、あなたはカードの意味を全部、知っているはずでしょう。これについての本を一冊、お書きになっているのだから」

　わずかの間、エラリーは言葉を失った。この婦人は彼が何者かを見抜いたのみならず、何十年も前に書いた長編のことまで覚えているのだ。ようやく質問ができるまで立ち直ったので、「こんなところでも、ぼくの顔は有名なのですか？　それとも、あなたは占いだけでなく、読心術もやっているのですか？」

　占い師がビロードのカーテンをわきに寄せると、ミステリを中心とする現代文学が並んだ本棚があらわれた。その中には、彼の本が少なくとも一ダースはあった。「景気のよくない日は、ずっと本を読んでいるのさ」そう彼女は明かした。「あなたの本は、ずっとお気に入りだったし、ジャケットにはあなたの写真が載っているからね。だけど、こいつは客の目からは隠しているんだ。客たちがあたしに読んでほしがっているのは、もっと秘教めいた本なのさ」

「あなたは腕のいい探偵になれますよ」エラリーは彼女とは会話を楽しむことにした。「おそらく、いろんな階級の人たちと会っているのでしょうね」

「本当にね」マダム・ベアトリスも会話に切り替えた。少しためらいを見せてから、先を続ける。「一番新しい客は、まだ十分もたってないけど、タクシーの運転手に対する暴行で判決を待っている乱暴な男だったわ。どれくらい刑務所に入るのかが気になって、カードのお告げを聞きにきたのさ」

　エラリーはタートルネックの禿げた男を思い出した。「あなたのお客さんといえば、何となく、いつ結婚するのかを知りたがる若い女の子ばかりだと思っていましたが」

　占い師は鼻を鳴らした。「若い女の子が知りたがるのは、自分に子供ができたかどうかだけさ。もっとも、家庭用妊娠検査セットが普及したせいで、そういった客もかなり減ったけどね」

　エラリーは口元をゆがめて笑いながらうなずいた。「トランプカードのセットよりずっと正確ですからね」ここで彼は腰を上げる。「楽しい話でしたよ、マダム・ベアトリス」

「帰る前に、本にサインをしてもらえないかしら?」

「いいですとも」彼はペンを取り出した。「あなたのお気に入りの本にしてあげますよ」

「トランプカードを扱った本にすべきだろうねえ」という理由から、彼女は『ハートの4』を引っ張り出した。


エラリーが兵器庫のなれの果てを後にして通りを横切ろうとすると、パトカーが群れをなしているのに気づいた。昨日大学で見たものと同じだった。車はどれも、旧兵器庫に隣接する階層式駐車場の出入り口に横付けしていた。おなじみの大声が「エラリー!」と呼びかけてきたので顔を向けると、父親がこちらに手を振っているのが見える。

エラリーは足を速めて老警視と合流した。「どうしました、お父さん? まさか、新たな——」

「車の中で、頭を撃たれた男の死体が見つかった。わしらは例の殺人の新たな犠牲者だと思っておる。今、確認している最中だ」警視の顔は険しさを増している。「ついてこい」

クイーン警視が年齢に似合わぬ驚くべき早さで駐車場の二階に上がっていくので、エラリーもペースを早めなければならなかった。ヴェリー部長と検死官補が、鑑識係や駐車場の管理人と一緒に、すでに現場にいた。死体は青い小型車のハンドルにおおいかぶさっていて、左のこめかみには銃創がはっきりと見える。

「またしても二二口径に見えますな」とヴェリーは言って、エラリーにうなずいた。

「手の輪は?」クイーン警視が尋ねる。

「ありました」

検死官補が場所を空けたので、エラリーはようやく死体の全身を見ることができた。タートルネックの禿げた男――マダム・ベアトリスの直近の客である。「ついさっき、この男をショッピングモールで見ましたよ！」

「運転免許証によると、名前はウォーレン・キャッシュメア。パトカーのダッシュボード・コンピューターから、暴行の前科がいくつもある男だとわかった」

「名前までは知りませんでしたよ、お父さん。でもぼくは、隣りのショッピングモールにある占い師の店からこの男が出て来るのを見ています」

「どれくらい前だ？」

「たぶん、四十分か四十五分前です」

検死官は顔を上げてうなずいた。「その通りだろうな。この男は殺されてから、それほどたってはおらん」

「隣りに駐車していた女性が、死体があるって通報してきたんです」ヴェリー部長は言った。「運転席の窓が開いていました。何者かが歩いて車に近寄ってから、こいつを撃ったんですな」

「こいつが警戒していない何者かが、だ」エラリーは車を見ながら言った。「警戒していたら、窓を開けなかったに違いない。普通は、窓を開けて駐車したりはしないからな」それからかがみ込むと、被害者の左手の甲にスタンプされている小さな赤い輪を見つめる。

「このいまいましい輪には、どんな意味があるのだ？」とエラリーの父親が尋ねた。

「結社の印かな？　エドガー・ウォーレスの昔の長編に、『深紅の輪』という題名のものがあって――」

だが、駐車場の管理人を務めるマーチン・キングという名の太った黒人が、それよりもずっと面白味のない説明をしてくれた。「ショッピングモールで何か買い物をしたお客さんは、希望すれば、このスタンプを押してもらえるんですよ。これを見せれば、駐車料金が無料になるわけです」

クイーン警視は幸福とはほど遠かった。あまりにも多くのことが、あまりにも立て続けに起きたからである。「あのピア・ストラトンとかいうチャンネル３の女にまとわりつかれてな」とぼやいた。

「ぼくもですよ」エラリーが賛同する。死体はすでに運び出され、彼らは階層式駐車場を出て行くところだった。「ショッピングモールの占い師マダム・ベアトリスの事情聴取を、ヴェリーにやらせた方がいいですね。彼女がぼくに、あの被害者はタクシー運転手に暴行した罪での判決を待っているところだって教えてくれたのですよ。どれくらいの期間、刑務所にぶち込まれることになるのかを占ってほしかったそうです」

警視はうめき声を上げる。「今はもう、そんなことは気にしなくてよくなったわけだ」別れ際に、警視はこう言った。「明日の朝、わしのオフィスで打ち合わせをするぞ。それまでに、被害者の中に、〈モーニングサイド・ショッピングモール〉と関係があるのが何人いるか、調べておくつもりだ」

「その件については、ぼくも手伝えますよ、お父さん」エラリーは申し出る。「大学に行って、アンドロヴニー教授の知人と話してきますよ」

「そいつは助かるな」

エラリーがヴァージル・ミードラーを見つけたのは、文芸学部の校舎の二階にある彼の小さな研究室だった。少し開いた窓ごしに、中庭のデモらしきものを見つめている。「何をやっているんだい?」とエラリーが尋ねた。「卒業前の馬鹿騒ぎかな?」

「そんな毎年恒例のやつじゃありませんよ。年度末（アメリカの大学の年度末は六月）の最後の催しとして、金曜の午後、学生自治会がアンクル・サム・タスカーを講演者として招待するのです」

エラリーは何ヶ月か前の新聞で、その人物についての記事を読んだのを思い出した。アンクル・サム・タスカーは元公務員だが、昨年、ある機密情報を中東の不特定の国々に売ったことで、国家反逆罪で告発されたのだ。白髪とアンクル・サムのような山羊髭を持つ善意にあふれた外見の男は、ただ単に自分が受けたあいまいな指示を果たそうとしただけだと抗弁した。その言葉を信じた陪審員は彼を無罪にして、マスコミは大騒ぎになったのである。彼は今、表向きは弁護費用の支払いのために、いくつもの大学で講演をしていた。その講演で反アメリカ的なメッセージを広めていると主張する者も少なくない。

「すでに大学構内での殺人を見てしまった週の締めくくりとしては、あまり歓迎できるものではないな」とエラリーは感想を述べた。

「ぼくたちに何ができるというのですか?」ミードラーは肩をすくめて尋ねた。「大学とは、意見の相違を討論する場ではありませんか。それに、結局のところ、あの男は裁判で無罪になったのですからね」彼は机の上の書類をかき回した。「さてと、あなたがここに来た理由は何ですか、エラリー? ぼくの方は、『学生たちはいまだに昨日のあなたの講義が面白かったと話している』と伝えなければなりませんね。彼らは、かなりいろいろと学んだようです」

「そいつは光栄だね。実を言うと、新たな殺人があったのだ」

「昨日の殺人の後に、また起こったのですか?」

「残念ながら、そうだ。今日の昼頃に、〈モーニングサイド・ショッピングモール〉に隣接する駐車場で。ぼくは父の捜査を手伝っているのだが、アンドロヴニー教授について、きみに少しばかり聞きたいと思ってね。彼は大学に敵はいたかい?」

「それほどでもありません。不満を持つ学生なら、いつだってあちこちにいますけどね。あの人はある意味では異端者で、どんなテーマであれ、常に定説には反対するのですよ。これが学生の一部を挑発するわけです。もっとも、どんな大学でも、そんな教員が一人か二人いると思いますけど」

「彼は、〈モーニングサイド・ショッピングモール〉をよく利用していたかな?」

ヴァージル・ミードラーは鼻を鳴らした。「アンドロヴニーはあの場所を嫌っていましたよ！近寄りさえもしませんでしたね。彼は、あの古い兵器庫をアートセンターにすべきだと思っていましたから」

「それはおかしいな」とエラリーは言った。被害者の手にあったインクの輪について、今では彼の父親は、殺人者が残したものではないという説に傾いていたからである。あの輪はただ単に、被害者が今しがたモーニングサイドで買い物をした証拠に過ぎないと考えているのだ。

「あなたは、あそこに行ったことがあるのですか?」教授が尋ねた。

エラリーは微笑んだ。「まさに今日の昼頃にね。きみのお母さんと楽しくおしゃべりをさせてもらったよ」

「ぼくの――」彼の顔に浮かんだ驚愕は見間違いようがなかった。

「マダム・ベアトリスはきみの母親だね、そうだろう?」

「あの人があなたに教えたのですか?」

「あの人に教えてもらう必要はなかったよ。ぼくは今日の昼前に、きみが買い物袋を持たずにショッピングモールを出て来るところを見たのだ。それにきみは、お母さんはぼくの本のファンだって教えてくれたし、ぼくがマダム・ベアトリスと会ったとき、彼女は自前のクイーン・コレクションを見せてくれたからね。きみは昼前に、彼女の店を訪ねていたのだろう、違うかい?」

彼はエラリーの暴露に不快そうな顔をした。「ぼくは母がやっていることを、これっぽっちも恥じてはいません。片親なのにぼくをきちんと育ててくれて、ぼくがあらゆる奨学金の機会を得られるように取りはからってくれたのです。今のぼくがあるのは、何もかも母のおかげなのですよ」彼は片手を振って自分の研究室を示しながら続ける。「母はときおりぼくに会いに来るし、ぼくが彼女に会うために店に立ち寄ることもあります。でも、学生たちが――ぼくが彼らにどんな評点をつけるかを予言してもらうために――母の店に押しかけるようなまねは望みません。母には自分の仕事に専念してほしいからです。それと、何よりもまず認めなければならないのは、母が詐欺師まがいの商売をしていることです。店の小さなテーブルには秘密の引き出しがあって、母はそれを使って、ほとんど思い通りにカードを消したり出したりできるのですよ。お客さんが何を望んでいるかを見抜いて、それを占いの結果だと偽るわけです。だからといって、それが間違ったことだとは思っていません。でも、ぼくたちはできる限り離れて暮らすのが、一番いいのでしょうね」

「よくわかったよ。あの人は実に愛すべき婦人だね。一番新しい被害者が、殺されるほんの少し前に占ってもらいに訪ねたという理由だけで、彼女は巻き込まれてしまったわけだ」エラリーは、このあたりの詳しい事情を明かすことにした。「ショッピングモールと数名の被害者の間には、つながりがあるようなのだ」とはいえ、被害者の手の甲で見つかったインクの輪については触れずにすませた。

「殺された連中を結びつける、共通の何かがあるというのですか?」ミードラーが尋ねる。

「ぼくたちにはまだ、それを見つけ出せていないけどね。コールガール、肉屋、地主、マーケティング会社社長、文学教授、そして今回は軽犯罪者。全員がこのあたりで働いているか住んでいるということ以外は、共通点は存在しない」

「連続殺人犯の被害者は、性的欲望による犯罪以外は、共通点なんてないのが当たり前だと思っていましたが」

エラリーは椅子にもたれかかった。「最近になって〝連続殺人犯《シリアルキラー》〟という言葉が知られるようになったが、シリーズ殺人犯《キラー》と混同すべきではない。シリーズ殺人の犯人は何らかの目的を持っていて、限られた数の人間を次々に殺していくのだ。連続殺人犯の方は、普通、逮捕されるまで殺人を続けていく。シリーズ殺人犯の方は、目的を達すると殺人を止めてしまう」

「そんなに大きな違いがあるとは思えませんね。どっちの犯人も狂気に取り憑かれていることに、違いはないのでしょう」

「だが、シリーズ殺人犯の場合は、その狂気のゆがみが、殺人者が固執するパターンとしてあらわれることになる。もしそのパターンを見つけ出すことができれば、殺人者も見つけ出すことができるというわけだ」

「あなたはこの手の事件の経験があるみたいな話し方をしていますね」

「少しね」エラリーは認めた。「前に一度――」

ドアをノックする音がして、クラッケン教授がのぞき込む。「失礼した、ヴァージル。隣りの自分の研究室にいたのだが、お客さんが来ていたことはわからなかったよ」

エラリーは立ち上がった。「ぼくならば、おいとまするところですから」

「いやいや、座っていたまえ！　実を言うと、きみとも話したいと思っておったのだ、クイーン君。さっき家内が家から電話をしてきて、新たな殺人が起きたと言っていた。ニュースで知ったらしい」彼は研究室に入ってくると、ふくれあがった書類カバンを床に置いた。そのカバンを見たエラリーが、父親へのプレゼントを思い出していると、クラッケンが問いかけてきた。「本当かね？」

「残念ながら、本当です」とエラリーは認める。それからショッピングモールでの殺人を手早く説明したが、マダム・ベアトリスのことまでは話さなかった。

「この事件には終わりがあるのかね？」クラッケン学部長が尋ねる。

「クイーンさんは、もし隠されたパターンを見つけることができたならば、終わると考えています」ミードラーが彼に教えた。

「パターン？」

「ぼくは、この殺人が無差別だとは考えていません」とエラリーは言った。「パターンがあり、殺人者はそれをぼくたちに見つけてほしいと思っているのです。そうでなければ、なぜ同一犯だと簡単に特定できる凶器を用いたのでしょうか？　シリーズ殺人犯のほとんどは、ナイフを使うか、何かを使って絞殺します。同じ拳銃を使ってひとつながりの殺人を実行することは、めったにありません」

「きみは、そのパターンが大学と関係あると考えているのかね？」

「大学か、ショッピングモールか、あるいはこのあたり一帯に関係あるのかもしれません。ぼくが多少なりとも自信を持って言えるのは、これがすべてです」

学部長は悲しげに頭を振ってから、ミードラー教授に顔を向けた。「ヴァージル、わしはもう一つ問題を抱えていてな。自治会の今年度最後の講演者の紹介は、慣例としてわしがやらなければならない。アンクル・サム・タスカーに対して何であれ誉めるようなことを言うのは、わしにとって途方もなく難しいことなのでな。ひょっとして、きみの知恵を拝借できないかと思っておるんだ」

学部長の懇願を強調するかのように、中庭のデモが、またしても騒がしくなってくる。ミードラーは窓を閉めると、半ば冗談まじりで言った。「学生たちに、彼はあなたのお気に入りの売国奴だと教えてやって、それ以上は何も論評しない、というのはどうです」

「助けにならんな。きみは想像できるかね、反逆罪で無罪になったからといって、自身をアンクル・サムだと称する厚かましい男を！　わしはここに三十五年間もいるが、学内で講演してもらうために招いたゲストの中で、反逆者などという輩《やから》は、彼が初めてだ。しかも、わしはこの男に歓迎の意を表する文を書かねばならんとくる！」

「デモの連中が卵を投げ始めた場合に備えて、あなたの書類カバンを手放さないことですね。盾として役立つでしょうから」

「心配せずとも、持って行くよ。家内はこいつをわしの〈お守り毛布（安心感を得るため子供がいつも持っている毛布）〉と呼んでおるのだ。その内、中をのぞいてみた方がいいかもしれん。前学期から講義ノートを入れっぱなしにしている気がするからな」

「もし本当に心配ならば」とエラリーは示唆する。「出席者に入り口の金属探知機を通らせるようにできると思いますよ」

「そんなことをしなくても済むのが一番よいのだがな」クラッケン学部長は不機嫌そうに答えた。

学部長が立ち去った後、エラリーは疑問を口にした。「彼はいつもあの書類カバンを持ち歩いているのかな?」

「毎度のごとく、教室や自分の研究室に置き忘れたり落としたりしていますよ。そのたびに、学生の誰かが届けてあげるわけです」

「そろそろ引退する歳じゃないのか?」

ミードラーはうなずいた。「あと二年ちょっとです。殺されてしまうまでは、アンドロヴニーが文芸学部の長になる予定だったのですけどね。今は、誰が継ぐことになっているのか、見当もつきません」

「立候補したらどうだい」エラリーはそう言ってウィンクした。


ピア・ストラトンが、ダウンタウンにある彼のアパートの前で待ちかまえていた。「クイーンさん」と大声で叫んで駆け寄ってくる。

エラリーは周囲をざっと見回した。「今日は、カメラマンはどこにいるのかな?」

「わたししかいません。連続殺人事件について、オフレコで話をうかがいたいと思いまして」

エラリーは少しの間ためらいを見せる。「いいとも、来たまえ。だが、絶対にオフレコだからね」

彼はピアを連れて五階まで上がり、ドアの鍵を開けると、イースト・リバーを見下ろす自分の部屋に招き入れた。「すてきな景色！」と彼女は歓声を上げる。「ブルックリン橋まで見えるわ」

「ぼくの気分を高めてくれるのさ」エラリーはつい本音をもらした。「きみがここに来たのは、一番新しい殺人のためだと思っていいのかな」と話しながら、二人は差し向かいに腰を下ろす。

「六番めの殺人なのでしょう、違うかしら？　しかも、二日間で二人が殺されたのは、これが初めてですよね」

「きみの言う通りだ」

「これは何を意味しているのかしら？」

「オフレコでかまわないね？　ぼくたちは殺人のクライマックスに近づいているのさ。こいつを避けるためには、その前にパターンを見つけ出さなければならない」

「パターンですって？　ということは、あなたは無差別殺人だと考えてはいないのね？」

「ああ、一貫したパターンがある。だが、そのパターンのはじまりが間違っているように思えるのだ」

彼にはピアの瞳に期待の色が浮かぶのが見えた。「わたしのために、もう少しわかりやすく話してくださらないかしら、クイーンさん？　いえ、エラリー？」

「残念ながらできない。ぼくはアイデアの糸口をつかんだに過ぎないのだ。それに、何もかも間違っているかもしれないしね」

「お手伝いできることはないかしら？」

エラリーはその申し出について考えた。「アンクル・サム・タスカーという男を知っているかい？」

「無罪になった後に、一度だけインタビューをしたことがあるわ」

「金曜の午後に、タスカーは大学で講演することになっている。その講演の前に、彼と会いたいのだが」

彼女はうなずいた。「お膳立てできるわ。でも、タスカーは連続殺人とどんなつながりがあるの？」

「つながりがあるなんて、ぼくは言っていないよ」エラリーは彼女に指摘した。「ぼくを信じてくれるだけでいい」


翌朝の十時、エラリーは警察本部の慣れ親しんだ父親のオフィスにいた。ヴェリー部長も、この事件を担当する二人の刑事と共に、そこにいた。「この事件のために、男女合わせて四十人を専従させた」とクイーン警視は言って、「必要とあれば、人数を倍にする権限も与えられておる。この事件は何としても解決せねばならんのだ、エラリー。何かつかんでおらんか？」

「ぼんやりとした考えはありますが、まだ言葉にできるほどではありませんね」

オフィスの壁の一面には、六人の被害者の写真を貼り付けた大きな黒板があった。各々の写真には、コールガールのメイヴィス・オトゥールから順番に番号が振ってある。「この女がショッピングモールを利用していたことは確認がとれた」と老警視は言った。「彼女はあの近所では有名だからな。その次の二人、フランク・オッターとシドニー・ジェームズも、あそこで買い物をしていた」

エラリーはうなずいた。「それに、ローラ・オータムもです。彼女はあそこから買い物袋を手にして出て来たときに撃たれたのですからね。ですが、五番めの殺人には問題があります。アンドロヴニー教授はあの場所を嫌っていて、決して近づこうとしなかったことがわかっていますから」

「買い物客の手に押してから、インクの輪はどれくらい残っているのか、調べてあるか?」警視が尋ねた。

「丸一日は残っています」ヴェリーが答える。「一、二回、強めに手を洗ったら、もっと早く消えるそうです」

検死官のオフィスから電話がかかってきたので、ヴェリーが出る。しばらく話を聞いてから、エラリーの父に受話器を渡した。「あなたが話した方がいいですぜ。重大な話です」

リチャード・クイーンが悪態をつくことはめったになかったが、今回はそのめったにないことが起きてしまった。彼は電話を切り、誰にともなく言った。「もう一つ、殺人があったらしい」

「今朝のことですか、お父さん?」

老警視は首を振った。「四月二日の水曜日だ。メイヴィス・オトゥールの四日前だな。これまで考えてきたことは、どれもこれも地獄行きのようだな」

「どうして今になってわかったのですか――?」

「被害者は、アムステルダム通りでコンビニエンス・ストアの店長をしている韓国人だ。名前はキム・ホアン。夜中に胸を撃たれたのだが、何も盗られていないにもかかわらず、物盗りの仕業だと思われていたらしい。鑑識の誰かが、たまたま殺人の凶器が二二口径だったことを思い出して、弾丸をこっちの連続殺人のものと比べてみたわけだ。一致したよ」

「赤い輪はあったのですか、お父さん?」エラリーは何かひっかかるように尋ねた。

「赤い輪はなかった。気づいた者もいないし、死体の写真にも見当たらなかった」

彼らはそろって黒板を見つめていた。ひと言も発することなく。

ついにエラリーが立ち上がり、黒板に近づいた。彼は各写真に振られた番号を消し、「1、キム・ホアン」と書く。続いて他の写真にも正しい順序で番号を振っていった。「これで、ぼくたちの被害者は、六人ではなく七人になったわけです」

「どういう意味だ、エラリー？」

「キム・ホアンの葬儀についての記録は手に入りますか？」

「葬儀だと？　それが大事なことだというのか？」

「かもしれませんよ、お父さん」エラリーはヴェリー部長に向き直る。「どんな葬儀をしたかについて、詳しい情報を手に入れてくれないか」

「お望みなら、エラリー」ヴェリーは記録を調べるために出て行った。

「おまえは何か糸口をつかんだのだな」と彼の父親が言った。「その考え込んでいる表情を見ればわかるぞ」

「あまりにも突拍子もない考えなので、少なくとも今の段階では、説明するのは気が進まないのです」

警視は部屋にいた二人の刑事をモーニングサイド・ハイツ近郊のパトロールの強化のために送り出した。二人きりになると、父親の方から問いかける。「これ以上の殺人はあるのか？」

「もしぼくたちが止めることができれば、そうはなりません。もしぼくたちが八番めの被害者を狙う殺人者を打ち砕くことができれば、そうはなりません」

ヴェリー部長が満足げな顔で戻って来た。「簡単でしたな。未亡人が言うには、被害者は母国では仏教徒でしたが、こっちでは何も信心していませんでした。宗教上の儀式は何もやらず、死体は火葬にしたそうです」

「これはおまえの質問に対する答えになっておるのか、エラリー？」

突然、あるべき場所に収まった。すべてのパーツではないが、重要なパーツが。「行きましょう、お父さん！　ヴェリー、きみの車はどこだ？　ぼくたちはショッピングモールに行かなければなりません。次の殺人が起きる前に」

「誰が殺されると――？」

「マダム・ベアトリスという占い師です。行きましょう！」

エラリーは占い師に電話をかけて、用心するように警告した。そして、「ぼくたちは今、そちらに向かっている途中ですから」と付け加えた。

ヴェリーは車のサイレンを鳴らしながらブロードウェイを突っ切っていく。その間に、エラリーの父親は無線で応援を命じている。その二台のパトカーがショッピングモールに着くより、エラリーたちの方が数秒だけ早かった。パトカーが着いたときには、エラリーはすでに歩道に降り立ち、一同を先導していた。買い物客はぽかんとした顔で道を空ける。エラリーの視界にマダム・ベアトリスの店が飛び込んだ瞬間、一発の銃声がとどろいた。ヴェリーと警視は自分の銃を抜きながら、ビーズのカーテンを押し分けて突進する。マダム・ベアトリスがテーブルの奥の床に倒れ、脇腹の傷から血を流していた。

「あっちよ」あえぎながらも彼女は、店の裏手の非常口を指さした。「あの男はあっちに行ったわ」

エラリーとヴェリーはすぐさまドアを抜け、窓もドアもない廊下を突っ切り、外に通じる非常口に駆け寄った。エラリーは通り抜けるときに、ヴェリーの注意を自動式の錠についている血の染みに向けた。二人が建物の外に出ると、そこは階層式駐車場のすぐ隣りだった。二人の背後でドアが閉まり、自動的に錠が下りた。

「正面の入り口から入り直さないとだめだな」とエラリーは言った。「きみの部下に駐車場を調べさせてくれ」

「何を探せばいいのですかね?」

「疑わしい者は誰でも。犯人はまだ銃を身につけているはずだ。おそらく、返り血も浴びているに違いない。犯人はまだやるべきことを終えていないのだ」

エラリーがショッピングモールの正面に回ると、警官が混乱した群集を押しとどめていた。カメラマンと共に駆け寄ってきたピア・ストラトンが、「何があったの?」と大声で叫んだ。

「きみはいつも現場にいるのかな?」

「それが仕事だから。何が起こったの?」

「また撃たれたんだ。詳しいことは後にしてくれ」そう言ったエラリーは人混みをかきわけ、占い師の店に向かった。

父親と警察官が占い師のかたわらにひざまずき、警察官は彼女の脇腹からの出血を止めようとしている。「救急車がこっちに向かっているところだ」老警視がエラリーに教える。「彼女は何か話したがっているようだぞ」

エラリーも占い師のそばにひざまずく。「エラリー・クイーンです、マダム・ベアトリス」

「わかっているさ。あたしはまだ死んでないからね」

「すぐ元気になりますよ。あなたを撃ったのは誰だかわかりますか?」

「あの男、入ってきたときは、スキーマスクを引き下げていたんだよ。銃が目に入ったんで、発射と同時に身をかわしたのさ。そしたら襲いかかってきたもんで、あたしは追っ払おうとしたんだ。あの男には、あたしの血がついたに違いないね」

「安心してください、犯人は捕まえて見せますから」救急隊員が到着したので、エラリーの質問はあと一つしか余裕がなかった。「その男は、あなたの手の甲に輪の跡をつけようとはしませんでしたか?　たぶん、ゴムのスタンプだと思いますが」

「わからないね。ちくしょう、この傷が!　痛み止めかなんか、もらえないのかい」

エラリーと父親は立ち上がり、後は救急隊員に任せることにした。クイーン警視は声を低くして話しかける。「銃弾は服と脇腹のぜい肉を貫通していた。今、銃弾が当たった場所を探させているところだ」

マダム・ベアトリスは、殺人者が入ってきたとき、読書をしていたらしい。本棚の前のカーテンが少し開いている。『ブラウン神父の童心』の背表紙にめり込んでいる銃弾を見つけたのは、ヴェリーだった。弾丸は、非常口のドアから採取した血の染みと一緒に、鑑識係が持ち帰った。

「救急隊員は、彼女の容態について何と?」エラリーは父親に尋ねる。

「出血は多いが、持ち直すそうだ」

「誰かに大学に電話させて、ヴァージル・ミードラー教授にこのことを教えてやってくれませんか、お父さん」

「なぜその男に伝えるのだ？」
「マダム・ベアトリスは彼の母親なのです」

金曜日はニューヨークの五月の暖かい朝にはよくあるように、うす暗い雲が空を横切り、にわか雨の前触れを告げていた。エラリーは新聞を後まわしにして、急いで朝食を片づけた。この日の午後に、アンクル・サム・タスカーが大学で講演をすることになっており、ピア・ストラトンはその前に彼と会わせてくれると約束していたからだ。朝早くに彼女は約束がとれたと電話をしてきて、エラリーのアパートの前で拾ってくれる約束をしたのだった。

この朝、彼が一箇所に留まっていたのは、警察本部の父親に電話をしたときだけだった。「お父さん、今朝は何かニュースがありますか？」

「マダム・ベアトリス、本名を使うならばベアトリス・ミードラーは、順調に回復しておる。息子が面会に来ておったな。明日か日曜には、退院できるだろうて。鑑識の連中が、非常口のドアについていた血は彼女のもので間違いないと確認したし、銃弾もこれまで七人を殺した銃から発射されたものだということも確認できた。狂気の沙汰だな、エラリー。あやつは止められるまで殺し続けるに違いない」

「終わりはもうすぐですよ、お父さん」

「それはどういう意味だ？」

エラリーは答える代わりに質問を投げかける。「マダム・ベアトリスに警護はつけていますか？」

「もちろんだ」

「彼女は安全なはずですが、ぼくたちが相手をしている人物は、常に合理的にふるまうわけではありませんからね」

「まったくその通りだ！　で、もしわしが連絡をとりたくなったら、おまえをどこでつかまえられるかな？」

「アンクル・サム・タスカーの講演会のために、大学にいますよ」

「あの反逆者か！」

「正解です、お父さん。それじゃあ、ぼくたちがやらなければならないことを言いますので。まず、ヴェリーを二十分以内に大学に着くようにできますか……？」

ピア・ストラトンは下に駐めているチャンネル3のワゴン車の中で彼を待っていた。エラリーは車に乗り込み、ピアはブロードウェイに乗り入れる。そして、昨日彼がショッピングモールに向かったときと同じ道筋をたどっていく。「このアンクル・サムの件については、わたしはかなり骨を折ったのよ。それを認めてもらえないかしら、エラリー。実はわたし、見返りを期待しているのよ」

「どんな見返りかな？」

「あなたがこの事件を解決したら、その記事を独占させてほしいの」

エラリーは微笑んだ。「約束するよ、ピア。もしぼくが解決したら、その場にきみがいられるようにすることを」

まだ一時まで余裕があるというのに、もう午後の講演を待つ人たちが群れをなしていた。「授業がほとんど終わっているからよ」ピアは駐車する場所を探しながら説明する。「来週は卒業式だわ」

彼女はエラリーを急きたてて大学講堂の裏口から入り、階段を上がって関係者控室に向かう。そこにはヴァージル・ミードラー他数名が、無罪になった反逆者を待っていた。その中にヴェリー部長がいたので、エラリーはほっとする。

アンクル・サム・タスカーは新聞が報じた通りの人物だった。白髪と山羊髭を生やした六十代の痩せた男で、昔ながらのアンクル・サムのイメージと実によく似ている。こういった外見の人物がこの国への反逆を説くなんて――エラリーはこの事実が自分をいささか気落ちさせることに気づいた。ピアの紹介の後、二人は握手を交わす。すると、アンクル・サムの方から話しかけてきた。

「きみについてはいろいろと聞いているよ、クイーン君。腕利きの素人探偵なんだってね？」

「執筆の合間に、ときどきですが」エラリーは認めた。「ピアに頼んでここに連れてきてもらったのは、そのためなのです」

アンクル・サムは微笑んだ。「私を捜査したって何も出ないぞ！」

エラリーは室内をざっと見回し、声を少し下げた。「ぼくの捜査は、あなたの政治信条や告訴されたこととは何の関係もありません。今日、あなたを殺そうとする企みがあることを伝えたいのです」

微笑が爆笑に変わる。「きみは、私の命がこれまで何回おびやかされたか知っているのかね？今回も切り抜けてやるさ。教えてあげよう、クイーン君。もしきみが人々の情念をかき立てるべく生を受けた者だったらの話だが。私は人々の間で政治なり私なりに反対する意志がわき上がるのを望んでいるのだ。どっちの側かは問題ではない。銃の響きは沈黙の響きよりましなのだ」

「――銃の響き――」

ドアがバタンと開き、ふくれあがった書類カバンを抱えたチャールズ・クラッケン学部長が大股で入ってくる。

エラリーにはわかった。今こそすべてがわかったのだ。狂気の沙汰としか言いようがないが、ついに真のパターンを見つけたのだ。

ヴァージル・ミードラーがタスカーに学部長を紹介した。「こちらは文芸学部長のチャールズ・クラッケン教授。彼が開会の辞を述べることになっています」

クラッケン学部長は書類カバンの留め金を外そうとしている。「おそらく、わしがきみについて何を話す予定なのかを知りたいのではないかね、タスカー君」

今だ、とエラリーは言った。彼を止めろ、ヴェリー！　だが、その言葉は喉で凍りついたままだった。

「――何を話す予定なのかを知りたいのではないかね、タスカー君」

彼を止めろ、ヴェリー！

「彼を止めろ、ヴェリー！　その書類カバンには銃が入っている！」

クラッケン学部長が顔を上げると、ヴェリー部長が自分に向かって突進してくるのが目に入る。そして、手から書類カバンを叩き落とされたのに驚く。床に落ちたカバンの中身がぶちまけられると、その中に消音器付きの二二口径の競技用拳銃があった。

騒ぎが一段落したその日の午後遅く、エラリー、クイーン警視、ヴェリー部長、それにピア・ストラトンはマダム・ベアトリスの病室を訪ねた。「おかげんはどうですか？」とエラリーが尋ねる。

「まあまあだね」と占い師は答えた。病院のベッドの上の彼女は、背中に二つも枕を入れて、体を起こしている。「一体、何があったんだい？」

「あなたを撃った男を逮捕したのです。今日の午後、大学で身柄を拘束しました」

「あたしが知っている人かね？」

「学部長のクラッケンです」エラリーが彼女に教える。

「学部長の――」

「彼は、過去数週間にわたって七人を殺したと思われます。あなたが八番め、アンクル・サム・タスカーが九番めになるはずでした。それがパターンなのです」

「ちゃんと説明してよ」そう言った彼女は、エラリーから警視に目を移した。

「もちろん狂気の沙汰ですが、シリーズ殺人者というものは、常にそうなのです。正気を失った人間だけが、ダンテの地獄にある九つの圏《サークル》にふさわしい九人を殺そうと考えるのです」

これまで黙って見守るだけだったピア・ストラトンが、小さなあえぎ声を漏らすと、テープレコーダーのスイッチを入れる。彼女はカメラマンも連れてきたかったのだが、エラリーが認めてくれなかったのだ。クイーン警視が「おまえの推理を説明した方が良いな、エラリー」と言った。

「いいでしょう。ぼくが初めてクラッケン学部長に会ったとき、彼は大学におけるダンテ研究の最高権威だと教えてもらいました。彼はダンテを教え、ダンテと『神曲』については、他の誰よりも詳しいのです。ところで、ぼくは早い内から、殺された連中は、誰も彼も品性に下劣なところがあるように見えることに気づいていました――コールガール、太り過ぎの肉屋、守銭奴の地主、怒りにまかせて社員をクビにした女性、異端者と言われる教授、そして、タクシー運転手への暴行で刑務所行きに直面している乱暴な男。彼らが犯した罪は〈七つの大罪〉と重なる部分も多いのですが、完全に一致しているわけではありません（ダンテの『神曲』に登場する〈七つの大罪〉とは、傲慢、嫉妬、憤怒、怠惰、強欲、暴食、色欲）」

「だが、『ダンテの地獄にある九つの圏《サークル》』とは何なのだ、エラリー？」老警視が尋ねた。「まだわしには理解できんぞ」

「そう、ぼくも同じでした。あなたが一番早い殺人を、シリーズにおける真の第一の殺人を見つけるまでは。仏教徒として生を受け、死んだときは無信心だった韓国人の店長のことですよ。彼はダンテの〈第一の圏《サークル》〉に墜ちるべき者なのです。『神曲』にはいくつも翻訳がありますが、多少の違いこそあれ、このように描かれています。〈第一の圏《サークル》〉は、異教徒だが徳のある者のための辺獄《リンボ》です。〈第二の圏《サークル》〉は、好色で扇情的な者に割り当てられ、第三は大食らい、第四は吝嗇《りんしょく》な者、第五は怒り猛る者、第六は異端者、第七は暴力をふるう者」

「それであたしの店に来たのね」マダム・ベアトリスが言った。

エラリーはうなずく。「〈第八の圏《サークル》〉は、嘘つきや占い師や盗賊といった者が墜ちる場所です。ぼくはパターンに気づくとすぐに、あなたが次の犠牲者だと推測しました」

「だったら、アンクル・サム・タスカーは？」ヴェリーが尋ねる。

「〈第九の圏《サークル》〉、すなわちダンテの地獄の最下層は、反逆者が墜ちる場所なのだよ」

あまりにも途方もない考えに、ピア・ストラトンでさえも金縛りにあったように見えた。「クラッケン学部長は自白したの？」

「まだしておらん」警視が返事をする。「だが、昼に彼の書類カバンの中にあった拳銃をテストしてみた。七人全員の命を奪い、マダム・ベアトリスに怪我を負わせた弾丸を発射した銃だったよ」

「ありがたいことに、これで終わったんだね」占い師が安堵の声をもらした。

「この件を支局に電話で伝えてかまわないかしら？」ピア・ストラトンが五時のローカル・ニュースに間に合うかを心配しながら尋ねた。

「そうしたければ、かまわないよ」とエラリーは言った。「だけど、きみはもう少し待った方がいいのではないかな。さて、みなさんは気づきましたか。実のところ、クラッケン学部長を、彼がダンテの専門家だという理由で連続殺人に結びつけたぼくの巧妙な推理には、二つの見落としがあったということを。一つめは、被害者たちの手の甲にあった赤いインクの輪です。これはキム・ホアンの手には残されていませんでしたが、ぼくたちが犯行を中断させたマダム・ベアトリスまでの他の被害者全員の手に残されていました。この事実がぼくに教えてくれたことは、輪はもともとの計画の一部などではなく、単なる偶然の出来事だったということです。二番めから五番めに至るまでの被害者の手に輪が残されていたのは、彼らがただ単に、ショッピングモールの階層式駐車場の料金が無料になるサービスを受けたからに過ぎません。そして、殺人者は気づいたのです。この輪が、一度もショッピングモールに行ったことのないアンドロヴニー教授殺しを他の殺人と結びつける完璧な手がかりになることに」

彼の父親の声は重みを増していく。「それでもクラッケンが犯人であることは変わらんではないか。おまえが見落としたという二つめの点は何だ？」

「ある男が太っていること、ある女が怒りっぽいこと、ある男がケチであること、ある女が占い師であること、ある男が反逆者であること――彼らの特徴は、地元では知られていました。ですが、クラッケンはいかにして、ウォーレン・キャッシュメアが暴力沙汰で裁判の判決を待っていたことを知ったのでしょうか？　思い出してください。パターンは今日、アンクル・サム・タスカー殺しによって完結しなければならなかったことを。彼はキャッシュメアの犯罪をどうやって知ったのでしょうか？　水曜日にはどこにいるのかをどうやって知ったのでしょうか？」

「クラッケンはその男を知っていて、新聞記事でも読んだのだろうな」

「いいえ、お父さん。それはありそうもないですよ。それに、昨日見つかったもう一つの事実もあります。ぼくに真相をもたらしてくれた事実が。今日は、この真相通りに事態が進んでいくかどうか確かめたくて、タスカーが殺されないことを知りながら、演技をしていたのです」

ピアの指がテープレコーダーのボタンを押した。「あなたは何を言っているのかしら？」

「チャールズ・クラッケン学部長は無実だと言っているのさ。彼は一人も殺していない。殺人者は今、ぼくたちの目の前で横になっている。違いますか、マダム・ベアトリス？」

女の目はそこにいる人たちを順番に見ていく。そして、わずかにためらいを見せてから、「どうしてそうなるのかしら。そんなことはあり得ないじゃないの」と言った。「あたしは、あの人たちを殺すことができなかった唯一の人物なのよ。お忘れかしら、エラリー。あなたはウォーレン・キャッシュメアがあたしの店を出て行くところを見たはずよ。しかも、あの人が殺された時刻は、あなたはあたしと一緒だったじゃないの」

「ぼくは昨日気づいたのですが、あなたの店の裏口は非常口に続いていますね。そこを出ると、キャッシュメアが撃たれた階層式駐車場のすぐ隣りでした。彼が将来を占ってもらった代金を支払うと、あなたは彼の手に赤い輪のスタンプを押しましたね。だからあなたは、彼が駐車場に車を駐めていることを知ったのです。あなたは非常口が閉まらないようにドアにつっかえ棒をしてから駐車場に入り、消音器付きの銃で彼を撃ったのです。この間、ぼくはショッピングモールのスポーツ用品店で銃器を見ていました。あなたはこれに、五分もかからなかったでしょうね。店に戻って数秒もたたない内に、あなたはぼくがぶらぶら近づいてくるのを見ました。あなたは、本のジャケットの写真から、ぼくが何者であるかわかりました。そこで、完璧なアリバイのために、ぼくに声をかけたのです。そもそも、ぼくが大学に招かれたことだって、あなたが息子さんに勧めたからなのでしょうね。あなたはクラッケンにたどり着く偽の手がかりを、ぼくに追ってほしかったのです」

「だったら、あたしは学部長の書類カバンにあった銃で自分を撃ったのかしら」

「ぼくはあやうく見逃すところでしたが、それこそが、あなたの犯したミスの一つだったのです。昨日、父とヴェリーとぼくがショッピングモールに入って占いの店に急いでいたとき、三人とも、殺人者があなたの脇腹を撃ったと思われる一発の銃声を耳にしました。ところで、アンクル・サムが今日、ぼくにいかれた意見をいくつか聞かせてくれたのですが、その中に、『銃の響きは沈黙の響きよりましなのだ』というものがありましたよ。ただし、あなたの場合は、これは真実ではありません。ぼくたちは銃声を聞きましたが、これは聞こえるはずのないものでした。なぜならば、すべての犯罪は消音器付きの銃で行われていたからです！　あなたは自分自身を真の殺人の凶器で撃つことはできませんでした。なぜならば、その銃はすでに、ふくれあがった学部長のカバンの書類の間に隠されていたからです。あなたは自分を撃った後でその銃を書類カバンに仕込んでおくことはできませんでした。なぜならば、あなたはそのときには自分が入院していることを知っていたからです。銃の販売担当者が教えてくれたのですが、このあたりの通りの隅では簡単に銃器を買えるそうですね。とはいえ、消音器が必要になった場合は、簡単に買えるというわけではありません。水曜日の遅くか木曜日の早い時刻に、あなたは学部長の研究室に入り、書類カバンの中に真の殺人の凶器を隠したのです。もし誰かに見つかったならば、隣りの部屋にいる息子のヴァージルに会うために来たと説明するつもりだったのでしょうね。あなたはあらかじめこの真の銃で、ぼくたちが探し出した本の背に撃ち込んでおいたのです。昨日、あなたは自分の指を少しだけ傷つけて、非常ドアに血の染みをつけておきました。それから、第二の二二口径競技用拳銃を取り出し、服と脇腹のぜい肉を貫通するように撃ったのです。そして、助けを求める叫び声を上げたというわけですね。第二の銃は、息子さんがぼくとの話で触れた〝机の秘密の引き出し〟に隠し、あなたを傷つけた弾丸はクッションで止めたのです。ぼくはあなたに、今そちらに向かっている、という電話をしましたね。だからあなたは、サイレンの音が近づいてくるのに合わせて銃を撃つことができたのです」

エラリーの父親は頭を振った。「言っていることはわかった、エラリー。だが、わしには信じられんな」

「ならば、この点を考えてみてください。なぜ殺人者は狙った人物を殺そうとするときに、スキーマスクをかぶったりしたのでしょうか？　マスクなんて、自分が怪しい人物であることを示す証拠にしかならないではないですか。他にもあります。なぜこれだけ多くの被害者が、ショッピングモールの客だったのでしょうか？　なぜ殺人者は、ナイフや他の凶器ではなく、ただ一丁の銃だけを使ったのでしょうか？　銃を所持しているところを見つかれば、容易に殺人と結びつけられてしまうというのに。そして、なぜ殺人者はショッピングモールの常連ではないアンドロヴニー教授を被害者リストに加えたのでしょうか？」

「なぜだ、エラリー?」

「スキーマスクについては、もちろん、この人が嘘をついただけに過ぎません。そして、二人め以降の被害者のほとんどは、占いの店の客だったのです。また、彼女は二つの理由によって銃を使いました。自分より体力のある被害者を安全な場所から殺害できるように。そして、銃弾の照合によって、すべての殺人が一連のものと見なされるように。アンドロヴニーに関しては、彼が次の文芸学部長だと目されていたので――彼女が息子に与えたいと思っている地位に就くことになっていたので――殺されなければならなかったのです」

マダム・ベアトリスはベッドから腰を上げようとした。「あんたは悪魔だよ、ちくしょう!」

「アンドロヴニーが死に、クラッケン学部長が有罪にならないまでも殺人で逮捕されてしまえば、彼女の息子のヴァージルがこの地位の有力な候補者になります」

「この女は、何もかも息子のためにやったというのか?」

「ぼくは、『息子のため』というのは、理由の半分だと思っています。クラッケンが三十五年間も大学に勤めていたことは、覚えているでしょう。そして、彼女も同じくらい長く、他人の将来を占ってきました。ぼくの考えでは、クラッケンは何十年も昔にこの女《ひと》と恋仲だった時期があり、しかも、ヴァージル・ミードラーが決してその存在を知ることのない、実の父親だったのです」

「おい、それはあてずっぽうというものだぞ、エラリー」

「そうでしょうか、お父さん? クラッケンはダンテの専門家であり、このテーマに取り憑かれていたはずです。彼がベアトリスという名、すなわち『神曲』においてダンテが自身の理想の女性に与えた名を持つ若い女性に惹かれるのは、ごく自然なことではないでしょうか? そして、もし二人の結びつきが息子の誕生をもたらしたならば、ベアトリスは、ダンテのために地獄の圏《サークル》を案内したローマの詩人にちなんで、わが子にヴァージルという名をつけないでしょうか？（『神曲』に登場するベアトリーチェの英語名がベアトリス、ウェルギリウスの英語名がヴァージル）」

　マダム・ベアトリスが一同を見つめる目は、突如としてうつろになったかのようだった。「あんたは、あたしがやったことは何の役にも立たなかったと言いたいの？　計画したことの何もかもが、殺し続けたことの何もかもが？　無駄だったというのかい？」

「クラッケン学部長は、ミードラーが自分の息子だと知っていたのですか？」エラリーは静かに尋ねた。

「あたしの方からは、一度も話してないよ。でも、あの人は疑っていたかもしれないね。彼がダンテに取り憑かれていたんで、あたしはこんな計画を考えついたのさ。あたしが殺した連中の中に、少しでも価値があるやつなんて、一人もいやしなかった。どいつもこいつも、ダンテの地獄に墜ちるのがふさわしいのさ。あたしもその一人だけどね」そこまで話すと、口をつぐんでしまった。

　エラリーはピア・ストラトンに向き直る。そして、「電話をかけて、今の話を記事にしていいよ」と言った。

　彼が病院から出て行こうとすると、ヴァージル・ミードラーがやって来た。「エラリー」と教授は尋ねる。「母さんの今日の具合はどうでしたか？」

〈探偵〉エラリー・クイーン

ライツヴィルのカーニバル
The Wrightsville Carnival

エドワード・D・ホック

「インクの輪」の好評を受けて、ホックは再びクイーン贋作に挑みました。本作の掲載はEQMM二〇〇五年九・十月合併号で、クイーン（リー＆ダネイ＆探偵クイーン）生誕百周年記念企画の一環として発表されたものです。

　内容で注目すべきは、探偵エラリーの第二の故郷であるライツヴィルが舞台になっているという点。『最後の女』（一九七〇）で描かれた風景よりもさらに後の時代らしく、シネコンやDVD、それに（アル・ブラウンのアイスクリーム・パーラーに代わって）スターバックスまで登場します。まあ、携帯電話が当たり前のように使われているので、おかしくはないのですが……。住民の方も、ニュービー署長は健在ですが、ライツヴィル・レコード紙の編集長は代替わりをしてしまいました。『災厄の町』から変わっていないのは、「四角形《スクエア》ではなく円形《サークル》の広場《スクエア》」だけかもしれませんね。

　ミステリとして見るならば、メインとなる手がかりを基にした推理は、文句なしのクイーン風と言えます。また、エラリーが自分と縁もゆかりもない夫婦のゴタゴタに首を突っ込んで苦労するプロットも、いかにも中期のクイーン的と言えるでしょう。

　なお、ライツヴィルものの中で特に評判が良いわけでもない「ドン・ファンの死」が、『災厄の町』や『十日間の不思議』と並んで、さしたる理由もなく言及されていることに、違和感を感じた読者も多いと思います。実は、ホックはこの中編がお気に入りで、クイーン中短編のベスト5に選んでいるのですよ！

エラリー・クイーンが前回ライツヴィルを訪れてからかなりの歳月が過ぎ去り、彼が最初に受けた印象のことごとくが、すでに失われてしまっていた。初めての訪問は列車で到着し、前回訪れたときは町の北にあるライツヴィル空港に着陸。今回は車を走らせて来た――光り輝く夏の陽射しと、ニューヨークと町の北を結ぶ高速道路が、車での旅を快適なものにしてくれるからである。

彼は南東から町に入り、リンカーン街を通って、〈上町《ハイ・ヴィレッジ》〉の《広場《スクエア》》に車を進めた。この広場《スクエア》――四角形《スクエア》ではなく円形《サークル》だが――の中央には、今もなおジェズリール老の記念像が立っている。エラリーはすぐに、なじみのボントン百貨店も前と同じ角《かど》にあるのに気づいた。ただし、今ではリンカーン街とワシントン街にはさまれたブロックのすべてを占めているのだが。彼は広場を見下ろすホリス・ホテルに部屋をとると、ホテルのコーヒー・ショップで遅い昼食をとっていた――いくたびもの訪問で、まず最初にやったように。アンセルム・ニュービー警察署長がエラリーを見つけたのは、まさにそのときだった。

「ミスター・クイーンじゃないか?」とニュービー署長が問いかける。彼が引退したデイキン署長の後を継いだときは、若くて精力的で誠実な警察官で、エラリーを「ニューヨークの利口ぶった気取り屋」と呼んだこともあった。相変わらず屈強そうで、ひょっとしたら、いっそう筋肉がついているかもしれない。が、顔にはしわが寄り、髪には白髪が混じっている。

「そうだよ、署長」そう言ったエラリーは、握手をするため腰を上げた。「ごぶさたしてたね。また会えてうれしいよ」

「またしても、きみの犯罪探求旅行のために、ここに来たんじゃなかろうな?」

「いや、二、三日ほど骨休めに来ただけだよ。この町もかなり発展したみたいだね。公会堂の向こうに見えるのは、大観覧車だろう?」

署長はうなずく。「毎年、夏にはカーニバルを開いている。子供たちが大好きでね。おかげで、もめ事が起きないように見張るのが大変になったが」

「麻薬がらみの事件とか?」

「他の町に比べりゃ、微々たるもんだ。ビジュー劇場でのゴタゴタほどひどい事件はないさ〔原注=エラリー・クイーン作「ドン・ファンの死」(アーゴシー誌一九六二年五月号。『クイーンのフルハウス』収録)参照〕」

エラリーはその年のことを思い出そうとした。最初は映画館だったビジューは、郊外のドライブイン形式の屋外映画劇場に客を取られてしまい、閉館に追い込まれたが、やがては舞台用の劇場として再オープンしたのだ。「あそこはまだ劇場なのかな?」

「夏季劇場になって、私たちを楽しませてくれているよ。ドライブイン劇場の方は、ガキどもがところかまわずいちゃつくようになったために、お役ご免になってしまった。ただし、十六号道路に出たところに、昨年、新しいシネマ・コンプレックスがオープンしたよ」

「後で劇場に行って、観てみるか。過ぎ去りし日々と変わってしまった点は、他にあるかな?」

「きみが知っている連中は、ほとんど死んでしまったよ、クイーン君。ライツヴィル・レコード紙は新しい女編集長に代わった。彼女はなかなか魅力的だな」立ち去り際に、彼は質問を一つ付け加えた。「長期滞在かな?」

「二、三日のんびりさせてもらうだけだと言っただろう。もしぼくが必要になるようなことがあれば、ホリス・ホテルに泊まっているから」

「そうならないことを望むよ」彼はちょっと不快そうに言うと、去っていった。

ビジュー劇場は広場を横切って、〈下本通り《ロワー・メイン・ストリート》〉を東に一ブロックほど進んだところにある。マーキー（劇場の入口の上にあるひさしで、上演作の説明が掲げられている）がエラリーに教えてくれたところによると、ショー老の戯曲「バーバラ少佐」（ジョージ・バーナード・ショーの一九〇五年の劇）の二週間にわたる公演の最中で、その後にはミュージカル「ジプシー」（ジプシー・ローズ・リーを主人公にした一九五九年初演のミュージカル）が控えている。視線を道の反対側に向けると、エラリーはぎょっとした。老舗のカットレイト薬品会社が、広い駐車場を備えた新しいコンビニエンス・ストアと置き換わっていたからだ。そして、アル・ブラウンのアイスクリーム・パーラーは、スターバックス・コーヒーになっていた。おそらく、彼の記憶に刻まれた町の魅力にあらためて触れるには、来るのが遅過ぎたのだ。彼は通りを引き返し、新聞社のオフィスの前を通り過ぎようとした。

「失礼ですが」女性の声が呼びかけてくる。「作家のエラリー・クイーンさんではありませんか?」

「身に覚えがありますね」彼は微笑みながら答えると、三十代初めらしい赤毛の女性に顔を向けた。

「それで、あなたの方は?」

「ポリー・ワトキンス。ライツヴィル・レコード紙の編集長です。ニュービー署長から、あなたがこの町に来ていることを教えてもらったの」彼女は編集者らしい知性と探求心にあふれた顔をしている上に、小さな黒縁眼鏡がさらにそのイメージを引き立てている。むしろ、その手にメモ帳と鉛筆を持っていないことの方が、エラリーを驚かせたほどである。

「言葉というものは、あっという間に広まるものだね。そうだろう？　ぼくが最初にこの町に滞在したときは、レコード紙は一面全部を使ってくれたっけ。フランク・ロイドは元気かな？」

ポリーは少し悲しげに微笑んだ。「フランクは数年前になくなりました。あの人は伯父で、わたしが大学でジャーナリズムを学んでいることを知っていたのです」彼女は感情を抑えようと深呼吸をする。「あの人は、わたしに新聞社を遺してくれました。わたしは発行者兼編集者なのです」

「彼は実に立派なことをしたわけだ。きみがすばらしい仕事をしていることに疑いの余地はなさそうだからね」

ポリーの微笑みは誇らしげに大きくなった。「ええ、わたしはずっと多くの広告を取っていますし、若い読者にもアピールするようにしていますわ。地元に密着した記事はいつも人気があるけど、ライツヴィルではほとんど何も起きなくて。あなたが町に来ていることをニュービー署長が教えてくれたときなんて、カーニバルの記事を書いていたのよ」

「ここへは公《おおやけ》の仕事で来たわけではないんだ」エラリーは彼女にきっぱりと言った。「ぼくは数日ほど休暇をとりたかっただけだし、ここまでのドライブが息抜きになると思っただけさ」

「あなたにインタビューをしてもよろしいですか？」

「遠慮してほしいね」彼はぶすっと言った。「話せるような新しいことは、何一つないよ」

「本はお書きになっているの？」

「いいや」

ポリー・ワトキンスはあっさり引き下がるつもりはなかった。「ねえ、たとえインタビューができなくても、わたしと一緒にカーニバルに行くくらいはできるわよね。案内するわ」

「わかったよ」彼女は若く魅力的な女性だったし、最近の町を知るにはいいアイデアではないか。二人は〈下本通り《ロワー・メイン・ストリート》〉を渡り、広場をまわって記念公園に向かった。観覧車は公会堂の向こうにある。「郵便局と図書館は変わっていないように見えるな」エラリーは建物の前を通るときに、そう感想をもらした。

「あら、決して変わらないものだってあるわ。もちろん、図書館は本だけではなく、ビデオやDVDも貸し出すようになったけど。それがあなたの知っている昔との違いかしら」ポリーは携帯電話に出るために、話を中断した。

「携帯電話も、昔との違いだな」彼女が通話を終えてハンドバッグに携帯電話をしまうと、エラリーは指摘した。「まあ、ニューヨークではやたらと見かけるが」

「あなたは持っていないの？」彼女は訊いた。「作家の必需品だと思っていたわ」

「作家が仕事をしたくない場合は違うね」二人はアメリカ軍楽隊演奏場を通り過ぎて、カーニバル会場の中道《なかみち》に踏み込んだ。そこでは呼び込みが輪投げに誘ったり、体重を当てましょうと言っていた。住民たちは観覧車に乗るために列をなしているのだ。もっとも、子供たちのほとんどは、バンパーカー（ぶつかり合って楽しむ小型の電気自動車）の方を気に入っているらしい。気の弱い人のために、小さなメリーゴーラウンドも用意してある。

「夏になるたびに軍人会が後援してくれているし、住民は誰もがカーニバルを気に入っているわ。わたしはいつも子供たちにインタビューをしたり、写真を撮ったりしているの」ポリーはハンドバッグからデジタルカメラを取り出し、人混みに狙いを定める。と、そのとき、ある人物が彼女の目をとらえた。「あの男が町に戻って来るなんて信じられない」半ば独り言のようにつぶやく。

「知り合いなのかい?」

「知らないことなどないくらいよ。厄介ごとが起きそうね」ポリーは人混みの向こうに歩を進めた。その先にいるのは、ハンマーをぶら下げた、ジーンズにTシャツ姿の黒髪の男。左の二の腕には、鷲の入れ墨が見える。エラリーはポリーの後ろについて歩いているのだが、彼女は突然の不安で彼の存在を忘れてしまったようだ。

その男は、ポリーが近づいてくるのを感じとったらしく、顔を向けて挨拶をした。「やあ、ハニー。元気にしてたか?」

「サム・ネーション。あなた、ライツヴィルで何をしているの?」

「おれは以前、ここに住んでいたじゃないか。忘れたのか? おまえの新聞に叩かれて、町を追い出されるまでだったがね。今はカーニバルの雑用係をしているだけだし、おれが行きたいところに行っちゃいけないという法律はないはずだ」

「あなたがこの町にいることを、ジャニスは知っているの?」

男は突っ立ったまま、ポリーににやりと笑いかけた。「なぜあいつに知らせなくちゃいけないんだ? あれは昔の話じゃないか。おまえと同じように」

ほんの数インチ前に広がるサムのにやにや笑いに対して、彼女は一歩も引かなかった。「あなたはこの町に迷惑をかけたのよ、サム。もしあなたがジャニスに会おうとしたら、レコード紙の第一面いっぱいに、あなたの顔を載せてやるからね!」

「前のときみたいに、か?」彼は手に持ったハンマーを持ち上げたが、その動きの何かがエラリーの防衛本能を突き動かした。エラリーはすばやく二人の間に割り込んだ。

「ぼくたちは会ったことがなかったね」彼は手を差し出しながら言った。「ぼくの名はエラリー・クイーン」

「今、会ってるだろ？」サム・ネーションは新たなにやにや笑いを浮かべながら問い返す。だが彼は、そう言いながらも一歩後ずさり、ハンマーを左手に持ち替えた。「ポリーの友だちか？」

「今日からね。彼女は記事にするため、ぼくにインタビューしているんだ」

ネーションは彼にウィンクする。「この女には気をつけな。こいつは年上が好みなんだ」そして、ふり返ることなく歩き去っていった。

「これは一体、どういうことなんだ？」エラリーは彼女に尋ねる。

「長くて退屈な話よ。おなじみの、小さな町の人生模様ってやつ。それがどんなものだかわかるくらいには、ライツヴィルで過ごしたはずよ」

「長くて退屈な話すら、作家にとっては興味深いのさ。ジャニスというのは何者なんだ？　きみたちの友人か？」

ポリーは答える前に、息をのんだ。「ええ。おまけにもう一人、ジャニスの姉がこちらに来るわ。彼女がネーションに気づかないように、神に祈らなくては」

その女性はすでにポリー・ワトキンスを見つけていたらしく、二人の方に歩いてきた。半袖のゴルフウェアを着たやせぎすの男が一緒にいる。彼女は編集長よりも年かさで、四十歳前後だろう。歳月が過ぎても変わらずに美しいに違いない、と思わせるタイプだった。「マージ、わたし——」

「あいつを見たのね、ポリー。あそこでいけしゃあしゃあと立っているサム・ネーションを！」

「少し話をしたわ」とポリーは認めた。「ジャニスはここにはいないわよね？」

「今夜、来るって言っていたわ」マージはエラリーに注意を向けた。「この方は？」

「作家のエラリー・クイーン。何年も前から、たびたびこの町に滞在している方よ。エラリー、こちらはマージ・ヘネセットとご主人のウェイン」

ウェインは強烈な握手で挨拶を交わした。「長期の滞在かな、クイーン君？　双子山墓地の向こうにあるライツヴィル・カントリークラブには、いいゴルフコースがあるのだが」

「今回は、そこまで余裕がないのが心苦しいのですが」エラリーの関心は二人の女性――彼女たちの間に突然、そして再び現れたサム・ネーションについての話を続けている――に向いていた。

「もしゴルフがお好きならば、きみをわが家の客として迎えたいのだが」

「またの機会にお願いします」エラリーは慎重に玉虫色の返事をした。ゴルフは彼の守備範囲ではないのだ。

「わたしはジャニスに会いに行くつもりよ」ポリーはもう一人の女性に言った。「彼女がここに来ないようにすべきだわ。わたしのように、警告なしで彼にバッタリ会ったりしないように」

「そんな必要はないと思うわ」マージ・ヘネセットは言った。「ジャニスだって他の人にも会いたいでしょうし。あいつには、妹を困らせようなんて気は毛頭ないに違いないわ」

「それでも彼女に警告しておきたいの」

「ポリー」年かさの女性は相手の手首に手を添えた。「じっとしていなさい。自分の新聞に専念するのよ」

二人の女性は別れ、エラリーは編集長の後を追って中道を進んだ――自分の存在が忘れ去られていないかを疑問に思いながら。サム・ネーションとの出会い、続くマージ・ヘネセットとその夫との出会いは、間違いなく彼女をうろたえさせていた。二人が再び軍楽隊演奏場の前を通る頃、エラリーは彼女に追いついて尋ねた。「大丈夫か?」

「あら、クイーンさん! ごめんなさい。わたし、問題の女性に会いに行かなくてはならないの」

「ベンチに座った方がいい。そして、洗いざらい話してくれ」

ポリーは首を横に振った。「あなたには関係ないわ。小娘みたいにふるまってごめんなさい」

エラリーはポリーの手をとって優しくベンチに連れて行った。彼女は抵抗のそぶりは見せない。腰を下ろすと、エラリーはあらためて「話してくれ」と言った。

ポリーは弱々しい笑みを浮かべる。「あら、わたしの方がインタビューを受けているみたいね」

「少しならわかっているよ。きみとジャニスとやらは、二人ともサム・ネーションと関係があったのだろう?」

「まさにぴったりの表現ね。サムはこの町では札付きのワルだったの。夜にホイスリング上通りのプールバーに行けば、まず彼に会えたはずよ。でも、わたしはサムに惹かれてしまって、何回かデートをしたの。その後釜がジャニス・コリンズ。わたしは彼女に、サムがどんな男だか警告しようとしたわ――彼が軽犯罪で逮捕されたときの警察の記録を新聞に載せたこともあった――でも、ジャニスは離婚までして、愚かな道をひた走ったというわけ」ポリーはため息をついた。「この先を聞こうとしてはいけないわ。ここまでだって、かなりしゃべり過ぎてるみたいだし」

「ぼくは作家なんだよ、ポリー」エラリーは彼女に思い出させた。「どんなことを聞いても、ショックを受けたりはしない」

「どんなことでも材料になるというわけかしら？　あなたの次の本、読みたくなくなったわね」

「そんなことにはならないと請け合うよ。でも、問題のジャニス・コリンズには会ってみたいな」

「何のために？」

「ぼくの時間外勤務中の想像力のために。それに、きみがジャニスの名を出したとき、サム・ネーションのハンマーを握る手に力がこもって、まるで振り回す準備をしていたみたいだったからね。だから、あのとき間に割り込んだのさ。サムはジャニスに怒りをぶつける理由があるのかな？」

「赤ん坊ができたの」ポリーはしぶしぶ答えた。「サムが去った後、ジャニスは赤ん坊を養子に出したわ。どうやってかは知らないけど、彼はそれに気づいて、電話で彼女を脅かしたの。でも、一年以上前の話よ。今ではもう、怒りは納まっていると思うわ」

「あいつはジャニスにどうしてほしかったのかな？　父親なしで子供を育てろ、とでも？」

「男の子なの。サムは自分の息子がどこにいるか教えてほしかったのよ。もちろん、ジャニスは知らなかった。それで、さらに彼の怒りは激しくなったというわけ」

「ぼくは心の底から、ジャニスと会うべきだと思うようになったよ。この町でカーニバルが開かれている間ずっと、彼女は危険な状態に置かれていることになるわけだ」

　すったもんだの末、ようやく彼はポリーを説得できた。ジャニス・コリンズが危機に瀕していることを本人に警告する際に、自分も一緒にいるのがベストだと納得させることができたのだ。彼女は自分の携帯電話を使って、今から二人が向かうことをジャニスに伝えた。ポリーとエラリーは新聞社のオフィスに戻って彼女の車に乗り、〈北の丘通り《ノース・ヒル・ドライヴ》〉に向かって走らせる。そこは町でもそこそこ所得が多い層が住む地区で、ポリーは友人が離婚の際にその家を譲り受けたのだと説明した。

「ジャニスは誰と結婚していたのかな?」とエラリーは尋ねる。

「ワグナー・コリンズ。ライツヴィル・ナショナル銀行の副頭取よ。あなたは会ったことはないと思うわ。二人の結婚生活は六年間だったけど、その間に、忘れられないパーティを何度も開いていたわね。さあ、着いたわ」ポリーは赤い小型のサターンを車回しに入れる。その先には、ライツヴィルの銀行家にまことにふさわしい、こぢんまりした白いコロニアル風の家があった。

「サム・ネーションとつき合うようになったとき、ジャニスはまだ結婚していたのかな?」

「結婚はしていたわ。別居中だったけど。妻の妊娠が、ワグナーにとっての最後のわら（「ロバの背骨を折る最後の一本のわら」の喩えから）だったのよ。赤ん坊が自分の子供ではないことを知ってしまったから」

ジャニス・コリンズが戸口で二人を出迎えた。「嬉しいですわ、クイーンさん。あたし、あなたの本は全部読んでいるのよ」彼女は小柄だったが、黒髪をアップに結い上げていたため、身長が二インチ上積みされている。身につけたパステル調の普段着は、家事や庭仕事のためにデザインされたようには見えない。

「ならば、いっぱい読んだことになりますね」エラリーは微笑みながら言った。

ジャニスは二人をきちんと整頓された居間に案内した。すべてがあるべき場所にあり、マントルピースの上に置かれた時計は正確な時刻を刻んでいる。「それで、サム・ネーションがどうかしたの?」ジャニスは友人に尋ねた。

「記念公園で見かけたのよ。雑用係として、カーニバルの開催中はずっと働いているわ」

ジャニス・コリンズは鼻を鳴らす。「あいつにぴったりの仕事だこと」

「彼、あなたと連絡をとろうとした？」ポリーは尋ねた。

「まだよ。でも、連絡してくるか疑わしいわね。あたしは息子がどこにいるのか、見当もつかないのよ。でもクイーンさん、こんな話はあなたには退屈でしょう。飲み物でもいかがですか？」

「おかまいなく。長居はできないもので。ぼくは、ネーションという男は悪しき来訪者に見えるという警告をするために来たのだ。もし彼がここに来たら、警察に電話することを勧めるよ」

「わたしたちの妄想じゃないのよ」ポリーが彼女に言った。「あなたの姉さんもサムを見ているわ。あいつはハンマーをぶら下げていて、まるで、それを使いたがっているようだった」

「警察には電話しないわ」ジャニスは二人に言った。「別れた夫に電話するつもり。あの人なら、サムのあしらい方を心得ているでしょうから」

「あなた、まだ彼と会っているの？」ポリーは不思議そうな顔を見せる。

「ときどきは。ワグナーはいい人よ。一緒に暮らすのは長続きしなかったけどね」

エラリーはもっときつい警告をしたかったが、それ以上は口に出さなかった。彼は、関係者の誰一人として詳しいことは知らなかったし、ひょっとして、サム・ネーションのハンマーの握り方を大げさに考え過ぎているのかもしれないからだ。代わりにポリーが、「これでもまだ、今夜のカーニバルに行くつもりなの？」と尋ねる。

「考えておく必要があるわね」ジャニスは答えた。

ポリーは車でエラリーを広場まで送り、ホテルの前で降ろした。「ライツヴィルでの滞在を楽しんでもらえるといいけど」と彼女は付け加える。「それと、わたしは今でも、あなたが帰るまでにインタビューをしたいと思っていますから」

ホリス・ホテルで夕食をとってから、エラリーは広場の方にぶらぶら歩いて行った。どうやら自分はカーニバルに行きたいと思っているらしい。輝く照明と澄んだ夜空の下、カーニバルは午後よりも混んでいるようだった。小さな子供連れの家族に加えて、ティーンエイジャーが親抜きで来ている。バンパーカーの方からは女の子のような叫び声が、そして、高校生たちからはもっと大きな笑い声が。観覧車の前には長蛇の列。エラリーはこういった光景を眺めながら、不思議に思っていた──この完璧にアメリカ風の舞台が、どうして殺人の現場になることができるのだろう。

ホリス・ホテルに戻ろうとしたとき、サム・ネーションが見知らぬ男と話しているのが目に入った。二人は言い争っているようだったので、エラリーは話の内容が聞こえる距離まで近づいていった。相手の男は黒のスラックスと白の開襟《かいきん》シャツを着ていて、ネーションよりは年上だが、背はさほど高くなかった。にもかかわらず彼は、ネーションの顔に触れんばかりに指を突き出して威嚇しているのだ。「彼女には近づかないこと、それだけは守れ！」

サム・ネーションはひるまなかった。「あの女はおれのガキを抱えているんだ。おれは子供がどこにいるのか知りたいだけさ」

「きみにそれを知る資格はない。そもそも、ジャニスは子供がどこにいるか知らないのだ。子供は今はもう、きみよりずっときちんと世話ができる夫婦の養子になっている」

「それがあんたと何の関係があるというんだ、コリンズ？」ネーションは反撃ののろしをあげた。

「あんたはもう、あいつの亭主じゃないんだぜ」

「きみと話をつけるように、ジャニスから頼まれたのだ。彼女に近づくことも、身勝手なゴタゴタを起こすことも許さん」

「あの女の尻が今でも軽い方に賭けてもいいぜ、なあ?」

コリンズは相手のTシャツをむんずとつかむと、ぐいと引っぱった。エラリーはその日で二度めの争いを止めるために動き出す。そのとき不意に、ネーションはエラリーに気づいた。「この男を知ってるか?　今日の午後、新聞社の女と一緒にここにいたやつだ。たぶん、ジャニスの一番新しい獲物だろうな」

ワグナー・コリンズがエラリーをじろじろ眺めたので、ネーションはその手を振りほどくことができた。「きみは誰かな?」とコリンズは尋ねた。

「単なる旅行者で、名前はエラリー・クイーンといいます。今日の午後は、たまたまポリー・ワトキンスと一緒でした」

「私の別れた妻を知っているのか?」

「ポリーとぼくは、短い時間でしたが、ジャニスさんの家を訪ねました。そのときが初対面です」

サム・ネーションは、これ以上ジャニスの元夫の相手をする気はなかった。彼は二人に背を向けると、人混みの中にすばやく消えていく。コリンズは頭を振っただけだった。「ジャニスには保護者が必要だとときどき思うよ。結婚している間、私は自分の最善を尽くしたつもりだった。だのに、彼女はパーティの後で姿を消す癖が抜けなかったのだ。私が後かたづけを終えると、彼女は朝の四時にとことこ帰って来るのさ」

「あなたは充分、彼女の面倒を見ているじゃないですか。ネーションを脅して追い払ったし」

「あのチンピラが!　ジャニスの男友だちのほとんどは、あいつなんかより、もう少し地位のある連中なのだがね！」

「もし彼が自分の息子を捜しているなら、危険な存在になり得ますね」

「これ以上話すことはない」コリンズはそう返すと、エラリーを一人だけ残して立ち去った。

エラリーは、あたりをぶらぶら歩きながらサム・ネーションの姿を捜したが、影も形も見当たらなかった。彼は自分のツキをいくつかのゲームで試すことに決め、賞品として小さなぬいぐるみの熊を手にして引きあげた。

エラリーは次の日の午前中を図書館で過ごすことにした。地方紙で、なじみの名前を探そうと考えたのである。彼の記憶に残る多くの名前は、死んでしまったか、あるいは大都会の誘惑によって去ってしまっていた。ライツヴィル・レコード紙の数年分に目を通した後、やはり新聞社のオフィスに行った方がよいと考えた。そこならば、死亡記事や死亡告示などの資料が検索できる形で管理されているに違いない。新聞社に着いたのが昼食時だったため、ポリー・ワトキンスは出かけていた。彼女が帰ってくる頃に出直すことにしたエラリーは、広場に向かって歩を進め、またもやカーニバルにたどり着いた。あるいはサム・ネーションが見つかるのではないかと期待していたが、影も形もなかった。その代わりに、昨夜よりは列が短くなっている観覧車に乗ることにした。観覧車が一番上まで上がると、ライツヴィルのほとんど全部を見渡すことができた。〈北の丘通り《ノース・ヒル・ドライヴ》〉の老ヴァン・ホーン〔原注＝エラリー・クイーン作『十日間の不思議』（一九四八年刊）参照〕の地所までも。

彼が公園を出たのは二時十五分前くらいだったが、ちょうどそのとき、白いコンバーティブルが縁石で停まった。エラリーは、ハンドルの向こうにはウェイン・ヘネセットがいて、後部座席にはゴルフバッグが積んであることに気づいた。「エラリー、きみを捜していたんだ！」

エラリーは抗議するように手を上げる。「今日はゴルフは遠慮させてください」

「違う、違う。私は今しがた、プレイしてきたばかりだよ。私と一緒に家に来て、マージと話してほしいのだ。妻は、妹とカーニバル会場にいるやつのことで気をもんでいるのでね」

「ぼくにどんな手助けができるのか、わからないのですが」

「妻と話してくれるだけでいいのだ。それであいつの気持ちも落ち着くだろう」

「わかりました」エラリーは承諾して、ヘネセットの隣りの助手席にすべり込んだ。「今日のゴルフはどうでしたか？」

「八〇を切ったよ。これまでの夏は一度も切ったことがなかったのに」

家は駅の近くのワシントン街を出たところにあり、たった五分で着いた。二人はマージが台所にいるのを見つけた。彼女はケーキにシュガーコートを着せている最中だった。「あなたのためじゃないわよ」とマージは夫に言った。「今夜のカーニバルで、焼き料理のオークションに出すの」

「それは私が落札する羽目になりそうだな」ヘネセットは妻ににやりと笑いかける。

「またあなたに会えて嬉しいわ、エラリー」とマージは言った。「今日はどんな用事で家に来てくれたのかしら？」

「あなたが妹さんのことで気をもんでいる、とウェインから聞いたのでね。ひとつ教えてあげようと思って――昨夜、ジャニスの前の夫をカーニバル会場で見かけたよ。彼はネーションに向かって、『ジャニスに近づかないように』と言っていた」

「本当？　びっくりさせられるわね、あの人が――」

「電話がバイブレーションしている」ヘネセットがポケットに手を入れながら言った。携帯電話をパチンと開くと、ボタンを押して「もしもし」と言って、しばらく話を聞く。「切らずに待っていてくれ」と電話に向かって言ってから、「きみの妹からだ」とマージに告げた。「ジャニスはかなり動転しているみたいだ」

ヘネセットは電話を持ったまま妻の耳に近づけたので、エラリーにも向こう側の女性の声が聞こえた。「何なの？　それで何をするつもりなの？」その声のさらに向こうで、マントルピースの時計が二時を打つ音がした。そして、彼女の悲鳴と「ごつん」という音が一同の耳に飛び込む。

「ジャニス！」姉は電話に向かって叫んだ。「大丈夫なの？」だが、電話は切られていた。

「何てことだ！」とヘネセットは言った。「今すぐジャニスの家に行かなければ」

「ぼくたちが今すぐやらなければならないことは、ニュービー署長への電話です」エラリーはとっさに判断した。「９１１に電話を」

ヘネセットは手早く電話で緊急事態を告げ、ジャニス・コリンズの番地を伝える。それから三人は急いで家を出ると、ヘネセットの車に乗り込んだ。マージは夫と並んで前部座席に座り、エラリーはゴルフクラブと並んで後部座席に腰を下ろした。感心なことに、ゴルフクラブのアイアンは汚れ一つなく、ウッドにはきちんとヘッドカバーがかかっている。ウェイン・ヘネセットは車を飛ばしたが、一同がジャニスの住む区画に着いたときには、車回しにはすでに署長の車が停まっていた。アンセルム・ニュービーが助手と共にドアの前に立ち、中に入ろうとしていた。

「返事がないんだ」署長が三人に説明する。

「鍵があるわ」マージ・ヘネセットはそう言うと、署長を押しのけて鍵を差し込んだ。

一同はマージの妹を——居間の床に横たわり、強烈な打撃によって左のこめかみから血を流している死体を——見つけた。ジャニス・コリンズが殺されたことに、疑いの余地はなかった。

取り乱したマージがすすり泣いている間、ウェイン・ヘネセットはニユービー署長に向かって、サム・ネーションがカーニバル会場にいることをしつこく教えていた。ニユービーはうなずき、電話で警察署に事件の報を伝え、署員に検死官と死体処理班を手配するように命じた。部下はすでに犯行現場の写真撮影にとりかかっている。

「凶器はなし」周囲を調べ終わったニユービーは言った。

「昨夜カーニバルにいたときは、ネーションはハンマーを持っていた」エラリーは言った。

「しょっぴいて尋問しよう。できることはそれくらいだな。たぶん、近所の住人の一人くらいは、車か人を目撃しているさ。それと、もちろん、指紋のチェックだ」

エラリーはマージ・ヘネセットを慰めるため、台所に行って隣りに腰を下ろした。彼女の夫は警察署長をわずらわせ続けている。新たに二人の警官が現場に到着して近所の聞き込みを手伝ったが、誰もコリンズ宅へ尋ねてきた人物に気づいていなかった。エラリーが裏口から外に出て裏庭を見まわすと、そこは次の通りまでつながっている。殺人者が誰にも見られずに家に入ることができたわけが、彼はわかった気がした。

家の中に戻ると、マージは夫と話せるくらいには立ち直っていて、「誰かがワグナー・コリンズに電話しなくちゃいけないわ。あなたがしてくれる?」

「いいとも」とヘネセットは言った。警察が指紋採取のため電話機に粉をふりかけていたので、彼は自分の携帯電話を使って前夫に知らせた。電話を切ったちょうどそのとき、マントルピースの時計が時報を鳴らす。驚いたエラリーが腕時計に目をやると、間もなく三時になろうとしていた。

「警察はカーニバル会場に行った方がいいな」ヘネセットは署長にアドバイスした。「ワグナー・コリンズは、ネーションが彼女を殺したと信じ込んでいるようだ。それに、自らの手で復讐を果たしたがっている感じも受けたな」

「ぼくも同乗させてくれ」エラリーが意を決したように言った。

「私の部下の方が、こんな状況をうまくさばけるのだがね、クイーン君」署長は返答する。彼のエラリーに対する見方は、これまで積み重ねてきた歳月によっても改まることはなかったのだ。

「私が連れて行くよ」ヘネセットが言った。「行こう、マージ。もう、私たちがここでできることはない」

「彼女はわたしの妹なのよ、ウェイン！　わたしはここに――」

「今はもう、警察の手に渡っているのだ。警察が犯人を突き止めてくれるよ」

「あなたはサム・ネーションが犯人だと思っているの？」

「あの男が何を言うか、もうすぐわかるさ。行こう、エラリー。後ろに乗りたまえ」

またしてもライツヴィルで殺人が起こった。これまでもやはり、エラリーがこの暴力とはかけ離れた穏やかな町を訪れたときに起こったのだ。彼は最初の来訪を、ローズマリー・ハイトの死を、ノーラ・ライトの双子山墓地での葬式を思い出していた〔原注＝エラリー・クイーン作『災厄の町』（一九四二年刊）参照〕。ジャニス・コリンズの葬式のために、またもや双子山墓地に行くことになるのだろうか、と彼は思った。

ものの数分で町の中央に到着。そのときエラリーの目に入ったものは、ライツヴィル・レコード社のオフィスから駆け出し、広場を抜けてカーニバルに向かうポリー・ワトキンスの姿だった。「降ろしてくれ！」彼はヘネセットに声をかける。「ポリーが特ダネを追いかけているみたいだ」

エラリーは車を降り、郵便局の前で彼女に追いついた。ポリーは彼の不意の出現にびっくりしている。「エラリー！　どこから現れたの？」

「ヘネセット夫妻と一緒だったんだ。きみはどこに行くつもりなんだ？」

「コリンズ家で殺人が起きた、という警察への通報を聞いたの。それから署長の車がカーニバル会場に向かうのも見たわ。何があったの？」

「誰かがジャニス・コリンズを殺したのだ。彼女の前夫は、サム・ネーションが犯人だと思っている。彼は、犯人をニュービー署長に預ける気はこれっぽっちもないらしい」

二人はカーニバルの中道を駆け回り、ネーションやコリンズやニュービーを捜したが誰一人見つからなかった。数人の子供が綿あめを持って走り抜け、乗り場に向かって行く。「あそこよ！」ポリーが突然指さした。二人の目に、メリーゴーラウンドの後ろに消えていくワグナー・コリンズの姿がちらりと映った。カーニバル関係者のトレーラーが駐めてある場所に向かっている。

エラリーは若い頃のようには速く走れなかったが、まだまだポリー・ワトキンスに遅れをとらない程度には地を駆けることはできた。二人がコリンズの姿をとらえたとき、彼は手に何かを持ったまま、一台のトレーラーのドアをぐいぐい引っぱって開けようとしているところだった。「銃を持っているわ！」ポリーがエラリーに教える。彼には銃を持っているかどうかまでは確認できなかった。が、ポリーが正しいことを恐れた。

「ワグナー！」エラリーは叫んだ。「待つんだ！」

男はエラリーを無視したまま一台めのトレーラーの前を離れ、二台めに移動した。エラリーにも銃がはっきりと見えた。二人が駆け寄ると、ワグナー・コリンズは向き直り、引き返すように警告した。「近づくんじゃない！　撃つぞ！」

一同がサム・ネーションを見たのは、まさにそのときだった。彼は別のトレーラーからシャツも着ないで現れた。おそらくは、外の騒ぎが気になったのだろう。コリンズは彼に向き直るとピストルを構えた。弾丸が発射される瞬間、エラリーは自分の体を銀行家に叩きつけた。二人はもんどり打って地面に倒れ込んだ。銃声で四方八方から人々が駆け寄った。倒れたショックで少しぼうっとしていたエラリーが顔を上げると、ニュービー署長の姿が、そしてすぐ後ろに続くマージとウェインのヘネセット夫妻の姿が見える。銃はワグナー・コリンズの手から離れていて、銀行家が手を伸ばす前に、ニュービーは取り戻せないほど遠くに蹴飛ばした。

「自分が何をしているのか、わかっているのか？」署長がコリンズに訊いた。「これは警察の仕事であって、個人的な裁きは許されんのだ」

「ジャニスは私の妻だった」コリンズは地面からゆっくり身を起こしながら言った。

「おれはやっちゃいない！」ようやく口を開いたネーションが主張する。「今しがたラジオで聴くまで、あいつが死んだなんて知らなかった」

ニュービー署長が手錠を取り出した。「おまえを取り調べた方がいいようだな。そうすれば、関係者全員が安全ってわけだ」

「手錠は必要ないぜ。あんたと一緒に行くからな」

「たぶん、ぼくたち全員が一緒に行くべきでしょうね」エラリーが提案した。「事件の解決に役立つと思いますよ」

郡裁判所の横手の新しい警察署に戻ると、一同はニュービー署長のオフィスに集まった。サム・ネーションはどこからかシャツを手に入れて、裸の上半身をおおっている。彼はニュービーの隣りに腰を下ろし、他の者は注意深く彼との距離を取っていた。エラリーはワグナー・コリンズと並んで木製の長椅子に座っていた。銀行家の武器は弾丸と別れを告げ、今では署長のデスクの上で休息を取っていた。マージとウェインは二脚めの長椅子に並んで腰かけ、ポリー・ワトキンスは別の部屋からごろごろ引っぱってきた速記者用の椅子に座っていた。

「クイーン君は、この事件について、自分がある情報を持っていると確信しているらしい」ニュービー署長が口火を切った。「みなさんもご存じのように、彼はニューヨークでは本物の探偵なのだ」

エラリーは咳払いをした。「始める前に、一本電話をかけさせてください。他の部屋の電話を貸してもらえますか?」

「正面の部屋に行けばいい」ニュービーはそう教える。

数分ほどでエラリーは戻り、再び腰を下ろした。「一つだけ確かめておかなければならないことがあったのです」彼は一同に話し始める。「今やぼくは、誰がジャニス・コリンズを殺したかを、みなさんに話す準備ができました」

「誰が彼女を殺したかなんて、みんな知っているじゃないか」ワグナーは署長のデスクを乗り越えてサム・ネーションの喉に飛びかからんばかりの態勢で、うなり声を上げた。

「決めつけてはいけませんね。思い出してください。ここにいる者たちの内、三人は電話ごしに犯行を聞いていました――被害者の姉のマージ、マージの夫のウェイン、それにぼく自身です」

「あのとき聞いたことは、一生忘れないわ」マージは弱々しく言った。

「ぼくもです」とエラリーは同意して、「殺人者がジャニスの頭に凶器を振るったとき、彼女は犯人に呼びかけていましたが、同時に、背後でマントルピースの時計が二時を告げてもいました。そして、ぼくは昨日、同じ時計が正確な時刻に鳴ったのに気づいていました」

「何か指摘したいことがあるなら、さっさと話してくれないか」とニュービー署長がせかした。

「さて、ぼくが指摘したいのは、殺人の後――つまり今日の午後に彼女の家に行ったとき――時計は実際の時刻より二分早く鳴ったということです。ひと晩の間にそんなに進むことはあり得ません。マントルピースの時計は、普通は、コードを引かなくてもすむように、内蔵の電池かゼンマイで動くようになっています。仮にコードを利用していて一時的に切れたとしても、あるいは内蔵の電池が弱くなったとしても、その場合は二分遅れるはずではないですか。つまり、何者かが手で時計を操作しない限り、進むということはあり得ないのです。ぼくは自分に〝何者かがそんなことをした理由は何か〟と問いかけました。可能な説明はたった一つしか考えられませんでした――ジャニスが姉と電話で話している間に、時計が二時を告げるようにするためです。

しかし、そもそも、そんなことは無意味なのです。ウェインのポケットの携帯電話にジャニスがかけた時刻はまさしく二時であり、だからこそ、時計は二時を告げたのですから。なぜ正しい時刻を指している時計の針を動かさなければならなかったのでしょうか？　ここでぼくは、自分に問いかけました。『だがしかし、それは本当に正しい時刻だったのだろうか？』と。ジャニスが殺されたときに二時を告げたように見える時計の針が動かされた理由は、まさにそこにあったのではないでしょうか？」

ニュービー署長はいらいらしながらお手上げのポーズをした。「何を言おうとしているのだ、クイーン？　電話の最中に、きみたち三人はそろって時計が二時を告げるのを聞いたのだろう。そしてきみは、それを聞いた時刻は二時に間違いないとも言っている」

「ならば、この行為によって殺人者が有利になるとしたら、どんな場合が考えられるでしょうか？ぼくには一つしか思い浮かびませんでした――殺人の正確な時刻におけるアリバイを作るためです。ぼくたちが携帯電話で聞いた音は、実は携帯電話の通話ではありませんでした。録音だったのです。録音を聞いた三人の内、ぼく自身はアリバイ工作者から消去できます。残りの二人は――ここにいるマージとウェインのヘネセット夫妻は――アリバイ工作を行うことが可能でした」

ウェインが立ち上がった。「きみは、私の妻が実の妹を殺したと言いたいのか？」

「違います」とエラリーは言い返して、「なぜならば、通話が実際には録音だったとしたら、殺人者は適切な時刻に――時計が時報を鳴らす少し前に――電話を受けることができるポジションにいなければなりません。電話はあなたのポケットの中でしたね、ヘネセットさん。そして、ぼくたちは電話が鳴るのを聞いてはいません。あなたは携帯電話がバイブレーションしていると言って、ポケットから取り出し、ボタンを押しました。しかしそれは、受信ボタンではなく、録音の再生ボタンだったのです。そして、携帯電話を手に持ったまま、ぼくたち二人に録音を聞かせたのです」

「気違い沙汰だ！　私にジャニスを殺す、どんな動機があるというのだ？」

「あなたのゴルフクラブが積んである車の後部座席に座ったとき、ぼくはアイアンがきれいなままであることに気づきました。普通なら付着しているはずの、土や芝の汚れがまったくなかったのです。ほとんどのゴルファーは、自宅に帰ってからクラブを手入れするものなのに。ぼくは、もしあなたがゴルフをしなかったならば、どこに行っていたのか不思議に思いました。ジャニスの家でしょうか？　おそらく、あなたはこれまでも、夫はゴルフコースに出ているとマージが思い込んでいるときに、ジャニスの家にいたのでしょう」

マージ・ヘネセットの顔から血の気が引いていく。「ウェイン」彼女は蚊の鳴くような声を出した。「あなたとジャニスは——」

「あなたは、殺人を終えて家に戻る途中でぼくを通りで見かけて、車に乗せました。これはあなたにとって幸運でした。ぼくは、あなたのアリバイを立証する強力な証人になるからです。おそらく、あなたが関係を終わりにすることを望んだので、ジャニスが何もかも姉に告白すると脅したのでしょうね。彼女のかつての愛人がカーニバルのために来ていたので、あなたは非の打ち所のない容疑者を手に入れることができました。あなたはサムの行動をチェックし、二時頃には一人でトレーラーの中にいるためにアリバイが成立しないことを調べ上げたに違いありません。あなたがジャニスを殺したのは、二時少し前でした。ある程度近ければ、検死官は死亡時刻の食い違いに気づかないからです。あらかじめ、マントルピースの時計を二時直前まで進めておいてから、携帯電話に組み込まれているレコーダーを——最近の携帯電話のほとんどについている機能である〈ボイスメモ〉を——使い、ジャニスの死に際の言葉と共に、時計の時報を録音したのです。彼女が『何をするつもりなの』と問いかけたその瞬間を狙って、あなたは頭部に致命的な一撃を加えました。もし彼女があなたの名前を口にしたならば、計画は進めなかったでしょうが、口にはしませんでした。その後、あなたは時計を本来の時刻に戻しました。あいにくと、あわてていたために、数分ほど進め過ぎてしまったのです。二時直前に、あなたは『電話がバイブレーションしている』とぼくたちに言って、ポケットから取り出し、あらかじめオプションメニューから選んでおいた〈ボイスメモ〉を再生するボタンを押しました。こうやって、ぼくたちはジャニスの死に際の言葉を聞かされたのです」

「それについて、どうやって証明するつもりかな?」灰のように白い顔をした妻を無視して、ヘネセットは嚙みついた。

「あなたはジャニスを殺害するための凶器が必要でした。ですが、あなたがハンマーを手にして彼女の家に入っていったとは、到底思えないのです。あの状況下で、もっと自然に見えるものを用意したのではないでしょうか。ゴルフのドライバーのように、使った後にバッグに戻して、ヘッドカバーをかぶせてしまえるようなものを」

その瞬間、ウェイン・ヘネセットは我を忘れ、エラリーの喉笛に飛びかかった。

ポリー・ワトキンスは記事をものにできたが、エラリーはニュービー署長がヘネセットに手錠をかける直前に、少々ケガを負った。その少し後で、ポリーは思い出したように彼に尋ねた。「わたしたちに謎を解いてみせる前に、誰に電話をかけたの?」

エラリーはわずかに微笑んだ。「最高の推論でさえも、確認しなければならないことがあるのだ。ぼくはカントリー・クラブに電話をして、今日、ウェインはプレイしたのか尋ねたのさ。彼はしていなかったよ」

〈探偵〉エラリー・クイーン（埃勒里・奎因）

日本鎧の謎

日本木制鎧甲之謎

馬天

二〇〇五年のクイーン生誕百周年には、中国のクイーン・ファンが『奎因《クイーン》百年紀念文集』という冊子を出しました。本作はこの本に掲載された中国語によるクイーン贋作です。従って、この作のみ、矢口英佑氏の訳文に私が手を入れる形をとっています。

なお、この冊子の編集者にお願いして、作者の紹介文を書いてもらいました。

> 馬天《マーティエン》は中国新世代の推理小説作家。一九九九年から推理小説の創作を始め、二〇〇四年に探偵ドラマ『大探偵西門』の台本原案を提供。二〇〇八年に雑誌「歳月・推理」の契約作家となり、短篇・中篇小説三十数編を発表。長編小説は『女王勲章』（二〇〇八）と『タイムトンネル』（二〇〇九）。エラリー・クイーンの贋作は、本作の他に「三通のラブレター」、「そして誰もいなくなった」などがある。

内容は、「なぜ被害者に鎧を着せたのか?」という謎、「なぜ余命わずかの被害者を殺したのか?」という謎、二発の銃声をめぐる謎、と、なかなかクイーン風かつ魅力的です。ただし、個人的には、クイーンよりは日本の新本格ミステリのような感じを受けました。この冊子の寄稿者や現代中国の探偵作家には、島田荘司以降の日本の新本格のファンが多いようなので、本作の作者もそうなのでしょう。

とはいえ、この冊子を読んだ限りでは、中国の「ＥＱ迷《ファン》」の数も、決して少なくはないようです。そして、情熱の強さも――。天国の曼弗雷徳《マンフレッド》・Ｂ・李《リー》と弗瑞徳里克《フレデリック》・丹奈《ダネイ》も、喜んでいるに違いありません。

1

厳しい寒波が一年の最後の月に、ニューヨークとフィラデルフィアの間にある町、モントリーズを襲った。モントリーズの人口は多いとは言えず、教員不足の学校が二つに古ぼけた小さな教会が一つ、あとは納税義務を負ったごく普通の市民たちが住んでいるだけだった。

ヘンリー・マーロウの生活は、まあまあの生活を送る市民たちからすると、かなり恵まれていた。彼と弟たちと妹は父親のジョーゼフ・マーロウの別荘に住んでいたが、ヘンリーはその弟や妹と血のつながりはこれっぽっちもなかった。もちろん、ジョーゼフも彼の実の父親ではなかったが、二十年以上にわたって築き上げられてきたこの家庭は、おしなべて平穏そのものだった。

彼らの別荘はこの小さな町の最南端に位置し、住み始めてすでに十年が過ぎていた。ジョーゼフ・マーロウの別荘からいちばん近い民家でも優に二マイル以上離れているのだが、これは、彼自身が、自分の晩年を静かに、何ものにも邪魔されず穏やかに過ごせるようにと望んでのことだった。だが、残念なことに三年前、この老人は喉頭癌を患い、痛みのために会話がままならず、もう長い間、言葉を発したことがなかった。

医者のサイモン・フォーチュンは、ある人物を介してジョーゼフの看護を担当することになった。町でもっとも腕がいいと言われているこの医師は、先月、五十歳の誕生日を迎えたばかりだった。角張ったあごのせいか、彼の顔は長方形に近く、鼻の下と唇の下に小さなひげを横と縦にそれぞれ蓄えていて、茶褐色の髪の毛は年相応に薄くなっていた。彼は若い頃は監察医だったが、その後、個人開業して口腔外科領域の疾患治療に長年携わってきたことから、ジョーゼフの看護を引き受けることになったのだった。

雪は昨日から降り続いていて、もう足首どころか、膝に届くほどに積もっていた。そのためマーロウ一家は別荘に引きこもったままで、戸外に出ようとする者はいなかった。

夜の十一時四十分、医師がジョーゼフの部屋から出て来た。足音を立てないようにして向かい側の部屋に入った。それはジョーゼフが彼にあてがった部屋だったが、医師はあまり使っていなかった。

「フォーチュン先生」という声の方を見やると、それは妖精のような美しさをたたえたジェシア・マーロウだった。

彼女はまだ二十歳で、ジョーゼフが引き取った最後の孤児だった。彼女は美しいというよりも、むしろ愛くるしいといった方がより相応しく、長いブロンドの髪と細い眉の下のぴんと伸びた睫毛《まつげ》、そして宝石のように輝く目は男を魅了するのに十分すぎるほどだった。惜しむらくは鼻がやや低く、身長もさほど高くなかったが、スタイルは抜群だった。その彼女が濡れた唇を微かに動かしながら医師に語りかけようとしていた。

医師は部屋に入りきってから、ようやく彼女に向かって口を開いた。「どうしました?」

ジェシアはドアの際《きわ》に立ったまま、「ちょっとだけお話ししていいでしょうか?」と医師に訊いた。

「しっ、静かに。お父様がおやすみになったばかりですから」サイモンは体温計を自分の用具箱に戻し、煙草を取り出して火をつけた。「どうぞ、聴いていますから」

彼女はほっそりとした指でそっとドアを閉めると、医師の前に腰を下ろし、「父の病状はどうなのでしょうか?」と訊いた。

「病状ね」医師は指であごをさわりながら、「完治という意味なら、私はたぶんあなたに否定的な回答を差し上げるしかないですね」

「食べることは?」

「嚥《の》み込むことが難しくなっています」医師は青白い煙を吐き出しながら、「この二日間、固形物を摂っていません。ブドウ糖液と栄養剤を混ぜた点滴で、なんとか生命を維持していますが」

「父は死んでしまうのでしょうか?」彼女の目が揺れ動いた。

「人間は必ず死ぬものですよ」サイモンは同情するように彼女のそばに近づき、その両手を包むようにして言葉をかけた。「私のできる限りのことはします」

ジェシアが微かに声を上げて泣き出した。「父はいい人なのに、どうしてこんな罰を受けなければならないのでしょう? 私にはわからない、先生、私にはわかりません」

「あまりにもたくさんのことを私たちはわかっていないものです。あなたはもっと強くならないと。これが現実だというなら、われわれはこれを受け入れるしかないのです」サイモン医師は顔を上げ、ドアを開けて入ってきた人物に目を注いだ。ヘンリー・マーロウだった。「何か用事でも?」

遊び人風のヘンリーがニヤニヤしながら、「ブリッジでも一緒にどうかと思ってね、どうです、ドクター?」

「遠慮しておきましょう」

「君は? ジェシア?」

「人の気持ちも知らないで！」彼女はヘンリーを毛嫌いしていた。

「へー、その理由とやらを聞かせてくれないか、子猫ちゃん？」ヘンリーがふらつく足で彼女のそばに近づいて来たが、どうやら今日もまたかなり飲んでいるようだった。

ジェシアは自分の長い髪を触っているヘンリーの手を「やめて」と押しやると、逃げるようにドアの所まで行き、さっと振り向くと憎悪のこもったまなざしをヘンリーにぶつけながら、「言っておきますけど、あなたから『子猫ちゃん』なんて呼ばれたくないわ！」と言った。

すぐさま追いかけようとしたヘンリーをサイモンが止め、厳しい表情で目の前の遊び人をにらみつけながら、「おやめなさい！　もう金輪際、ジェシアにまといつかないように、いいですね」と言った。

「ドクターよ、あんた、自分の仕事の範囲を超えているようだけどな」

「注射をしましょうか、きっとおとなしくなるでしょうからね」サイモンは一歩も譲らなかった。

ヘンリーは服の乱れを整えると、医師の耳元に口を寄せ、「俺はここの長男さ。ここのすべてが俺の物ってわけ。俺にとっちゃ、老いぼれが生きようが死のうが、どうでもいいことさ。雪が止んだら、おまえはお払い箱だ、出て行け！」目の前の医師を押しのけると、肩を揺するようにして大股で出て行った。


夜の十二時。ベッドに身を横たえたジェシアは暗がりのなかで、両手の指を組んでしっかり握り、養父のために祈っていた。突然、彼女の耳に「バン」というこれまで聞いたことのない音が聞こえた。花瓶や瀬戸物が落ちたときの軽く澄んだ音ではなかった。彼女は電気をつけ、すばやく起き出すと服を着てから廊下に出て、音の正体を確かめようとした。

すでに廊下に出ていたヘンリーが、ジョーゼフの部屋のドアの外からなかを覗き込んでいて、「爺さんが死んだのか?」と訊いた。

サイモン医師が部屋のなかから出てきて、聴診器を外すと、「異常ありません!」としっかりとした口調で答えた。

「今の音はどこからなの?」

そう言いながら廊下に出てきたジェシアに気がついたサイモン医師が、「あなたは大丈夫ですか?」と訊いた。

「大丈夫です」

耳が聞こえないメイスン・マーロウが気になった医師は、ヘンリーと一緒に彼の部屋のドアにぶつかるようにして開けて入った。「メイスン!」

メイスンはベッドでぐっすり寝込んでいた。前の音も今のドアにぶつかった音も、まったく聞こえていないのだ。

「ここじゃないってことのようだ」サイモン医師は、ようやく気づいたかのように、「お手伝いさんは?」と訊いた。

「夕食のあと、彼女は親戚の家に出かけたわ」ジェシアが言った。

サイモン医師がジェシアの部屋に入ると、ヘンリーも一緒に入ってきた。医師が彼女の部屋の窓を開けたとたん、雪に覆われた地面に人間が一人倒れているのが目に飛び込んできた。しかも彼らをさらに驚かせたのは、その人間が木製の鎧《よろい》を着ていることだった。

2

エラリー・クイーンはベッドの用をなさないしろものに腰を下ろしていた。この小さなベッドは片方の足が長く片方が短いために横になることができないのだ。彼は父親とフィラデルフィアの北、ニューヨークからは五マイルほど離れているモントリーズに滞在していた。それというのも、こっちに住んでいる親友のエミータと会うのだと父親がうるさく言っていたため、先週の水曜日から一緒に来ていたのだった。ところが、まったく気の毒としか言いようがないのだが、十年以上もクイーン警視と会っていなかったこの古い友人は、心待ちにしていた約束のその日、予想もしない心臓の発作に襲われ、亡くなってしまい、二人は今日の午後、エミータの葬式に行ってきたのだった。

クイーン警視の話によると、かつてエミータに救われたことがあったというのだが、あいにく、その救われた具体的な事情については、本人以外誰も関心を持たなかった。警視は葬式の最中、まるでお仕置きを受けた子どものように打ちひしがれていた。リチャード・クイーン警視とエミータの友情がどれほど深かったのか知る者はいなかったし、もちろんこれからもいるはずはなかった。

エミータの葬儀のために、今日一日、彼らは目が回るように忙しかった。午前一時、エラリーが疲れきった身体を引きずるようにして浴室に足を踏み入れた。灰色のワイシャツを脱ぐと、がっしりとした肉体が頭からつま先まであますところなく鏡に映っていた。エラリーがシャワーのノズルをひねると、「ズッ、ズッ」としばらく音だけだったが、やがて黄色く濁った水と元気いっぱいの小さなムカデが飛び出してきた。エラリーはニッキイが貸してくれた石鹸を手にしたまま、鏡の中にいる苦り切った顔をした自分を見つめていた。ちょうど悪態をつこうとしたとき、いつ現れたのか、そばに父親のクイーン警視が立っていた。

「先に使う勇気はありますか？」エラリーは浴槽の濁ったお湯を指差しながら、いたずらっぽく言った。

「ジョーゼフ・マーロウを知っておるか？」クイーン警視は帽子を脱ぐと、「名前だけでも聞いたことは？」とさらに訊いた。

「フィリップ・マーロウですか？」

「おまえ、大丈夫か？」

「もちろんですよ」エラリーはシャワーを浴びるのを諦めて、父親と一緒に寝室に戻ると、「だいぶ元気になったようですね」と声をかけた。

「おまえのお世辞など聞いても仕方ない」クイーン警視が腰を下ろすと、安もののソファーは危うく彼の体重でぺしゃんこになりそうだった。「ジョーゼフ・マーロウ、七十六歳、大資産家。やっこさん、おまえが思いつく限りの商売をすべてやったことがあるはずだ。三度の結婚と三度の離婚をしたが、俗に言う、種なしだったため実子はおらん。そのかわり、四人の孤児を引き取って育てた。遊び人のヘンリー、聴覚障害者で知的障害者のメイスン、ばくち打ちのルイス、引きこもりのジェシアだ。——どうだ、少しは元気が出てきたんじゃないか？——数年前、ジョーゼフは癌を患った。医師のサイモン・フォーチュンはなんとか今まで彼の命を長らえさせてきたが、結局、ほんの一時間前、午前〇時頃に死んでしまったよ。誰かに銃で撃たれてな」

「ごくありきたりの〝遺産をめぐる連続殺人事件〟の幕開けのようですね」エラリーは父親にソー

ダ水を用意しながら、「後に続く死者は？」と訊いた。

「フランクだ」

「誰です、その人物は？」エラリーが煙草に火をつけた。

「彼もまた孤児さ。ただし、ほかの四人のような幸運には恵まれなかった。フランクは二十六年間、ずっと一人ぼっちだったのだ」リチャードは嗅ぎ煙草を取り出して吸い込んだ。「ヤツはフランクと呼ばれていただけで、名字を知っている者はおらん。こいつは普段からあまり真面目でなく、ほとんど勝ったことのないばくち打ちだった。そこらじゅうで借金を重ね、モントリーズでヤツに金を貸していない者はいないほどさ。肺を患っていて、町ではいちばんと評判の医者も何度かヤツを診たようだが、快癒《かいゆ》はしていなかった。ヤツの唯一の特技は大工仕事だった――生きるにはこれに頼るしかなかったのだがな。――フランクはジョーゼフより前に死んでいた。マーロウの別荘の前に倒れていて、銃弾がヤツの心臓を貫通していたよ」あまり身を入れて聞いてない様子の息子を見て、リチャードがこうつけ加えた。「フランクは木製の日本の鎧を身につけておったのだ。ヤツの最高傑作がそれというわけさ」

エラリーは即座に反応し、目を大きく見張るようにして訊いた。「木製の鎧ですって？」

「驚いたか？」警視が言葉を継いだ。「鎧の作りはえらく精密で、見えるのは目の部分だけというしろものだ。半年もかけて完成させたらしい。ヤツは真っ直ぐうつ伏せに倒れていて、雪の上には本人の足跡だけが残されていた」

「白い服を着た犯人が、フランクの足跡をたどって歩いて行ったのではありませんか。雪が深いせいもあって、警察でも足跡の見分けがつかなかったのかもしれませんよ。犯人は背後からフランクを殺したあと、横に跳んで身を隠せば、白い服だから雪に十分溶け込んでしまうでしょう」

「いや、それはあり得んな」クイーン警視がエラリーの推理を否定した。「まず、銃弾は被害者の正面から発射されている。しかも極めて至近距離から胸に撃ち込まれているのだ。それにだ、撃った銃はフランクの手に握られていたのだぞ。左手にな」リチャードは喋るほどに饒舌になってきていた。「フランクの死体を発見する前に、別荘の者たちが銃声を聞いている。そのあと一階に下りて、木製の鎧を着た被害者を発見したのだ。その時点では、サイモン医師には助かるかどうかわからなかった。それで、とにかく手当をしなければならないと、被害者を別荘に担ぎ入れた。そのとき、サイモン医師が銃を調べたのだが、銃には弾が残っていなかったそうだ——この点については全員に確認できておる。——それから数分後に、彼らはまた銃声を聞くことになった。ジョーゼフが殺されたのでな」

「どうやら、ありきたりの殺人が、ぼくにとって興味深い事件に変わったようですね」エラリーは両目を閉じ、ゆったりと寛《くつろ》いでいる様子だったが、「その別荘はここからどれぐらい離れていますか?」と訊いた。

「雪が深いから車じゃダメだ。もし良かったら、そりを玄関に待たせておるが」

「それならこれ以上、何を待つんですか、お父さん?」エラリー・クイーンは立ち上がると、ハンガーの外套《がいとう》を着込み、「ニッキイに声をかけて下さい。さあ、行きましょう」と言った。

3

だが、三人がマーロウの別荘に着くまでが大変だった。そりで出発して間もなく、曲がり角でエラリーが重心を失ってそりから放り出され、頭から雪に突っ込んで、上半身雪まみれになってしまったのである。ニッキイ・ポーターにとってはこれ以上に彼女の眠気を吹き飛ばすハプニングはなかったようで、三十分以上も笑い転げまわることになった。その次は、犬たちのサボタージュだった。言うまでもなく、二人のクイーンが彼らの睡眠時間を奪ってしまったからだ。それでもなんとか動き出したものの、今度は方向を間違えたことに気がついて引き返さざるを得なくなり、別荘に着いたときには、もう明け方の午前二時になってしまっていた。

別荘の前に警官が二人立っていた。一人はシェリン・ヴァンスという巡査部長で、艶のある赤みを帯びた顔をしていたが、体型そのものは球形といってよかった。シェリン・ヴァンスは人なつっこい小さな瞳を向けながら、リチャードの逞しい大きな手を取って握手し、「実に意外でした。あなたにお出ましいただけるなんて。まさに神があなたをモントリーズによこされたに違いありません。これで私たちも救われます」

「いや、いや、それは買いかぶりすぎだよ。一人の警官としてやるべき事をやりたいだけに過ぎん」リチャードは左腕を若いクイーンの方に振りながら、「会ったことはあるかな、息子のエラリーだよ」と紹介した。

「なんと、感激ですな！」ヴァンスは驚きと感激のあまり両手が震え出し、クイーンの手を握り締めて、大きく上下にひっきりなしに動かした。「本当に光栄です。私はなんて幸せ者なんだ。クイーン先生、あなたの小説は全部、読んでいますよ」

エラリーは照れくさそうに笑うしかなかった。そんなエラリーを横目で見ながら、あれこれを連想していたニッキイの頭に、ふとこんな文字が思い浮かんだ。「エラリー・クイーン――気球に乗った白馬の王子」

「こちらはポーター嬢です」

「どうぞよろしく」と挨拶したヴァンスはクイーン警視に顔を向けると、彼らを別荘のなかに案内した。

別荘の床は姿が映るほどに磨き込まれ、ホールの天井からはシャンデリアが吊され、奥の階段の壁には肖像画が一枚掛けられていた。この家の主、ジョーゼフ・マーロウの若き日の姿だった。ニッキイがホールを眺め回している間に、ヴァンスはクイーン父子を階段の曲がった角にある場所に案内した。そこは手狭な倉庫になっていて、フランクの死体が横たえられていた。

死体のそばに木製の鎧が置かれ、ズボンや靴、手袋まですべてが木製だった。鎧の内側には血がべっとりとついていて、鼻をつく生臭い血の臭いが倉庫内に充満していた。エラリーはほんのちょっとの間ではあったが、鎧を丹念に調べあげていた。鎧は上半身と下半身の二つの部分からなり、靴はズボンの裾と完全に繋がっていて、袖口と手袋も同様だった。つまりフランクは殺される前、一定の時間、この木製の鎧の中にすっぽり入っていたということになるのだ。

「ヴァンス君、わしらにもう少し具体的な状況を話してくれんか」クイーン警視がヴァンスから目を離さずに言った。

シェリン・ヴァンスは服装の乱れを直しながら、まるで上司に報告をするかのようにこう言った。

「およそ十二時頃、家のなかにいた者は全員、銃声を聞きつけています。彼らの証言によると、ドクター・フォーチュンがもっとも早くジョーゼフの寝室に飛び込んでいき、室内に異常がないかを調べています。ドクターがジョーゼフ・マーロウ氏に異常がないことを確認したとき、廊下にヘンリーとジェシアが現れました。二人は何かあったのはメイスンではないかと心配して、ドクターと一緒に耳の不自由な彼の部屋のドアを体当たりして開けて見ると、彼には物音が聞こえないものですから、ぐっすり眠り込んでいました。三人は彼を寝かせたまま、次に一階のルイス・マーロウの部屋まで来ると、マーロウがちょうどドアの所に立っていて、二階に行って様子を訊いてみようとしていたところだと言いました」ヴァンスはそこで一呼吸置いてから、「銃声は外からだったのではないかとルイスが言ったものですから、彼らは別荘の玄関に出てみて、そこでフランクの死体を見つけたというわけです」

「そのとき、フランクはどの位置に倒れていたのですか？」エラリーは煙草に火をつけると、右の指を振ってマッチの火を消し、左の指で煙草を挟んで唇から離すと紫煙を吐き出した。

「入って来るとき、おまえは気がつかなかったのか？」警視は息子を責めるように、「玄関を出た左側に、血痕が少し残っていただろう」

エラリー・クイーンは敢えて外に出て行かずに、玄関の左側の窓を開けて、父親の指す方向にチラッと目をやっただけだった。彼は窓敷居に両手を広げるようにしてうつむき、顔を仰向けて二階に目をやり、「ヴァンスさん、死体の真上は誰の部屋ですか？」

「ジョーゼフ・マーロウ氏です」

エラリーはそれを聞くや父親の方に目を向けたが、何も言わなかった。

クイーン警視はヴァンスに、「そのあとは？」と訊いた。

「フランクはうつ伏せで雪の上に倒れていました、左手に銃を握ったまま。ドクターは救えるかどうかわかりませんでしたから、ヘンリーとルイスの手を借りて倉庫に担ぎ込んだわけです。ドクターの話では、この二人は死人が出たことにまったく関心を持たず、ルイス・マーロウは自分の部屋に引き揚げて寝てしまったそうです。ヘンリー・マーロウはルイスが引き揚げようとしていた一瞬をついて、フランクが持っていた銃を妹に向けました。ドクターがヘンリーから武器をひったくって弾倉を開けてみると、弾はなく胸をなで下ろしたというわけです。一瞬血が凍るような思いをさせられたジェシアを横目に、恥知らずでとんでもないヤツは大笑いしながら二階に上がっていきました。ドクターはひとまずジェシアを落ち着かせてから、私たちに電話をかけるよう彼女に頼んだというわけです」シェリン・ヴァンスは目を細めて、何かを思い起こそうとしている様子で、「その数分後に、またもや銃声がしました。今度は誰もが驚きました。再度、互いに無事を確認すると、さすがにジェシアがメイスンを起こして、ドクターのあとに従って四人の子どもたちがジョーゼフ・マーロウの部屋に入りました。マーロウ氏はとても静かにベッドに横たわっていました。銃弾が彼の心臓を貫通していましたが。もうそれからは、さすがにみんな眠気が吹っ飛んでしまったというわけです」

「ということは、もう一丁、銃があったのかね？」警視が訊いた。

「いいえ、ありません」ヴァンスは断固とした口調で、「われわれはすべての部屋をくまなく捜索しました。家の周りもです。ほかに銃はありませんでした、絶対にありません」

「この家にいる者でフランクを知っているのは？」警視がさらに訊いた。

「あの男を知らないヤツなんていませんよ」

クイーン警視は息子に目を注ぎながら、口を開くのを待っているふうだった。だが、息子のクイーンの方は眉根を寄せるようにして、死体となったフランクから目を離さず、指に挟んだ煙草をせわしなく吸い続けているだけだった。突然、倉庫に女の泣き叫ぶ声が届いた。エラリーが真っ先に倉庫を飛び出して行くと、ニッキイが美しく若い女を胸に抱きとめ、しきりに慰めているのが目に入った。クイーンは煙草の火を消すと、父とヴァンスのあとについて二階へ向かった。

4

ニッキイ・ポーターのそばにいるジェシアは、父親の死にはヘンリーとルイスが関わっていると思っていた。二人はできるだけ早く財産の分け前にあずかることをひたすら望んでいたからだ。ヘンリーはたった今も、遺産問題はいつになったら解決するのかと警官に訊いたばかりだった。そのためジェシアは、めったに怒ることのない彼女にしては考えられないほど激昂して、ヘンリーを罵った。だが、逆に激しい平手打ちを加えられてしまい、白く柔らかな顔には手の痕がくっきりとついて、警官がすぐさま止めに入らなければ、彼女は第三の死者になりかねなかった。

ヘンリーとルイスは二階でエラリー父子に会ったのだが、二人はどうやら念入りに口裏を合わせていたようで、異口同音に「言うべき事はすべて言い尽くした」と言った。

リチャード・クイーンは嗅ぎ煙草を何度か吸い込むと、丁重このうえない口調で、「おふた方、法律はいかなる個人、団体に対してもすべて平等ですので。殺人はいちばん重い犯罪で、この別荘には殺された男が二人も横たわっております。今回の犯行がお二人に関わるかもしれないし、そうでないかもしれません。今更言う必要はないかと思いますが、あなた方には、自分の置かれた立場を十分わきまえてもらわねばなりませんな」と言い、憎々しげに目をつり上げてにらんでいるヘンリーを落ち着き払って見つめながら、「時間ならわしにはたっぷりありますが、残念ながらお二人は遊んでいられないでしょうな」

わずかな沈黙のあと、ルイスが口を開いた。「この別荘に住んでいる人間は誰もがジョーゼフを殺せる可能性がある、と言いたいわけか？」

「それだけとは限りませんな」警視は乾燥した唇をなめながら、「あと、フランクもいますから」

リチャードがあらためて二人の容疑者に尋問を始めたころ、エラリーはドクターに無理を言って来てもらい、簡単に自己紹介をすますと、二階の曲がり角まで同道するよう頼んでいた。

「ちょっとぼくだけに教えてもらいたいことがあるのですが、ドクター」エラリーが遠慮がちに言った。

「どうぞ、お気を遣わずに。私もどいつがやったのか知りたいですから」

「ドクター、隠さず言ってください。メイスンは本当に知能に障害があり、耳が不自由なのですか？」

ドクターはすぐさまエラリーの真意を理解した。「間違いありません、クイーンさん」

「そうなんですか？」

「いいでしょう、クイーンさん、この際ですから、きちんと話をしておきます。私は週一回、メイスンを診ています。孤児院の話では、彼は先天性の聴覚障害者ではなく、十歳のときの高熱が原因でした。なんでも大変頭が良かったそうですが、高熱で苦しんだあとから、現在のような状態になったようです」サイモン医師は首に掛けていた聴診器をはずすと、服の右側のポケットに入れた。「メイスンは食事をとるにも困難が伴います。もっと重要なことは、ジョーゼフはこのメイスンをいちばん可愛がっていたということです。メイスンも養父がとても好きでした。ですからメイスンがこの養父を殺しても、一文の得にもなりません」

「彼は銃が使えましたか？」

「神に誓って言いますが、クイーンさん、また私の名誉にかけても言いますが、メイスンはこの事件とは関係ありません」感情を高ぶらせて医師が言った。

「いいでしょう、それじゃ、話を変えましょう」エラリーはポケットからハンカチを取り出し、軽く鼻眼鏡を拭いてから、「フランクの死体に関して、あなたが何かおかしいと感じた点はありませんでしたか？」

「どういった点でですか？」

「あらゆる点からです。よくお考え下さい、ドクター」

「二つ、私にはよくわからない点があるのです」サイモンは眉間に深い皺を寄せた。「雪にはフランクの足跡だけが残されていました。もっと正確に言えば、その周囲にはまったく何も残されていなかったのです。彼の左手には銃が握られていて、弾は彼の心臓を撃ち抜いていました。もし自殺しようとするなら、自分の頭を狙うはずでしょう。それにもっとわからないのは……」

「あの木製の鎧ですか？」エラリーが口をはさんだ。

「おっしゃる通りです」医師は額に手を当てながら、「彼はなぜあんなものを身につけてたのでしょうね？」

「その謎が解けたら、この事件の真相が明らかになるでしょうね。しかし、ぼくから見ると……」エラリーはもう一本、煙草を取り出し口にくわえると、「フランクの出現についてわからない点は、三つあります」

医師の眉間の皺がさらに深くなった。「どうぞ三つめをおっしゃってみて下さい、クイーンさん。私は何か見落としているのですか？」

「真夜中の十二時に、彼はここに何しに来たのでしょうか？」エラリー・クイーンは顔を上に向けて、淡い紫煙を吐き出した。

「彼はここを通りかかっただけかもしれませんよ。倒れていた場所が、それこそいちばんの証拠でしょう？――あのとき、彼は別荘の玄関を通り過ぎたあたりで――倒れて……正確に言えば、彼はジョーゼフ・マーロウの窓のテラスの下で倒れていました。こういったことは、彼がただ単に別荘の前を通ろうとしただけだったことを証明するのに十分ではないでしょうか」

「おそらく、そうではありません」エラリーが言った。「この別荘はモントリーズの最南端にあり、このまわり一マイル四方には何もありません。フランクがここにやってきたということは、間違いなく別荘を訪ねてきたんですよ」

「だったら、どうして玄関をノックしなかったのでしょうね？」

「この問題は、彼の死と同様にぼくを悩ませています」エラリーはあくびをしてから、「ところで、最近、四人の子どもたちに何か変わったことはありませんでしたか？」

「ありません。その点については、私はまったく関心がないのです。ここでの私の仕事はジョーゼフ氏の面倒を見ることでしたから。一日中、ジョーゼフ氏に付き添っていますので、ほかの所に顔を出す余裕はありません。あるいはジェシアだったら、あなたにもっと有益な答えができるかもしれませんね」と、医師が言い終わったそこへ、ジェシアが階段を上がって、こちらにやってきた。

「クイーン警視があなたにおいでいただきたいそうです」この言葉は医師に向けられたものだったが、ジェシアの目はエラリーに真っ直ぐ注がれていた。

「失礼します、クイーンさん」医師が去っていくと、ジェシアがクイーンの二人目の質問対象者となった。

エラリーは煙草を消した。「今日、家を掃除した者がいますか、マーロウさん」

「お手伝いさんが、帰る前に簡単に掃除しました」彼女の顔に微かな紅みがさした。

「今日、この家で何が起きたのか、少し聞かせてくれませんか？」エラリーは優しく微笑んで、彼女の傷つけられた心を和ませようとした。

「これと言って特には、クイーンさん」

「エラリーと呼んで下さい」

「わかりました。エラリー」彼女は常にうつむきがちに話していた。

「どうかな、ジェシア。最近、この家の人たちで、何か不審な行動をとった者はいないかな？」クイーンのシルバーグレーの目で見つめられたジェシアは、いっそう視線を下に向けてしまった。

「不審な行動？　私は別に……メイスンだけはよく小さな失敗をしますが。食卓の皿を壊したり、部屋を間違えたり、こんなのはしょっちゅうです。今朝などは、いつの間にかサイモン先生の聴診器を盗み出していましたし、昼食を食べる前には、ヘンリーが大事にしていた帽子と手袋を燃やしてしまいました」

「怒った人は?」

「いないと思います」ジェシアはほんの一瞬、クイーンをチラッと見たが、すぐにまた下を向いて、「ただ、表だって彼に暴力を振るう人はいないという意味です。サイモン先生だって彼を叱りました。けれどメイスンは、懲りずに先生の懐中電灯で遊んでいましたけど。幸いなことに、そのときは叱られませんでした。でも、ヘンリーはまったく違っていて、弟が許せなかったようです。メイスンの耳を真っ赤になるくらい思いっきりねじったので、もしサイモン先生がその場にいなかったら、耳はどうなっていたか……」

彼女は急に口を閉じてしまった。リチャード・クイーンが彼らの前に現れたからである。二人の邪魔をしないようにと気を遣った彼女は、「すみません、ちょっと化粧室に」と言って、その場を離れて行った。

疲れた様子のクイーン警視は、横目で息子を見ながら「邪魔してしまったかな?」と言った。

「心配ご無用です。彼女はぼくの好きなタイプじゃないですから」

「おまえはわしに殴られたいのか?」

「まあまあ、落ち着いてください、お父さん」エラリーは父親の真剣な目を凝視しながら、「そうですね、いい潮時でしょう。これまでわかった事実を整理してみませんか」

クイーン警視はエラリーがこのように出てくるのを待っていたのだった。「目星はついたのか?」

エラリーは二人からいちばん近いドアを開けると、黙ったまま、まるで客を案内するように気取った姿勢で、クイーン警視を招じ入れた。

5

そこはもう何か月間も使われたことのない客室だったが、お手伝いによって掃除が行き届き、実に清潔だった。浴室から出て来たエラリーは、窓辺近くの古いソファーに腰を沈めた。

まったくお手上げの警視は、少しの猶予も許されないというように言った。「疑う余地などないな。周囲二マイルにあるのがフランクの足跡だけという事実は、今回の殺人は家の中にいた人間にしかできないことを示している。お前は誰がやったと考えておるのだ？」

「なぜ死体が二つあることを問題にしないのですか？　たとえば、同一犯人による犯行か否かという点は」エラリーが父親にコーヒーを入れた。「ジョーゼフとフランク、普段、この二人が話をする機会があったのでしょうか？　ぼくたちが得た情報では、二人にはまったく接点がありませんでした。ジョーゼフ・マーロウは大工の生活ぶりにとんと興味がなかったらしいし、フランクも今まで一度もこの家に足を踏み入れたことがありませんでした。しかし、それにも関わらず、彼らは同じ日に、しかも同じ場所で死んだのです。お父さんは、これをどう思います？」

「ジョーゼフを殺したら遺産を早く手にできるが、フランクを殺して何かいいことでもあるのかな？　わしはずっと、この点を考えているんだが」リチャードはコーヒーに口をつけずに「この事件には疑問点が多すぎる。フランクはなぜ木製の鎧を着ていたのだ？　なぜ真夜中にここに来たのだ？　犯人はどうやって彼を殺したのだ？　フランクを殺した銃には弾が込められてはいなかったわけだから、ジョーゼフを殺した銃は別にあることになる。そっちの銃はいったいどこにいったのだ？」

「犯人は誰だと思いますか、お父さん？」エラリーはさっきの父親からの問いをそのまま返した。

「フランクを殺《や》った奴はまだわからん。だが、ジョーゼフが殺されたとき、二階にいたのは二人だけだ――ヘンリーとメイスンさ。――メイスン・マーロウは知的障害者だから、たとえ好奇心から父親を撃ち殺してしまったとしても、銃を人の目に触れないように隠す頭まではないはずだ」

「すると、ヘンリーが犯人だと？」

「そういうことだ」と自分の推理を披露したリチャード警視は、「しかしフランク殺しの方は、どうにも見当がつかんよ」と言った。

「ぼくの考えを聞きたくありませんか？」

「聞きたくなかったら、わしは何のためにこの部屋に入って来たのだ」

「それじゃ、聞いてください」エラリーはブラックコーヒーに口をつけた。「この二つの殺人事件は、間違いなく同一人物によって引き起こされたものです。まず次のように仮説を立ててみましょう。Ａはフランクを殺し、他の連中と一緒に死体を家の中に担ぎ入れます。この時、Ｂに突如として恐ろしい考えが浮かび、今こそジョーゼフを殺す絶好のチャンスとばかりに、二階に上がって彼を射殺しました。そして、凶器は誰にも気づかれないように始末したのです。問題は、こういったことを実行するには、Ｂは銃を持っていなければならないということです。――いいでしょう、銃はずっとＢが隠して持ち歩いていたという仮定も追加しましょう。――これでさっきの推論は成り立つでしょうか？　もちろん、ノーです。なぜならば、Ｂが凶行に及んだとき、ジョーゼフの部屋に予期せぬ誰かが入ってこないという保証はないからです。ジョーゼフを射殺したところを目撃されたら、Ｂはフランクも殺害したと見なされてしまうに違いありません。そうなると、二つの殺人事件ともＢの犯行ということにされてしまいます。こんな割に合わないことをやる者がいるでしょうか？」

「だったら、そのひとりしかいない犯人は、どうやってフランクを殺害したというのだ？」クイーン警視は厳しい顔で訊いた。

「可能性のいくつかは排除できます」エラリーは自信たっぷりに言葉を続けた。「フランクは殺された後に、犯人によってこの家の窓から投げ落とされたという可能性はありません。投げ落とされたのならば、死体が左手に銃を握りしめたままでいられるはずはないからです。また、正面から胸を貫通した銃弾は、至近距離から撃たれていましたから、離れた所から射殺した可能性も排除されます。それにしても、お父さんの言うとおり、フランクがここに姿を現した理由については、確かに頭が痛いですよ。彼が殺害された方法については、ある程度までは見当がついていますが、こちらもまだ、ぴったりはまっていない点がいくつかありましてね」

「続けろ！」警視はベッドのシーツを引っ張りすぎて破ってしまうほど興奮していた。

「弁償しなければならなくなりますよ、お父さん」エラリーは静かに笑って父親を見つめながら「誰もが犯人となる可能性があります。ジェシア、ヘンリー、ルイス、知的障害のメイスン、フォーチュン医師も含まれます」

「わしの見たところ、医師にしろメイスンにしろ、ジョーゼフを殺害しても何も得るものはないぞ。サイモン医師は高給の仕事を失うことになるし、メイスンに至っては自分の面倒を見てくれる人間がいなくなってしまうのだからな」

「ちょっと待って下さい！」若い方のクイーンの表情が微妙に揺れ動き、考え込むときの癖で、額に幾筋もの皺が寄る。「お父さんは、彼らがジョーゼフを殺しても得るものはない、と言いたいわけですね？」

「そう言わなかったか？」警視は心外だと言わんばかりだった。

「ぼくはボケてしまったのかな？」エラリーが下を見つめたまま「カナリア？　白ザメ？　パンダ？　あっ、そうか、シマウマだ！」とブツブツ独り言をつぶやいている。

警視は唇をとがらせ、眉をしかめて息子を探るように見つめながら、「おまえ、気は確かか？」と訊いた。

「もちろんですよ、お父さん！　この事件はシマウマのようなものだったのです！」エラリー・クイーンは聡明な光をたたえた双眸《そうぼう》で警視をじっと見つめ、「シマウマは白と黒のしま模様になっていますよね？　仮に、シマウマの白と黒のしまを入れ替えたら、どんなことになるでしょうか？もちろん、それでもシマウマには違いありません。しかし、本質的には違うものになるのです！」

「こっちの頭がおかしくなったのかな？」

「リチャード・クイーン殿」エラリーは立ち上がって父親に微笑みかけると、「解決しましたよ」と言った。

読者への挑戦

エラリー・クイーンは、無謀にも今回の「読者への挑戦」を、私に押しつけてきた。実を言うと、これは彼のために序文を書くよりも、ずっと厄介なのだ。私のような挑戦に負け続けている読者をわざわざ指名して、挑戦状を突きつける役を務めさせるとは、まさにクイーン式皮肉にほかならない。要するに、エラリーは密かに私の役回りをからかって喜んでいるのだ。私をネタにして、彼はこれまでいくつの楽しみを得たことやら。

この事件に存在する疑問は少なくない。従って、ここで、私が考えを整理しても許してもらえると思う。

エラリーが推理に用いたすべての手がかりは、ここまでの段階で提示されている。とはいえ、たとえあなたが敗れても、がっかりすることはない。あなたはエラリー・クイーンから贈られた賞品を手にするはずである――「失敗」の文字が入ったトランプだが。

あなたは推理の途中で暗礁に乗り上げるかもしれないし、あるいは知恵を絞りきったにもかかわらず、いつまでも答えを出せないかもしれない。しかし、成功であろうとなかろうと、このような過程を踏むことこそがすばらしい経験となり、あらゆる艱難辛苦や頓挫がやがては高級な愉悦をもたらしてくれるに違いないのだ。このほかに私が言うべきことは、エラリー・クイーンはこれまで読者の知恵を過小評価したことはない、ということである。

さて、それでは犯人は誰だと考えたかな？　えっ、あなたはまだわからない？　いやいや、あなたにはわかっているはずだ。――E・Q＆J・J・マック

6

「フランクとジョーゼフの死について、ぼくなりの解釈があります」エラリーは聴衆の最後の一人が部屋に入ると、さっそく説明を始めた。「二つの死体の出現が、ぼくたちに厄介な問題をいくつももたらすことになりました。なぜフランクは真夜中にここにやって来たのか？　なぜ木製の鎧を身につけなければならなかったのか？　二人はどのようにして殺されたのか？　ジョーゼフを殺害した銃はいったいどこにいったのか？　そして、犯人はいったい誰なのか？」

エラリー・クイーンは、自分を見つめる人たちの顔を見回しながら、「思っていることを何でも言ってみてください。フランクが身につけていた木製の鎧にはどういう意味があるのか、あなたはどう考えますか、ヴァンスさん？」

「おそらくフランクと犯人だけが知っているのだろうな、と考えますね」ヴァンスは両肩を上げて、それ以上はお手上げだという仕草を見せた。

エラリーは他の人にちらっと目をやると、「フランクに関しては、ぼくは別の疑問も抱いています。なぜフランクの服は木製でなければならなかったのでしょうか？　なぜ紙製ではダメだったのでしょうか？　なぜ鉄製ではダメだったのでしょうか？　さて、皆さんはこちらの点については、何か考えがありますか？」この問いかけは、あっという間に全員に沈黙をもたらすことになった。

「確かに彼は大工でした。しかし、それはまともな答えにはなっていません。木が紙や鉄とどう違うかを論じ始めたら、きっと夜が明けるまで討論できるでしょうね。ですが、ここでなによりも重要なことは、鉄はそうたやすく銃弾を通さないという点です。ぼくたちが見たのが木製の鎧だったからこそ、前後に弾痕が残されているのに気づき、銃弾が貫通したことがわかったわけです。それに、最初にフランクを発見したとき、雪の上にうつ伏せに倒れていたため、木製の鎧の背中に見えた弾痕が、彼が銃によって殺されたことをはっきりと教えてくれました。言うまでもありませんが、銃弾は紙製の鎧も撃ち抜くことができます。ですが、紙と血液が接触した場合、血はたちまち大きく広がってしまうのです。木もその特質を持っていますが、紙ほどではありません。ぼくが何を言いたいか、わかりますね？」

ほとんどまる一晩、口をきいていなかったニッキイが、「見つかったとき、フランクはまだ死んでいなかったという意味かしら？」と言った。

誰もが目を丸くしてニッキイに視線を集中させたため、彼女はなにやら居心地が悪くなった。ニッキイが顔を伏せようとした、その矢先にエラリーが彼女に軽やかな拍手を送ったことで、みんなの視線がまたもや彼に向けられた。

「これこそが今回の事件の核心に他なりません。ニッキイが言ったことは正しく、フランクはあのとき、まだ死んでいなかったのです」

「そんな馬鹿な！」ヘンリーが大きな声を上げた。

「いいえ、マーロウさん」エラリーは彼を見つめながら、「この点については、きわめて直接的、かつ明瞭な証拠があります。その証拠は、ぼくがこの家に最初に足を踏み入れたときに発見しました」

クイーン警視はもはや黙っていられないというように立ち上がって、「お前はそれを黙っていたのか？」と喚いた。

「あの時点では、まだその意味がはっきりしていなかったのですよ。ですが、今ではわかっています」エラリーは警視にウインクをした。「先ほど入った客室の綺麗な床が、ぼくたちに真相を教えてくれたのです。もしフランクが本当に死んでいたとしたら、彼が担ぎ込まれたときに別荘の床には血痕が残ったはずです。しかし、血痕はありませんでした。なぜかというと、彼はそのとき、まだ死んでいなかったからです。さらに言えば、彼はどこにも傷を負っていませんでした。殺人発生後、別荘を掃除した人はいなかったという事実が、フランクがまだ生きていたというぼくの推理を裏付けてくれました」

「それじゃ、家の外の血痕はどういうことになるのかしら？」ニッキイが訊いた。

「君はぼくが思っているほど賢くないみたいだね、ニッキイ。フランクは事前に小さな袋に入れた血液を準備しておいて、外に出たら、袋を開けてまくことができるじゃないか」

「そうだとしたら、袋は？」ニッキイがさらに訊いた。

エラリーは前を見たまま、「飲み込んでしまうことだって、家に担ぎ込まれた後で処分することだってできただろうし、方法はいくらだってあるよ」

「でもクイーンさん、フランクは本当に死んでいたのですよ」医者が口を開き、「私が死体を調べたのですから」と言った。

エラリーが突然、笑い出した。「ドクター、ぼくは、あなたがそんなことを言いだすとは思いもしませんでしたよ。ですが、先にぼくの考えを聞いてもらえませんか？　では皆さん、あらためて、もう一つの事件を考えてみることにしましょう。フランクが死んでいなかったとするならば、最初の銃声はどのように解釈したらいいのでしょうか？　銃弾はどこに撃ち込まれたのでしょうか？　フランクの木製の鎧でしょうか？　だとしたら、フランクは上半身の鎧を脱いで発射した後、もう一度、鎧を身につけたのでしょうか？　それほど敏捷《びんしょう》な動きを取れるとは思えません——まず、あり得ないと言ってよいでしょう。そして、この家の壁や家具から弾痕は発見できませんでした。この事実をどう解釈すればよいのでしょうか？　空に向けて撃った、そう、それ以外に可能性はないように見えます」エラリーはあまり歯並びのよくない白い歯を見せて、「ですが、ぼくの推理によると、最初の銃声は、ジョーゼフを殺した銃弾によるものだったのです」

ふたたびその場が沈黙におおわれた。クイーンは唇をちょっと舐めると、「これでこそ理由が説明できるのです。フランクがジョーゼフの部屋の下に倒れていた理由を。それは、フランクが素早く銃を拾うためだったのです！」

「犯人は銃を直接フランクのいるところへ投げたっていいじゃないか、そうだろう？」クイーン警視はひげをさわっている。

「その通りです。犯人は確かにそうすることも可能でした。しかし、犯人がそうすることが許されない理由も二つあったのです。まず、時間的に許されません。犯人はジョーゼフを撃ったあと、すぐさま窓を開けて銃を投げ、ふたたび窓を閉めなければなりません。少しでももたついたら、二階の住人が犯人の行動に気づく危険があるからです。外は漆黒の闇ですから、フランクのいる場所を確かめている余裕などはありませんしね。第二の理由は足跡です。もし犯人が正確な位置に投げそこなった場合、取りに行ったフランクが雪の上に残した足跡が、計画したものと矛盾してしまうのです」

「それじゃ、フランクはどうやって殺されたんだ？」ヘンリーが訊いた。

「雪の上にあった銃で殺されたのです。雪の上で見つかったとき、あの銃には確かに弾が入っていませんでした。そして、第二の銃声があったことも、間違いのない事実です。この状況でジョーゼフの射殺死体を見たら、誰もがもう一丁の銃があると思うに違いありません。しかし、実際には第二の銃は存在しなかったのです。この事件は、皆さんの思い込みによって、事実が完全に顛倒してしまっていたのです。最初の死者は、皆さんからするとフランクですが、実際にはジョーゼフでした。皆さんがジョーゼフの死体を発見したとき、死んだのはフランクの方だったのです」クイーンは眼鏡をしまうと、「この事件に二丁の銃ははなから必要ありませんでした。犯人は二つの銃弾さえ用意すれば、それで十分だったのです。皆さんが目撃した銃こそが、今回の二重殺人事件で使われた、ただひとつの凶器でした。

　ぼくたちはもう一度、フランクの事件に戻りましょう。あの木製の鎧は特製で、服とズボンだけではなく、手袋と靴も木製でした。フランクはなぜ、このような鎧を作らなければならなかったのでしょうか？　理由はいたって簡単です。誰かが彼を担ぎ上げたとき、脈拍や鼓動を感知されないようにするためだったのです。フランクは、木製の鎧を着て死んだふりをする芝居を演じていたのです！」クイーンはさらに続けた。「ぼくと父がこの事件を引き受けたとき、すぐに遺産相続争いが頭に浮かびました。しかし、それでは二つの問題に悩まされ続けることになります。第一に、ジョーゼフは癌を患い、そう長い命ではありませんでした。だったら、犯人はなぜ四人の子どもを狙わなかったのでしょうか？　彼らを標的にすれば、二人分、三人分、ひょっとすると遺産の全額さえ手にすることができるというのに。それなのに、犯人はそうしませんでした。なぜなのでしょう? そして、フランクはこれまでこの別荘へ来たことがありませんでした。なのに今日、わざわざやってきたのです。なぜなのでしょう?

ぼくとクイーン警視が事件を検討しているとき、警視は、ジョーゼフを殺しても何も得るものはない、と言いました。これが、ぼくの思考の闇をはらってくれたのです。ここにいる誰もが、ジョーゼフ・マーロウを殺そうと思えば、いつだってできたのです。それなのになぜ、わざわざ今日にしたのでしょうか? そうです、ここでようやく、ぼくは犯人の本当の目的を嗅ぎつけることができました。ジョーゼフを殺しても何も得るものはないが、フランクを殺してもそうなのだろうか? さらにこの考えを進めてみることにします。ここには大工と知り合う機会のある人は、どれくらいいるのでしょうか? ジェシアはいつも家でメイスンの面倒を見ていますし、ルイスはばくち仲間しか知りませんし、ヘンリーの付き合う対象はすべて女性です。残るのはたった一人しかいません。この人物は、最初の銃声がしたあと、ジョーゼフは異常ないと言いました。フランクを貯蔵室に担ぎ込んだときには、すでに死んでいると告げました。しかし、事実はすべてが逆だったのです。警察を翻弄するために、黒と白のしま模様を入れ替えたのは、そう、この人物です。ドクター・フォーチュン、あなたはフランクを殺すために、ジョーゼフを殺したのです」

本人を除けば、すべての目がサイモンに釘付けとなった。やにわに医師はそばにいたニッキイを強引に引き寄せ、彼女の腰に手を回した。それからポケットから小型のメスを取り出すと、彼女の首に押し当てた。「近づくんじゃない!」

「クイーンさん!」ニッキイの目から涙が一気に溢れ出した。

「これ以上、馬鹿なまねはやめるんだ、サイモン!」ヴァンスが銃を構えながら、「彼女を放すんだ、あきらめろ！」と怒鳴った。

ジェシアも声を上げて泣いていた。「どうして先生がこんなことを？」「君のためだったんだ！」サイモンの感情は異常に高ぶって抑えきれなくなっているようで、メスを持つ手がしきりに震えていた。ニッキイの首には鋭いメスの刃が当たり、赤い線が引かれたように細く血が滲み出ていた。ニッキイは恐怖のあまり痛さを感じていないようだった。医師は目の前にいるジェシアを見つめながら、「君にはわからないのか？　すべてが君のためだったんだ！」「逃げられると思っているのか？」警視がメスを手にしている犯人に近づいた。「来るな！」彼が逃げようとしたそのとき、エラリーが立ちはだかり、一瞬の隙をついて素手でメスを奪い取るや、ニッキイが床に崩れ落ちた。数人の警官が飛びかかるようにして医師の頭を床に押しつけた。

7

月曜日の昼、J・Jは八十七丁目のアパートにやって来た。彼がエラリーの寝室に入ると、御大《おんたい》はベッドの上で上半身を起こしてイギリスの探偵小説を読んでいるところだった。

「やあ、判事」本を置いたクイーンは、「適当に座って」と声をかけた。

判事は帽子を脱ぎ、近づいてきて「手はどう？」と訊いた。

「あと何日かでピアノのレッスンに行けそうだよ」クイーンは包帯の取れた右手を彼に見せた。傷口は思ったほど深くなく、傷痕も残ることはなさそうだった。

判事はベッドの端に腰を下ろすと、「一つ訊いていいかな。サイモンはなぜフランクを殺したんだい?」

「おっと、それはもう勘弁してくれよ」彼は辛そうに首を振りながら、「もう二度とあの事件については話したくないんだ。ニッキイに訊いたらいい、君のすぐ後ろにいるよ」

赤毛のニッキイが中国茶をトレーに載せてドアの所に立っていた。「さあ、判事さん! お茶をどうぞ」

「ありがとう」J・Jはお茶をベッドのそばの丸いテーブルに置くと、「ポーターさん、フランクはなぜ殺されたのかな?」と訊いた。

「エラリーはあなたに話さなかったのですか?」

クイーンは半分まどろむような目で、「彼に話してやって、カササギちゃん」

「わかったわ……うん? カササギちゃん?」ニッキイが両手を腰にあてて、小さな口を尖らすようにした格好はなんともキュートだが、「エラリー、あなたはベッドに横になったままのドジョウってところね。もう二度とそんなふうに呼ぶことを許しませんからね!」と抗議した。

ところが判事が予想した通り、エラリーは黙っていなかった。「えっ、なぜ、なぜそんなことを言うのかな? それが命の恩人に対する態度なのかな、ニッキイ? 判事、君はあのとき、あの場にいるべきだったよ。目の前にいるこのカワイコちゃんがどんなふうに泣いたかが、よくわかったはずだから」

「エラリー!」彼女は本当に怒ったようである。

「クイーンさん!」御大はニッキイに驚いたような目を向けながら、あの晩、彼女が助けを求めた様子を真似てみせた。

「あのときは警視さんを呼んだのよ、このろくでなし！」

「おや、おや、君がいちばんわかっているくせに」

「ああ、もうわかった、わかったよ、お二人さん！」Ｊ・Ｊは聞いていられないというようにベッドから立ち上がった。「私をダシにするのはまたの機会にしてくれないか？」

「ごめんなさい、判事さん」ニッキイが申し訳なさそうにしながら、「何をお知りになりたいんでしたっけ？」と言った。

それを聞いた判事はすっかり困ってしまった。彼女も自分の犯した愚に気づいたようで、「すみません、フランク、そうフランクのことでしたよね。彼はサイモン医師から借金をしていて、しかも肺病でした。ある時、サイモン医師はモントリーズのあるバーで、酔ったフランクが、ジェシアを自分の女にするのだと言っているのを聞いてしまいました。ジェシアを密かに深く愛していたドクターは、フランクにそうはさせまいと、彼が行動を起こすその前に殺すことを決意しました。彼は自分からフランクを訪ね、ある密約を取り交わしました。それは、劇の一幕を演じる手伝いをしてくれたら、借金を棒引きにするだけでなく、治療費も無料にするというものでした。大工はもちろん断るはずがありませんでした」

「ジェシアは外出しないのに、フランクはどうやって彼女と顔を合わせたのかね？」

「彼女が初めてモントリーズに来たとき、たまたまフランクが見ていたのです」

「フランクは医者の注文に応じて木製の鎧を作ったわけかな？」

「そうです」

「そして鎧に銃弾を撃ち込んだ?」

「その通りです」

「ヘンリーもジェシアには辛く当たっていたけれど、ドクターはなぜ彼を狙わなかったのかな?」

「もちろん、ヘンリーも殺すつもりでした、次の計画として。でも、あの間抜けな医師は、それを実行する機会を失ったわけですね」

ニッキイがなぜサイモン医師を罵るのか、J・Jにはわかっていた。「クイーンは、いつ頃からサイモンが犯人だと思い始めたんだろう?」

「メイスンがサイモン医師の聴診器で遊んだと聞いた直後からのようです。聴覚障害者のメイスンは完全に耳が聞こえないにもかかわらず、医師は叱りました。メイスンがいたずらしたからでしょうか? もしそうなら、医師の懐中電灯で遊んだときには、なぜ責めなかったのでしょうか? サイモン医師はなぜ耳の聞こえない人が、彼の聴診器に触ることを気にしたのでしょうか。エラリーは聴診器にこそ大きなヒントがあると考えたんです。結果はその通りでした。第二の銃弾が聴診器に隠されていたのですから。しかも銃は先週の木曜日から、彼が肌身離さず持ち歩いていました」

「たいしたもんだ、いや、感服したよ」客は帽子を取って、「大変ありがとう、ポーターさん。それにエラリー、君もたいしたことなさそうでホッとしたよ。エラリー?」

エラリー・クイーンは頭をかしげて眠り込んでいた。

〈探偵〉エラリー・クイーン

本の事件
The Book Case

デイル・C・アンドリュース&カート・セルク

EQMM二〇〇七年五月号に掲載されたこのマニアックな中編は、二人の熱烈なクイーン・ファンによって生み出されました。ベルギーに住むセルク（本業は医師）は、有名なクイーン・ファンサイト「Ellery Queen, a Website on deduction」の管理人で、このサイトを通じて、アメリカ人のアンドリュース（本業は弁護士）と知り合いました。そして、二〇〇五年のクイーン生誕百周年シンポジウムに出席した二人は、オフラインでも知り合いとなり、帰りの列車の中で、合作をすることを決めたのです。ベルギーとアメリカのクイーン・ファンが合作し、それを日本のクイーン・ファンが翻訳紹介する——何とすばらしいことでしょうか！

内容は、クイーン風というよりは、クイーン・ファン風。ファンならば、ほとんどの箇所が楽しめるはずです。特に、『顔』（一九六七）で重要な役を演じたハリー・バークを再登場させて、この長編の救いのないラストに本作で救いを与えようとしている点は、いかにもファンらしい試みだと言えるでしょう（ちなみに、『顔』の邦訳版では、バークは自分のことを「わたし」と言っていますが、本作では、訳者の判断で「おれ」と変えている点をご了承ください）。「ジューナがレストランを成功させた」というネタも、にやりとするファンが多いはずです。また、あなたが日本ミステリの読者でもあるならば、島田荘司がほぼ同時期に、本作と類似したトリックを用いていることに興味を持つのではないでしょうか。

プロローグ

まだ冷たい三月の風が、開けっ放しのアパートの窓から音と共に入り込み、デスクの書類をカサカサいわせ、老いたる男のトウモロコシの毛のような頭髪を乱す。男は目の前のデスクに置かれた手紙に目を走らせながら、やせた腕を額《ひたい》まで上げると、うわの空で髪をなでつけた。これらの作業を終えると、便箋の束から未使用の一枚を抜き取り、短い文章を走り書きして、封筒に手を伸ばし、それに住所を書き、中に便箋を入れて封をした。その手紙をデスクの端の箱に落とすと、部屋の向こう側で革張りの椅子に座って本を読みふけっている、若く可愛い赤毛の女性に顔を向けた。

「こいつは今日中に出した方がいいと思うのだがね、ニッキイ。まとめてポストに投函してくれないか?」

第一部　再会

ハリー・バーク刑事は、エレベーターを待っている間、何度も体重を左右に移した。怠惰な右膝が痛み出したからである。そして、これが初めてではなかったが、この仕事をやっていくにはいささか年老いたのではないかという思いが頭をよぎった。ハリーは悲しげな目を若々しい相棒に向ける。ぴったりしたスラックスをはき、タートルネックを着て、短く刈り込んでムースで立てた黒髪を持つスタンリー・サントトス。彼には遠い未来の話だ。自分のように老いたるスコットランドからの移住者とはほど遠いこの男は、引退と恩給暮らしが――ここではない場所でののんびりした暮らしが――駆け足で近づいてきたとしても、じろりとにらんで追い払うに違いない。

そうだ、自分がいるべき場所は、ここではない。ウェスト・パーク・タワーは、新世紀を迎えたニューヨーク市の中で、彼が嫌いな何もかもを備えている場所ではないか。人の本音が偽りで塗り固められ、上品さや尊厳といったものが金銭に奪い去られた場所。そうだ、キュッキュッと音を立てる大理石の床はあり、あちこちに置かれた鏡が偽りの広さを与える部屋もある。だが、人の心はどこにあるのだ？　彼が何十年も前に初めて足を踏み入れた、あのニューヨーク市はどこにいったのだ？　若かりし頃を過ごした、あの窮屈でせわしない町は？　まあ、外に出れば、まだそういったものが残っていないわけではない、とハリーは思った。だが、この場所にはもはや残ってはいないのだ。エレベーターのドアが開いたので、彼とサントスは乗り込む。

三十六階にあるアパートメントは、他と似たり寄ったりだった。つつましく禁欲的な家具と小ぎれいに飾られた東洋の芸術品が並ぶ居間を通り抜けながら、ハリーは鼻をくんくん鳴らした。ただし今回は、軽蔑して鼻を鳴らしたわけではない。そうではなく、この仕事につきものの臭いの予兆を感じたからである。銅のような、まごうかたなき死の臭いを。

ハリーとサントスは、廊下を曲がって書斎に入り、奥に進んだ。奥にはデスクがあり、その上に広がる血の池に突っ伏しているのは、ジェイソン・テヌブラ博士の死体だった。デスクの前の床にも血の跡があり、そこから小さな血の池が戸口まで点々と続いている。床の上には、コードが抜けた真鍮《しんちゅう》と黒檀《こくたん》の電気時計が転がっていた。時計の針は八時半で止まっている。

ハリーは三人の制服警官と、検死官のオフィスから来た男を押しのけ、デスクに歩を進めた。デスクはクロームめっきの台にガラスの一枚板がはめこまれている。彼はデスクの上に目を走らせた――コンピューターのフラット・ディスプレイ、ワイヤレス・キーボード、それにワイヤレス・マウスがある。テヌブラはデスク中央にうつぶせになり、両手は、今では固まっている血の池と胸の間にはさまれていた。

「何かわかったことは?」ハリーは尋ねた。

「わかったことは」とサントスが答えて、「つい昨日まで、ジェイソン・テヌブラ博士は現代版サクセス・ストーリーの体現者だったということです。ジョーンズ・ホプキンス大学を卒業した後、ニューヨーク大学で腫瘍学と精神医学を学んで、医学の修士号を取りました。暮らし向きもなかなかのもので――かつては〈フリードマン&ノア・デパートチェーン〉の経営者、ジャニエル・フリードマンと結婚していました。

今朝、テヌブラは自分のオフィスに姿を見せませんでした。午前中に入っていた予約が消化されないままランチタイムが過ぎましたが、誰一人として彼と電話で連絡をとれませんでした。そこで彼の部下が、アパートの管理会社のデスクに連絡したのです。ビルの従業員が死体を見つけました。従業員はマスターキーを使って――といっても、実際には磁気方式の入館カードですが――アパートメントに入り、吐き気をこらえつつ、われわれに電話をしてきました」

「目撃者は?」

「いません。ですが、管理人がすべての訪問者をチェックしています。管理人のコンピューターから出力したリストを手に入れました。床の血痕と時計から判断すると、テヌブラは殺人者を追いかけようとしたみたいですね。そして、その後でデスクに引き返して、そこで息を引き取った、と」

ハリーはデスクの背後の本箱を見ると、目を細めた。

「こいつは一体……?!」

「ええ」とサントスは答えた。「ぼくにはどうしても、こいつが何なのかわからないのですよ」

二人は本箱を見つめた。デスクの両側の本はきちんと背表紙が並んでいたが、テヌブラ博士の命なき体の真後ろのすべての本は、棚から抜き出されていたのだ。抜き出されて、死体の背後の床に、でたらめに山積みにされている。

部屋の反対側から、制服警官が近づいてきた。

「検視も現場検証も終わりました。われわれが死体を調べてもかまわないそうです」

二人の警官が死体をあお向けにすると、ハリー・バークの目の前に二つのものが現れた。一つめは、血にまみれた喉の真ん中から突き出ている銀色のメス。二つめは――それよりずっとわかりにくいが――血にまみれて固く握りしめられた博士の手からわずかにのぞく紙片の一部である。ハリーは死者の指を慎重に開き、抜き出した紙を広げた。「何てこった!」と彼は目を丸くして叫んだ。

「何です？　何があったのですか？」とサントスが尋ねたが、ハリーはすでに膝をついて本の山を調べていた。

「何てこった！」とハリーはくり返す。「いまいましい。あらゆる連中の中で、おれが二度とかかわりたくないと思っているやつが……」

サントスは紙片を調べるためにデスクをのぞき込んだ。一番上には「二〇〇七年三月三十日」の日付。日付の下には一行だけが走り書きされていた。「あなたの問い合わせは受け取りましたが、私が売ってもよいと思う本は一冊もありません」と。紙片の上部には一つの名前が――黒い線の上に美麗な飾り文字で書かれた名前があった。「エラリー・クイーン」。ここでようやく、スタンリー・サントスも床の上にばらまかれた本をじっと見下ろすことになった。どの本にも手紙の名前と同じものが印刷されていたからである——〝エラリー・クイーン〟と。

サントスはわけがわからないといった様子で頭を振った。「一体、このエラリー・クイーンってやつは、何者なんです？」

アパートメントに射し込む陽の光がかげる頃、ハリーとスタンリー・サントスの耳に、弱々しいノックの音が聞こえた。二人が顔を向けると、ちょうど制服警官がドアを開けたところだった。そのドアから、ツイードの服を着た、年老いてはいるものの驚くほどしゃんとした男が、部屋に入って来た。男は右手の杖と、左側の若い女性——二十代後半か、とサントスは思った（彼はこういった細かいことを気にするのだ）——の軽い支えを必要としているようだ。スタンリーが自分の相棒にちらりと目をやると、彼は目を見開き、この二人組をまじまじと見つめていた。

ハリー・バークは、老人が近づいてくるのを驚きの顔で眺めていた。かなりの歳である。ハリーはこの男より年長の男には会った記憶がなかった。老人は足を引きずり、意志の力だけで体を動かしているように見える。ハリーは手を差し出した。「エラリー」と彼は言って、「本当に久しぶりだな」。

「何と、ハリーじゃないか」

老人の声を聞いた瞬間、ハリー・バークは驚きの第二波にのみ込まれてしまった。声は年齢に屈服せず、まったく変わっていなかったからである。

「親父が何年も前に教えてくれたよ。きみが大西洋のこっち側に戻ってきたことを」老人は続けて、「そして、きみと親父がここで力を合わせていることも知らされた。……だが、私にはわかっていたよ。きみが、私とのつき合いを再開するのは望まないであろうことを」

「あのときはつらい目にあった」ハリーはうなずく。「あの幕引きといったら……」そして彼は、気詰まりな沈黙に陥った。

少しの間、サントスは自分の相棒に何があったのかが気になったが、そんな無駄な好奇心はすばやく振り捨てた。誰がそんなことを気にするというのだ？　彼は「ミスター・クイーン」と言いながら、バークとさらに年長の男の間に割り込んだ。「お二人が過ぎ去った時間を取り戻すのは、後でもできると思いますよ。ぼくたちが今すべきは、電話であなたの……」彼は次の言葉を探した。

「……あなたの介護人に話したように……」

「ミズ・ポーターは私のアシスタントだよ、きみ……警察の……？」

「サントスです」とスタンリーは答えた。「スタン・サントス。刑事です。ミズ・ポーターに話したように、われわれは、あなたがかかわっているかもしれない殺人事件の捜査をしているのです」サントスは、今では密封式のポリ袋に収められている血染めの手紙を掲げた。「この手紙に見覚えがありますか？」

エラリーは手紙をじっと見つめる。その左目はふさがっているかのように細かった。「そう、あるな。これは私の便箋だし、私の筆跡だ」そして、ニッキイを振り返って尋ねた。「この手紙を出したのはいつだったかな？」

「一週間前です」それから彼女はサントスの方を向いた。「一週間ちょっと前、わたしたちはジェイソン・テヌブラ博士から問い合わせの手紙を受け取りました。わたしの見たところ」彼女は神経質そうに部屋に目を走らせてから、「あなたが言っていた被害者がその方なのでしょうね。それで、テヌブラ博士は、自分が本の――特に探偵小説の初版本コレクターだと名乗りました。彼はクイーンさんに、これまで何十年にもわたって書いてきた本の著者用見本を売る気がないかを、問い合わせてきたのです」

「何ですって？　探偵小説？」サントスは尋ねる。

エラリーは眉をひそめた。「正確に言うと、彼が関心を示したのは、私が探偵小説を論じたノンフィクションの著作の方だ」

「テヌブラが死に際にこの手紙を握りしめた理由について、何か考えはありますか？」

「何もない」とエラリーは答えてから、「だが、私はきみに請け合うよ。彼が実際に死んだ時刻がいつであろうと、そのとき私は、昼寝をしていたか、数独パズルを解いていたか、治療を受けていた、と。ミズ・ポーターが裏付けてくれるはずだ。最近はそれしかやることがなくてね」

「あなたが興味を示しそうなことが、他にもありますよ」サントスはそう言って、ガラスとクローム製の書斎用デスクの背後にばらまかれたままの本の山を身振りで示した。

ニッキイの手を借りてエラリーは部屋を横切り、本の山に近寄った。

「初版本だな」彼はつぶやいた。「教えてくれないか。その本の下にあるのは――」彼は左の本を示して――「『フランス白粉の謎』ではないかね？」

ニッキイはかがみ込んで本を調べる。

「そうです」と彼女は言って、「しかも、ダストジャケット付きです」

エラリーは、きちんと棚に収まっている残りの蔵書を見渡す。「見たところ、テヌブラ博士は系統立てて並べるタイプだったようだな」と彼は評した。「蔵書は作者別にまとめられ、作者はアルファベット順に並べられている。だとすると、床の上のクイーン作品は、ポーの作品集とルース・レンデル兼バーバラ・ヴァインの本の間に並べられていたことになるわけだ」

エラリーは、サントスとハリー・バークの方に向き直った。「私は、なぜこれらの本が床にあるのか、きみたちに説明することはできない。だが、テヌブラ博士がどこからこの本を入手したのかについては、事実に基づくささやかな推論をお目にかけることができると思う。私の知る限りでは、オリジナルのダストジャケット付きの『フランス白粉の謎』は、ほとんど残っていない。実のところ、私が個人的に知っている二冊しかないのだ。一冊は私が持っている。従って、この本がもう一方であることに疑いの余地はない。ここにある本は、ジューナの蔵書に間違いないだろう。表紙の見返しにサインがあるはずだ」

サントスはビニールの手袋をはめると、赤い本を慎重につまみ上げた。表紙をめくって読み上げる。「ジューナへ。変わらぬ敬愛と感謝を込めて。エラリー・クイーン」サントスは老人に顔を向けた。「ぼくに教えてくれませんか。このジューナとは何者なのです?」

「ジューナは何十年も前に、親父と私のために働いていた人物だよ。当時は少年より少し大人だったな。孤児だったのだ。親父と私の援助を受け、高校を卒業したときに離れていった。私はジューナを――ジューナに似せた登場人物を初期の長編で使ったのだ。このことは彼の自慢の種だったな。あの子はいつも、分析的推理や言葉遊びに魅せられていたからね。私は一九七一年に創作活動から退き、一九八二年には編集からも退いた。しかし、それまでの執筆期間はずっと、親父や私が作中人物として登場する本が出るたびに、サイン入りの初版本を贈っていたのだ」

「たぶん、ぼくたちはその人と話すべきでしょうね」サントスはぼそりと言った。

「それは」とエラリーは答えて、「不可能だな。ジューナと奥さんは一九八〇年代の末に亡くなっている。ここにある本は、彼の遺族から手に入れたに違いないな。そのあたりの事情は知らない。どういうわけか親父と私は、かなり昔に、ジューナやその家族とは連絡がつかなくなってしまったのでね。コロンビア大学を卒業後、ジューナはウェストサイドでレストランを開いた。かなり繁盛して、チェーン店まで持ったな。仕事の虫でね。店が繁盛したのは四十代の頃だったが、五十代半ばまで結婚はしなかった。ジューナ夫妻は子供に恵まれなかったので、結局は、二人の赤ん坊を養子にすることにした。私の記憶では、一九六〇年代末のことだ。クインとエリーゼという名前だったな。子供は二人ともコロンビア大学に通った。私はもう何年も二人とは会っていないが、クインは医者になったはずだ。エリーゼの方は、最後に聞いたときには、コロンビア大学で英文学の教授を務めていたな」

このとき、ハリー・バークがはっとしたように顔を上げた。「ちょっと待ってくれ」と言って、居間に入っていった。戻ってくると、サントスに用紙の束を手渡す。一番上の紙には、「精神分析コンサルティング・サービス。ジェイソン・テヌブラ博士&クイン・ジューナ博士」と印刷してある。

サントスの目とバークの目が合った。「そうだ」とバークは言った。「これによると、二人は共同経営者なんだ。もう一つあるぞ。おれは今、テヌブラのオフィスに電話をかけてみた。ジューナ博士は昼までにオフィスに来なければいけないのに、まだ来ていない。今もまだ、姿を見せていないのだ。オフィスから電話しても出ないらしい。彼のアパートはここから二ブロック先にある。さっき、制服警官を二人、差し向けておいた」

「ぼくたちも行きましょう。いやな感じがしてきた」サントスがぶつぶつ言った。

「私たち二人も」とエラリーは言って、「おつき合いしたい。少しだけ歩くペースを落としてくれないかな？　そうすれば、多分、ついて行けると思うよ」


クイン・ジューナ博士のアパートの方がずっとバークの好みだった。屋根にガーゴイルの雨樋《あまどい》がある一九三〇年代のニューヨーク風で、古くてどっしりとしている。ここには管理人などはいない。ビルを所有する会社に、ジューナ博士の部屋に入るにはどうしたらいいかを尋ねたところ、ファイルをひっくり返して、「妹のエリーゼ・ジューナ教授がスペアキーを持っている」と、投げやりな返事が返ってきたくらいである。彼女はすでに管区の警官の連絡を受けており、テヌブラが殺されたことも、彼女の兄の居場所を捜していることも伝わっていた。

だから、ビルのロビーに魅力的な黒髪の女性がいても、バークは驚かなかった。歳は三十代後半、地味なスラックスにオックスフォード織りのブラウス、それにあや織りのジャケットを着たその女性は、不安そうに彼らに近づいてくる。だが、彼女が話しかける前に、四人組の一人である老人が、その優しげな手を彼女の腕に置いた。彼女は最初はいぶかしげに男を見たが、ほどなく気づいて、びっくりしたように目を丸くした。

「エリーゼ」とエラリーは言って、「私を覚えているかね？　もう何年もたってしまったので、忘れてしまったかもしれないいな」

「クイーンさん……エラリー……ここで何をしているの？」

「警察に手を貸しているのか、捜査に巻き込まれているのかのどちらかだな。今のところは、どちらかわからないが。見方によるのかもしれない」彼は首をかしげ、値踏みをするように目を細めてから、笑みを浮かべた。「きみのお父さんが自慢していた通りだね。とてもすてきな女の子に成長したよ」

「とっくに〝女の子〟って言われる歳は過ぎているけど」彼女は間を置いてから微笑んだ。「あなたがここにいてくれてよかったわ。わたし、頭がおかしくなりそうなの。昨日からずっとクインと連絡を取ろうとしていたら、ここで警察と待ち合わせてほしいという電話がかかってきて。一体何が起こったのか見当もつかないけど、兄のためなら何でもやるわ。私には、もう家族と呼べるのは兄しかいないのよ。命の恩人でもあるし。もし兄の身に何かが起こっていたら……」

サントスが辛抱できなくなって割り込んできた。「もしよろしければ、今すぐ階上《うえ》に上がるべきですが」

エレベーターが一同を吐き出した先は、東洋風模様のすり切れたカーペットが敷かれた廊下だった。通路の中央あたりまで進むと、エリーゼは足を止め、キーをさぐる。アパートメントのドアを開けると、広くて快適そうな家具付きの居間が現れた。一同が中に足を踏み入れると、エラリーの目が丸くなり、ハリー・バークの顔に浮かんだのと同じ表情を見せる。今回は、二人そろって臭いを嗅いだのだ。

臭いの元はすぐに見つけ出すことができた。一人用の寝室の隣りにある浴室からだった。バスタブは血に染まった水で満ち、両手首を切ったクイン・ジューナ博士の死体が浮かんでいる。エラリーがため息をついて目を閉じ、鼻柱をつまんだその瞬間、エリーゼが叫び声を上げた。

第二部　引退撤回

数週間後、ハリー・バークは西八十七丁目に立ち、今でも記憶に刻まれている褐色砂岩の建物を目の前にして、頭を振っていた。振り捨てたと思ったのは幻だったのか――ここを立ち去ってかなりたってから、突然関係を持つ羽目になろうとは。何年も前、彼はここに住んでいたのだが、その間は、熱にうかされたようだった。ハリーはため息をつき、肩をいからせると、階段を上って正面玄関に向かった。

いったんアパートメントに足を踏み入れると、振り捨てたはずの感覚がよみがえった。室内がほとんど昔のままだったからだ。サーベルは相変わらず暖炉の上で交差している。ティロー画伯の肖像画は相変わらず部屋の四隅をにらみつけている。そしてエラリーがいる――ハリーはこの老人に、相変わらず友人の顔を見いだすことができたが、今の顔つきは、警視をも思い出させるものだった。

「ハリー、また会えて嬉しいよ」ニッキイが玄関のドアを閉めてからコーヒーを淹れるために台所に入ると、エラリーは部屋の奥でバークに椅子をすすめながら微笑んだ。「どうやらきみときみの相棒は、そろって進展があったようだな?」

「実のところ、エラリー、サントスとおれは、『そろって』とは言い難いな。おれたちはほとんどの場合、見解が一致することはないんだ。そして、今回の事件も例外じゃない。おれはここに公務で来たが、自分の判断で来たと言っても間違いじゃない」

エラリーがもの問いたげに眉を上げると、バークは続けた。「サントスの考えでは、この事件は解決済みだ。あいつは単純な殺人と自殺に過ぎないという説で、おそらくそれが正しいのだろうな。ジューナ博士がテヌブラ博士を殺す動機を持っていることが明らかになったんだ。そして、それと同じように自らの命を絶つ理由も。最近まで、ジューナはかなり名の知られたロングアイランドの名士、ロンダ・セント＝レジスと婚約していた。ところが、この婚約は数週間前、ずいぶんと悲惨な終わりを告げたらしい。そして、ジューナ博士の共同経営者であるテヌブラ博士は――おれたちの言い方をするならば――三角形の第三辺を務めていた。

どうやらテヌブラの収集癖は、探偵小説にとどまらなかったらしい。何年も前から、あの男は〝女好きの男〟という評判を勝ち得ていたようだ。彼はここ数ヶ月を、自分の共同経営者の婚約者をものにするために費やしていた。セント＝レジスは彼の前に並んだ女の一人に過ぎなかったが、ジューナ博士にとってはそれ以上の存在だったらしい。ジューナは手ひどく落ち込んだ。婚約解消の後、すっかり駄目になってしまったわけだ。オフィスの連中の証言によると、この数週間、二人は人前で喧嘩したこともあったらしい。ジューナはどんどんおかしくなっていったようにも見えたそうだ」

「かくして」とエラリーはさえぎって、「きみは動機を手に入れたわけだ。機会の方はどうかな？」

「ちゃんとある。二人の医師はときどき、テヌブラの住居と同じアパートにあるオフィスでも患者を診ていた。だから、ジューナもこのアパート用の磁気キーを持っていて――望むときはいつでも出入りできたわけだ。加えて、テヌブラとジューナの死亡時刻は、二人とも日曜夜の八時から十時の間だと断定されている。これは殺人の後に自殺したとしても、どこも矛盾はない。テヌブラのアパートメントの床に落ちて止まっていた時計は、彼が八時半頃に死んだ可能性が高いことを示しているし、検死の結果もそれを裏付けている。最後に、ジューナ博士が実際に自分自身を殺害したことは、いくつものデータによって裏付けられている。検死官は、手首の傷はナイフで切られたものだと言っているし、そのナイフはバスタブのすぐそばにあって彼の指紋が残されていたし、格闘の跡は何一つなかった。すべてをおなじみのやり方で積み重ねていくと、自殺ということになる。スタンリー・サントスの見た限りでは、これでもう、この事件に関する調書《ブック》は閉じられたというわけだ」

エラリーは微笑んだ。「だが、きみはまだ悩んでいるのだろう？」

「その通り。おれにとっては調書《ブック》はまだ開かれている。それとも、きみの本《ブック》はまだ開かれていると言うべきかな。開かれて、アパートメントの床に落ちている。あれが頭にこびりついたままなんだ。床の上のあの有様は何なんだ？　それに、なぜテヌブラはきみからの手紙を手の中でくしゃくしゃにしたんだ？」

ハリーは自分の書類カバンをかき回して一枚の紙を取り出すと、エラリーに手渡した。

「これがその本のリストだ――奥付のページにあった年月順に並べてある。テヌブラの蔵書にあった他の本から考えると、本箱の棚にもこの順番で並べられていたようだな」

エラリーはきちんと並んだ題名の列に目を走らせ、ニッキイは彼の肩ごしにのぞき込んだ。

ローマ帽子の謎
フランス白粉の謎

オランダ靴の謎
ギリシア棺の謎
エジプト十字架の謎
アメリカ銃の謎
シャム双子の謎
エラリー・クイーンの冒険
チャイナ橙の謎
スペイン岬の謎
中途の家
ニッポン樫鳥の謎
悪魔の報復
ハートの4
ドラゴンの歯
エラリー・クイーンの新冒険
災厄の町
靴に棲む老婆
フォックス家の殺人
エラリー・クイーンの事件簿
十日間の不思議

九尾の猫
ダブル・ダブル
悪の起源
犯罪カレンダー
帝王死す
緋文字
ガラスの村
クイーン検察局
クイーン警視自身の事件
最後の一撃
盤面の敵
第八の日
三角形の第四辺
クイーンのフルハウス
恐怖の研究
顔
真鍮の家
孤独の島
クイーン犯罪実験室

最後の女
心地よく秘密めいた場所

「興味深いな」とエラリーはつぶやいた。「すべての長編と、すべてのオリジナル短編集か」

「でも、名義貸しの本がないわ。スパイ小説とか」ニッキイがそう付け加えた。「あの主人公は誰だったかしら？　ティム・コリガン？」

「マイカ・マッコール」エラリーは鼻を鳴らして眉をひそめた。「私はそっちの本の著作権については、フレッドやマニーと一度も話したことがない。そう、ここにある長編と短編集は、私が実際に書いた作品だけだよ。ハリー、このリストは私が持っていてかまわないかね？」

「かまわないよ。他にもきみが興味を持つこと請け合いのものがある。アパートの管理人から手に入れたものだ」ハリーは書類カバンから二枚めの紙片を取り出した。「これは日曜日にテヌブラのアパートメントを訪ねて来た人物のリストだ。記載されている時刻は、訪問者が管理人のチェックを受けた時間らしい」

エラリーは紙片を受け取って目を通す。「ジャニエル・フリードマン、午後七時十五分。タビサ・デュバル、午後七時四十七分。ロンダ・セント＝レジス、午後八時十八分」

目を輝かせてハリーに顔を向けたのは、今度はニッキイだった。「そうね、ミズ・フリードマンとミズ・セント＝レジスはもう知っているわ。お願いだから教えて、タビサ・デュバルって誰なの？」

ハリーは面食らったような顔をニッキイに向けてから、エラリーの方に戻した。「タビサ・デュバルは女優だ。まだ二十代のなかばだが、ブロードウェイで好評のショーに何本も出ている。だが、おれたちが追求中の観点からだと、彼女はどうやら、テヌブラが熱心に収集した女たちの長い列の最後尾にいる――正確には『いた』――らしい」

エラリーは口笛を吹いてから、抑えきれずに笑みをこぼした。「彼の生涯最後の女（『最後の女』の原題）というわけだな、ええ？　そして、その本は他の本と一緒に床にあった」彼は書名のリストをあらためて見つめながら考え込んだ。それからハリーに顔を向ける。「ということは、テヌブラは一時間の間に、前の妻、共同経営者を捨てた女、追いかけ回している別の女の訪問を受けたのだね？」

「まさしくその通り。テヌブラは成功者でハンサムで金持ちだったのだろうな。だが、それと同時に、徹底して非紳士的だったことも明らかだ」

「教えてほしいのだが」とエラリーは尋ねた。「このレディたちがウェスト・パーク・タワーを出て行った時刻のリストは手に入るのかね？」

「いや。それは難しいな。すべての訪問客は、入る時にチェックされる。チェックが終われば、その訪問客はいつでも自由に出て行くことができる。だから、実際にビルを出たのがいつかは記録されないんだ」

「だとすると、三人の女性は誰でも、殺人のときにビルに残っていられたわけだな。なあハリー、ミズーリ州のロバ（「ミズーリ州出身」も「ロバ」も頑固者を意味する）にかけて、きみは私の関心を惹いてくれたようだ。もし、きみより少し動きの遅い者を仲間に加えるのが気にならないのであれば、一緒にこのレディたちを一人ずつ訪ねて回るのがいいのではないかな。だが、私が思うに、まずはお膳立てを整えておいた方がいい。ニッキイ、エリーゼ・ジューナが今日のランチタイムに体が空いているか、わからないかな？」

コロンビア大学のすぐ脇、アムステルダム通り沿いに、うす暗いレストランがある。エラリー、ニッキイ、それにハリーは、エリーゼ・ジューナがテーブルの前に姿を現したとき、すでに席に着いていた。

「何とか耐えられそうかい？」彼女がニッキイとハリーの間に腰を下ろすと、エラリーは尋ねた。

「どうやら、ご期待に応えられそうよ。お花を送ってくれてありがとう、エラリー。クインもきっと喜んでいるわ。あなたにもお礼を言わなくてはね、ハリー」彼女は左に座っているハリー・バークに向かって、恥ずかしそうに微笑んだ。「あなたは誰よりも親身になってくれたし、辛抱してわたしにつき合ってくれたから」

ハリーは居心地が悪そうに、椅子の上でもじもじした。「サントスのことはおわびするよ。あいつはときどき、ひどく冷酷になるんだ。昨日のことは、何もかもあいつのせいなんだ」

「そして、同じように私もおわびをしよう」とエラリーが口をはさんで、「なぜならば、残念なことに、われわれもきみに質問をしたいと思っているからだ。だが、少なくとも昼食が終わるまでは、そいつは延期するとしよう」

コーヒーを飲み終えると、エラリーは咳払いをしてから話し始めた。「エリーゼ、警察は――いや、少なくともバーク氏の相棒のサントス氏は――この事件を〝殺人と自殺〟と見なし、解決済みとしている。おそらく、それは正しいのだろう。だが、この事件にはまだ悩ましい点が残っているのだ」

「何かわたしで役に立てることがあるのかしら？」

「事件の背景についてならね。ニッキイが電話で説明したように、私が興味をそそられているのは――そして、私がバーク氏のために何とか語ることができそうに思えるのは――テヌブラ博士の死をめぐる状況についてだ。死に際に私からの手紙を手にしたという事実、そして、床の上に何冊もの本があったという出来事だ」

「あら、少なくとも本に関しては、ささやかな明かりをともすことができそうだわ」とエリーゼは言った。「父が死んだとき、本や、他にもいろいろなものがわたしたちに残されました。クインとわたしは当時、まだコロンビア大学の学生でした。レストランを処分した後、残った遺産はそれほど多くありませんでした。わたしたちは学費のために、父の私物を、蔵書を含めて売るしかなかったのです」

「それがきっかけで、きみの兄さんはテヌブラと知り合ったのかな？」ハリーが尋ねた。

「いいえ。実を言うと、クインとわたしは二人とも、ジェイソンの専門のことで、その何年も前に知り合ったのです。ですから、わたしたちとジェイソンは、長いつき合いになります。クインは子供時代から鬱病にかかっていました。兄は、何年にもわたって、ジェイソンにかなりの額を払ったことになるわね。わたしは確信しているのですが、こういった過去が、クインに精神医学の世界で働く決意をうながしたのです。そういったわけで、わたしたちが蔵書を売る必要に迫られたとき、すでに目の前に有力な買い手がいたわけです。ジェイソンは自分の探偵小説コレクションを自慢していましたし、蔵書をオークションで売るよりもずっといい値で買ってくれるでしょうから。彼はあなたの大ファンだったのよ、エラリー。いつも言っていたわ。あなたの名前が背表紙にあるすべての本の初版本を手に入れたい、って」

「だからきみと兄さんは、テヌブラ博士と親しくなったのだね？」エラリーはうなずいた。

「ええと、イエスでもあり、ノーでもあるわね。ジェイソンはすばらしい医師ですが、あまり立派な男ではありませんでした。わたしはここ何年もの間、数えるほどしか会っていません。クインは彼を崇拝し、共同で開業までしましたけど、ジェイソンは人をあやつる達人で、おまけにうぬぼれ屋で好色漢でした。彼に言い寄られて無事にすむ女性はいませんでした――早い内に毅然《きぜん》とした態度ではねつけない限りは。わたしはそうしました。その後、あの人はわたしへの関心を失いました。でもわたしは、ここ何年も、彼が兄に対してやったことを見続けてきました。

クインはいつも、おどおどと自信なさげでした。兄がロンダと婚約したとき、すごいことをやったと思ってしまったくらいです。誤解しないでほしいのですが、ロンダは――少々頭が軽いですが――快活で社交好きで、クインを殻からちゃんと出してくれました。ジェイソンが彼女につきまとい始めたとき、わたしは愛想が尽きました。彼にとっては新たな狩りに過ぎないのでしょうけど、クインにとってはロンダを失ってしまうことになるからです」エリーゼはため息をついた。「わたしは英文学の教授です。精神医学のことは何一つ知りません。でも、実を言うとわたしは、クインはもっと強いと考えていました。死んだ夜、兄がわたしに電話をかけてくるまで、この破局がどんな影響を及ぼしていたのか、考えもしなかったのです」

エラリーの目が細くなった。「あの晩、きみは彼と話をしたのかね？」

「いいえ。兄が電話してきたとき、わたしは家にいませんでした。留守録が残っていたのです、ええと、七時半頃に。取り乱したような声で、話をしたいと言っていました。折り返し電話をかけたのですが、何度かけても、留守番メッセージの応答しかありませんでした」

エラリーはテーブルごしに手を伸ばして、エリーゼの手をそっと叩いた。「最後の一つだ、エリーゼ。テヌブラ博士が死んだとき、ロンダ・セント＝レジスと関係していただけでなく、他の誰かにもつきまとっていたということは知っていたかな？」エラリーはコートのポケットをさぐって紙切れを取り出した。「ブロードウェイの女優、ミズ・タビサ・デュバルとのことは？」

「いいえ、知りません。でも、わたしは驚かないわ。ジェイソン・テヌブラは決して変わらない人でしたから。彼は四六時中、スカートを追い回していたわ」そう言って、自らを落ち着かせるように肩をいからせる。数秒後、彼女は微笑みながらテーブルを見回した。「これで全部なら、エラリー、昼食のお礼を言って失礼させてもらうわ」

「お礼の必要はないよ。もし何か必要なことがあれば、電話をしてもかまわないかな？」

「いいわ」

エリーゼは椅子を引いてテーブルから立ち上がった。それと同時に、少しきまり悪そうに、そして恥ずかしそうに、ハリー・バークも立ち上がった。

エラリーとニッキイの目は刑事に注がれた。

「ミズ・ジューナは」もごもごと彼は言って、「今日の午後、大学図書館の稀覯本コーナーに新しく入った本を、おれに見せてくれることになっているんだ」

エラリーは笑いを浮かべて、辞退するかのように手を振った。「後で会おう、ハリー」

二人が立ち去ると、ニッキイはいぶかしげに眉をひそめて見せた。エラリーは笑い返したが、口ではこう言っただけだった。「捜査に戻ろうか、ミズ・ポーター。われわれに残された場所を、すべて挙げてくれないか？」

「そうね」とニッキイが応じて、「警察の捜査から漏れているものは、床の上のあなたの本、あなたの手紙。それに、テヌブラが殺される直前にアパートにいた三人の女性」

「まさにその通り」とエラリーは言った。「どのように捜査を進めるべきか、わかっているね？」

ニッキイは少しためらいを見せてから、真っ直ぐエラリーの目をのぞき込んだ。彼女は明らかに心配している。「体の方は耐えられそうなの？」

エラリーはため息をついた。返事をしたとき、その声は老いさらばえたものになっていた。「正直言って、わからないな。一つずつ片づけていこう」


〈フリードマン＆ノア・デパートチェーン〉の重役室は、一九三〇年代の伝統にのっとり、マンハッタン本店の最上階にある。エラリー、ニッキイ、ハリー・バークは、家具がぽつぽつあるだけの待合室で、背もたれが垂直な椅子に座って待っていた。椅子の前には、年季の入ったマホガニー製のコーヒーテーブルがある。ようやく部屋の奥のドアがさっと開くと、ぴしっとしたリネンの服を着た若い女性が「これからミズ・フリードマンがみなさんにお会いになります」と告げた。

一同が奥の部屋に入ると、ジャニエル・フリードマンが立ち上がった。すらりとした長身で、明るいピンストライプのウール製ビジネススーツを身につけ、やり手らしい目で三人を一瞥《いちべつ》する。五十代半ばで、長い髪をフレンチ・ツイスト（頭の下の方で髪をねじって上にまとめて留めるスタイル）にしている。彼女が「四十二番街の女王」という世評を体現しているのは明らかだった。エラリーとニッキイとハリーに向かって、フリードマンは優雅に、しかしビジネスライクな正確さをもって、自分の重々しいマホガニー製デスクの前に並ぶ椅子に座るように示した。

「紳士淑女のみなさん、わたしは何をすればよろしいのですか？」彼女は自らの体をデスク用の背の高い椅子に沈めながら尋ねた。

口火を切ったのはハリーだった。「知っていると思いますが、ミズ・フリードマン、警察はあなたの前のご主人であるジェイソン・テヌブラ博士の殺人事件を捜査しています」

「実を言うと」フリードマンはさえぎった。「わたしはそんなことは知りませんでした。第一に、サントス刑事と電話で話した限りでは、警察の捜査は終了したと理解していました。次に」と彼女の目はエラリーとニッキイをとらえて、「警察の捜査が進行中だというのに、一般市民を含めた特別調査団が指揮をとるということも、知りませんでした」

ハリーは気色ばんだ。「サントス刑事が何を言ったにせよ、おれは保証しますよ。今回の訪問は、警察の捜査の一環だと。おれの名はハリー・バーク。ニューヨーク市警の刑事です。サントス刑事の上司です。この捜査が続いていることに疑いの余地はありませんし、遅かれ早かれ、大陪審にかかる前に、あなたと話さなければなりません。選ぶのはあなたです。それから、おれと一緒にいるのは、ミスター・エラリー・クイーンと、その助手のミズ・ニッキイ・ポーターです。ミスター・クイーンは長年にわたってニューヨーク市警に協力してきました。いや、いずれにせよ、今日ここに第三者を加えたのは、おれが決めたことであって、あなたではない」ハリーは深呼吸をしてから作り笑いを浮かべた。「さて、続けてよろしいでしょうか？」

フリードマンは納得したわけではないといった様子で鼻を鳴らさずにはいられなかった。「わかりましたが、手短に願いますわ。スケジュールが立て込んでおりますので」

「知る必要があるのです」とハリーは続けて、「テヌブラ博士が殺された夜、あなたが彼のアパートを訪ねたときのすべての出来事を。あのビルの監視システムによると、あなたがテヌブラ博士を訪問するために認証されたのは――」彼は書類カバンから取り出した紙片をもてあそびながら――「きっかり七時十五分。どうしても聞かせてもらいたいのですよ、あの晩、あなたがウェスト・パーク・タワーに出向いたわけを」

「ジェイソンと約束していたのです。彼はある法的な書類にサインをするはずでした」

エラリーは眉をひそめた。「あなたは『するはず』という言葉を使いましたな。ということは、彼は実際には書類にサインをしなかったと考えてよいのかね？」

少し肩を落として、フリードマンはうなずく。顔がエラリーに向けられた。「あなた方の捜査とはまったく関係ないとは思いますが、説明したからといって、不都合はないでしょうね。〈フリードマン＆ノア〉は旧弊な会社です。わたしが『旧弊』と言ったのは、古風という意味でも、保守的という意味でもありません。複合企業が経営計画を管理する現代において、その流れに逆らおうとしているのです。〈メイシーズ〉や〈ロード＆テイラー〉や〈ラザルス〉や〈ハチェット〉で買い物をするとき、みなさんは共通のオーナーが所有する別々の店から買っているのです。そして、各店に独自の経営計画が存在するとしても、それはたまたま、複合企業のオーナーの気まぐれに従っただけに過ぎないのです。

こういった事態は、個人が所有し続けてきた〈フリードマン＆ノア〉では、これまで決して起こりませんでしたし、今後も起こりません。けれども、ここ数ヶ月の間、わたしたちは〈デパートメントストア連合〉による株式公開買い付けという嵐にさらされ続けているのです――いたのです、と言うべきでしょうね」

「私の無学をおわびしなければならないが」とエラリーは口をはさんで、「もし店を個人で所有しているなら、どうしてそんなことになるのですかな?」

ジャニエル・フリードマンはため息をついた。「店はわたしの祖父であるダヴィリアン・フリードマンと、その共同経営者のジェイコブ・ノアが始めました。祖父は株の六十パーセントを所有し、ノアは四十パーセントでした。この比率は今も変わりません。ノアの株は、ジェイコブ・ノアの孫たちのために設立された信託基金団体が管理しています。わたしは祖父の唯一の相続人だったので、彼の持っていた株を受け継いでいます。いえ、少なくとも受け継いでいました」

「『いました』とは?」とエラリーは尋ねた。

「これは少し込み入った話です」フリードマンは続ける。「わたしがジェイソンと離婚する際、財産処分については、わたしの株による収益の半分をジェイソンに与えることに、しぶしぶですが同意しました。彼は〈フリードマン&ノア〉からわたしが得る収入の半分を受け取るのです。わたしは前と変わらずに株を持ち続けることができるのですが、ある例外事項によって、制限された形になっているのです」

「なるほど」とエラリーは言って、「その例外事項のために、われわれが話を聞きに来ることになったわけですな」

「ええ、残念ながら、あなたの言う通りです。離婚するとき、ジェイソン側の弁護士が、わたしが株を簡単に手放せるので、ジェイソンの収入源が失われる懸念がある、と言ってきたのです。わたしはこの仕事が生き甲斐なので、そんないやらしい事態は起こらないと思っていました。だから、ジェイソンの弁護士が離婚調停のときに、いくつか保護条項を主張しても、さほど気にしなかったのです。その条項の一つは、〈フリードマン&ノア〉の売却提議の際は、わたしの株の半数に対してジェイソンが投票権を持つ、という規定でした。

手短に言うと、ノアの管財人は、〈デパートメントストア連合〉の買収提案に魅力を感じたのです。手っ取り早くお金が――海辺の時間やスキー小屋のためのお金が――手に入るので。わたしは、そんなものに興味はありません。わたしは今、〈フリードマン&ノア〉のために、遺産を守り続けようとしているのです。普通ならば、わたしはノアの一族がどうしたいかなんて、気にしたりはしません。彼らの持つ四十パーセントでは、権利を行使するには足りませんから」

「しかし、そうではなくなった」とエラリーはつぶやくように、「ジェイソン・テヌブラが、あなたの株の五十パーセントの投票権を、異なる相手に投じる可能性があるときには」

「わたしの抱えている問題を的確に表現してくれましたわね、ミスター・クイーン。わたしはジェイソンに、株式公開買い付けに応じない側に投票することに同意してもらう必要があったのです。ジェイソンは予想通り同意してくれました。ただし、それは、わたしの弁護士たちがテーブルの上に十万ドルを積み上げることに同意したからに過ぎませんでしたが。ジェイソンとの打ち合わせは、その同意をきちんと確認するという目的しかありませんでした。わたしは銀行小切手と同意書を持って彼のアパートに着きました。その同意書は、離婚調停での条項にかかわらず、株式公開買い付けがあった場合は、わたしの株への投票権すべてをわたしに与える、というものでした。彼はその晩、それにサインをすることになっていました」

「それなのに、問題が起こったと?」

「そう言われると思っていたわ。わたしがアパートに行くと、ジェイソンはこう告げました。この件について考えてみたが、あまりにも安い金額で売ったことがわかった、と。ランボルギーニの新車だか何だかが、彼の頭を支配したのです。わたしたちは議論を交わしましたが、彼は主張を変えませんでした。『二十万ドルだ』と彼は言い張るのです。『もはやこの金額以外にない』と。もしその金額でない場合は、ノアの遺族の側に投票するとも言ったのです。わたしは説き伏せようとしました。ノア側に立つことには、何一つとして意味がない、と。もし株を連合側に売ったとしても、その売却益を得るのはわたしであって、彼ではない、と。しかも、株から彼が得られる収入は途絶えてしまう、と。だから、他の何よりも彼がすべきことは、例外条項を放棄し――こういった事態を防ぐことだ、と。でも、ジェイソンは耳を貸さず――ただ笑って、わたしの言葉に対して首を振るだけでした。わたしが息切れすると、彼は言ったのです。『ジャニエル、これは理屈じゃない。脅しなんだよ。おれはおまえの欲しいものを持っているんだ』と。最後には、わたしはプライドを捨てました。たった十万ぽっちの上乗せのために、店を失うわけにはいかなかったのです」

今度はバークが質問をする番だった。「それなのに、テヌブラ博士は同意委任状へのサインを拒んだわけですね？」

「その通りです。あの下劣な男は、わたしの持っているのが二十万ドルではなく十万ドルの銀行小切手だという理由だけで、サインを拒んだのです。残りは翌日渡すと言っても耳を貸しませんでした。それで、わたしはアパートを立ち去ったのです。あそこに全部で十五分以上はいませんでした」

「腑に落ちない点が一つある」とエラリーは言って、「どうしてあなたは、その後にしたことを、話してくれないのですかな?」

「その後?」

「そう。実際に、追加の十万ドルを用意したのでしょう?」

ジャニエル・フリードマンは困ったような顔をした。「ええと、実のところ、何もしませんでした。ご存じの通り、わたしがジェイソンを訪ねたのは日曜日でした。その夜の内には弁護士に電話をかけづらかったのです。それで、月曜の朝まで待っていました。でも、月曜の昼ごろに、ジェイソンの……死去を知らされて。こうなると、もう小切手を切る必要はなくなりました。株の投票権はわたしに戻りましたから」

ハリーとエラリーとニッキイは、沈黙に陥ったジャニエル・フリードマンを見つめながら、黙って座っていた。数秒後、彼女は再び口を開く。「いいですか、ジェイソンのアパートを退去した後、わたしは家に帰り、強いお酒を何杯かひっかけ、下劣な男を呪い、ベッドに入りました。わたしはたかだか二十万ドルのために、人を殺したりはしません。ダニさえもです。これが真実ですし、わたしが話せるすべてです。あなた方の捜査に幸運が訪れることを祈っていますわ。もし幸運にも真相にたどり着けたならば、わたしだけでも容疑者のリストから外してもらえるでしょうからね。でもさしあたりは、紳士方にミズ・ポーター、わたしは片づけなければならない仕事を抱えていますの」この言葉と共にジャニエル・フリードマンはデスクの脇のボタンを押し、彼女の部下が三人組をオフィスの外に連れ出すこととなった。

タイムズ・スクエアから数ブロック離れたところにあるマジェスティック劇場のマーキーは、間もなく「アメリカン・ヒーローズ」が公開されると告げていた。「一九四〇年代のコミックブックに登場するスーパーヒーローたちを明るく大胆にミュージカルに仕立てた」らしい。ハリー、エラリー、ニッキイは二枚開きの戸を通り抜け、劇場の玄関ホールに足を踏み入れた。すると、背の真っ直ぐな椅子に座って壁に寄りかかっていた警備員が立ち上がり、どかどかとホールを横切り、彼らの入場を必死に阻止しようとする。だが、ハリーがタビサ・デュバルと約束していることを説明したとたん、玄関ホールの奥にある二重ドアから入るように身振りで示した。

楽屋があるのは、舞台の裏手に押し込められたかび臭い小部屋や書き割りや舞台用の機材の中だった。ハリー・バークが「デュバル」という名が掲げられたドアを紳士的に叩く。すると、その拳の力で、ドアがゆっくりと開いていった。小さな部屋の奥で、黒いタイツとケープを身につけたスレンダーな金髪女性が、ディレクターズ・チェア（座面に布を張った折りたたみ椅子）に腰かけ、びっしりと付箋のついた台本に没頭している。その若い女性が顔を上げた。

「ミスター・バーク？」

「そうです、ミズ・デュバル。こちらはミスター・エラリー・クイーンとミズ・ニッキイ・ポーター」

タビサ・デュバルは、部屋の奥からちらりと笑みを投げかける。「申しわけありませんが、ここはちょっと椅子が足りなくて」と言葉を続けながら、心配そうにエラリーを見つめている。

「かまいませんよ」エラリーは腕をニッキイにかけながら安心させた。

「必要以上の時間はとりませんから」とハリーが話し始める。「リハーサル中だというのはわかっています。ですが、電話で話したように、ジェイソン・テヌブラ博士の死に関するいくつかの点について、話をうかがいたいのです」

「話せることがあれば、喜んで話しますけど、実のところ、何も知りません。わたしが言いたいのは、彼に何が起こったのかどころか、彼についても何も知らないということです」

「アパートの入館記録によると」とハリーは続けて、「あなたはテヌブラ博士が死んだ夜の七時四十五分頃に、彼の部屋を訪ねていますね」

「たしかにそこにいたわ。わたしは仕事の話だと思っていましたが、最後には、そうではなくなりました。わたしたちがやっているミュージカルは、潤沢な資金に恵まれているわけではありません。わたしが言いたいのは、あなた方はブロードウェイでミュージカルを上演するのに何が必要か知ってますか、ということ。わたしは役を割り当てられるのと同じように、その一部も割り当てられているの。ジェイソンはプロデューサーが引き合わせてくれました――ショーに投資することに関心があると、まあ、口ではそう言っていました。彼は俳優やスタッフの間では、かなり知られているようでしたわ。舞台照明のあたりをうろついているのを何度か見たこともありました。とにかく、彼はリハーサルに姿を見せるようになったのです。あの人は本当に魅力的な男性で、とても人当たりがよかったわ。わたしの言いたいことがわかってもらえるかしら。あの人は、真面目できちんとした年長の人だったのです。彼はショーに五十万ドルを出資するという話はしましたが、払うのはずっと引き延ばしていました。

わたしたちにとって、お金はとても重要です。ショーの上演までの間は、チケットの収益が入らないため、資金がどんどん消えていくのです。公開までまだ二週間もあるのに、わたしたちの資金は底をついてしまいました。それで、わたしがジェイソンにしつこく詰め寄ると、日曜に自分のアパートに立ち寄ってくれないか、とようやく言ってきました。出資金の分割払いの第一回分として、十万ドルの銀行小切手を用意しておく、と彼は約束したのです」

「日曜の夜にビジネスの約束をするなんて、おかしいとは思いませんか?」ニッキイが疑わしそうに言った。

タビサの笑いが少し引っ込んだ。「いいですか、わたしはあなたが何をほのめかしたいのかはわからないわ。けど、そうね、わたしはたぶん、これがビジネスの話だけに終わらないと思っていたのでしょうね――おそらく、『ビジネスの他にも』と。いいですか、わたしは独身で、婚約者もいませんし、ここはニューヨーク・シティです。ジェイソンはかなり惹かれる相手でしたしね。わたしが言いたいのは、ウェスト・パーク・タワーには、死んでも欲しいものが待っていたということです」

「死んでも、ですな」とエラリーはうなずいた。

「そういう意味で言ったのではありません。とにかく、わたしは八時十五分前くらいにあの人のアパートに出向いたのです。彼は飲み物を作ると、すぐに迫ってきました。わたしがお金の話を始めると、彼は話をそらして、ブラウスに指を入れてくるのです。始めの内は気になりませんでした。ですが、不意に思ったのです。これが本当にわたしが望んでいることなの? それで、彼を押しのけ、率直に『出資の話はどうなったの?』と言いました。するとジェイソンは冷めた顔になって、まったく出資する気はない、もっと関心のあることができたんだ、と言いました。車だそうです。ついに、わたしの堪忍袋の緒が切れました。緊張した雰囲気の中、突然電話が鳴ったのです。ジェイソンは電話に出ると、少し困ったような顔をして、わたしにこう伝えたのです。ビルの管理人のデスクからの伝言で、自分の婚約者がここに上がってくるところだ、と。

もう、これ以上がまんできませんでした。ショーにお金を出さない上に、婚約者が押しかけてくるなんて。わたしはジェイソンを激しく非難しましたが、彼はその間もわたしをせき立てて寝室に押し込み、冷静にふるまうようにと言ったのです。わたしは言いました。あなたとはどんな過ちも犯す気はない。あなたのふるまいは何もかもペテンじゃないの。そもそも婚約者って何のことなの？　わたしが言いたいのは、婚約者なんて、どこからわいて来たの、ってことよ。でも、あの人は『しっ』と言って、寝室に押し込んだのです。さて、わたしに何ができたでしょう？　彼はドアを閉め、わたしはベッドに座って腹を立てていました。

でも、わたしはそこで長々と待っている必要はありませんでした。女の人の心底怒って叫んでいる声が、居間から聞こえてきたのです。数秒後、寝室のドアがバタンと開き、心底怒った女の人がわたしの使ったグラスを手にして飛び込んできました。おそらく、彼女は居間で二つのカクテルグラスを見つけ、事実を足し合わせたのでしょうね。

とにかく、わたしは『何がわたしに起こったか』状態だったのです。それから、わたしは再び爆発し、彼女とジェイソンに嚙みつきました。あなた方のおぞましいゴタゴタのまっただ中にわたしを巻き込むなんて、と。女の方がつかみかかってきましたが、わたしはそのわきをすり抜けて、玄関から飛び出しました。あの二人を見たのは、それが最後です。でも、あなた方に断言できます――わたしが出て行ったとき、ジェイソンはぴんぴんしていた、と。わたしが言いたいのは、彼は婚約者の女性ともめていたようですが、二人ともまぎれもなく生きていた、ということです」

「それで、あなたはすぐにビルから出たのですな？」とエラリーが尋ねた。

「何を考えているの？　何か間違いが起こるのを期待して、廊下をうろうろしていたとでも？」

楽屋のドアを叩く音がして、台本を小脇に抱えたタートルネックの男が声をかける。「あと五分であなたの出番ですよ、タビサ」彼女は何か言いたそうにハリーに顔を向けた。

「どうやらここまでのようですね、ミズ・デュバル。ですが、われわれは、あらためてあなたと話す必要があると思っています」

「あなたが出て行く前に」とエラリーが声をかけて、「あなたの新しいショーについて、ちょっとだけここで教えてもらえませんかな」

タビサはすでにドアに向かっていたが、足を止め、エラリーに向き直った。「わたしたちが上演の準備をしているのは、言うなれば、一九四四年を舞台にしたミュージカルです。登場人物は、全員がマーベル・コミックのスーパーヒーローたちを基にしています」

「それで、あなたが演じるのは……？」

「シャロン・シャノン・ケーン」

「おお」とエラリーは反応した。「シャロン・ケーン。彼女は『スパイダー・クイーン』ではなかったかな？」

ロンダ・セント＝レジスのアパートメントがあるビルは、昔の要塞がそのまま残ったような姿で、セントラル・パークを睥睨《へいげい》していた。七十五年の歳月にわたり、後継者たちの改築に頑固に抵抗を続け、その目立つ姿を保ち続けたのだ。だからエラリーは、エレベーターの扉のわきに制服を着込んだ係員がいても、その係員が真鍮製の操作レバーで彼らを三十九階に送り出しても、そのエレベーターの中でめまいに襲われても、驚いたりはしなかった。

セント＝レジスのアパートメントは優美さを具現化したかのようだった。ふかふかの羊毛と革におおわれた椅子や長椅子からは広大なセントラル・パークが望め、チッペンデール様式（十八世紀に流行したロココ調の家具の装飾様式）の小卓と本箱、そして毛足の長いペルシア風絨毯が、この家の居間の持つ優美な印象を生み出している。

同様に、控えの間で彼らに挨拶をしたロンダ・セント＝レジス自身も、そして、エラリーが彼女の玉座ではないかといぶかしんだ袖椅子――部屋の奥に位置しているので、彼女の視線から逃れる場所は部屋の中にはない――も、優美な印象を発していた。ニューヨーカー誌の一コマ漫画から抜け出したような黒と白の制服を着たメイドが、クルミ材と真鍮のコーヒーテーブルにトレイを置いた。その上にはティーポットが一つ、それに四人分のティーカップと受け皿が載っている。セント＝レジスは自身の領地ごしに微笑みを投げかけた。

「電話で申しました通り、わたくし、あなたの捜査に付け加えるようなことは、何も知りませんの。サントスさんには説明しましたが、わたくしが最後にジェイソンを見たとき、あの人は生きてジタバタしていましたので。文字通り――ジタバタして。まあでも、バークさん、あなたが勝手に捜査をしたがっているのでしょうから」

「ええと、これは簡単な話なのですよ」バークは返した。「ビルの入館記録によって、あなたはテヌブラ博士が死んだ夜に訪問した三人の中の一人だとわかりました。あなたの訪問のときに起こったことを、われわれはすべて知る必要があるのです」

ロンダ・セント＝レジスはバークに目を向ける。「そうですわね」と彼女は話し始めて、「わたくしは八時過ぎ頃、予告なしでジェイソンのアパートに行きました。ほんの気まぐれで、あの人をびっくりさせようとしたのです。ジェイソンとわたくしは、何度かお互いの家を訪ねていましたが、彼の死ぬ週までは関係を内密にしていましたの。でも、わたくしが訪ねた晩は、もはや秘密にしておく必要はなくなっていました。さも大事な用事があるように周囲の人たちに見せかけるという馬鹿げたことをやらずに、自由に彼の家に立ち寄る状況を味わいたかったのです」

「あなた方の逢瀬を秘密にしておかねばならなかったのは、私が思うに」とエラリーは問いかけて、「クイン・ジューナ博士との婚約のせいですかな?」

セント＝レジスはこの質問にも顔色を変えることなく続けた。「クインはいい人ですわ。いい人ですが情熱がありません。わたくしたちの関係を振り返ってみると、何もかもが性急過ぎたのです。あの人は、お互いが運命の人だと確信しきっていました。思うに、わたくし自身も幾分かはその考えに取り憑かれていたようです。ですが、彼のプロポーズを受け入れたその瞬間から、別の考えに取り憑かれてしまったのです。わたくしは、自分が軽はずみなことをしたと認めざるを得ませんでした。別の選択があったのでは、と。そしてその考えの背後には、いつもジェイソンの姿が浮かんでいたのです。彼はそこで、微笑みとやさしい言葉と共に存在していました。人当たりがよく、自信にあふれ、押しつけがましくない彼が。ついには、ジェイソンに打ち明けたのです。自分の愛情が彼に向いていることを——あるいは、より正確に言うならば、クインへの愛情が欠けていることを。おわかりかしら、あの人は精神科医としての立場で、わたくしの問いかけに応じようとしました。ですが、こちらが彼に手をさし出し続けると、そう、一つのことがもう一つのことに変わっていったのです。コーヒーを一緒に飲むことが、夕食を一緒にとることに。夕方を一緒に過ごすこと心ではわたくしをどう思っているのかもわかりませんでした。わたくしは自分がクインをどう思っているのかわからなかったし、ジェイソンが本心ではわたくしをどう思っているのかもわかりませんでしたから。

　数週間後、ジェイソンがわたくしにプロポーズしました。彼は流れるような口調で言いました。自分が正しくないことはわかっている。クインに対してひどいことをしているという思いもある。だが、自分たち二人が結ばれるべきだと知ってしまった、そう、今ではもう知ってしまったのだ。二人で共に生きていく機会を手から漏らすことは許されないのだ――と。それでも、わたくしはプロポーズについて考える時間が必要でした。たぶん、あなた方もご存じだと思いますが、わが家にはかなりの財産がありますの。わたくしは一人っ子なので、そのすべてを相続することになります。そのため、わたくしはいつも、他人とのつきあいには慎重にならざるを得ませんでした。いつでも、人々が財産ではなくわたくし自身に関心があるのかを確かめなければならないのです。ですが、ジェイソンはとても思いやりがあり、とても理解力がありました。セント＝レジス家の相続権については、何の関心も持っていないように見えました。そして最後には、わたくしは自分自身を見つめ、オーケーの返事をしたのです。今度は心から。

　心を決めた以上、クインとの婚約を解消しなければならないことは、わかっていました。わたくしは彼と会って、できるかぎり穏やかに、それを伝えました。ですが、彼の受け止め方は、予想を越えていました。あの人は叫び出したのです。『捨てないでくれ』と懇願さえしました。わたくしは説明したのです――自分とジェイソンの二人は、一方通行ではない関係を築くことができるのだ、と。すると、あの人はジェイソンを呪い始めたのです。わたくしは、これは絶対にジェイソンの過ちではないと話しました。わたくしたちの関係において真に正しいことは別れることであり、ジェイソンとの関係はそうではない、と。でも彼は、聞く耳をもっていませんでした。ジェイソンが話してくれたのですが、その後、クインはどんどんおかしくなっていったそうです。彼ら二人はオフィスの中で――患者さんの目の前でも言い争いをしました。ジェイソンは、二人の共同経営をご破算にするつもりだと言って――事業におけるクインの株を買収するために必要な資金をわたくしが提供する案までも話しました。株を買い取れば、ジェイソンは自分一人で経営を続けられますから」

今では彼女の声はかなり大きくなっていた。「ここまで包み隠さず話しているのは、あの晩、ジェイソンのアパートメントに足を踏み入れたときのわたくしの心理状態を、あなた方に知ってもらった方がいいと思ったからです。ついには、何もかも正しい方向に進むようになりました。わたくしは人生の伴侶を見つけ、すべてを公《おおやけ》にして、クインとの関係を清算し、クインとジェイソンの共同経営をきれいに解消する手続きを進めていました――二人はお互いに許し合って別れ、新たな関係を築こうとしていたのです。わたくしは人生というゲームで、文句なしの勝利者だったのです――ジェイソンのアパートメントで、縁《ふち》に口紅のついた汚らわしいカクテルグラスを見つけるまでは。その瞬間、わたくしの世界はまたたく間に崩れ去りました。一生かかわらずに済ませたいと思っていたことにかかわってしまったのです。わたくしが恋に落ちたと思った男は、そのへんのくだらない男とまったく同じだったのです」

エラリー、ニッキー、それにハリー・バークは、ロンダ・セント＝レジスの首に赤みがさしていくのを黙って見つめていた。

「誰であろうが」と彼女は続けて、「わたくしのものを盗み取ることはできません。寝室に飛び込むと、金髪のやせた若い女がいて、まるで自分の居場所にいるかのようにベッドの端に座っていました。それから──信じられますか?──彼女はわたくしに向かってわめきだしたのです。わたくしはつかみかかろうとしましたが、彼女はドアから逃げ出していきました。わたくしは自分が思いつく限りの罵声をジェイソンにあびせかけましたが、彼がその間にしたことといえば、おわかりでしょうが、あわれっぽく『説明を聞いてくれ、説明を聞いてくれ』と言うだけだったのです。最後には、わたくしは、『この下劣な男、勝手に説明すればいいわ』と叫びました。そして彼の股間に膝蹴りを見舞うと、足音高くアパートを出て行ったのです。

以上です。これで何もかもお話しました。最後にジェイソン・テヌブラを見たとき、彼はあのくだらない美術品とくだらない本に囲まれた書斎の床に倒れ、あのくだらない股間を押さえながらうめき声を上げていました。とても元気な状態とは言えませんが、どう見ても死んではいませんでした」

まだ腹を立てているロンダ・セント゠レジスを後にして、三人組はエレベーターに乗り込んだ。その瞬間、ハリーの携帯電話が鳴った。ハリーは電話を終えてから、エラリーに向き直った。「サントスからだ。テヌブラのアパートメントで、できるだけ早く会いたいそうだ。何かおれたちに見せたいものがあるらしい。説明は、アパートメントで会ったときにするそうだ」

ニッキイ、エラリー、ハリーがジェイソン・テヌブラのアパートメントに入ると、片づけられ、整理されているところだった。彼らを書斎に案内したスタンリー・サントスは、エラリーにはキザだと感じる笑いを浮かべていた。今ではきれいに掃除されて輝いているガラスのデスクには、いくつかの品物が並べられている。サントスはデスクの前で足を止め、他の三人の顔を見回した。

「ミスター・クイーン、ぼくはここ数週間で、あなたの本を何冊か読んでみました。楽しませてもらいましたよ。なかなか良い作品でした。何冊か読んだ後、ぼくがこの事件の真相を犯行現場で説明したならば、あなたは楽しんでくれるに違いないという考えが浮かびました。あなたのやり方を、ぼくが再現するわけです。もちろん、あなたならば何よりもまず、この部屋を容疑者でいっぱいにするでしょうけどね。そこは省略しました。最初から言っているように、ここには意外な結末はありませんから。

ぼくが相棒とあなたに証明したいのは」彼はエラリーに目を向けて、「あなたがこれまで用いてきた演繹的推論という代物が、今ではもう、ほとんど必要がなくなったということです。あなたたちは町を歩き回って、思いつく限りの人と会ってきましたね。その間、ぼくは現代の探偵が行うべきことをしていました。物質的手がかりを集め、研究所に送り、結果を待っていたのです。そしてみなさん、その結果報告が、事件の全貌を教えてくれました。ぼくたちは、真に驚嘆すべきテクノロジーの時代に生きているのです」

サントスはテーブルの方を向くと、大げさな身振りで小さな革ケースを取り上げた。「証拠物件その一」と彼は言いながら、そのケースをハリー・バークに手渡した。「これは、ジューナ博士のアパートメントで見つけた手術用メスのセットです。ケースの内側に彫られた銘文を見てください」

ハリーはケースを開けて読み上げる。「クインに。医学の世界への船出を祝して。ジェイソン・テヌブラ」

「このケースは、ジューナ家の居間の小さな飾り棚に保管してありました。もう一度見てください――何かがなくなっているのがわかりませんか?」

ケースにはさまざまなサイズのメスが四本収められている。五番めの収納場所が空っぽだった。

「証拠物件その二」とサントスはガラスのデスクの上から一本のメスを取り上げて続けた。「殺人の凶器です。その収納ケースの空きスペースにぴったり収まるのみならず」そう言ってサントスは、実際に収めてみせる。「他の四本と同じメスなのです。同じ製品で、同じ比率の合金です。研究所の連中が証明してくれましたし、ケースの下部にある製造番号を使って、インターネットで製造業者から販売ルートをたどることも可能です。さて、われわれは何がわかったでしょうか? われわれは、テヌブラ博士を殺害した凶器が、彼がかつてジューナ博士に与えた刃物であることがわかったのです。驚くべきこと、驚くべきことではないですか!」

サントスは他の三人に笑みを見せてから、デスクに向き直った。彼が次に取り上げたのは、クレジット・カードと同じサイズのプラスチックのカードで、それをハリー・バークに見せつける。

「証拠物件その三は、ジューナ博士が自由にテヌブラ博士のアパートに出入りできるように与えられた、入館用の磁気カードです。このカードは、ジューナ博士のアパートメントのデスクの上に置いてありました。これで、管理人のリストの名前について気に病む必要はなくなりました。これを使えば、ジューナ博士はリストに記録されることなく出入りできたからです。おや、これは何でしょうか?」サントスはわざとらしく驚いてみせてから問いかけた。「何と、カードの裏に血痕があるではありませんか。

さあ、おわかりですね、ミスター・クイーン。われわれは何を手に入れましたか？　われわれは動機を手に入れました――ジューナ博士は婚約者を共同経営者に寝取られ、ふられたのです。われわれは機会を手に入れました――ジューナ博士はこの血のついたカードによって、このアパートに自由に出入りできたのです。そして、われわれは手段を手に入れました――犯行現場で見つかったジューナ博士自身のメスを」

「興味深いな」エラリーがつぶやいた。

「おや、あなたはまだ何も聞いちゃいませんよ」とサントスは続ける。「ぼくはやれることはやりました。すべてやりました。徹底的に」彼はデスクに向き直り、最後の品物を取り上げた――黒いクリップでとめられたタイプ用紙を。「これは犯行現場に残された血液についての法医学資料です。正確には、二つの資料ですね。なぜならば、書斎からは二種類の異なる血液が見つかったからです」

サントスは身振りでデスクを示した。「デスクの上の血液はテヌブラのものと一致しました。単純にして明白です」サントスは次にデスクの前に体を向けた。「ですが、ここで見つかった血液も」彼は身振りでドアを示した。「そして、部屋の絨毯で見つかった血液も、入館用の磁気カードについた血の染みも、そうだったと思いますか？　これはテヌブラの血液とはまったく異なるものだったのです。おそらく殺人者は、格闘の際に傷を負ったのでしょう。そして、この第二の血液については、分析するのに充分なほどサンプルが残っていました。さあ、何を教えてほしいですか？

この長い報告書をすべて読み上げるのは割愛させてください。まずは全体、それから個別の話に移るつもりです。さて、あなたもご存じのように、血液を分析したからといって、その血を持つ人物を間違いなく探し出せるわけではありません。DNA鑑定ができることは差異を明らかにすることだけです。そして、ある特定の人物の血液に存在する差異は、普通、天文学的な数にならざるを得ません。しかし、一つのことだけは、ある特別なことだけは、血液検査が間違いなく確かなことを教えてくれます。その血を持つ人物の性別を教えてくれるのです。あらゆる男性の血液はX染色体とY染色体を一つずつ持っています。しかし、女性はそうではありません」サントスはそう言いながら、ニッキイにウィンクをした。「女性はX染色体だけを二つ持っているのです。

あなたなら、これが何を意味するかおわかりでしょう」彼はエラリーに向かってもったいぶった笑みを浮かべながら続けた。「デスクの前にあった血と磁気カードの血は、言い換えるとテヌブラではない人物の血は、男性のものだったのです。分析結果がまごうかたなく証明しています――すべての血痕にX染色体とY染色体がありましたから。当たり前の話ですが、これではただ単に、殺人者として人類の五〇パーセントを除外したに過ぎません。でも、これで一つの推論が成り立ちませんか？　またしても、驚くべきことがわかるのです！　あなた方三人がこれまで一週間にわたって時間を浪費してきた容疑者全員が除外されるのです――女性全員が。彼女たちは誰一人殺人を犯すことはできませんでした。科学的に不可能だったのです。

そして、先ほど言ったように、全体から個別に移ることもできないわけではありません。殺人者が男性だという事実以上のことがわかっているからです。分析結果は、デスクの前と磁気カードに残された血が、テヌブラのものではないことも示していますが、それだけではありません。この血液がクイン・ジューナ博士の血液と完全に一致することも示しているのです。この事実が示すのは

——彼が殺人者であり、その後に自殺したことに他なりません。ぼくが最初から言っていた通りだったのです」

「実に興味深いな」エラリーはくり返したが、今度は声に疲労がにじみ出ていた。

それでもハリーは納得していないように見える。「本についてはどうなんだ?」と言った。

「あのいまいましい本については忘れることにしませんか?」サントスはかっとなった。「これは本の事件ではないのです。気にしなくていいです」

部屋の奥を見つめていたエラリーが、目を輝かせる。「どうやら」と彼は言って、「本は本箱に戻したようだね」

「ええ」とサントスは答えた。「ですが、この状態もつかの間のものに過ぎません。テヌブラはかなりの額を稼ぎましたが、それ以上の額を使っていたからです。帳尻合わせは破綻していました。どうやら彼が赤い血にまみれて死んだときには、赤字にまみれてもいたようですね。美術品も蔵書も、遺族がオークションにかける予定です。連中にせっつかれているんですよ、買ってくれそうな金持ちどもにここを見せる前に、きちんと元通りにしろって」

エラリーは歩を進めようとしたが、年を経た関節が抗議の声を上げる。これが初めてではなかったが、自分の精神を今でも自在に操作できる力が、肉体をも操作できるようになってほしいと思った。足を引きずりながら、エラリー・クイーンは部屋を横切って本の壁の前に立った。本は前に見たのと同じように、棚にびっしりと背を並べている。彼はコレクションの先頭にあるキャサリン・エアード(Aird)の本を指で触った。それからコレクションの最後になるエミール・ゾラ(Zola)の本の場所まで、ぎくしゃくと歩を進めた。ゾラの本の最後の一冊まで、隙間なく本が並んでいる。

エラリーは背を伸ばし、コレクションの途中まで戻り、自分の本をじっと見つめた。彼は目を見開き、息をのんだ。クイーン（Queen）のコレクションの終わりとルース・レンデル（Rendell）の本がはじまる位置との間には、八インチほどの隙間があったのだ。

「神に感謝を」とエラリーはささやいたが、その声はもはや疲れてはいなかった。「光明だ。間違いなくそうだ」とけたたましい笑い声を上げ、部屋の向こうにいたニッキイ、ハリー・バーク、サントスは彼の方をいぶかしげに見た。

「もちろんそうだ」エラリーは驚愕の色を浮かべながら、今では錯乱したかのように笑っている。「ポーだ！　ポーがすべての答えを持っていたのだ！」

第三部　晩餐後の談話

クイーンのアパートメントでは夕食の皿が片づけられ、椅子に座ったエラリー、ニッキイ、ハリー・バーク、そしてエリーゼ・ジューナの前には湯気の立つコーヒーカップが置かれている。明るいが、どこか張りつめた夕食後のおしゃべりを、いらついた様子のハリーがさえぎった。

「なあ、エラリー。けっこうな晩飯だったが、これでもう我慢は終わりだ。昨日、テヌブラのアパートを出てからずっと、きみは内気なふりをしてるじゃないか。あそこでひらめいたことを教えてくれる約束だろう。少なくともおれは、もう限界だぞ。何がわかったんだ？」

「白状すると」とエラリーは応じて、「あの場で話さなかったのは、かつての古き良き日々と同じ理由だったのだよ。私が成長するにつれて、わかるようになったことのせいだ。真相を知ることが責任をもたらし、責任を果たすことが立ち止まって少し考え込むことを必要とするわけだ。

さてと、どこから始めようか？　サントス刑事が言ったように、かつての私は、容疑者全員を一堂に集めてから始めたものだった。だが、歳をとるにつれて、関係者全員を集めると面倒な事態を招く場合があること、彼らがきちんとした解明の邪魔になることがわかった。ときには、内輪だけで問題を話し合った方が良い場合もあるのだ。

昨日、サントス君がまとめてくれた物的証拠は、興味深いものだった。そして、われわれはこれを無視してはならない。とはいうものの、わが旧友のハリー・バークをずっと悩ませているのは、床にあった本の山であることに疑いの余地はない。私がこの事件に魅せられてジタバタしたのも、間違いなくこちらが原因だ。

本を床の上にばらまいたのは、テヌブラ博士か殺人者のどちらかしかあり得ない。——博士だとすると、本には彼の血が付いていなかったので、刺される前にやったのでなければならないわけだが。そして、どちらが本をばらまいたかによって、本の山が意味するものは異なってくる。もしテヌブラが本を床に置いたのであれば、彼は殺人者の正体を指し示そうとしたと推測される。だが、殺人者が本を置いたのであれば、まったく異なる理由になる。疑いもなく、われわれの注意をそらすためのものなのだ。

まず、本はテヌブラによって置かれたと仮定しよう。彼は何を伝えようとしたのだろうか？　これはダイイング・メッセージに常につきまとう問題なのだ——どのメッセージも毎回と言って良いくらい漠然としているからな。テヌブラは、何とかして殺人者が『クイーン』という単語と結びつくことを伝えたかったのだろうか？　もしそうだとするならば、これは何の役にも立たない。あの晩テヌブラのアパートを訪ねた、あるいは訪ねることができた者は、程度の差こそあれ、一人残らずこの単語と結びつくからだ。ジャニエル・フリードマンは、ビジネスの世界において、四十二番街の〝女王《クイーン》〟として知られていることを、自らアピールしている――このフレーズは、〈フリードマン＆ノア・デパートチェーン〉の広告に使われてさえいるのだ。タビサ・デュバルは不正への復讐者〈スパイダー・クイーン〉としてブロードウェイにお目見えすることになっている。では、ロンダ・セント＝レジスは？　そう、『レジス（Regis）』の語源はラテン語の『レジーナ（regina）』で、これは『女王《クイーン》』という意味だ。そしてもちろん、クイン・ジューナは、元々は父親のものだったクイーンの本と容易に結びつけることができる。

この手がかりは、われわれに何も与えてくれない。そもそも、すべての容疑者が、少なくとも一点において、こういったあいまいな関係で『クイーン』と結びつけることができるならば、どうしてテヌブラは、私の本の山が、われわれを真犯人に間違いなく導くと予想できたのだろうか？　その答えは、『彼には予想できたはずがない』だ。

同様に説明がつかないのは、『なぜすべての本が床に置かれたか』という点だ。それがどんなメッセージだったにせよ、伝えるには一冊だけで充分ではないのか？　告白しなければならないが、昨日まで、私は何の意味も見いだすことができなかった」

「それで、昨日は何が変わったんだ？」とハリーが尋ねた。

「ちゃんと説明するよ。だが、その前に、本それ自体について、少しだけ検討したい。私はあそこにあった本から、そして、われわれが得た他の事柄から、テヌブラの収集におけるはっきりした傾向を学ぶことができたと考えている」

「今では、わたしの頭の方が、わけがわからなくなってきたわ」ニッキイが口をはさんだ。「わたしたちは、あそこにあったクイーン作品が、何十年も前にあなたがエリーゼとクインのお父さんに贈ったものだって、とっくに知っているじゃないの。仮に、テヌブラがあのクイーン作品を自分の手で集めたとしても、それが彼について、何かを語ってくれるわけではないでしょう?」

「テヌブラがジューナの蔵書を手に入れたというのは事実だ」とエラリーは認めた。「だが、ジューナは親父か私が登場するクイーン作品しか興味を持っていなかったことを忘れてはいないかな。私はそういった本だけを彼に贈ったのだよ。そして、親父や私が登場する本はすべて床の上にあったが、そうではない二冊も――『ガラスの村』と『孤独の島』も一緒にあった。二冊とも私が書いたものだが、ジューナの蔵書には存在しないものなのだ。なぜだと思う? この二冊とも、親父も私も作中人物として登場しないからだよ。従って、テヌブラはこの二冊の初版本を他から入手したに違いないのだ。


加えて、テヌブラが私に連絡をしてきて、まだ蔵書にない私のノンフィクション作品について、私の所持分を手放す気はないかと聞いてきたことも知っている。最後に、テヌブラが――この点については、私は彼の好みに賞賛を惜しまないのだが――クイーンの『名義貸し』作品には、どれもこれもまったくの無関心だったということも知っている。私の名が付いてはいるが、実際のところは一切関与していない、マイカ・マッコールものやティム・コリガンものや、他のペーパーバックのことだよ」

「彼が自分で集めた本も全部床にあったとしても、それがどんな方向を示してくれるのか、おれにはわからないな」ハリーはぶつくさ言った。「それに、きみが漏らしたポーがどうこうという話は、一体何なんだ？」

「すべてはポーの中にあったのだ。ポーによって、本を隠す最適な場所は本箱だということを教えられただろう。これを少し応用すると、本が欠落しているのを隠す最適な方法は、本箱を空にすることになるわけだ」

ハリーは目を白黒させた。「おいエラリー、おれは必死できみについて行こうとしてるが、まるで意味がわからんぞ。どの本が欠落しているんだ？　きみがテヌブラに売らなかったやつを除けば、きみの本は全部、床にあったんだろう。きみがさっき、そう言ったじゃないか」

「いいや。私が言ったのは、テヌブラは私が書いた本を収集しているということ、それに、親父と私が作中人物として登場しているかどうかには、まったくこだわっていないということだ。私が知っていたのは、これがすべてだったし、これは昨日まで私に何も教えてくれなかった——テヌブラの書斎で、私の本が本箱に戻されているのを見た瞬間までは。誰でも気づいたはずだが、他の本は著者名の順に隙間なく棚に並び、ゾラの本の最後はブックエンドで押さえてあった。しかし、クイーンの著作を、棚の本来あったはずの場所に戻すと、最後のクイーン本の後ろに八インチほどの隙間ができていたのだ。

それを見たとき、私にはすべてがわかった。床の本がダイイング・メッセージということはあり得なかったのだ。これは、われわれを誤った方向に導くレッド・ヘリング——あるものを注目させるためではなく、あるものから目をそらすために置かれていたのだ。殺人者にとって、われわれが見つけることを何としてでも避けたかった真のダイイング・メッセージは、もうそこにはなかったのだ」

　エラリーは三組の瞳を見つめたが、言葉もなく見つめ返されただけだった。彼はその反応を見てため息をついた。「テヌブラの蔵書の中で、その次に並んでいる本について考えてみれば、少しは見えてくるのではないかな」

「次に並んでいる本って何だ？」ハリーがいら立たしそうに尋ねた。

「アルファベット順で、クイーンの著作のすぐ次の本――ルース・レンデル作品の初版本だ。どうかなハリー、彼女の本について、気づいたことを教えてくれないか？」

「ないな。今やおれは混乱の極みだ。こっちは口をつぐんでいるから、きみが最後まで進めてくれ」

「われわれはもう、最後まで進めるだけのデータを得ているのだよ」とエラリーは返した。「ルース・レンデルの本が与えてくれたデータは、彼女のすべての作品が同じ場所にあったということだ。私が言いたいのは、『現時点までに彼女が著したすべての本』という意味だがね。ルース・レンデル名義の本も、nom de plume《ノム・デ・プルーム》（別名）であるバーバラ・ヴァイン名義の本も、両方ともが。そして、ヴァイン名義の本は、レンデル名義の本と同じ棚に、続けて並んでいた。

　それを見た瞬間、私は何が起こったのか、はっきりと――サントス君がその直前にわれわれに与えてくれた光明の中でも、ひときわはっきりと――わかったのだ。私自身の著作から複数の本が消えているのがわかっただけではない。テヌブラはその中の特定の二冊を棚からつかみ出しながら、もう一方の手では、私が出した手紙を握りしめたに違いないこともわかったのだ。テヌブラは自分を殺した人物を示す手がかりを残すと同時に、私がこのダイイング・メッセージの解明を依頼される可能性を高めるための最善の行動をとったのだ」

エラリーは同席の客たちをじっと見つめた。「私が書いた四冊の小説だけが、テヌブラのアパートメントの床になかった――私がバーナビー・ロスという別名で書いた本だけが」

エラリーは少しの間、口をつぐんでいた。彼の目は今では年相応に、そして悲しげに見える。

「きみはこうなることを予想していたのではないかね、エリーゼ」

エリーゼ・ジューナは黙ってうなずき、ハンドバッグから二冊の本を取り出した。『Xの悲劇』と『Yの悲劇』を。二冊とも血に染まり、前者には死にゆくジェイソン・テヌブラの血で、「O」が一つと、その輪の下部に十字が乱暴に描かれている。「あなたなら気づくと思っていたわ、エラリー」と彼女は言った。「だから、この本を持ってきたの。じたばたする気はないわ」

「ちょっと待ってくれ」理解と怒りが同時にこみあげてくる中、ハリーは言った。「話がおれの気に入らない方向に進んでいるぞ。何がどうあれ、きみは間違っている。DNA鑑定を忘れたのか？鑑定結果は、エリーゼには何の関係もないことを示していたはずだ」

「もちろん、DNA鑑定のことは覚えている」エラリーは返事をした。「だが、あいにくと、DNAがすべてにかかわってくるのだよ。実は、血液こそが鍵だったのだ」

エラリーはエリーゼを見すえた。「何だったのかね？　白血病かな？　それともホジキン病（リンパ肉芽腫）かな？」

観念したような小声で、エリーゼは答えた。「白血病でした」

今度はニッキイが当惑する番だった。「エラリー、わたし、わけがわからないわ。一体、何の話をしているの？」

「この事件もまた、他のあらゆる事件と同じく、血がからんでくるのだ。血《ブラッド》、そして本《ブック》も」エラリーはため息をついた。「われわれは、事件の最初の段階で、エリーゼとクインが、かつてはテヌブラ博士の患者だったことを知った。エリーゼが教えてくれたからだ。そして、エリーゼ自身の言葉によって、われわれはもう一つのことも知ることができた。クインの度重なる鬱病の発作との闘いの様子についての説明の中で、彼女自身は精神医学についてはまったく知らないと言ったのだ――精神分析を受けている当の本人が、こんなことを言うだろうか。従って、彼女がテヌブラ博士の治療を受けたのは、精神医学とは無関係な分野ということになる。

そして、この点についてはわれわれはテヌブラがもう一つの専門を持っていることも知っている――腫瘍学という。エリーゼがわれわれに、クインは命の恩人だと言ったとき、彼女は文字通りの意味でそう言ったのだ。クインは自らの血で彼女を救ったのだから。ジューナと妻は、エリーゼとクインを養子に取った。そしてクインは、実のところ、きみと二卵性双生児だったのだ。そうだろう、エリーゼ？」

エリーゼはうなずいた。

「どうしてわかったの？　それに、なぜそれが関係あるの？」ニッキイは尋ねた。

「白血病やホジキン病のもっとも優れていてもっとも確実な治療法には、骨髄移植が伴うのだ。そして、移植にもっとも適したドナーは」とエラリーは続けて、「当然のことながら、兄弟姉妹なのだ。この手術においては、免疫機能の影響を避けるために、放射線照射によって、移植される側の本来の血液細胞と骨髄は、文字通り消されることになる。その後、本来の持ち主の――この場合はクインの――骨髄が注入される。髄液が置き換わった後に血液の生産が始まり、最終的にはその血液は移植された側の血液とすべて置き換わる。そして、この新しい血液の細胞は、すべての点において、ドナーのものと一致するのだ。事実上、エリーゼの生命を実際に維持している血液は――そして、DNAが指し示す血液は――兄であるクインのものなのだ。サントスの言った、『女性の血液にはX染色体しか存在しない』というのは正しいのだが、エリーゼの血液の場合は、クインの血液の性質が加わっているのだ。この血液は、すべての男性と同じく、X染色体とY染色体の両方を持っていることになる。

そして、これこそが、彼女にこの手術を行った医師であるテヌブラ博士が知っていることであり、われわれに伝えようとしたことなのだ。彼が襲われたときにエリーゼが血を流したのを見ていたことに疑いの余地はない。だからこそ、死にゆくさなかにこの二冊をつかみ出し、一冊のカバーに『女性』を示す世界共通の記号を書き記したのだ。文字通り、彼は伝えようとしたのだよ。われわれがアパートメントで見つけるであろう第二の血液は男性のもの――X染色体とY染色体の両方を持っているもの――だが、実際の殺人者は女性だと。つまり、X染色体とY染色体を持つ女性が犯人だと。ほとんどのダイイング・メッセージがそうであるように、このメッセージもわかりにくい。だがテヌブラは、さらに瀕死の手で私の手紙を握りしめることによって、このわかりにくいメッセージが解読されるように保険をかけた。彼は、ダイイング・メッセージがいつでも私の得意分野だということを知っていたのだ」

「でも、それなら、なぜクインは自分の人生に終止符を打ったの?」ニッキイが尋ねた。

「クインは婚約を解消された悲しみに耐えきれずに、自らの人生に幕を引いたのだ」エラリーは答えた。「だが、始めの内は、われわれはクインの自殺はテヌブラ博士の殺害より先だったということに気づかなかった」

「検死官は、二人の男の死は同じ二時間の間に起きたことしか立証できなかった。それなのに、どうしてきみはそんなことが言えるのかな?」ハリーは尋ねた。今ではエリーゼの震える手を握りしめながら、エラリーを見つめている。

「ハリー、われわれは知っているのだ。これもまた、血のおかげで。テヌブラの書斎の床に、八時半を指したまま止まっていた時計があっただろう。われわれは当初、テヌブラが電源コードに足を引っかけたためにそうなったと推測していた。だが今では、サントス君が決定的なデータを与えてくれたおかげで、それはあり得ないことがわかった。テヌブラのような傷を負った者は誰であれ、血痕を残さずに時計に近寄ることはできない。そして、今ではわれわれは、デスクの周辺で見つかった血痕は、すべてが殺人者のものであるという事実も知っている。ゆえに、時計の電源コードを抜いたのは、殺人者ということになる。さらにわれわれは」とエラリーは続け、「これは偶然ではなく、故意になされたということもわかるのだ」

エラリーは部屋の面々を見回したが、またしても、じっと見つめ返されるだけだった。

「なぜそれがわかるかというと」とエラリーはため息をついて、「犯人は明らかに、現場に残って他のことをやる時間的余裕があったからだ。もしバーナビー・ロス作品を取り上げる時間があり、残りのクイーン作品を床にばらまく時間があったならば、時計を元に戻す時間もあったということになるはずだ——だとすると、殺人者が、われわれが床の上の時計そのものに注目することを望んでいたのでない限りは、われわれに時計が示す誤った殺害時刻を植え付けようとしたことになるのだ。

私の想像だが」と言って、エラリーはエリーゼに顔を向けた。「こういうことだったのだろう。

きみはテヌブラを刺した。おそらく、致命傷を負って倒れた彼に向かって、きみは少し嘲笑を浴びせてから、こんな説明をしたのだろう。あなたを殺すことに対して、何の恐怖も感じていない。自分は決して逮捕されることはない。自分がここに残した血痕という証拠が分析されたならば、兄が殺人者と見なされるからだ、と。テヌブラが間もなく死ぬか、もう死んだと思ったきみは——おそらくは後始末があったので——部屋から出て行った。きみが戻ってくると、そこには絶命したテヌブラがデスクに突っ伏している姿があった。だが、そのとき、きみが戦慄したことにも疑いの余地はない。彼がその血まみれの手で、バーナビー・ロスの本を二冊つかんでいたからだ。もっと悪いことに、彼はその中の一冊の表紙に、もう一つの手がかり、すなわち『女性』を示す世界共通の記号を走り書きしていた。

　きみはジューナの子供だ。この手がかりが解読されたならば、自分が殺人者だと特定されることに、すぐ気づいたに違いない。そこできみは何をしたか？　まず、私がバーナビー・ロス名義で書いた残りの本——『Zの悲劇』と『レーン最後の事件』——を本箱から取り出し、テヌブラがつかんでいた二冊と一緒にアパートから持ち出すために、わきに除《の》けておいた。それから、蔵書から消えている本があることを隠すために、残りのクイーン作品を床にばらまいた。最後に、時計の電源コードを壁から抜いて、時刻を一時間ほど遅らせ——テヌブラの死が実際より早いと見せかけたのだ。きみが見落としてしまったのは、私がテヌブラに出した手紙だ。もう一方の手に、大部分が隠れるように握られていたからだろう。

　だが、こういった出来事が裏付けのない推測だったとしても、クインの死がテヌブラの死より先行していたことはわかっている。エリーゼ、きみの兄が、きみにとって何ものにも代え難い存在だということは明らかだからだ。きみの言葉と同じくらい、きみの行動がそれを物語っている。ならば、きみが兄の血を、きみの命を救うために兄が与えてくれた血を、偽犯人のでっちあげのために使うはずがないのだ――彼がもう死んでいるのでない限りは。実のところ、きみがテヌブラを殺した動機はただ一つ、きみの兄が死んだということだ。きみは、電話でクインがつかまらなかったので、アパートに出向き、次の日にわれわれの目の前で使った鍵で中に入り、そこで兄の死体を見つけたのに違いない。きみ自身が発見したこのことこそが、動機だったのだ。

そこから先のことについては、私の仮定に過ぎないが、残りの手がかりとぴったり当てはまると思う。きみはクインのメスとテヌブラのアパート用の入館カードを取り、然るべき報いを与えたのだ。その後は、クインの入館カードを彼のアパートメントに戻し、警察が二つの死体を見つけ出すのを、じっと待っていればよかった。付け加えておくと、クインの死体の方は、きみ自身も発見の場に居合わせ、誰もが納得するような悲鳴を添えることになったわけだ。

きみは、クインのアパートメントの外で私に会って、ショックを受けていたね。だが、そのショックは、何年も会っていなかったという理由だけではない。間違いなく、恐怖の反応も含まれていたはずだ。きみやきみの家族は、テヌブラがやってきたこと以上に、私がこれまでやってきたことを知っていたからだ。きみは、私が生涯を複雑な謎、とりわけダイイング・メッセージの謎の解明に捧げてきたことを知っていた。要するにきみは、警察がたどり着けない地点まで私がたどり着くであろうことを知っていたのだ。たとえバーナビー・ロス名義の本を持ち去ったとしても、私は本の山の意味を見つけ出すであろうことを知っていたのだ。実のところ、それこそが、きみが最初に自らの口から『テヌブラはあなたの名前が背表紙にあるすべての本の初版本を手に入れたがっている』と教唆《きょうさ》した理由なのだ。

この言葉には、誤った方向に導こうとする狙いがあった。そして、本が棚に戻されるまで、われわれはこれが事実と異なることに気づかなかったのだ」

ハリー・バークの手を握りしめたまま、エリーゼ・ジューナは顔を上げた。「あなたは正しいわ、エラリー。クインのアパートのロビーに立っているあなたを見たときに、あなたがいずれはすべての断片をつなぎ合わせるに違いないと思って怖くなったというのも正しいわ」

ハリーの方を向いた彼女の目には涙があふれていた。「ハリー、こんなことに巻き込んでしまってごめんなさい。わたしは、逃げおおせるわけがないのに、希望を抱いてしまったの。最初の内は、逃げおおせるかどうかはどうでもいいことだった。自分だけの問題だったから。わたしが直面する未来は——容易ならざるものでしょうけど、自分がしたことはまぎれもなく正しかったので満足していたわ。でも、わたしがあなたに出会った今では、それとはまったく別の気持ちが生まれてしまったの。本当にごめんなさい」

エリーゼは頰の涙をぬぐって、テーブルの向こうのエラリーを見た。「こうなることはわかっていたし、もう観念したわ。だから、この本を持ってきたのよ。エラリー、あなたと論理のゲームをやるのはかまわないけど、チェックメイトをかけられた後まで闘いを続ける気はないわ」

エラリーはテーブルの向こうから目をそらさずに続けた。「一つだけ、まだ不思議なことが残っているのだ。私はきみがクインの入館カードを持っていたことは知っている。しかし、どうやって部屋の中にいたテヌブラに近づいたのかな?」

「簡単だったわ」とエリーゼは答えた。「クインの死体を発見した後、ジェイソンに電話をかけて、ようやくわたし自身の蔵書の一部を手放す決心がついた、と話したの。彼は九時頃に来るように言ったわ。わたしをあっさりと書斎に招き入れてくれたわね」エリーゼは、ハンドバッグから新たに三冊の本を取り出した。『短編探偵小説』、『クイーンの定員――探偵・犯罪短編小説史』、そして『クイーン談話室』。「わたしがこの本を売るつもりだと思い込んだジェイソンは、諸手をあげて歓迎してくれたわ」

エラリーはびっくりして頭を振った。「当然だな。同じ本を、私から手に入れようとしたのだから」

エリーゼは胸を張って、エラリーの目を真っ直ぐ見つめた。「そろそろ、あなたが警察に電話をする時間だと思うけど」

エラリーは深く息を吸ってから、年老いた己の肩をすくめた。「昨日、ハリーに言ったのだが」彼はしばらくしてから口を開いた。「私はしばらくの間、この事件について考えたかったのだ。丸一日、あれこれ考えをめぐらせたよ。

認めなければならないが、私の若い頃は、自分で犯罪を解明したにもかかわらず、罰に関する判断を自分で下さなかったことが何度もあった。私はいつも、裁きの有無は探偵が担うのではなく、犯罪を裁くシステムに任せるべきだと考えていたのだ。だが、今や私は歳を取った。たぶん、賢くなってはいないが、歳を取ったことはまごうかたなき事実だ」

エラリーはよろめきながら立ち上がった。「今夜は来てくれてありがとう、エリーゼ。最後までつき合わせて悪かったね」エラリーは自分の手を、テーブルごしに彼女の空いている方の手に伸ばした。「私はいつも、きみのお父さんには賞賛を惜しまなかったよ」

それから彼はバークの方を向いた。「きみの場合は、ハリー、ニューヨーク市警の一員だから、きみが望むとおりにすべきだ。だが、私人である私の方は、引退したままでいるよ。私はどこにも電話はかけない」

「きみがそんなことを言うなんて、おかしな話じゃないか、エラリー」とハリーは返した。「おれは今朝、早期退職をしてきたところなんだ」

エラリーはゆっくりと椅子に沈み込むと、年老いた関節を伸ばしながら、笑みを浮かべた。「ということだ、ニッキイ。われわれはシングルモルトウィスキーをオン・ザ・ロックにして、この夜を終わりにすべきだと思うがね。それに、おそらく……」エラリーは瞳を輝かせ、部屋の奥の煙草保管箱に目をやった。「おそらく私は、このすばらしき夜くらいは、一服してもいいのではないかな」

「わたしたちが」とニッキイは応じて、「シングルモルトを飲むのはかまわないと思いますわ。でも、その後はベッドに入ってくださいね」

エラリー・クイーンの年老いた灰色の目は、拒絶されたことによる怒りで細くなった。「いいかね、ミズ・ポーター、最近のきみは、頑固で強情な女性の血筋が表に出てきたようだな。何もかも、きみのお祖母《ばあ》さんから始まっているのだ――まず自分自身の名をこしらえて、次にそれを絶対に捨てようとはせず、挙げ句の果てには次の二世代にも引き継がせた。自信過剰で意地っ張りな赤毛の頭と共に。当然与えられて然るべき夜の一服を拒絶するなんて、何様のつもりなんだろうね?」

「わたしは自分が何様か、ちゃんと知っていますよ」とニッキイは返した。「わたしが言ったように、一杯やった後は、ベッドに行く時間なのですよ、お祖父《じい》ちゃん」

第二部　パロディ篇

「お父さん、それです！　ぼくは大馬鹿者でした！　こんなことがいつまでもわからないなんて、役立たずの間抜けでした！　自分がここまでどうしようもない完璧な阿呆だということに、今の今まで気づいていませんでしたよ！　こんな単純なことを見落としていたなんて、人類史における大いなる知的失敗の一つに数えられてもしかたがありませんね。コロンブスに『地球は平らだ』と請け合うくらい先の見えないたわけだって、これほどまでに、どうしようもないくらいぼんやりしてまごついた――」

「セラリー！」警視が割り込んだ。そうしなければならなかったのだ。一番最近の事件において、わが子が己《おのれ》をむち打つ長広舌の終わりを見いだすまでに、半時間も座って待っていたのだから。

J・パークター＆J・L・ブリーン「ドイツ香水の謎」より

〈探偵〉セロリー・ケーン（Celery Keen）

十ヶ月間の不首尾
Ten Months' Blunder

J・N・ウィリアムスン

ジェリー・ニール・ウィリアムスン（一九三二〜二〇〇五）の小説の第一作は、EQMM一九六一年一月号掲載のホームズ・パロディ「Bopping It in Bohemia」だと思われます。この作に添えられたクイーンのコメントによると、「彼は三十前ですが、興味深い仕事を経験しています。ピンカートン社の探偵、映画館主の助手、プロの声楽家、保険調査員、百科事典のセールスマン、〈インディ500〉の宣伝担当。さらに三冊のシャーロッキアン・アンソロジーを編み、十九歳という多感で勇敢な時期に『フーダニットの批評史およびその分析』を書いています」とのこと。

本作はそのわずか四ヶ月後の五月号に掲載された、かなり良くできたクイーン・パロディです。クイーン作品でおなじみのダイイング・メッセージのテーマ、探偵エラリーの引用癖をうまくからめたユーモラスな文章、クイーンお得意の〈消去法〉を逆手に取ったロジック、そして、本作の題名の元ネタである『十日間の不思議』を皮肉ったプロット……。中でも、〈消去法〉のおちょくり方が、実に興味深いですね。本家クイーンの〈消去法〉における大きな弱点を指摘しているとも言えるでしょう。

ウィリアムスンはその後も——ジュリアン・ショックの別名も用いて——活躍を続け、一九八〇年以降に四〇作の長編と百五十以上の短編（大部分がホラー）を発表。また、ホラーのアンソロジーも数多く編んでいます。こういった業績により、二〇〇三年には〈アメリカ・ホラー作家協会〉から表彰されました。

セロリー・ケーンが古めかしい質屋の奥の部屋に入ると、壁には武器がずらりと掛けられ、床には店主がねじれた姿で倒れていた。外見がばらばらの三人組に向かって、父である警視がしかめっ面をしているのが目に入る。

レリー部長刑事は、もたれかかったドアを七フィートの肩幅でたわませながら、うなり声を上げた。「そこの絨毯を見落としちゃだめですぜ、ケーン先生」

「おっと」セロリーは陽気な声を出して膝をつき、銀色の目を絨毯に走らせた。「見事なものだ！手織りのアクスミンスターか、紋織りのジャガードの一点もののどちらかだな。一平方インチあたり最大百二十八もの飾りがある。おそらく、名のある職人の手によるものだろう」

「あたしはただ、その絨毯は足をとられやすいので、転ばないように注意しただけなんですけどね」ドアにめり込んだ肩を引きはがしながら、レリー部長はうめいた。「あなたの鼻っ柱をはさんでるパンツねえ（パンス・ネ＝鼻眼鏡の言い間違い）じゃ、そいつが見にくいことは百も承知ですからな」

セロリーはニワトリのようにくすくすと笑って（彼がよく見せる反応の一つである）、立ち上がった。「やあ、お父さん。容疑者の取り調べ中のようですね。サミュエル・ジョンスン博士（イギリスの詩人・批評家）の言葉を忘れないでくださいよ。『質問は紳士たる者の流儀にあらず』ですから」

警視はむっつりと言った。「おお、せがれか。バートレットの本（『バートレット引用句辞典』のこと）でも読んでおったのかな？」

「ちょっと意味を知りたい言葉があったのですよ」とセロリーは認める。

「それこそ、わしらが求めておるものだ」老警視は言って、いつものように顔をしかめた。「この事件はおまえ向きらしいな」

「へえ、本当ですか?」セロリーの銀色の目が輝いた。「すばらしきかな。では、教えてもらいましょうか。あの死体は誰なのですか?」

「あの死体はオレボー・クリスティという。この質屋の店主だよ」

「ははん！　死体《コーパス》はクリスティですか！　テキサス州からでも来たのですか?（テキサス州の観光都市「コーパス・クリスティ」にかけている）」

「壁のメッセージをどう思う?」

セロリーの繊細で真摯で鋭い白銀《しろがね》色の瞳が、壁をためつすがめつ眺める。「何と！　ＦＡＮ《ファン》という単語が――クリスティ自身の血で書かれている！」

そう言うやいなや、セロリーは巻き尺と拡大鏡をポケットから取り出す。そして、音も立てずに早足で部屋を回り始めた。ときには立ち止まり、あるときにはひざまずき、一度などは顔を床にこすりつけさえもして（このときは絨毯に足をとられて転んだだけだったが）。部屋にいる残りの面々は、何も言うことができずに、よく訓練された純血種の猟犬を思い浮かべるだけだった。ようやくセロリーが動きを止める。

「お父さん。壁の血文字の上にずらりと飾られた武器について、何かわかっていることがあったら、教えてくれませんか?」

「このクリスティじいさんは、正真正銘の変人だったらしいな。人生におけるたった一つの関心事が、銃のコレクションだったそうだ」

「なかなかすごい壁飾りだとも言えますね」セロリーのつんとした鼻の穴がひくひくし始める。

「コルトのシングルアクション、マスケット銃、鳥打ち銃、後込め銃、ショットガン、それにライフル。ラッパ銃やデリンジャーまである」

「おいせがれ、メッセージの解読の方を忘れるなよ。まずは、取り調べを手伝ってくれ。クリスティと親しかったのは、そこにいる三人しかおらん。ライティ・ドゥガン、アンジェロ・アンジェリシモ、それにレフティ・ビルフリックだ」

「なるほど。ではまず、ドゥガンさん」と、携帯用の水ぎせるにトルコ煙草を差し込みながら、セロリーは口を開いた。「左腕をなくされた理由をお聞きしてもかまいませんか?」

「ラッシュアワーの地下鉄で、ねじられたのさ」

「結婚はされてますか?」

「いいや。プロ野球にぞっこんでね。そこにいるレフティは、私のヒーローだった」

「それはそれは。間もなくレフティの番ですから。さて、次はあなたです、アンジェリシモさん。亡くなられたオレボー・クリスティと知り合ったきっかけは、何ですか?」

「亡くなられたオレボー・クリスティと知り合ったきっかけは、あたしら二人が、そろって銃に目がなかったということだな」

「へえ? あなたもコレクターなのですか?」

「いいや。あたしは強盗だ」

セロリー・ケーンの銀色の目をあざむき通すことは不可能に近い。「紙の扇子《ファン》をお持ちですね。

いつでも持ち歩いているのですか、アンジェリシモさん？」

「ああ。いつでもどこでも持ち歩いているな。こいつはゲイ・ロンバルトというジプシーの恋人からの贈り物なんだ。あたしが将来の見込みがない泥棒稼業をやめないもんで、ついて来なくなっちまったがね」アンジェロは涙ぐんだ。「もう自分で自分を信用できなくなっちまったよ」

「たぶんそれは、あなたが信用詐欺をやっているからでしょうね。『肌を刺すトゲの先には柔らかなバラの花がある』と、オイディウス（ローマの詩人）が言っています」

「そいつはどこのチームにいるんだ？」とレフティ・ビルフリックが口をはさんだ。

「あなたが一番輝いていた時代のことを、ぼくは今でも忘れてはいませんよ、ビルフリックさん。球史に残る偉大な投手にして、驚嘆すべき三振奪取の芸術家でしたね。――審判にショートを投げつけて、利き腕を壊してしまうまでは。教えてくれますか、レフティ。黄金の時代が去った今、驚異の野球選手は、どうやって毎日を過ごしているのですか？」

「酒だ。誰でも一つくらい趣味を持つべきだと思うな」

「そうでしょうね。さて、それでは殺人の凶器に行きましょうか」セロリーは死体から離れると、目を細めてシングルアクションのコルト拳銃を見つめた。「ああ。引き金はやすりで削り取られていますね。思った通りだ。お父さん、これで事件は解決しましたよ」

「おお、これで本当に終わりにしろよ」警視はうめいた。「さっさと説明をして、けりをつけてもらおうか」

「アンジェロ、あなたは恋人からもらったジプシーの扇子《ファン》を持ち歩いていますね。緋文字は、あなたを指しているのかもしれない。レフティ、あなたは数年前に、ひと試合で二十四個の三振をとったことがあるはずです」

「捕球が下手くそなやつがいてな」とレフティは言った。「そいつがショートを守ってたもんで、三振を取るしかなかった」

「そして、『FAN』という言葉は、野球用語では三振を意味します。あなたもわれらが有罪組に加わりました。さて、今度はライティの番です。あなたは、ご自分の時間すべてを野球観戦に捧げています。つまり、あなたはファンということになり、殺人犯の手配書の特徴と一致するわけです」

「地下鉄に乗って帰りな」とライティが勧める。

「ええ、あなたは文句なく無罪ですよ。なぜならば、オレボー・クリスティは、殺人の凶器がfanner《ファナー》（あおり撃ちの銃）だということを、われわれに伝えようとしたからです。彼は死ぬ前に単語を書き終えることができなかったのですよ。お父さん、あおり撃ちをするには、両手を使わなくてはなりません。昔の西部では、ガンマンがあおり撃ちをするときは、ファナーを右手で固定して、左手で撃鉄を起こしてから戻して弾丸を発射していました。片腕しか使えないライティは無実に違いありません」

「それならおれも外《アウト》してくれ」とレフティが言った。「おれの利き腕は使い物にならねえからな」

セロリー・ケーンは、そのやせた胸をふくらませた。「消去法の手続きによって、ただ一人が残りました」

「あたしの育った環境が悪かったんだ」アンジェロは苦々しげに言った。「あたしはジプシーの中でも最下層の出なんだよ。おっかあは占い用の水晶球も買えないくらい貧乏だった。それで、あたしは学校の体育館からバスケットボールの球をかっぱらったんだ」

「なるほど。それで、他人の上前をよくはねるようになったわけだ」とセロリーはつぶやいた。


十ヶ月が過ぎ去った。この間に、偉大なるアマチュア探偵セロリー・ケーンの名声は、世界中に広まっていった。ロンドンやパリや香港やモントリオールに呼ばれ、地上のすべての法の守護者たちから忌み嫌われていったのだ。旅にうんざりしたセロリーは、とうとうニューヨークに帰って来た。

「せがれよ」老警視はむっつりと言った。「一年近くもおまえを捕まえようとしておったのだぞ。銃のコレクターだった質屋の事件は憶えておるか？」


セロリーはうなずいた。「あの事件では、ぼくは本物の魔術師でしたからね、お父さん」

「一つだけ見落としていたことを除けば、だがな」と警視は疲れた声で、「ファナーを撃つことができるのは、二本の腕の持ち主だけだと言っておったが――」

「それが何か？」

「二人の片腕の男でも撃つことはできたのだ！　やつらはようやく自白したぞ」

「やつらですって？」セロリーは弱々しく尋ねた。「誰のことです？」

「こういうことらしい。まず、アンジェロがクリスティを椅子に押さえつけた。それからライティが右腕でコルトを固定し、レフティがまともな腕で撃鉄を起こしてから戻して発射したのだ。今朝、ライティとレフティが自白した――三人全員が犯人だったのだ、せがれよ」


セロリー・ケーンは頭の中が真っ白になった。やがて、その銀色の目に奇妙な輝きがやどり始めていく。「お父さん。他にそのことを知っている者はいますか?」

「おらんよ、せがれ」と老人は答えた。「わしだけだ。一人だけで、ようやく事件を解決したばかりだからな」

セロリーは自分の机の引き出しからファナーを取り出した。「エミリー・ディキンスン（アメリカの詩人）が、こう言っています。『成功とは、一度も成功したことのない者が、もっとも甘美なものとみなすものである』と」セロリーは銃の狙いをつけた。「おめでとう、お父さん」


［訳注］本来の「あおり撃ち（おうぎ撃ち）」とは、片手で引き金を引きっぱなしにして、もう一方の手で撃鉄をあおるように何度も叩いて弾を連射する撃ち方。作中のコルトは引き金が削り落とされているため、片手で銃を固定し、もう一方の手で撃鉄を引いてから戻す撃ち方をするしかない。また、「あおり撃ち」はシングルアクションの銃でしかできない。

〈探偵〉セロリー・グリーン（Celery Green）

イギリス寒村の謎

アーサー・ポージス

The English Village Mystery

本格ミステリ作家アーサー・ポージスの奇才ぶりは、本叢書の『八一三号車室にて』を読んだ人ならば、ご存じでしょう。奇想天外なアイデアやプロットやトリック、そしてロジックにお目にかかることができますから。

パロディ作家アーサー・ポージスの異才ぶりは、本叢書の『シャーロック・ホームズの栄冠』に収録されたステイトリー・ホームズものを読んだ人ならば、ご存じでしょう。この作がＥＱＭＭに掲載された際にクイーンが評した「けれん味と独創性」にお目にかかることができますから。

さて、この二つの才能が、クイーンお得意の〝パターン探し〟の趣向と結びついたならば、どうなるでしょうか？　そうです、クイーン・パロディの傑作が誕生するのです。既刊のアンソロジーに二度（『ユーモアミステリ傑作選』と『山口雅也の本格ミステリ・アンソロジー』）も収録されているにもかかわらず、私が本書から外すことができなかったほどの……。これにより、本作がユーモア・ミステリとしても本格ミステリとしてもクイーン・パロディとしても傑作であることが証明されたわけです。

では、締めくくりは本作がＥＱＭＭ一九六四年十二月号に掲載された際に添えられたクイーンのコメントの訳といきましょう。「おかしなおかしなおかしなおかしなパロディです。すばらしきアメリカの素人犯罪学者の初登場――私たちの心に他の誰よりも訴えかける好漢にして好事家探偵、セロリー・グリーン氏の……」

デュー・イースト警部は、自分が逃れようのない苦境に陥っていることを自覚していた。副総監への昇進が、彼かサウス警部に与えられることになっている。それなのに、イーストはこれまでお目にかかったことのない困難な事件に足を引っ張られるという不幸に見舞われているのだ。もし解決をしくじったならば、昇進という栄誉はライヴァルの手に移ってしまうことになる。

イーストの上司であるノース総監は、冷酷にして威圧的なタイプなのだが、今は機嫌の悪さだけが表に出ていた。

「わしは理不尽なことを押しつけたりはしない」彼は嚙みつく。「とはいえ、一つの村で十二人も殺され——犯人の手がかりは何一つないときている。これは許されんことだぞ、イースト」

「わかっています」警部はむっつりと言った。「ですが、事件が矢継ぎ早に起こるもので。二週間で一ダースの殺しですよ。誰かさんは、〈速殺術〉の講義を受けているに違いないですな」ピリピリした空気をやわらげようとしてひと言付け加えたが、この軽口はノース総監の怒りをさらに増すだけだった。

「冗談を言っている場合か!」と総監は吠えた。「これは重大事件なのだぞ。ロンドンで起きた事件と同じだと思うなよ。人口が多いところでは、十二人が減ったからといって、誰も気にしたりはせん。だが、〈臨終村〉はイギリスでもっとも小さい共同体なのだ。定住者は十四人で——その内の十二人がすでに殺害されてしまった。残っているのは二人だから——おまえは誰が殺人者なのか見当をつけて然るべきではないか、イースト！」

「どいつもこいつも、つじつまが合わないのですよ」警部が言った。「事件に意味がないどころか洒落にもなってない――その上、動機はこれっぽっちもないとくる。ですが、もう二、三日あれば、きっと――」

「その頃には、村は記憶だけの存在になっているだろうな」ノースはうなるように言った。「そしてわしらは、イギリスの歴史を抹消したとして非難されるわけだ。きみにはきっかり四十八時間の猶予を与えよう――一分たりとも越えてはならん。それ以降は、サウスに任せることにするからな」

　総監は昇進については何も言わなかったが、イーストは甘い期待を抱いたりはしなかった。これは、事件を解決するか、さもなくば新任副総監の地位を逃すかの問題なのだ。

「この手で犯人を捕らえてみせます」イーストにはそう答える以外の道はなかった。「ご期待に応えてみせますよ、総監」

「まったく、犯人の手がきみを捕らえないことを祈っておるよ」ノースは小馬鹿にしたように言った。「今のところ、犯人の方がはるかに得点を重ねているからな。さあ、行きたまえ、イースト」

　切羽詰まったイーストは、禁断の行為、すなわち著名な私立探偵に相談する決意を固めた。アマチュアの手を借りるということは、スコットランド・ヤードの眉をひそめさせるには充分だった。さらに悪いのは、その相談相手が非イギリス人だということである。彼は厚かましくて軽薄なアメリカ人で、口数の多さはいつものこと。しかも、性急に結論を出すため、イギリスの犯罪者のゆっくりとしたやり方にそぐわないとくる。こういった探偵たちのせいで、犯罪にじっくり取りかかろうとした矢先に逮捕された連中が、抗議の声を上げることになるのだ。「いつもいつも早まるんじゃない、いまいましいアメ公どもが」と。

このアメリカの探偵がロンドン訪問の際にたびたび訪れるクラブを、イーストは知っていた。かくして、そこで彼を見つけることになったのである。見間違いようがなかった——彼はとびきり若く、とびきり活気にあふれ、とびきり自信に満ちていたからだ。名前はセロリー・グリーンという。

アメリカ人は温かな笑みでイーストを迎え、あたりに人がいない一角に連れて行った。

「さてと、警部」と彼は言った。「ぼくの手を借りたいことでもありましたか？」

「私はあとわずかな時間で、とてつもなく狡猾な殺人者を捕まえなければならんのだ」イーストは説明する。「これまでの人生において、他人に助けを求めたことは一度たりともなかったのだが、今回は緊急事態だったものでね」

「どういった状況なのですか？」もはやセロリー・グリーンは、のほほんとした好事家《ディレッタント》ではなかった。

「十二人が殺されたのだ。動機はなし。被害者同士のつながりもなし。手がかりもなし。かいつまんで言うと、これだけで済んでしまう」

「被害者の身元は？」セロリーはてきぱきと進める。

「被害者は全員が臨終村に住んでいた。きみも聞いたことがあるだろう——イギリスで一番小さい村だ。総人口が——十四人の。いや、今では十五人だな——三週間前にウィロー夫人が引っ越してきたからね。もっとも、誰でも人口を七パーセント以上も増加させて良いというわけではないのだが」イーストはそう付け加えた。

「ふむ、まだ村の一員だと認められていないのですね？」セロリーは考え込むような顔つきをする。

「どう見ても容疑者ではないですか。なぜ彼女を捕らえて――」

「そんなに急ぎなさんな」とイーストが反論した。「きみが思っているほど容疑が濃いわけではないのだ。ほとんどの殺人では、犯人は被害者と親しい人物としか考えられないからだ。わかるかな。臨終村の住人たちは、疑り深くて狭量なのだよ。村での暮らしが何十年もたっていない者を、彼らは絶対に家に招き入れたり傍に寄らせたりはしない。この村に来た一番の新顔は――ウィロー夫人の前の新顔は――ミス・ブリストルなのだが、村の住人は、十六年もの間、彼女を『よそ者』呼ばわりしていたのだからな。これは私が保証する」

「似たようなことは、ニューイングランドでもありますよ」セロリーはうなずいた。「このライツヴィルという町についてお話しても良いのですが――続けてください、警部」

「被害者の名前を教えよう。名前以外の情報も提供できるが」とイーストは申し出た。

「ありがたい――お願いします」セロリーは再びてきぱきと進める。「さしつかえなければ、殺人の凶器についても、詳しく教えてください」

イーストは手帳を取り出した。

「いいかな。最初に殺されたのは、エルシー・ファイフで――背後から心臓を刺し貫かれた。その次はジョージ・バートン。何者かがバカでかい食料雑貨品の箱を――中身はほとんど缶詰なので、かなりの重さがあった――海辺の断崖の上から、彼を狙って落としたのだ。この男は砂浜で寝っ転がっていたのだが、ぐちゃぐちゃになっていたな。つぶされただけではなく、缶詰のスープで溺れてもいたよ。

ピケット＝ホール少佐がその次だ。頭を殴られていた。ヒンドゥー教徒のラム・ダスはガレージで殺された――気絶させられてから、車の排出物をたっぷりと吸い込んだのだ。ジェーン・ホープは絞殺。ノーマン・クアイヤーも同じだ。ハリー・ブロックは頭蓋骨を大きな石で砕かれていた。ウォルター・ロードは首を斬られた――いどいもんだ！」興奮のあまり、警部は「h」の発音を忘れてしまった（ロンドンの下町なまり）。

「これで八人」セロリーは指を折って数えている。「あと四人も教えてください」

「もちろんだ――全員調べ上げている。九人めはエミイ・ブリストル――彼女については先ほど述べたな。心臓を撃ち抜かれていた。それからジョン・マホニー。こいつは毒殺だ――しかも、遅効性の。かなり苦しんで死んだようだ。その次はメイベル・スローター。彼女は自宅の浴槽で溺死させられていた」

「他人の家の浴槽で溺死させられるより、ずっといいですね」セロリーは皮肉っぽく言った。「これで十一人になりました。残りの一人もお願いします。最後の一人は誰ですか？」

「村長のアレン・グラッドストーン・リグ＝ホワイトだ。もはや村長という肩書きに意味があるのかどうかわからんがね。かわいそうに、爆発でばらばらになっていたよ」

セロリーの銀色の目が輝き始めると、イーストは固唾をのんだ。この活気に満ちたアメリカ青年が、その明敏さによって、犯罪捜査の専門家たちを驚かせてきたという噂を思い出したからである。世間が言うように、彼は魔術師なのだろうか？　帽子から兎を取り出してみせるのだろうか？　イースト警部は、レタスを持ってくるべきだったと思い始めてきた。

「そのリストを貸してください」セロリーの言葉が響く。「凶器についても詳しく書いてありますか？」

「全部これに書いてある」イーストは手帳をテーブルに置きながら言った。「きみが何らかのパターンを見つけ出してくれると信じているよ――私には皆目見当がつかないがね。それと、今では生き残っているのは三人だけになってしまったのだ。つまり、その中の一人が殺人者でなければならない。われわれがそいつを捕らえ損なうと、臨終村はゴーストタウンになってしまうことになる。この地上から、イギリスの村が一つ消えてしまうわけだ」イーストはため息をついた。

「感傷的になっている暇はありませんよ」セロリーはきびきびと言う。「それで、その三人の生き残りとは？」

「新参のアデル・ウィロー夫人、ヘクター・ゲダラ、それにミス・オレンジだ」

アメリカの名探偵は腰を上げた。「帰ってかまいませんよ、警部――ぐっすりお休みください。そして、明日の朝、またここに来てくれませんか。そのときには解決できていると思いますよ」

イーストはその言葉に息をのんだ。

「どうしてそこまで言い切れるのだ？」

「ぼくがうぬぼれ屋だからですよ」セロリーはしれっと言った。「明日、お会いしましょう、警部」

イーストは声を詰まらせながら感謝の言葉を述べ、少しばかり目の焦点が定まらないまま立ち去った。このせっかちな青年が約束を守ってくれることを、彼は心底願っていた。イーストの望んでやまない昇進は、もはやこの青年に頼るしかなかったからである。

翌日の早朝、イースト警部は脇目もふらずにクラブに向かった。案の定、セロリー・グリーンはそこにいて、あふれ出る精力に身を震わせている。

「幸運に恵まれたかね？」警部は意気込んで尋ねた。

「運の問題ではありませんよ」と青年探偵はつとめてさり気ない口調で言った。「頭脳と、想像力と、とりわけ論理の問題です」

イーストはもごもごと詫びた。

「今すぐ臨終村に行きましょう」セロリーの声は切迫している。「殺人者を逮捕するのです」

「だが、誰を――？」イーストは口を開いたが、ボーイによって邪魔されてしまった。

「電話がかかっています、警部さん」とボーイが告げる。

腰を折られた不満の声を上げながら、イーストは大股で離れていく。戻って来たとき、その目は険悪なものに変わっていた。

「ゲダラが殺された」彼はそう告げた。「これで、われわれの相手は二人だけになったわけだ――どちらも女だな。何ということだ！」

「ゲダラが殺された？」セロリーの叫び声には、それが予想外だったという響きがあった。「だが、それはあり得ない！　何があったというのですか？」

「車でひき殺されたのだ」イーストは吐き捨てるように言った。「アメリカ製のバカでかい車に」と付け加えてから、とがめるような目でセロリーをにらむ。

セロリーはゆっくりと頭を振った。

「もしぼくが、自分自身の完璧さにわずかでも疑いを抱いていたら」と彼は口を開く。「あやうく自分の解決が誤りだったと思い込んでいたところですよ。だが、もしゲダラではないとするならば」その先はつぶやきに変わって、「あり得る可能性としては――もちろんそうだ！」ここで彼はイーストの腕をつかむ。「急ぎましょう」とセロリーは言った。「ウィロー夫人に重大な危機が迫っています。彼女は間もなく窒息死させられてしまいますよ！」

「だが――だが――」警部は抗議したが、セロリーの車である旧式のデューセンバーグに否応なく押し込まれてしまった。その少し後、二人はロンドン市内を抜け、臨終村に突進していた。

二人が着いたとき、不思議なことに村は静寂につつまれていたが――おっと失礼、人口が急激に減ったので、不思議なことではなかった――セロリーはイーストをせっついて、ウィロー夫人の家に案内させた。夫人はピンピンしていたので、二人は安堵のため息をもらす。近くには誰もおらず、夫人は「あらまあ、今日はいつもみたいに静かじゃないわね」と言った。

二人の男は引きあげることにしたが、イーストは疑いの目を夫人に向けたままだった。

「彼女がミス・オレンジを殺したというのか」セロリーはつぶやく。「だが、どんな手段でやったというのだろう？　どう考えても不可能だ！　ぼくの理論は何もかも間違っていたのだろうか？」彼の声は次第に小さくなり、ついには不満げなつぶやきに変わってしまった。

警部は好奇心でいっぱいだったが、今は質問をしている場合でないことはわかっていた。質問する代わりに、彼はミス・オレンジのコテージへの道案内をした。そこでは痛ましい光景が二人を待ち受けていた。コテージの裏手では、家の持ち主の野暮ったく丸々と太った体が、首をロープで吊られていたのだ。

「何が何だかわからなくなった！」イーストが悲鳴を上げる。「いや待てよ。ウィロー夫人がこの哀れな女を絞め殺したとしか考えられないな――これで決まりだ」彼はセロリーに向き直った。「殺人者を止めなければ、いずれ――」

イーストは不意に口をつぐむ。もしウィロー夫人が有罪ならば、いずれは絞首台に上ることになると気づいてショックを受けたからである。臨終村の人口がゼロになることは、もはや避けられないのだ。

「ウィロー女史のことは放っておきましょう」とセロリーは落ち着き払って言った。「ミス・オレンジが残したこのメモを見てください」彼はそう言ってメモをイーストに手渡す。

それを読んだ警部の目が飛び出した。

「自殺だと」彼はうなり声を上げた。その顔には困惑の色が浮かんでいる。「私にはわけがわからないのだがね、セロリー」

「まったくもって単純ですよ」アメリカ青年はきっぱりと答えた。「被害者の名前と凶器を、あらためて検討してみましょう。エルシー・ファイフ——ナイフで刺されました。ジョージ・バートン——段ボール箱《カートン》で潰されました。ラム・ダス——ガスによる窒息。ピケット＝ホール——固くて重くて丸い物体で殴られました。ぼくは、これがクリケット用のボールだったと断言できます！　なぜそう言えるのか、あなたにはわかりませんか？　ファイフ——ナイフ、バートン——段ボール箱《カートン》、ダス——ガス、ピケット＝ホール——クリケット＝ボール」

イーストは大きく息を吸って、「だが——だが——」と喉をゴロゴロ鳴らしながら吐き出した。

「偶然の一致でしょうか？　そう思っているのですね？　ならば、さらに続けてみましょうか」セロリーは意気揚々と続ける。「ジェーン・ホープ——ロープで絞め殺されました。ノーマン・クアイヤーも絞殺——ただし、使われたのは銅のワイヤーでした。そして、ハリー・ブロックの頭は、石ではなく岩《ロック》で砕かれました。ウォルター・ロード——剣《ソード》で首を斬られました」

「きみが言いたいのは――」イーストは言葉を濁らせる。

「ぼくに最後まで言わせてください。エミイ・ブリストル――ピストルで撃たれました。ジョン・マホニー――アンチモニーを盛られました。――あなたが言ったように、激しい痛みを与える遅効性の毒薬です。そして、メイベル・スローターは浴槽で溺死させられました。つまり、彼女を殺したのは――」セロリーはもったいをつけるように間を置いてから――「水《ウォーター》でした」

警部は何とか自分を取り戻し、経験を積んだ頭脳が正常に動き出した。

「いいか、セロリー」彼は反論する。「リグ＝ホワイトはどうなるのだ？　きみの理論と――名前と凶器が脚韻を踏んでいるという理論と――合致しないではないか。凶器は、リグ＝ホワイトと、どんな韻を踏んでいるというのかね？」

青年はニヤリとした。

「リグ＝ホワイトは爆死でしたね」彼はイーストの記憶を呼び起こす。「その手段については、あなたがご自身の手帳に記していましたよ。リグ＝ホワイトは――ジェリグナイト（木質パルプにニトロゼラチンを染みこませて作ったダイナマイト）です。Q．E．D．（証明終わり）」

「言わざるを得ないようだな」警部は弱々しく認めた。「論理的に思える、と。――一種独特の考え方だがね。しかし、誰が――？」

「もちろん、狂気に取り憑かれた詩人の仕業ですよ――ぼくは昨夜遅くに見抜きましたがね」とセロリーは言った。「いっとき、犯人はゲダラだと考えていました。しかし、彼もまた殺されたとき、ぼくは考え直しました――大した違いではありませんがね。ミス・オレンジこそが殺人者だったのです」

「だが、なぜあの女は自殺したのかね？　それに、彼女がウィロー女史の殺害に踏み切らなかった理由は何なのだ？」

「ええ」とセロリーは言った。「それこそが問題の核心なのです。イースト、考えてみてください。被害者はすべて、男性か未婚の女性でした——言い換えると、連中は生まれながらの名字を使って殺されたわけです。さて、ミス・オレンジが、韻を踏める名字を持つ者全員を憎んでいたことは明らかです。知っての通り、彼女の名字は韻を踏めません。ミス・オレンジのために若者が捧げるソネットや恋愛詩は存在し得ないのです。かくして彼女は、全員の殺害に取りかかりました。そして、常に被害者の名字と韻を踏む凶器を用いたのです。単純でしょう？」

「だったら、ウィロー夫人はどうなる？　彼女は枕《ピロー》で窒息死させられてもおかしくないはずだ——きみだって、窒息死の危機が迫っていると言ったじゃないか」

「あるいは、波《ビロー》にのまれて溺死とか」セロリーはさかしげに付け加えた。「ですが、この地方紙を見てください。発行されたのは、ミス・オレンジが——ええと——削除係をやめる前です。これによると、ウィロー夫人の結婚前の姓はシルヴァーでした。ところが、英語にはシルヴァーと韻を踏む単語は存在しません。この挫折があまりにも大きかったので、ミス・オレンジの心のバランスがおかしな方に傾いてしまったことは明白です。かくして彼女は、代わりに自分自身を殺すことになりました。もちろん、あなたもわかっていると思いますが、彼女はウィロー夫人を夫の姓で殺すことはできなかったのです——まったくもって筋が通っているではありませんか」

「これで何もかも明らかになったな」とイーストは言った。「おそらく、こういった状況ならば、総監は大目に見てくれるはずだ。途方もなく不可解な事件だったな——スコットランド・ヤード史上、もっとも不可解な事件だった」だが、その顔はすぐに暗くなった。「ちょっと待ってくれ、セロリー。ゲダラの件はどうなのだ？　あの男のことはどうなったんだ、おい？」

「彼をひき殺したのはアメリカ製の大型車でしたね」セロリーは得意げな笑みを浮かべて言った。「車種を調べる必要はありませんよ、警部――半ペニーに対して一ポンドを賭けてもいい。その車はインパラ（シボレーの一種）です！」

　そして、セロリーは大股で立ち去っていった。

〈探偵〉リーイン・ラクーエ（Leyne Requel）

ダイイング・メッセージ

Dying Message

リーイン・ラクーエ

リーイン・ラクーエの本名はノーマ・シアー夫人で、本職は心理学者。彼女が一九六五年からＥＱＭＭに発表した〈アナグラム探偵〉シリーズは非常に凝ったミステリで、アマチュア作家としては珍しいことに、一九七九年に単行本化もされました。

このシリーズの魅力は三つあります。

一つめは、パロディとして良くできていること。

二つめは、アナグラムの趣向が盛り込まれていること。作者名や作中の固有名詞の大部分が、アナグラムになっているのです。

三つめは……本作読了後に巻末エッセイをお読みください。

そしてクイーンは、このシリーズをＥＱＭＭに掲載する際に、さらに三つの魅力を付け加えました。

一つめは、作品の最後にコメントを添え、そこで作中に登場するアナグラムの説明をしたこと（これも訳しています）。

二つめは、目次にもタイトル部にも、「ノーマ・シアー」の名前を入れず、作品末尾のコメントで初めて作者の正体を明かすようにしたこと。本作を例にとるならば、目次とタイトル部の作者名は、「リーイン・ラクーエ」となっているのです。

三つめは、パロディの標的になった作家の作品と並べて掲載したこと。本作の場合は、もちろん、クイーンの作（「ペイオフ」）と併載されています。

マンハッタンのとあるアパートで、電話がけたたましく鳴り響き、三人の男の眠りをかき乱した。召使いのジャンドゥ（Jandu）が、電話に出るために目を覚まそうとあがく。いまいましい機械を手探りする彼の姿からは、いつもの快活さが消え失せていた。

受話器の向こうから切羽詰まった声が流れてきたが、ジャンドゥはかたくなだった。駄目です、ラクーエさんを起こすことはできません。声はさらに切羽詰まった様子になるが、ここで受話器は、リーイン・ラクーエ（Leyne Requel）本人によって、ジャンドゥの手からそっと取り上げられた。いつもの鼻眼鏡《パンス・ネ》を外していても紳士的なリーインは、熱心に耳を傾ける。だが、その内容に驚いて、すっかり目が覚めてしまった。彼はメモ帳と鉛筆に手を伸ばし、住所と道順を書き留めた。それから、ジャンドゥの抗議を無視して、急いで服を身につける。眠っていた三人めの人物であるラクーエの父親は、電話が鳴ったときに寝返りを打っただけだったので、この後に続く話を聞くことはなかった……。

リーインが交通違反ともいえる速度で車を湖に向かわせると、スカンダーメア（Scundermere）の眠れる村の上に、太陽が昇っていくところだった。彼はタイヤをきしませて道路わきの案内図の前に車を停め、メモと突き合わせると、未舗装の道が許す限りの速度で先を急いだ。やがて、木立の向こうに狩猟小屋が見えてきた。リーインは土がむきだしになった道路に車を寄せると、飛び降りて、小屋のドアに向かった。

州警察の騎馬警官が彼を押しとどめる。リーインは頑固な警官に、中に入れるよう説得する羽目になり、それは、言い争う声を聞きつけた地元の警察署長が小屋から出て来るまで続いた。

「どうした、オーツ?」と署長が尋ねた。

「署長」州警察の一員であることに誇りを持っている若き騎馬警官のポーター・オーツ(Porter Oattes)が返事をする。「こいつが勝手に中に入ろうとしたんでさあ」

リーインはあわてて弁解する。「ぼくはリーイン・ラクーエといって――」

「それで結構」署長は声を上げげた。「ニューヨーク市警にいるきみの親父さんと、一緒に仕事をしたことがあるからな。私はカーソン・ペリコット(Carson Pellicot)だ。きみに会えて嬉しいよ。オーツ、この人なら問題ない。入れてあげたまえ」そう言ってから、今度はリーインに向かって、「入りたまえ。お望みなら、何でも教えてあげよう――それとも、だいたいのことは知っているのかな?」

「ぼくが知っていることは」とリーインが口を開く。「夜も明けない内に、旧友が電話をかけてきて、ぼくが今すぐ何とかしないと殺人の罪で逮捕されてしまう、と言われたことだけです。だからここに来たわけです。知っていることなんて、何一つありませんよ」

「ふーむ」とペリコットが言った。「ひょっとして、きみの友人というのは、スペンス・カッティンスン(Spence Cuttinson)かな?」署長が求めた答えは、リーインの表情にはっきりと表れていた。それでも、慎重に言葉を続けていく。「きみにできることがあるとは思えないな。カッティンスンがこの殺しをやったことは間違いないのだよ。私は彼の足跡を――彼の足跡だけを――殺人が行われた場所で見つけた。しかも、あずまやの中の死体を〝発見〟したのは、カッティンスンなのだ。夜が明ける前に釣りに行こうとして見つけたらしい。これは本人がそう言っているだけだがね。そして、もしこれでも充分ではないというのであれば、被害者が死ぬ前にカッティンスンの頭文字を書き残したという事実もある。私にはとどめのように思えるがね」

「ここには他に誰がいたのですか？」

「この小屋の持ち主のキット・ヘラー（Kit Heller）――舞台のプロデューサーだ――それに、殺されたヴィク・ヘミット（Vic Hemitt）。ニューヨークから来たうさんくさい弁護士だ」

「ヘラーとスペンスは、今どこにいますか？」

「カッティンスンは台所にいる。ヘラーは出て行った。ああ、わかっているよ」ペリコットは手を上げた。「ヘラーが疑わしく見えることは。だが、彼はメモを残していてね。何か重要なことがあれば、戻ってくるそうだ。電話で呼び出されたのかもしれないな。もっとも、そんな電話は誰も聞いてはいないがね。まあ、そんなことは問題ではない。問題なのは――」

「やあ、リーイン」痛々しい声が戸口から割り込んでくる。顔を向けたリーインは、自分の目を疑った。スペンス・カッティンスンは、いつもは落ち込みとは無縁の快活な人物だったはずなのに。どうやら、殺人の容疑が彼を変えてしまったらしい。今ではやつれ果てた有様で、声は自嘲気味のうつろなものになっていた。

「困ったことに」とスペンスは疲れた声で、「ヘミットは最期の瞬間におれを告発したようなんだ。おれには理解できないし、説明もつかないことだがね」

リーインの頭はフル回転を始めた。「どうしてあなたは確信しているのですか？」とペリコットに尋ねる。「正体不明の人物がここに来て殺人を犯したのではないことを」

警察署長はため息をついた。「この小屋の裏手に小さなあずまやがある。一部屋だけで、ドアが一つに窓が二つだ。周囲の地面はぬかるんでいて、誰であろうと、足跡を残さずに近づくことはできないのだ。そして、われわれはヘミットがあずまやに向かう足跡を――ただ一つのドアに向かう足跡を――見つけた。しかし、ドアの近くには、それ以外の人物の足跡はない。二つの窓にそれぞれ一組の足跡が往復しているだけだ。誓ってもいいが、この二組の足跡は、それぞれ別の靴によってつけられたものなのだ。――ただし、どちらの靴も、きみの友人の持ち物だった」

「恐ろしいのは」とスペンスが割り込んで、「おれにもそう思えることなんだよ。狩猟小屋に近い窓に向かう足跡は、おれがつけたものだ。あずまやの外に置いておいた釣り竿を取りに行ったときのものさ。明かりが漏れていたので、何があったのか確かめようとして、窓に向かったんだ。一目見ただけで、ヘミットが死んでいることはわかったよ。他には誰もいないことも。銃創も見えたんで、引き返して警察に電話をしたわけだ。中に入って何かに触ったり、あたりを歩き回ったりする気はなかった。手がかりを台無しにするのが怖かったんでね。まるでわかっていなかったわけだ」彼は苦々しげに締めくくった。「おれがあんなに注意深く保存しておいた手がかりが、おれを指し示すだなんて！」

「しかも」と署長は言って、「それとは別の一組の足跡が、もう一つの窓まで往復していたのだが、その窓の外の地面には、使用済みの薬莢《やっきょう》が落ちていたのだ。殺人者がそちらの窓に近づき、被害者を窓ごしに撃ったことは間違いない。そして、犯人がこのとき、カッティンスンの靴を履いて立っていたことも、誓ってかまわん。この靴は、われわれが狩猟小屋の裏口で見つけ出した。きみの友人は自分の靴であることは認めたが、履いてはいないと言っているがね。この靴と、地面の足跡を型どりしたものを鑑識に送ったが、結果がひっくり返ったりはしないだろう。きみの友人が罪を犯したのだ」

リーインの目に抗議の色が浮かぶのを見て、署長は付け加える。「そうだな。ヘラーの身長と体重はカッティンスンとさほど変わらないので、彼が疑いを転嫁するために靴を盗んで履いたという可能性もあり得る。だが、それでは被害者が死に際に書き残した頭文字の説明がつかないのだ」

「ヘラーが窓から入り込んで、自らの手で頭文字を書き残した可能性はないのですか？」リーインが尋ねた。

「ないな。あの窓ははめ殺しみたいなもので——開くことは開くが、銃口を差し込める程度の隙間しかないのだ。もう一方の窓は、ここ何年も開けられたことはない。私の言葉を信じてくれないかね。『ＳＣ』と書き残したのは、ヘミットなのだ」

リーインの銀色の目が細くなった。「針路を変えてみましょう。今言った連中の間には、どんな関係があるのですか？　何者かがヘミットを殺したいと思った理由は何なのですか？」

「恐喝だ」ペリコットは間髪を容れずに答えた。

「何とね」リーインは叫ぶ。「カッティンスンが罪を犯してまで隠したい秘密を抱えているなんて話を、ぼくが信じると思っているのですか！　スペンス、わが善《よ》き友よ、きみはどうしてしまったんだい？　どんないきさつで、この連中とかかわり合うことになったんだ？」

「そんなに入り組んだ話じゃないんだ」カッティンスンは答えた。「おれはヘラーと多少の面識がある程度だった。だが、おれの依頼人の一人が、ヘラーが製作中の舞台の後援をすることになって、契約がらみの話が出てきたんだ。ヘミットはヘラーの弁護士なんだが、彼の方から、おれたち二人をここに招いて、契約の詳細を詰めたいと言ってきてね。釣りをする時間もとれるだろうと思って来たんだが、とんでもなかったな！

だが、これだけは言わせてくれ。もしおれが、ヘミットが撃たれた後におれの頭文字を書き残したことを知らなかったとしよう。そして、彼が窓の外にいる奴をおれだと勘違いするような理由は何一つ存在しない、いことを知らなかったとしよう。だとしたら、おれは、今この場で、『おれに殺人の罪を被せるために、ヘラーがこの週末の何もかもをお膳立てしたに違いない』って言っているはずだ。動機が恐喝だと思われている以上、警察は、おれと被害者の間のつながりなんて気にしないからな」

「恐喝については、疑いの余地はほとんどない」とペリコットが言った。「ヘミットの部屋が荒らされていた。どうやら、何者かが何かを徹底的に探し回ったらしい。われわれも調べてみたが、何も見つからなかったな。私の考えでは、カッティ――殺人者は、探しものを見つけ出したのだ」

「でしょうね」リーインは言った。「でも、ヘミットがヘラーを強請《ゆす》ることだって充分あり得ますし、スペンスが寝ている間にヘラーが部屋をあさったのかもしれませんよ。

スペンスは清廉潔白な人物として知られています」リーインは続ける。「ぼくは、彼が不正直なことを言ったりやったりする姿を、一度も見たことがありません。従って、スペンスは殺人を犯していないし、真実を話しているという前提で進めさせてもらいます。となると、その頭文字には別の意味が存在することになります――いや、存在しなければなりません」

彼はその細身の体をゆっくりと椅子から上げた。「さてと」と、リーインは心の裡《うち》よりはずっと明るい声を出して、「事件をややこしくした頭文字を見せてもらいましょうか」

オーツに後を任せ、ペリコット署長が同行する。二人の男は狩猟小屋から数百ヤード離れた小さなあずまやに向かって行った。

リーインは途中で足跡を調べた。今は州警官のブーツの跡も加わっている。問題の足跡は、聞いた話をまごうかたなく裏付けるものだった。

あずまやの中では、まだ死体が不愉快な光景を見せていた。生きていたときにはさぞいけ好かない男だったのだろうが、死んだ今では、哀れを誘う存在に過ぎない。テーブルに寄せられた椅子に、だらしなくもたれかかっている。体はわずかに開いた窓——狩猟小屋から遠い方の窓——に向いていたが、首がねじれているため、顔はもう一方の窓に向いていた。そのため、スペンスが犯行に気づいたと証言した位置からは、額の銃創がはっきりと見える。

ヘミットは撃たれる直前まで、危険が迫っていることに気づかず、時間つぶしをしていたらしい。彼があずまやに持ち込んだクロスワードパズルは三分の二ほど解かれ、テーブルの脇には一冊の本があった。ヘミットは誰かとここで待ち合わせる約束をしていて、相手が来るまでの暇つぶしに、これらを用意したようだ。

ヘミットがパズルに使った鉛筆は床に落ちていたが、最後にこれが使われたのは、クロスワードのます目に対してではなかった。大きく不ぞろいな『SC』が、ます目を横切るように殴り書きされていたからである。それは、死にゆく者が震える手で書き残したことは間違いないように思えた。

「さあ、ラクーエ君」と署長が尋ねる。「これをどう思うかね?」

「犯人を指し示しているように見えることは認めます」リーインは同意して、「そして、あずまやでの会合が、ある種の秘密をほのめかしていることも。ですが、論理は『SC』に別の説明が存在しなければならないことも示しています。ヘミットは、自分を殺そうとしている人物が誰なのか、わかっていたはずです――自分が約束した相手ですからね。――ただし、ヘミットは殺人者の注意を惹かないような、あるいは殺人者が理解できないような手がかりを残そうとしたのです。これが、ぼくの結論です」

彼らの会話は、死体を運び出しに来た州警官に中断させられてしまう。警官の一人は、二つの調査報告を携えていた。一つめは、鑑識が靴と足跡が一致したと確言したこと。二つめは、ニューヨーク市警――リーインの父親の右腕として名高いスティーブ・ゲイルラン（Steve Geileran）――が、ヴィク・ヘミットは強請屋として知られていると明言したことである。

「いいかね、ラクーエ君」ペリコットは、いかにも気が進まないといったそぶりで言った。「この頭文字に関して、きみが他の解釈を提示できないのであれば、私はきみの友人を逮捕しなければならないのだ」

「少し時間をもらえますか」リーインはきっぱりと言った。「一時間ほどなら問題にはならないはずですが」

ペリコットはうなずき、二人はドアの方に向かう。リーインは、木立の向こうで二人の男がうろうろしているのに目を留めた。彼はその二人の方にあごをしゃくると、問いかけるように眉を上げた。すると、ペリコットが説明してくれた。「名前はフェルディナンド・アーセイ（Ferdinand Arcey）とディーン・F・ベルマー（Dean F. Belmer）だ。二人とも容疑者ではない――昨夜は一晩中どこにいたかわかっているからな――だが、何かしらかかわっているのかもしれない。どうかかわっているのかはわからないし、彼らも何も言わないがね。だが、私はあの二人が犯罪がらみで手を組んでいると確信している」

ペリコットだけが立ち去る。リーインは集中して考えるために、あずまやに腰をすえることにした。テーブルの前に腰を下ろし、片手であごを支える。指関節を軽くかじりながら、ぼんやりする。そして数分が過ぎた。

ヘミットがこの世で最後のひとときを費やしたらしいクロスワードのます目に、彼はあてもなく目を向けた。横の欄にある六文字の「兵器（weapon）」が、最後に埋めた単語らしい。縦のカギは――縦の五十番のカギは――三文字の「器具または道具の一式」となっていた。

リーインは頭を振って、今度は本の調査にとりかかる。『インドの風景（SCENES OF INDIA）』という題名に、彼の眉が上がった。この題名は「ＳＣ」で始まっている。ヘミットは息絶える前にもっと書き続けるつもりだったのかもしれない。リーインは本を一ページずつ調べたが、役に立ちそうなことは何も見つからなかった。

突然、彼は跳ね上がった。自分は何も見えていなかった！

リーインは急いで狩猟小屋に引き返した。スペンス・カッティンスンはその目にぼんやりとした希望を浮かべて顔を上げ、署長は好奇心と猜疑心が入りまじった表情を見せる。

「ペリコット」リーインは意気揚々と尋ねる。「『器具または道具の一式』を意味する三文字の単語は何ですか？」

ベテラン署長の顔を横切ったものは、リーイン・ラクーエのことをよく知らない人々の顔を横切るものと同じだった。カッティンスンは絞め殺されそうな声で、何とか言葉を発する。「きみが言いたいのは『キット（kit）』かな？」

リーインの顔が輝いた。「正解だ！　そしてそれは、この家の持ち主にして逃亡中のキット・ヘラーの名前ではないでしょうか？　さらにそれは、ヴィク・ヘミットがパズルを解くのを殺人者が打ち止めにしたとき、解きかかっていたクロスワードのカギでもあったのです。その上それは、縦の五十番のカギだったのです！

　まだわかりませんか？　もし死にゆく者が『50』と書こうとしたが、書き終える前に力尽きた場合、しかも、震える手での殴り書きだった場合、それが『SC』のように見えてしまうことは、充分あり得るではないですか。

　そして、みなさんもご存じのように」リーインは笑みを浮かべて締めくくる。「犯人は他の誰でもなく、キット・ヘラーでなければなりません」

「どういう意味だ？」とカッティンスンが尋ねた。

「なぜかというと、キット・ヘラー（Kit Heller）は、殺人者（the killer）に完璧なまでにふさわしい名前だからです」

読者への挑戦

エラリー・クイーン

プルタークやトゥキディデスによって磨き上げられた古《いにしえ》のことわざは、私たちに「歴史はくり返す」ことを教えてくれます。これを正しく変形させるならば――私たちは新しいことわざを手に入れましたね――「ミステリはくり返す」ということわざになります。かくして、ここにノーマ・シアー夫人（またしても彼女の本名を使わせてもらいます）の四回めの擬態をお披露目できることになりました。

ＥＱＭＭ一九六五年八月号において、シアー夫人はノーマ・ヘイグス（Norma Haigs）なる作者名の下で、「〈絞首人ゲーム〉を外したら（If Hangman Treads）」という題名の作品を、私たちに披露してくれました。そして、題名や作者名や作中に登場するすべての固有名詞も含めた作品全体が、ナイオ・マーシュ（Ngaio Marsh）のロデリック・アレンもののアナグラム的な贋作だったのです（題名は「Find the Anagrams」のアナグラムになっている）。

ＥＱＭＭ一九六五年十一月号では、シアー夫人はキャシー・ヘイグ・スター（Cathie Haig Star）というアナグラム的変装の下で、アガサ・クリスティー（Agatha Christie）のエルキュール・ポアロものの手の込んだ贋作＝パロディ「テッカムシャー沼沢地の謎（The Teccomeshire Fen Mystery）」を、私たちに提供してくれました――そしてまたしても、作中のあらゆる固有名詞は、告げ口をするアナグラムだったのです（題名の「Teccomeshire Fen」は「scene」of the crime」のアナグラム）。

そしてＥＱＭＭ一九六六年四月号にお目見えした「ドラミス・トゥリー毒殺事件（Hocus-Pocus

at Drumis Tree)」は、ハンダン・C・ジョリックス（Handon C. Jorricks）という著者名で——今回は、ジョン・ディクスン・カー（John Dickson Carr）のヘンリー・メルヴィル卿（H・M）もののスケールの大きいアナグラム的贋作でした（題名の「Drumis Tree」は「murder site」のアナグラム）。

ここにお目にかける第四作は——

リーイン・ラクーエ（Leyne Requel）＝エラリー・クイーン（Ellery Queen）です。

そして、もし「殺人者（the killer）」と「キット・ヘラー（Kit Heller）」——まさしく「殺人者に完璧なまでにふさわしい名前」ではないですか！——が、リーイン・ラクーエが自力で見抜いた唯一のアナグラムだったとするならば、実のところ、この名探偵は見落としをしてしまったことになります。この作品に登場するすべての固有名詞は、またしてもアナグラムなのですから。——とはいえ、もちろん、みなさんはそのすべてをわかっていますね？　例えば、

スカンダーメア（Scundermere）＝殺人現場（murder scene）
ポーター・オーツ（Porter Oattes）＝州警察の騎馬警官（State Trooper）
カーソン・ペリコット（Carson Pellicot）＝地方の警視（local Inspector）（地方の署長の地位は警視にあたる）
スペンス・カッティンスン（Spence Cuttinson）＝罪なき容疑者（innocent suspect）
ヴィク・ヘミット（Vic Hemitt）＝被害者（the victim）
ジャンドゥ（Jandu）＝ジューナ（Djuna）
スティーブ・ゲイルラン（Steve Geileran）＝ヴェリー部長刑事（Sergeant Velie）

他にも手がかりはあります——公言しているのも同然なほど。この追記には「読者への挑戦」という見出しがついていますが——これは、エラリー・クイーンによって生み出された言葉であり、

作者EQと探偵EQの双方の証明書に他なりません。そして、この作品の題名に使われている「ダイイング・メッセージ」は、創作上の趣向の一つであり、エラリー・クイーンのトレードマークの一つになっています。クイーンの発明ではないにしろ、他のミステリ作家の誰よりもEQと強く結びつくものであることに、疑いの余地はありません。加えて、作者と探偵の双方に同じ名前を用いていることも、エラリー・クイーンを——この二重の銘を打つ現在では唯一のミステリ作家を——まごうかたなく指し示しています。

しかも、これで全部ではありませんよ。シアー夫人はボーナスとして、二つの手がかりを——もしみなさんがこの二つを並べ替え済みでしたら、特別な賞賛を受けるに値する手がかりを——追加しているのです。さあ、セリフもなくちょろちょろする二人の作中人物が、「犯罪がらみで手を組んでいる」とあからさまに言われていたことを、覚えていますか？——フェルディナンド・アーセイ（Ferdinand Arcey）とディーン・F・ベルマー（Dean F. Belmer）のことですよ。またしてもアナグラムです。この二匹の赤にしん《レッドヘリング》は、エラリー・クイーンの創造者コンビを意味しているのです——フレデリック・ダネイ（Frederic Dannay）とマンフレッド・B・リー（Manfred B. Lee）を。シアー夫人自身の言葉を借りるならば、彼女はこの二人に対して、「大きな恩義を感じています。長年にわたって読書の楽しみを与えてもらった読者として尽きぬ感謝の念を。そして、言うまでもなく、編集上のすばらしい助力と激励を受けた一人の作家として感謝の念を」。

F・D、M・B・L、そしてE・Qは、等しくあなたにお礼を言わせてもらいますよ、シアー夫人。——さてさて、お次は誰が、あなたの匿名《アノニム》と綴り換え《アナグラム》の分析学《アナトミー》で取り上げられるのでしょうか？

〈探偵〉Ｅ・ラリー・キューン（E. Larry Cune）

ＣＩＡ：キューン捜査帖〈漂窃課〉画期なき男　ジョン・Ｌ・ブリーン

C. I. A. :CUNE'S INVESTIGATORY ARCHIVES PLAGARISM DEPARTMENT

The Idea Man

Ｊ・Ｌ・ブリーンは熱烈なクイーン・ファンで、贋作を一作、パロディを五作（一作は合作）も書いています。その中から本作を選んだ最大の理由は、「こんなマニアックなパロディは本書で訳さないと永遠に紹介されないことになる」というものでした。何せ、クイーン・ファンであり、ハメット・ファンであり、一九六〇年代後半のＥＱＭＭの読者であり、一九六〇年代後半のアメリカのベストセラーに関する知識があり、言葉遊びが好きな人でないと、内容を楽しめないのですから。

それもそのはず、本作はアメリカのクイーン同人誌「The Queen Canon Bibliophile」の一九六九年八月号に掲載されたものなのです。マニアックなのも当然、そして、ネタが一九六〇年代後半に片寄っているのも当然でしょう。――というわけで、翻訳にあたり、現在の日本の読者向けの注釈を入れておきました。

ちなみに、一九六九年頃のブリーンは、まだパロディをＥＱＭＭに数作発表しただけの作家でした。つまり、この当時は「オリジナリティがない」と皮肉られても仕方がないということにもなりますね。何と、本作は自虐ネタ作品でもあったわけです。

一応フォローしておくと、これ以降のブリーンは、数々の〈パロディではない〉創作を発表しています。特に、一九八三年の『落馬』（二見文庫）で幕を開けた長編シリーズは、当時ベストセラーだったＤ・フランシスの〈競馬シリーズ〉を彷彿させる競馬ミステリで……あれ？

「これは、あのカリフォルニアの可哀想な人が、送りつけてきたものだわ」とノラ・レッドキャップが言った。

Ｅ・ラリー・キューンはうめき息（うめき声とため息が合わさったもの）をもらした。「Ｅ・ラリー・キューンズ・ミステリマガジン」（略称はＥＬＣＭＭだが、「エルクス・マガジン」と混同せぬように）編集部のオフィスは、真夜中過ぎだというのに、明かりが煌煌《こうこう》と輝いていた。彼とその秘書がシカゴから戻ると、そこには原稿と手紙の巨大な山が待ち構えていたからである。（Ｅ・ラリーは、リグレー・ビルで起こった殺人の捜査をしていたのだ。この事件は近い内に、『アメリカ・ガムの謎』として世界中で刊行されることになるだろう。）今、ようやく山の中腹にさしかかったところである。

「彼がここに送ってくるべきなのは、どんな作品だと思う？　新鮮味にあふれ、新しいアイデアが盛り込まれた作品に決まっているじゃないか。例えば、聖職者探偵シリーズのような。あるいは、ポーの贋作シリーズとか」

「あなたが差別主義者だとは知らなかったわ」

「口をつつしみたまえ、ノラ。それとも私立探偵の捜査をリアルに描いたシリーズか、〈フー・マンチュー〉のミュージカル版か、ホテル支配人を探偵にしたシリーズか、あるいは、ぼくたちが昨年載せたこれ以外の作品のようなやつさ。いや待てよ。決めつけてはいけないな。ひょっとして彼は、今回くらいは、何か新しいことを見つけ出したのかもしれない」

「この人の本は売れているの？」

「どの本のことかな？　『傀儡の谷』かな、それとも『独逸の小規模な街』かな。どっちにしても、『ノー』だね。気の毒だが、彼は別の路線を見つけた方がいい」

ノラは封筒を切って中を見る。「あら、E・ラリー！　これは手紙なんかじゃないわ！　断り状の束よ。それと、E・ラリー、この染みは――これはどう見ても――」

「そうだ、ノラ、血の染みだ。編集部のファイルを調べて、ジョン・L・ブリーンの本名についての記録がないかを見てくれないか。ぼくは前々から、この名前はペンネームじゃないかと思っていたんだ」

数秒後、ノラ・レッドキャップは頼まれた情報を手に入れた。「『ピーター・コリンスン』だわ」

「思った通りだ。それは、二日前にロサンゼルス郊外で刺し殺された作家の名前だよ。昨日の新聞に載っていた。殺人者の手がかりは何もなかったらしいが、今や、ぼくたちが一つ、手に入れたようだな」

「これはダイイング・メッセージだと言いたいの、E・ラリー？」

「そう考えるべきだろうね。その断り状を見せてくれ」E・ラリーは断り状の束を上から下まで手早くめくっていった。「ブリーンの投稿先は、驚くほど多彩な分野にわたっていたみたいだな。『海外ウィークリイ（Overseas Weekly）』、『スポーツ・イラストレイテッド（Sports Illustrated）』、『健康ダイジェスト（Health Digest）』、『アメージング（Amazing）』、『ナショナル・ジオグラフィック（National Geographic）』、『エバーグリーン・レビュー（Evergreen Review）』、『科学アメリカン（Scientific American）』、それに『ヨット遊び（Yachting）』。どの雑誌のニーズにも応えることができなかったわけだ」

「腰の据わっていない人なのね」ノラが感想をもらした。

「おっと、『スポーツ・イラストレイテッド』の断り状には、手書きの返信が添えてあるぞ。『あなたの原稿『ペーパー・ラム』には大変楽しませてもらいました。残念なことに、ジョージ・プリンプトンという名の同業者が、あなたより先んじてしまっているのです。あなたの折れた足が早く治ることを祈念しております』」

「一体、この束は何を意味しているの、E・ラリー？」

「ダイイング・メッセージとしては、かなり単純な部類に入るよ、ノラ。そして、巧妙でもある。ぼくたちには編集しなくてはならない雑誌があるので、この事件にはあと数分以上費やすわけにはいかないな。断り状にある誌名の最初の文字を抜き出して、できた単語を教えてくれないか」

「ええと。『オシャネシ（O-S-H-A-N-S-Y）』だわ。これは何を綴っているのかしら？」

「それは『オショーネシー（O'Shaughnessy）』の綴りとよく似ているじゃないか」

「でも、それだと文字がいくつか足りないわ」

「言い換えると」E・ラリーは勝ち誇るように言った。「それは『短縮された《アブリジッド》オショーネシー』というわけだ。そして、これがぼくたちに殺人者の名前を教えてくれるのさ、ノラ。――ブリジッド・オショーネシーだよ！」

「ブリジッド・オショーネシー！」ノラ・レッドキャップは信じられないといった叫び声を上げた。

「その通り。ブリーンはオリジナルなものを思いつくことなんか、できはしないのさ」

《邦訳版読者のための注》

・〈漂窃（PLAGARISM）課〉――「PLAGARISM」は「PLAGIARISM（剽窃）」のスペルミスなので、「漂窃」と訳した。

・画期なき男――「The Idea Man」をこう訳したのは、ダシール・ハメットの『影なき男（The Thin Man）』のもじりだと考えたから。そう考えた理由は、わかってもらえると思う。

・ノラ・レッドキャップ（Nora Redcap）――レッドキャップ（赤帽）はポーター（こちらにも「赤帽」の意味あり）のもじり。「赤毛」にもかけているかもしれない。「ノラ」は、ハメットの生み出した夫婦探偵コンビ「ニックとノラ」から採ったと思われる（「ニッキイ」は「ニック」の女性形なので）。つまり、ニッキイ・ポーターのもじり。

・「エルクス・マガジン」――アメリカで一八六七年に設立した俳優・文人の団体〈エルクス共済組合〉の雑誌。

・リグレー・ビル――シカゴにある世界最大のチューインガム会社のビル。

・『アメリカ・ガムの謎（The American Gum Mystery）』――言うまでもなく、クイーンの『アメリカ銃の謎（The American Gun Mystery）』のもじり。アメリカ人のリグレー・ジュニアが作り上げたチューインガム会社が舞台なのは、そのため。

・聖職者探偵シリーズ――ＥＱＭＭで一九六七年から開始したアリス・スカンラン・リーチの〈クラムリッシュ神父シリーズ〉のことだと思われる。邦訳は「クラムリッシュ神父のクリスマス」（アシモフ他編『クリスマス12のミステリー』新潮文庫・他）。

・ポーの贋作シリーズ――EQMMで一九六五年から開始したマイクル・ハリスンの〈贋作デュパン・シリーズ〉のこと。ハヤカワミステリマガジンに五作が訳されている。

・私立探偵の捜査をリアルに描いたシリーズ――EQMMで一九六七年から開始したジョー・ゴアズの〈DKAシリーズ〉のことだと思われる。邦訳は『ダン・カーニー探偵事務所』（新潮文庫）など。

・〈フー・マンチュー〉のミュージカル版――EQMM一九六九年六月号掲載のD・R・ベンセン「The Fu Manchusical」（邦訳なし）のこと。

・ホテル支配人を探偵にしたシリーズ――EQMMで一九六八年から開始したヒュー・ペンティコーストの〈ピエール・シャンブラン・シリーズ〉のこと。邦訳は「シャンブラン氏への伝言」（アシモフ他編『いぬはミステリー』新潮文庫）の他、ハヤカワミステリマガジンや光文社EQ誌に多数あり。

・『傀儡の谷（Valley of the Pills）』――ジャクリーン・スーザンの一九六六年のベストセラー長編『人形の谷（Valley of the Dolls）』のもじり。邦訳はないが、映画化された「哀愁の花びら」は日本で公開された。内容は芸能界の醜い争いのために麻薬中毒になる女優の姿を描いたもの。原題の「Dolls」には「麻薬」の意味もある。ブリーンはこの単語を、やはり「麻薬」の意味を持つ「Pills」に変えたのだろう。

・『独逸の小規模な街（A Little Burg in Deutschland）』――ジョン・ル・カレの一九六八年のベストセラー長編『ドイツの小さな町（A Small Town in Germany）』のもじり。「Small」を「Little」に、「Town」を「Burg」に、「Germany」を「Deutschland」に変えたというわけ。

・断り状――雑誌や単行本の編集部は、ボツにした原稿を返却する際、印刷した断り状を添える。この時、作中の「スポーツ・イラストレイテッド」のように、編集者が手書きの文も添えることがある。

・ピーター・コリンスン――D・ハメットの初期のペンネーム。

・『ペーパー・ラム（Paper Ram）』――後出のジョージ・プリンプトンが「スポーツ・イラストレイテッド」誌に発表したスポーツ・ドキュメント『ペーパー・ライオン（Paper Lion）』（単行本は一九六六年）のもじり。邦訳はないが、一九六八年に映画化された「栄光のタッチダウン／不屈のプロ根性」は日本でTV放映された。また、日本では他に『トルーマン・カポーティ』（新潮文庫）、『遠くからきた大リーガー――シド・フィンチの奇妙な事件』（文春文庫）、『ボギー・マン』（東京書籍）などが刊行されている。『ペーパー・ライオン』の内容は、フットボール・チーム「デトロイト・ライオンズ」の選手の再起を描いたもの。題名の「ライオン」は、ここから採っている。ブリーンの「ラム」の方は、ロサンゼルスを拠点とする「ロサンゼルス・ラムズ」から採ったと思われる。また、プリンプトンはこの作のために、実際に「デトロイト・ライオンズ」に入団したらしい。ブリーンの足が骨折したのは、プリンプトンの真似をしたからだ、と言いたいのだろうか？

・ブリジッド・オショーネシー――（ネタバラシで失礼）ハメットの『マルタの鷹』の犯人。

〈探偵〉クェラリー・イーン（Quellery Een）

壁に書かれた目録
The Cataloging on the Wall

デヴィッド・ピール

本作は「ウィルソン図書館会報」一九七一年四月号に掲載されました。作者については、作品末尾に添えられた内容以上のことは不明です。

ところで、なぜお堅い図書館向け冊子にこんな怪作が載ったかというと、この号が〈エイプリル・フール特集〉だったからです。毎年恒例のお遊び企画の一環として、図書館をネタにしたパロディを載せたというわけですね。こんなマニアックなクイーン・パロディを書く作家がいることが、そして、これをミステリ関係ではない雑誌が掲載すること自体が、クイーンの人気を証明していると言えるでしょう。

それにしても、エラリーには、いや、クェラリーには、図書館員が似合うと思いませんか？　何せ、『ローマ帽子の謎』での最初のセリフが、「お父さんは、ぼくを愛書家の無上の天国から引きずりおろしたんです」というくらいの本好きなので、似合わないはずがありませんね。

内容の方は、おふざけにもほどがありますが、意外に本格ミステリになっています。〈読者への挑戦〉を受けた読者は、与えられたデータを基にして、ただ一人の人物だけを指し示す根拠を述べることができるでしょう。――あなたが正常な思考の持ち主ではないとすれば、の話ですが。そして、解決篇を読んだあなたは、こう考えるでしょう。――とてもじゃないが、こんな奇妙な推理は、クイーン以外の名探偵にはさせられないな、と。

運動選手というものは、おおむね素晴らしい肉体の持ち主である。男性的で、よく均整のとれた体で、司書に見えたりはしない。

――ナンシー・シーバー

「マッコールズ」誌（アメリカの主婦向け月刊誌）より引用

われわれが本誌（この作が掲載された「ウィルソン図書館会報」のこと）の誌面を通じて語ってきたにもかかわらず、図書館で働く人々に対するナンシーの印象は変わっていません。現代の若者たちが司書になりたがるような新たな評価こそが、今は求められているというのに。ニュージャージー州のイーストオレンジ市の住民が、本の貸出期限を超えたために、真夜中だというのに警察官に叩き起こされてしまう羽目になる――司書のハロルド・ロスは、午後二時には返却するように電話で頼んだだけだというのに――こういったことが、新たな時代の司書に対する印象を生み出してしまうのです。その結果どうなったかを、これからお目にかけましょう。以下の小説は、真実の背中を追っているだけではありません。追いつき、追い越してもいるのです。

司書を務めるクェラリー・イーンは、自分のオフィスで働いていた。目録作成係のスリンキイ・ポーターは、その名の通り、腰をくねらせ《スリンキイ》て仕事をしていた。名高き探偵にして現在は司書を務める人物の左手には、秘蔵の初版本であるヴァイキング社の『ポータブル版ミッキー・スピレーン』が握られている。彼は、かつての大家の散文のリズムを追うように、右手でスリンキイの体をまさぐっているのだ。やがて、次の文章にさしかかった。

……彼女は俺に接吻しようとして身を委ねてきて、俺の頭を抱こうと両腕をひろげた。四五口径の轟音が部屋を震動させた……

クェラリーは、スリンキイのばったり倒れる姿を悲しげに見つめた。「いつもなら、こういった箇所は、読み飛ばすことにしているのですが」彼は、オフィスに入ってきた父親にして図書館のＤＯＭ分室長に向かって言った。「でも、俳優学校に通うようになったもので、役柄に入り込まなければならなくなったんです。それで……」名高き俳優にして探偵にして現在は司書を務める人物は、スリンキイの死体を見下ろした。

「どうやらおまえは、一線を越えてしまう域まで〈方式《ザ・メソッド》（役柄と一体化する演技を目指すスタニスラフスキー・システムのこと）〉を身につけたようだな、せがれよ」と彼の父親は言った。名高き編集者にして俳優にして探偵にして現在は司書を務める人物が、「リーダーズ・ダイジェスト」誌に寄稿するために、すばやく今の名言を書き留めている間も、年かさの方のイーンは言葉を続けて、「だったら、別の本を読んだらどうだ……」

「別の本」クェラリーはゆっくりとくり返した。「でも——他に何があるというのですか？」彼の頬に赤みがさしてきた。こういったことについて、クェラリーがどんなに繊細かを知っている父親は、急いで話題を変えて、「さあ、スリンキイを埋めてやろうじゃないか」と言った。クェラリーはおかげで元気を取り戻すと、父親の気配りに対して感謝の言葉を手短に述べた。

彼はいつも父親のことをありがたく思っていた。書籍や定期刊行物の購入方針において、公的には完全に無視されている広大な部門の存在を指摘してくれたからだ——「好色な男たち向け《ダーティ・オールド・メン》」を。クェラリーはこの部門の必要性を認め、ＤＯＭ室を児童書コーナーのすぐ隣りに設け、父親を室長にすえたのである。その当然の結果として、今や図書館には「凝視」、「色目」、「ウィンク」、

「見て《シー》」、「見た《ソー》」、「マージョリー・ドウ」（イギリスの伝承童謡「シーソー、マージョリー・ドウ」にかけている）、「流し目」といった雑誌の第一巻第一号から最新号までのバックナンバーが大量に備えられることになった。もちろん、図書館貸借制度の利用額は即座に四倍に跳ね上がり、クェラリーは今や、これらの誌名を「応用科学技術索引」に組み込むという目的のために作られた委員会の会長（にして唯一の会員）を務めることになったのだ。

父と息子は生石灰（腐敗防止に使われる）の寝床に死体を放り投げた。そこには、名高き作家にして編集者にして俳優にして探偵にして現在は司書を務める人物が、己の構想のほとんどを埋めていた。二人が楽しい仕事を終えた頃、管理人のホェーリイがドアをぶち破って入ってきた。「女どもがあんたに会いたがってますぜ、旦那」と彼は鼻を鳴らした。「その内の十五人は――目録作成担当の欠員補充に応募してきた連中ですな」

クェラリーは不思議そうに首をかしげた。スリンキイの体がまだ冷たくなっていないというのに、もうその地位に応募する者がそんなにいるなんて。これは珍しいというレベルを超えてしまっている。というのも、目録作成室の作業環境は良いとは言い難いからだ。納入業者の手違いで机の搬入が遅れており、すべての作業は、立ってするか、クェラリーの膝に座ってするかしかないのだ。「これこそまさに、小説の中の出来事だな」彼は独り言をつぶやいた。「十五人の応募者とはね！」だが、クェラリーでさえも、全米図書館協会における自分の人気がどれだけ広まっているかを、わかっていなかったのだ。すらりとした立ち姿、引き締まった魅力的な腰、たくましい肩、不遜な目つき、端正な顔立ち、不敵な面構え――これこそが、女性にデューイの分類法（メルヴィル・デューイの考案した図書十進分類法のこと）を忘れさせる男の姿に他ならない。

名高き女たらしにして作家にして編集者にして俳優にして探偵にして現在は司書を務める人物は、一同を見回した。後ろの列に、クェラリーには何故《なにゆえ》かすぐにはわからなかったが、少しばかり風変わりに見える者がいた。おそらく、極小のビキニのせいでそう見えたのだろう。あるいは、物怖じせずにクェラリーを見すえる明るいスミレ色の瞳が送ってよこすメッセージのせいだったのかもしれない。名高き解読者にして女たらしにして作家にして編集者にして俳優にして探偵にして現在は司書を務める人物は、即座にそのメッセージを解明することができた。彼はその女の子を抱き寄せると、ぴったり貼りつくようなキスで、その唇をふさいだのだ。

「数えられ《メネ》、数えられ《メネ》、量られ《テケル》、分かたれた《ウパルシン》」五分後、彼女はそう言った。「こんなキスの仕方、国会図書館では教わっていないはずよ」

クェラリーは少女をすばやく別室に連れ込み、父親とホェーリイが後に続いて入って来る前に、ドアに鍵をかけた。

「さて、可愛い娘《こ》ちゃん」と彼は言って、「きみの名前は何というのかな?」

「エルシー・ディンズモア」少女は言った。

「ふーむ」とクェラリーはつぶやいて、「ぼくの知り合いの中に、エルシーは一人もいなかったはずだ。きみのことを少しだけ教えてくれないか。その後で、きみのすべてを見せてくれ。認可を受けた図書館学校に通ったことはあるのかい?」

「いいえ、イーンさん」少女はすすり泣きを始めた。「パパは、あたしのために使う金はない、って言ってるんです。パパがあたしにやらせることっていったら、自分の愛読書を整理させるくらいだわ――『一娼婦の手記（ジョン・クレランドの小説。別題『ファーニー・ヒル』）』とか、『モル＝フランダーズ（犯罪と売春にふける女性を描いたダニエル・デフォーの小説）』

とか、『百万ドルの誤解（十四歳の黒人娼婦を描いたロバート・コーヴァーの小説）』とか、そういった本を。でも、イーンさん」少女は急いで付け加えた。彼女への仕打ちに対する怒りが、司書の顔をおおったからである。「あたしはそれでもパパを愛しているの。パパを置いて出て行くことはできないわ」

「よしよし、お嬢ちゃん」とクェラリーは言った。「きみから聞いた話からすると、お父さんは、ぼくの父と、ここの特別分室で喜んで働いてくれると思うよ。今言った本を分類することも、何も問題ないさ。二人にとっては、コールガールの電話番号をもらうようなものだからね」

「ああ、イーンさん」エルシーはささやいた。それから突然飛びつき、失業状態から脱出しようとする。「キスしてちょうだい、おばかさん」彼女は哀れをさそう声で言いながら、豊かな胸をクェラリーの胸板にぺちゃりと押しつけた。

「セックスの誘惑ほど恐ろしいものはないぞ、せがれ」クェラリーの父親が、管理人のホェーリイがぶち破ったばかりのドアから入ってきた。「もし女の子が見栄を捨てたならば、その次のセリフが、『キスしてちょうだい、おばかさん』なんぞであるものか——彼女がグルーチョ・マルクスでない限りはな！　それに、おまえが使った『ぺちゃり』という単語は何だ？　まるで窓ガラスに蜂がぶつかったみたいではないか。こんなイメージを、欲望にまみれたおまえの男性読者や、情欲を満たされたがっているおまえの女性読者に押しつけてはいかん。中でも最悪なのは、客観的なディテールが欠落しておることだ。わしは思うのだが、このたぐいの扱い方を知っている連中に向けて本を書くのは、やめた方が良いな」

「たしかにずさんでしたが」とクェラリーは弁解を始める。「でも、ちゃんとできますから。たまたま、今週はまだ麻薬を打っていなかっただけなんです」名高き麻薬中毒者にして解読者にして女たらしにして……司書を務める人物は、エルシーを他の汚れた皿と一緒に台所の流しに手早く突っ込むと、自分の静脈に針を刺した。注射器のシリンダーを押しながら、彼は満足げに思い返していた。最近は、週に一回しか、これを必要としていない。以前、つまり彼がただ単に、名高き麻薬中毒者にして解読者にして女たらしにして作家にして編集者にして俳優にして探偵を務めていた頃に、毎日のように格闘してきた世界といったら、どうだろう。ヘロインの不充分な供給と戦い、女の不充分な供給と戦い、不規則動詞と戦い、原稿の締め切りと戦い、舞台で人気を争い、棍棒《こんぼう》で殴打され、へべれけになり、腹への蹴りをくらうしかなかったではないか。刺激を渇望する男には、こんな決まり切った生活のくり返しは、味気ないとしか言いようがない。かくして彼は、一日一回は麻薬を打つ自分の姿に直面せざるを得なかったのだ。だが、今や彼は司書になり、その日々は、トインビーの韻文小説を体現しなければならないほどの異議と反論で満ちることになったのである（T・フィリップ・トインビーが韻文で書いた小説「パンタローネ」の題名は、パントマイムの道化師のこと。つまり、「無言で道化役を演じる」の意味と思われる）。『ライ麦畑でつかまえて』を書棚から除こうとする〈わが子の純粋さを守る同盟〉との戦いもあった。なぜ司書が彼の寄贈、すなわち「下水と産業廃棄物」誌の二十年分のバックナンバーを受け取ってくれないのかを理解できない市長の弟がらみの問題もあった。その上、ある種の情報ばかりを検索したがる少年たちを巧みにあしらう必要もあった。もっとも、あしらう努力がもたらす結果は、彼らが検索したがる言葉が、クェラリーに数週間にわたって不愉快な感じを与え続ける——そしてその状況になると、彼はしばしば、少年たち全員に噛みつきたくなってしまうのだ——ほど刺激的だと理解できるようになったことだけなのだが。

「ねえ」建物中の閉まっているドアをことごとくぶち破って戻って来たばかりのホェーリイが、低く響く声で、「他の応募者には会わないんですかい？」

「わしが相手をしよう、せがれよ」父親が言った。「おまえは、最初の一人で手一杯――手がふさがっておるようだからな」彼が表現を改めなければならなかった理由は、注射を打ち終えたクェラリーが、少し湿り気を帯びたエルシーを、タオルで叩いて乾かそうとしていたからだ。若い方のイーンは、ため息を一つつくと、タオルを放り出した。「ぼくも一緒に行った方がいいですね」と彼は言って、「ぼくがいないと、あなたは応募者を絞りあげることしかやりそうにないですから」

三人はのんびりとオフィスに戻ったが、そこでクェラリーは、面接というよりは、彼を知らない人なら面食らうであろう幾つかのことをした。脚立の上に立ち、天井の臭いを嗅ぐことを。何かに取り憑かれたようにネズミの穴を広げ、数分の間、熱心にその中をのぞき込むことを。図書館の正面の窓に向かい、左から三番めの窓ガラスを割ることを。

「おまえがやっていることは、知らない人なら面食らうぞ、クェラリー」と父親は言った。「白状せねばならんが、わしもわけがわからんのだ。おまえが目録係に選んだ人物の名をわしらに教えてくれるときには、すべての行為の意味を明かしてくれると信じておるぞ」

「ああ、これでしたら、どれもこれも、ぼくの小説のためにやっただけなのですよ、お父さん」クェラリーは言った。「こういった行動は、読者を考え込ませて、偽の臭いで引きずり回すことができますからね。これで読者は、どんな真相にもたどり着けなくなったわけです。いいですか、ぼくはとっくに選び終えているのですよ」そう言って彼は、ディンズモア嬢を指さした。

読者への挑戦

今やみなさんは、ぼくが新しい目録係を選ぶのに用いた、すべての手がかりを手に入れました。みなさんは、与えられたデータを基に、緻密な論理と推論を行使することによって、ディンズモア嬢が非の打ち所なき適任者であることを証明できるはずです。——クェラリー・イーン

残りの二人の男と、残りの十四人の応募者は、クェラリーをまじまじと見つめた。「だが、せがれよ」と彼の父親が言ったが、その声には、全員が感じている畏敬の念が込められていた。「あの女は認可を受けた図書館学校を卒業しておらんのだぞ！」

「それでもやはり、お父さん、彼女はここで働くために必要なものを、すべて兼ね備えているのです。思い出してください。ぼくがキスしたとき、彼女は何と言いましたか？」

「もちろん、覚えておるさ——あれは『数《メネ》えられ、数《メネ》えられ、量《テケル》られ……』」

「それは、『壁に文字を書くこと』に他なりません（ダニエル書より。新バビロニアの王・ペルシャツアルの宮殿に手が現れ、王国の滅亡を暗示するこの文を壁に書き記した）」クェラリーが途中でさえぎった。「壁に文字を書ける者が、机のない目録作成室で書籍整理番号を貼るのに申し分なくふさわしいことは、言うまでもありません」

彼の父親は鮮やかな論証に息をのんだが、クェラリーはさらにたたみかける。「ディンズモア嬢のファースト・ネームは何でしたか？」

「エルシーだ」

「早口で言ってみてください」

「エルシー、エルシー、エルシー……L《エル》・C《シー》か！」父親は見事な論理に圧倒された。「何というこ

とだ。まさしく彼女には、Library of Congress（国会図書館）が備わっているわけだ！」

「そして最後に、ぼくが流し台から引っ張り出したとき、彼女はどんな様子でしたか？」

「彼女はどんな様子だったか、だと？」彼の父親はおうむ返しに答えた。「どんな様子だったかな？……おまえが乾かしてやる前だったから、あの女は濡れていたに違いないな」

「『濡れていた』ではありませんよ、お父さん」と司書は言った。「前に戻って読み返してみてください。彼女はまごうかたなく、『少し湿り気を帯びた』状態だったのです。言い換えるならば、『しっとり《デューイ》』していたのです」

沈黙だけがあった。実を言うと、このあとも沈黙しかない。

〔作者は以下の伝記風メモを用意してくれた〕
デヴィッド・ペールは頭のふけ症になやまされている。そのため、彼が参照したページは一目瞭然となり、同僚と常連客を除いたすべての人たちにとって、役に立つ存在になっている。
図書館人名辞典によると、彼はスタテン島のコミュニティー・カレッジの図書館に在籍している。

〈探偵〉エラリー・クイーン

フーダニット　J・P・サタイヤ

WHODUNIT?

シャーロック・ホームズのパロディには、ドラキュラ伯爵やジキル博士と共演させるといった他作品とミックスしたものが少なくありません。本作はそのクイーン版で、何と、エラリーが――クイーン警視やヴェリー部長と共に――「スタートレック」のエンタープライズ号に乗り込み、カーク船長殺人事件の謎を解くのです！

オールドファンには「宇宙大作戦」と言った方が通りの良いこの人気TVシリーズには、数多くのファンジンが存在します。本作は、その中の一つであるアメリカの「Second Age」誌一九七六年八月号に掲載されたもの。言うまでもありませんが、一九七九年の劇場版でブームが再燃する前の同人誌なので、最初のシリーズ（いわゆる〝オリジナル・シリーズ〟）しか扱っていません。作者については不明ですが、「サタイヤ(Satire)」は「風刺小説」の意味があるので、この作のためのペンネームくさいですね。

本作の全体的な設定としては、クイーン聖典ではなく、ジム・ハットン主演のTV版「エラリー・クイーン」を基にしていることは明らかです。冒頭のナレーションや挑戦状の扱いも、TVシリーズに沿っていますから（このあたりは、本叢書のシナリオ集『ミステリの女王の冒険』を参照してください）。

なお、「スタートレック」に詳しくない読者のために、冒頭に登場人物表を掲げ、末尾に注釈を添えました。それでは、宇宙船USSエンタープライズ号の驚異に満ちた事件をお楽しみください。

間もなく、宇宙艦隊でその名を知られた船長が、かなり脂ぎった最期を迎える。彼を殺したのは誰だろうか？　犯人は――

耳のとがった科学士官か？――「（すすり泣きながら）私は自分の母親に、一度も『愛している』と言ったことがなかった」

南部の田舎出の医師か？――「はっ、はっ、はっ。ここで何をしているのかな？」

控えめな下士官か？――「船長、わたしの脚を見て！」

軽口を叩く機関主任か？――「それというのも、あいつがおれのスコットランド衣装を気に入ったからなんだ。あいつにキルトが似合うと思うかい？」

知的な通信士官か？――「玉は青くぅぅぅ……」

それとも、他の誰かか？

――「やあ、おれの名はデービッド・ジェロルド、サイエンス・フィクションの世界に神が与えた贈り物さ」

エラリー・クイーンと推理を競おう。そして、わずかなりとも興味を抱いてくれたのならば、読んでほしい。この、「フーダニット」を。

作　ジーン・ポール・サタイア
協力　エムジェイ（彼は本当は誰がやったのかを突き止める手助けをしてくれた）

登場人物

エラリー・クイーン……………ミステリ作家兼素人探偵
クイーン警視……………………エラリーの父親。ニューヨーク市警の警視
ヴェリー部長刑事………………クイーン警視の部下

《エンタープライズ号の乗組員》

ジェームズ（ジム）・カーク……船長
ミスター・スポック……………科学士官兼副長。ヴァルカン人
ドクター・マッコイ……………医療主任
ジャニス・ランド………………カーク船長の秘書
ケビン・ライリー………………航法士交代要員
ヒカル・スールー………………操舵士官
スコット（スコッティ）………機関主任
ウフーラ…………………………通信士官

［訳注］「スタートレック」の日本語吹き替え版では、名前に以下の変更がある。
ヒカル・スールー→ミスター・カトー、ウフーラ→ウラ

「現状報告です、船長」

「ほっといてくれ、下士官《ヨーマン》」いらだたしげな返事が返る。

その日のエンタープライズ号のブリッジには、まぎれもなく緊張感がただよっていた。同じ緊張感は、これまでにもあった。例えば、ミスター・スポックがブーブークッションの上に座るのを、ブリッジの乗組員たちが固唾をのんで待っていた日がそうである。このクッションは、へべれけになったドクター・マッコイの手によって、スポックの席に置かれたのだ。

カークはどう見てもうわの空だった。彼はその日の朝早く、ジャニス・ランドにふざけ半分に言い寄ったのだが、それがこの状況をもたらしたのである。マッコイはカークを診察のために連れ出したかった（めったにないことだが、診療室は閑散としていた）のだが、きっぱりと断わられてしまった。どういうわけか彼は、今日が指揮官としての最後の日になることを察していたのだろう。

「スポック」しばらくして、カークは副長に呼びかけた。

「はい、船長」

「私は下の資料保管室に行ってくる。書類やテープを調べたいのだ。何があっても、誰にも邪魔されたくない。わかったかね？」

スポックは一度だけうなずく。「もちろんです、船長。復唱を望みますか？」

カークは立ち上がった。「その必要はないだろう。仕事を続けてくれ」彼はターボリフト（高速エレベーター）に乗り込んだ。

ドアがすーっと閉まると、カークに変化がおとずれた。緊張が解けたように見える。それどころか、何かを期待するそぶりを見せている。彼は「第五デッキに」と指示した。資料保管室は第八デッキなのだが、エンタープライズ号の船長は、この日を資料調べに費やす気はなかった。ある約束をしていたからである。

船長がブリッジを去ってほどなく、マッコイはスポックの持ち場に歩み寄った。何か気にかかるかのように眉をしかめている。

「気になることがあるんだ、スポック」とマッコイは言った。

「それは明白ですね、ドクター」ヴァルカン人の方は眉をしかめることなく返事をした。「私の仮説では、原因は今日の船長の態度にあると思われますが」

「もちろんさ。スポック、きみとジムは、ロミュラン帝国の事件のときみたいに、極秘の任務を受けているんじゃないか？　違うかな？」

「もしわれわれが極秘任務を受けていたとしたら、ドクター」スポックは冷ややかな笑いを浮かべながら、「前回と違って、今回はあなたに話す気になると思っているのですか？」

マッコイは不快な顔をした。しばらく眉をぴくぴくさせるのと不快な顔つきをするのをくり返すと、顔の配列を変えるのに疲れ果て、眉をつり上げるだけに戻す。「利口ぶった《スマート・アレック》ヴァルカン人め」と彼はもごもご言った。

カークがブリッジを離れて十分後、ランド下士官は非番になった。ケビン・ライリーは、彼女がフェイザー室を去り、みんなに聞こえんばかりのため息をつくのを見た。いつもの彼女らしくないな、と思い、それから、自分も今は非番で、何も予定がないことに気づく。そこで、下士官を捜しにフェイザー室を出ることにした。

ジャニスは身支度を整えるために真っ直ぐ自分の部屋に向かった。鏡に映った自分の姿をじっくりチェックし、手間のかかる髪型をあらためて整える。その間ずっと、鼻歌で「ラック・ビー・ア・レイディ・トゥナイト（シナトラの歌）」を歌っている。私服に着替えようとは、まったく考えなかった。いつもの赤い制服のままでいることにした。だって、と彼女はあっさり決めつけた。あの人ならば、どっちにしたって、そんなに長くは着たままでいないのだから。

ジャニス・ランドは自室をこっそり抜け出ると、通路をきょろきょろ見回した。彼女はふと、エンタープライズ号の通路を歩くのはふだんの乗務と同じじゃないか、と思った。ロマンティックな逢い引きをするからといって、怪しげなそぶりを見せる理由はない。彼女は手早く制服のしわを伸ばすと、ある意味では悪名高い第五デッキの居住区に向かっていった。

カークの部屋の前に着いたとき、自分がやましい行為をしに来たのではないと示すために、彼女はベルを鳴らすことにした。ボタンを押したが、船室の中からは何の反応もない。彼女はさらにしつこく鳴らした。ある部分では心配して、ある部分では自分の上官をものにするのをいつまでも待つ気は毛頭無かったので。だんだん興奮してきて、とうとう彼女は礼儀作法を太陽風の中に放り出すことを決めた。すると、鍵がかかっていないことがわかり、そのまま中に踏み込んだ。

彼女の悲鳴はどのデッキにも聞こえた。乗組員たちが、あらゆる区画から駆け寄ってくる。ある保安係は、事件が起きた場所を探しながらも、これは上の方に連絡をすべきだと感じていた。彼は壁のインターカムを叩きながら、緊急警報をブリッジに伝え、それは、スポックとマッコイを一目散に船長の居室に向かわせることになった。

　カークの部屋の外では、あっという間に人々が群れをなしていて、マッコイとスポックは、かきわけて進まなければならなかったが、誰もその邪魔はしなかった。実のところ、中には、部屋に横たわるおぞましい光景から逃げだそうとしていた者もいたのだ。

　マッコイが最初にドアにたどり着いたが、今は亡き無二の親友の死体を見たショックで、顔を青くして足を止めた。ドクターに続いてようやくたどり着いたスポックさえも、頭を船室に突っ込むと、ヴァルカン人特有の冷静さにもかかわらず、かなり取り乱してしまった。

　それは気分の良い光景とは言えなかった。カークは床に横たわり、服は部屋の隅に積まれている。死体の状態は、これまでマッコイが経験したどれよりも異様なものだった。船長のすべての体毛は、その身に浴びた強い炎のせいで焼け落ちている。肌はボロボロの焦げ茶色になり、炙られてカリカリになっている。その姿は巨大なフライドポテト以外の何物でもなかった。

　マッコイは、カークの死体のかたわらに空っぽの黄色い包装紙を見つけ、さらに、船長の胸に何かの痕跡を発見した。それは柔らかくて黄色い物質だった。マッコイは指でつついて調べ、自らの推測を確かめるために、手早くトリコーダー（携帯用分析器）に読み取らせる。スポックは船医に近づくと、悲しげな顔で見下ろした。

「その奇妙な物質は何かね、ドクター？」スポックは尋ねる。彼はこんなときでさえも、好奇心を抑えることができないのだ。

「パーケイ（マーガリンのブランド名）だ」マッコイはまじめな顔で言った。涙が目からあふれている。「スポック、船長は殺されたんだ。この悪魔は、彼の頭からつま先までマーガリンを塗り、炒めて殺したんだよ」

「もういいぞ、おまえたち。写真はそれで充分だ」ニューヨーク市警のクイーン警視の鋭い声が響く。彼の部下たちが素直に離れていくと、今度は、長身でやせた黒髪の男が死体にかがみ込む。ドクター・マッコイがそうだったように、この男もその人生において多くの死体を見てきたが、こんな状態のものは初めてだった。彼は自分のポークパイハットの縁を押し上げ、目の前の死体を調べ始めた。「どんな具合だ、エラリー?」彼の父親が尋ねた。

「ああ、お父さん。ぼくは元気ですよ」

「そうじゃない、せがれ」父親はうなって、「わしが言いたかったのは、『どうだ、何か見つかったか?』だ」

「わかりきったことしかありませんね、お父さん。フェイザー銃が使われたことは間違いないと思われます。全身が同じ強さで炙られていますからね。これが意味するのは――」

「われらが犯人は巨大なフライパンを持ち歩く必要はなかった、ということだ」彼の父親は不満げに言った。「実に役に立つな」

「そうせかさないでくださいよ、お父さん」エラリー・クイーンが手をあげた。「空っぽの包装紙は調べましたか?」

「マーガリンの包装紙か? もちろんだ。だが、指紋はなかったぞ」

「ああ、そいつは……あまり良くないですね」

「その通りだな。おいヴェリー、最初に死体を見つけたのは誰だ?」

「ジャニス・ランド下士官です」肉付きのいい部長刑事が答えた。「今は自分の部屋にいます」

「その女を調べるとするか」とクイーン警視は言った。「行こう、エラリー」そう言うと警視は、何やら考え込んでいる息子を引き連れて出て行った。

二人のクイーンがランドの部屋に入ったちょうどそのとき、彼女は涙を止めようとしていたところだった。だが、その赤い目が歴然たる証拠になってしまっている。ランドは愛想良く微笑んだが、彼女が何かを隠そうとしていることは、熟練の捜査官には明々白々だった。そして警視たちは、それが何なのかを突き止めるのにさほどの時間を要しなかった。

「あんたは船長と恋愛関係にあった。そうだな、下士官?」クイーンはどら声で尋ねた。エラリーの方は椅子にもたれ、長い足をコーヒーテーブルに載せている。「違うかね、お嬢さん?」エラリーの父はくり返した。

ランドはしぶしぶと、そしてわずかにうなずいた。「乗組員の間で共通認識になっていることは確かみたいね、わたしが船長に特別な思いを抱いている……いたことは」と彼女はつぶやく。「それを突き止めるのに、大して苦労はしなかったに違いないわね」

「あんたが船長を殺したのかね?」と警視は尋ねた。下士官の取り乱した様子を見て、黙秘権については告げないことにしたのだ。この話をすると、捜査の手間が増えてしまうので、彼はいつも――またいとこのコロンボ警部と同じように――この件については無視することにしているのである。

ランドは顔を上げた。その大きな瞳は濡れて、怒りの色を浮かべている。「わたしがやったと思っているの?」彼女はぴしりと言った。

「いいえ」とエラリーが言った。彼の父親が不思議そうに振り向く。「お父さん、ぼくは、この人がやったとは思っていません」エラリーは言い切った。「彼女が充分かつ納得できる動機を持っているとは、あなたは言えないはずです」

「せがれよ、おまえには何度も言ったはずだぞ。きれいな両——」警視はランドの肢体をちらりと見てから、「ふむ——目にたぶらかされるな、とな」と言い終えた。「恋人同士のいさかいで、女は男をこんがり焼いたわけだ」

「いいですか、お父さん。この犯行は、あまりにも手間がかかり、あまりにも計画的過ぎます。カーク船長を殺したのが誰であれ、前もって計画を立てていたことは明らかです。恋人同士のいさかいによる突発的な犯行としては、あまりにも手が込み過ぎています。しかも、ぼくたちは知っているではないですか。彼女が自分の部屋を出たとき、前もって殺人の意思を固めていた様子はなかったことを。逢い引きに行く恋する者が誰でも見せる様子だったということを」

「どうしてそれを知ったのだ?」父親が尋ねた。

「そうよ、どうしてなの?」自分の立場をそっちのけで、ランドも口をそろえる。

「ライリー中尉と話をしたのです」エラリーは説明した。

「あの礼儀知らずと?」ジャニスが鼻を鳴らす。「あいつがわたしについて何を言ったのかしら?」

「いつ彼と話をしたのだ?」警視が尋ねた。

「あなたが死体を調べていたときですよ」とエラリーは言った。「彼はジャニスが最重要容疑者と見なされる可能性が高いことに気づいていました。死体の発見者であるのに加え、船長の恋人だと知られていましたからね。ジャニス、中尉はこう言ったんだよ。きみが自分の部屋を出るのを見た。そして、船長の部屋に降りて行くのを尾《つ》けていった、と。彼はこうも言ったよ。殺人の時刻にはきみは勤務中だった。きみのためにそれを証言する用意のある何人かを知っている、と。見た限りでは、中尉はきみに好意らしきものを抱いているようだね」

ジャニスの顔が赤くなった。「まあ、よりによって――」

「感謝すべきだよ。彼はきみのアリバイを裏付けてくれたのだから。この部屋を出てからカークの部屋に着くまでの間ずっと、きみは見られていたのだ」

「おい、それより前にこっそりと抜け出し、船長を殺したのかもしれんぞ。それから自分の部屋に戻り、何事もなかった様子であらためて船長の部屋に向かえばよいではないか。いや、それではつじつまが合わんな」と警視は認めた。

「もちろんですよ、お父さん。彼女は見られていることを知らなかった、とライリーは誓いましたから」

「ならば、ライリーが犯人かもしれんぞ」

「ですが、それもありそうにないですね。なぜ彼は、わざわざぼくのところに来て、注意を惹くようなまねをしたのですか？　自分が重要な容疑者ではないのはわかりきっているのに」

「今や、わしらは重要な容疑者を一人も抱えておらんようになってしまったな」警視は腹立たしげに、「このいまいましい船には四百三十人も乗っているのに、容疑者と呼べるような者は一人もおらん。誰か、カークを殺す動機を持っておらんのか？」

「スポックは？」ジャニスがほのめかす。

「いや、あの男はブリッジにいた」という警視の返事。

「ついてないですね」とエラリーが言った。「彼はなかなかすてきな動機を持っていましたから。指揮官への昇進を期待していたのではないか、という。あるいは他の――」

彼の父親は首を振った。「わしらがヴァルカン人に縄をかけられないのと同じ理由が、スールーやスコットやマッコイにも当てはまるのだ。彼らはそろってブリッジにいたので、互いが互いのアリバイを証明していることになる」

「それなら、問題は一つになったわけです」エラリーが指摘した。「彼らと一緒にブリッジに誰かいましたか?」

「事件のときならば、ノーだ」

「ならば、互いにかばい合っているということもあり得ますね」エラリーは考え込んだ。「ひょっとして、彼ら全員が――」そこで彼は口をつぐむ。

警視はしばらく黙っていたが、息子が何も言おうとしないので、自分から尋ねた。「何を考えておるのだ、エラリー?」

「今は、殺害方法について考えていました、お父さん」

「ちゃんとした意味があるはずよ」とジャニスが同意する。どちらのクイーンもびっくりした――二人は彼女がそこにいることを忘れていたのだ。ここがジャニスの部屋であることを考えると、おかしな話ではあるが。「もし船長を殺したいと思ったならば、ただ単にフェイザー銃で頭を吹っ飛ばすとか、何かそんなことをすればよかったじゃないの。どうしてしなかったのかしら? なぜあんな意味ありげな殺し方を選んだのかしら?」

エラリーはうなずきながら立ち上がると、ゆっくり歩き始める。エラリーの父親は、これは息子が頭の蜘蛛の巣を払うためのおなじみの手段だと知っていた。「これが、ただ単に彼を排除するだけでは気が済まない何者かによってなされたことは明白です」エラリーは言った。「そうでなければ、犯人は、もっと簡単で手っ取り早い方法で船長を殺したに違いありません」

「ならば、おまえは復讐がからんでいると考えておるのだな」と警視は言った。彼はいつも、わかりきったことに口をはさむために控えているのだ。

「そうです、お父さん。おそらく、何もかもが愛する者に対する仕打ちだったのです。船長の恋人に関する情報を集めれば、この可能性の芽は大きく育つと思いますよ」

「彼ならきっと、何人もいるでしょうね」ジャニスは少し恨みがましい口調で同意した。「ええと……ライリーのことを言っていたわね、そうでしょう?」エラリーはうなずいた。彼女は立ち上がって、「お二人の紳士はわたしへの尋問を終えたのかしら?」

警視がエラリーをちらりと見ると、彼は肩をすくめた。「かまわんよ、下士官。あんたとは、これで終わりだ」とクイーン警視は言った。「だが、わしらがまた会いたくなったときのために、この船を出ないように」

「わかったわ。ふう」彼女はほとんど自分に向けて言っている。「ライリーにしては、少しばかり気が利いていたわね」そして、自分の部屋を出て行った。

警視は両手をポケットに突っ込んだ。それから、「どうも見通しは明るくないな、せがれよ」と言った。「わしらには容疑者が必要だが、選び出すのに充分な数がいるから、簡単なことだとおまえは考えておるのだろう。だが、過去に逮捕歴のある乗組員は一人もおらんのだ。さっき、三人の部下にファイルを調べさせたのだが、何も見つけることはできなかったからな。認めなければならんな、わしらが手にしているのは――」

「――一人の容疑者ですぜ、警視」ランドの部屋に入ってきたヴェリー部長刑事が口をはさんだ。この刑事は幸福に恵まれたといった顔をしている。「あたしらは容疑者を一人、手に入れましたぜ」

「動機は?」警視はすかさず尋ねた。「機会は?」

「今のところ、動機は見当もつきません」ヴェリーは言った。「機会なら、ありました。何よりもまず、ダイイング・メッセージがこの女を一直線に指し示しています」

「ダイイング・メッセージか」とエラリーが言った。急に元気を取り戻したようだ。「そろそろ出る頃だと思っていたよ。ダイイング・メッセージなしの殺人なんて、あり得ないからね」

「おまけに今回の殺人は、女性専科のようにも見えますな、警視」とヴェリーが言った。「まず最初は、リンド下士官に目をつけたんでしょう?」

「ランドだ」

「同じようなもんでしょうに。そして今度は、別のご婦人に目をつけることになりますぜ。通信士官に」


二人の警察官と一人のパートタイムの探偵は、かつては船長が住んでいた部屋に戻った。床にはチョークの線が引かれていたが、死体は運び出されている。ヴェリーはデスクの上の旧式のタイプライターを指さした。

「タイプライターが」エラリーは驚きの声を上げる。「宇宙船に?」

「なぜいかんのだ?」と彼の父親が尋ねた。「わしは今でも古い亜麻織り《シアサッカー》のスーツを着ておるぞ。センチメンタルでノスタルジックな者だっているのだ」

「でも、タイプライターですよ?」エラリーは引き下がらない。「しかも、手動式ですよ?」

「おまえはこれ以外に何を使ってタイプしておるのだ?」警視がもっともな質問をした。「ビック・バナナ(一九七〇年代に流行したペン)か?」

エラリーは肩をすくめて引き下がった。それから、タイプライターのローラーから四分の一インチほど出ている紙片に目をやった。エラリーは近寄って調べることにした。

「それは手がかりでしょう、大先生《マエストロ》」とヴェリーは言った。「完全無欠の」

「明々白々な手がかりを持つ殺人には気をつけなければならない」エラリーはさかしげに警告した。

「贈られた手がかりの糸口を調べてはならない(ことわざ「贈られた馬の口を調べてはならない=贈り物にケチをつけるな」のもじり)」と父親の方は反論する。「何と書いてある?」

「こちらに来て見てください」

近寄った警視は紙片を見る。タイプライターのスペースキーにはマーガリンの跡があり、紙片にタイプされた文字ははっきり読めた――

Uhu

「ああ、そんな」クイーン子《フィス》はクイーン父《ペール》に不満をこぼした。「こんな安易なことはあり得ない……」彼はためらった。「あり得るかな?」

「すべての事件がおまえの本のどれかのように複雑なわけではないさ。ヴェリー、このウフという乗組員は見つけたのか？」

「はい、警視。ただ、彼女のフルネームはウフーラです。ウフーラ中尉」

「『彼女』？」エラリーが割り込む。「もう一人の女（「愛人」の意味あり）なのか？」

「おまえがこんな表現を許してくれるならば、カークは女たちの中に腰まではまり込んでいたようだな」警視は冷ややかに言った。「その女の動機は女下士官と同じ可能性が高いな――捨てられた恋人、というやつだ」

「しかも、この女にはアリバイがありません」とヴェリーは言った。「自室に一人でいましたからな」

「違います」新たに歯切れのよい声が加わった。「私が彼女と一緒でした」

一同がそろって振り向くと、戸口に立つ東洋人の男の姿が目に入った。「私はスールー中尉です」その男は話を続けた。そしてエラリーに目を向けると、こう言った。「きみはエラリー・クイーンに違いありませんね。私はきみの本は全部読んでいますよ。ミステリ小説は私の趣味の一つですから」

エラリーは微笑んだ。自分の本職について、その作品の信奉者だと本人から公言された場合に、他の反応があり得るだろうか。クイーン警視の方は、そんな風には愛想良くはなかった。「きみのもう一つの趣味は、武器ではなかったかな？」と責め立てる。「きみの記録に書いてあったよ。遊園惑星にいたときの記録だ」

スールーは不意を突かれたが、エラリーがそこに割り込んだ。「お父さん、それがこの事件には当てはまらないことは、ぼくたち二人とも知っているじゃありませんか。船長は射殺されたわけではないのですから。彼は、ええと、マーガリンで炒められたのです」

「だが、スールー」なおも警視は続けて、「きみが他の連中と一緒にブリッジにいたことを、わしらは知っておる。なぜきみはウフーラをかばおうとするのかな？　彼女を愛しておるのか？」

スールーはわずかに肩をすくめるだけだった。彼にとって、答えるのが難しい質問だったからだ。

「彼女の関心はすべてカーク船長に向けられていました」スールーは遠回しに答える。

「そいつは、彼を殺害するすてきな動機をきみに与えることになるな」警視はぴしりと言った。が、そこで次の言葉を飲み込んだ。「だが、もしそうなら、なぜカークはウフーラの名前をタイプしようとしたのだ？　いやいや、彼女の仕業に違いない。カークが死んだと思ったウフーラが立ち去った後で、彼はもがきながらタイプライターに近づき、自分を殺した者の名前をタイプしようとしたのだ。途中で力尽きた彼は、床に倒れた」警視は話を止めた。エラリーの夢見るような顔に気づいたからだ。それから彼の息子は、ゆっくりと頭を振り始めた。「おい、どうしたのだ？」

「何かがおかしいのです、お父さん」とエラリーは言った。「でも、ぼくにはカーク船長がこれをタイプしたとは思えないのです。理由の一つを挙げてみましょうか。そのタイプのやり方を見てください」

警視はもう一度、紙片を見つめた。「これのどこがおかしいのだ？」

「どこもおかしくありません」

「どこもおかしくない、だと？」

「どこもおかしくありません」とエラリーはくり返した。「そして、そこがおかしいのです。これは途中までしか打たれていないのに、正しく打たれているのです。これは、単にu、h、uとなっていません。大文字のU、そしてh、そしてuとなっています。さて、あなたが死にかけた状態で、ぼくに何かを伝えたいとしましょう。あなたは人生の最後の瞬間のすべてを、その戦いに費やさなければなりません。その貴重な時間と大事な指を、大文字の『U』を残すために、シフトキーに使いますか？　もっと自然な説が存在するではありませんか。殺人者が彼自らの――あるいは彼女自らの――手で、本物らしく見えるように、わざと途中までタイプした。しかし、無意識の内に、普段の習慣が出て、大文字の『U』をタイプしてしまった、というものです」

警視はうつむく。息子が事件の解決につながる推理を自分の目の前にある手がかりから導き出したときは、いつもそうするのだ。突然、その顔が輝いた。「おい、だが、スペースキーにマーガリンの跡があったじゃないか。これは、船長が自分でタイプライターに触ったことを意味しているぞ。それともおまえは、犯人がマーガリンをつけたとでも考えているのか？」

エラリーはうなずいた。「まさにそれこそが、ぼくが考えていることです」

「すぐにわかるさ。ヴェリー、ここにドクター・マッコイを連れて来い」

マッコイはあっという間にやって来た。「ドクター」と警視は言って、「このタイプライターに付着したマーガリンについて、ざっと調べてほしいのだ。可能ならば、これは船長がつけたものなのかどうか判別してくれ」

医師は気を損ねたようだった。「私は医者であって、法医学者ではない」と鼻を鳴らす。

「これは、殺人の解決に役立つかもしれないのです」とエラリーは言った。「あなたは手助けをしたくないのですか？」

マッコイはゆっくりとうなずく。「わかった」としぶしぶ言った。「だが、おまえさん方が本当に捜査を進展させたいのなら、こんなところでぶらぶらするだけじゃ駄目だ。ブリッジにいる無実の連中の話を聞きたまえ」

「それで思い出したが」警視はあたりを見回して気づいた。「われらが友人のスールーはどこに行った？」

「おそらく、ウフーラと一緒でしょう」とエラリーは言った。「彼女は自分の部屋にいるのだろう、ヴェリー？」

「そうです、大先生《マエストロ》。部下を一人、ドアの前で見張らせています。もっとも、あなた方がとっつかまえに来るからといって、あの女はどこに逃げられるんでしょうな？」

スコッティは神経質そうに、ブリッジをゆっくり歩いていた。自分が怯えていることを誰にも覚られないように、明るい感じの口笛を吹こうとしている。スポックはヴァルカンの平和を描いた絵のようだったが、スールーの方は自分の椅子の上で、落ち着かなさげに体を前後に揺すり続けていた。ターボリフトのドアが開くと、みんなは熱のこもった目で、エラリーとその父親が出てくるのを見つめる。「いくつか訊きたいことがある」とリチャード・クイーンが口を開いた。

その刹那、スールーとスコッティがスポックを指さす。「彼がやったのです」と二人は声をそろえて言った。

スポックはしばらくの間冷たい目で二人を見つめていたが、やがて、一言だけ発した。「きみたちを解任《ファイヤー》する」

「あんたにそんなことは出来ないね」スコットが抗議する。「船長だけが――うっ、そうか」彼は、今や誰がエンタープライズ号の責任者なのかに気づいたのだ。「ハギス（臓物を胃袋に詰めて煮たもの。スコットの出身地であるスコットランドの料理）は確かに火《ファイヤー》にかけられたようだな」

「あなたより強い動機を持っている人はいません、スポック」スールーは言い張った。「船長の地位には、狙うに値する大きな魅力がありますから」

「きみたち紳士諸君に、一人ずつ動機を思い出させてあげようかね？」スポックは切り返した。「ミスター・スールー、きみは二重の動機を持っている。きみのミス・ウフーラに対する報われない思いが、きみの『フェイザー砲、照準をセットしました』と『了解しました、船長』以外の言葉を何一つ言わせてもらえなかった不満と結びついたのだよ」

「あなたは頭がおかしいぞ……船長」とスールーは言った。彼らしからぬ激しい感情を込めて「船長」と付け加えて。

「そしてきみだ、ミスター・スコット」スポックは、スールーの文句が声として発せられなかったかのように続けた。「きみの酒癖の悪さはよく知られていて――」

「おい、いいか――」

「――きみの部下の何人かは、陰できみのことを『ミスター・ソット（飲んだくれ）』と呼んでいるほどだ。私が解任を求めた際、自分の昇進に響くのを恐れた船長は、見て見ぬふりをしていたがね」

「おれのことをそんな風に呼んでいるのは、どいつだ？」技師は激怒した。「そいつを――」

「そいつをどうするつもりなのかな？」と警視が尋ねた。彼はいつもの落ち着いた態度で、殺人事件につきものの非難の応酬を眺めていたのだ。「そいつを殺すつもりなのかな？」

「そんなことは言ってない」スコットはむっつりした顔でぶつぶつ言った。

「ぼくたちは、殺人の前に何があったのかを知りたいだけです」とエラリーが言った。「ブリッジを立ち去るとき、船長はどこに行くと言っていましたか？」

当然のことながら、スポックが最初に思い出した。「資料保管室に行くという話でした」ヴァルカン人は言った。「コンピューターの過去の記録を調べるために」

「もちろん、これまでにつなぎ合わせたピースが示しているのは、そうではない」と警視は言った。「わしらは、彼がここを出て行ったのは、逢い引き《ランデブー》をするためだということを知っておる」

「ラマと？」ＳＦ界の住人であるスールーが軽口をとばした（「ラマとのランデブー」はA・C・クラーク『宇宙のランデブー』の原題）。

「いえ、ランドとです」ＳＦ界の住人ではないエラリーが言った。「彼は真っ直ぐ自分の部屋に向かいました」ここで不意にエラリーは沈黙に陥り、髪を指でかき回し始めた。これは、深い考えにふけっているか、ふけとかゆみの問題を抱えているかのどちらかであることを示しているのだ。「ここにいる人で、誰か、船長が自分の船室に行ったことを知っている人はいませんか？」

一同はそろって首を振る。「保管室に行っていなかったのを初めて知ったのは、死体が発見されたときです」とスールーが言った。

「では、船長が出て行ってから殺人が発見されるまでの間、このブリッジを離れた人はいませんでしたか？」またもや異口同音の「ノー」が返ってきた。

「だが、船長を殺したのが誰であれ、そいつは、彼の行き先を知っていたことになる」エラリーは考え込む。「さもなくば――」

「さもなくば、何だ？」彼の父親が尋ねた。

「一つ、推理を思いつきましたよ、お父さん」エラリーが口を開く。

インターカムが鳴り、スポックが指令席から歩み寄った。ボタンを押して、「ブリッジだ」

「こちらは医務室」マッコイのくぐもった声が流れてくる。「クイーンたちはそちらに行っているか?」

エラリーはうなずき、父親のひじで脇腹をつつかれて、ようやく、マッコイには自分の姿が見えないことに気づいた。「ぼくたちはここにいますよ、ドクター」と彼は言った。

「私が調べた残留物から、ジムの指紋の痕跡が見つかった。多くはないが、ＩＤ照合には充分だった。ジムが自分の手でタイプライターをつかんだことは明らかだよ」

エラリーはがっかりしたようだ。「ありがとう、ドクター」

「かまわんさ。殺人に関して、何か推理できたかい?」

エラリーはため息をついた。「たった今、それは消えてしまいましたよ」


「おお、スールー」声に絶望の色をにじませたウフーラが尋ねた。「あたくしたち、どうしたらいいの?」

二人はウフーラの部屋にいて、ベッドに腰を下ろしていた。操舵士官は、彼女をなぐさめようと、腕を注意深く相手の体にまわしている。「私は、エラリーが解決してくれると確信している」と、元気づけるように言った。「彼はいつだって解決しているからね」

「どうやって?」彼女は嘆く。「あたくしはまだ、殺人の最重要容疑者なのよ。あなたとスコッティとスポックとマッコイは、みんなアリバイを持っている。あたくしの部屋の前には見張りが一人いるし、あたくしの名前は紙片で告発されている。あたくしに有利なことは何一つないわ」

涙がウフーラの頬を流れ落ちる。「かわいそうなジム――ええと、かわいそうな船長」彼女は気づいて言い直した。「人生の盛りに殺されてしまって。何て悲しいのかしら。あの人が出世していくことは、誰の目にも明らかだったのに」

スールーは何と言って良いのかわからなかった。そして、わからないまま操舵士官はウフーラの船室を後にする。そのまま自分の部屋に行き、数分後には剣を手にして出て来た。真っ直ぐジムに向かっていく。

その少し後、たまたまエラリーが艦のジムにぶらりと立ち寄った。彼は額をこすりながら、思考に刺激を与えようとしている。何が失敗だったのか皆目見当がつかず、途方に暮れていたのだ。あのタイプライターには、彼を悩ます何かがまだ存在している。

「やあ、エラリー」クイーンが顔が上げると、スールーが目の前にいる。裸の胸を汗まみれにして、フェンシングの動きをくり返していた。「フルーレ（フェンシング用の剣の一種）は使ったことがあるかい？」とスールーが尋ねた。

「大学では代表チームでした」

「すごいじゃないか。お手合わせ願えないかね？　私はいつも、自分の無力さを思い知らされるたびに、運動をすることにしているんだ。これまでどれだけ運動をしたか、信じてもらえるかな？」

エラリーは少し考えてから、何の害もないと判断した。上着をもたもた脱ぐと、ジムの用具置き場に向かう。ちょうど良い重さの剣を選ぶために一本ずつ取り上げ、何本かの後に一本を選ぶ。続いて胸当て防具と面を取り上げる。エラリーが面をつけてスールーの前に立ったとき、相手はすでに防具のバックルを締め終えていた。エラリーは開始の構えをとり、足を九十度に開いた。

スールーはすばやく攻撃を仕掛ける。が、エラリーは以前より衰えてはいるものの、巧みに最初の突きを受け流した。ジムの全員が、運動をやめて剣の応酬を見つめていた。これまで、エンタープライズ号の乗員の中には、スールーに本気の試合をさせるほどのフェンシングの腕を持つ者は、一人もいなかったのだ。

戦いは数分ほど続き、互いに相手の隙を狙う展開になった。エラリーの顔が集中力の固まりと化している間も、スールーは口が裂けるほどの笑いを浮かべている。不意に、スールーは隙を見つけた。彼はフェイントをかけてから、エラリーの防具の胸の赤いハートマークを狙って突きをくり出す。だが、それは罠だった。エラリーは突きを受け流し、スールーがバランスを崩すように仕向けた。続けて自分の剣《フルーレ》をわずかに、しかし緻密に計算してひねる。スールーの剣は手から巧みにはじき飛ばされ、彼は驚きでじっとエラリーの剣を見つめている自分の姿に気づいた。今や、エラリーの剣は自分のハートマークに突き立てられていた。

まだ笑いを浮かべたまま、スールーは面を外し、頭を振った。「きみの勝ちだね、わが作家の友よ。今回は、ペンは剣よりも強し、ということだったらしい」

そして突然、すべてがピタリとはまった。あまりにも不意にひらめいたので、エラリーは剣を落とし、口を開けたままそこに立ち尽くしていた。

「エラリー」スールーが不思議そうに、そして心配そうに声をかけた。

「スールー、みんなに伝えてくれませんか、ぼくがブリッジで会いたがっているって」

「みんな？　だがエラリー、われわれは四百三十人もいるのだよ」

「いや、殺人の関係者だけでいいです。スポック、スコット、マッコイ、といった連中全員を」

スールーはうなずいた。「わかった。だけど、何が起きているのかくらいは教えてほしいのだがね」

エラリーはジムを後にして、ホールを抜けてターボリフトに向かった。リフトに乗り込む。「ブリッジに」と彼は言った。


さあ、そのときが来ました。私は、誰がカーク船長を殺したかについて、かなり優れた考えを持っています。そして、注意深く観ていたならば、あなたも一つの考えを得たはずです。言うまでもありませんが、ダイイング・メッセージはその〝考え〟と何らかの関係を持っています。ぼくはあなたにこう言うことにしましょう――あなたは特定の人物を指摘するのに充分な手がかりを得てはいませんが、殺人について適切な推理をするための充分な手がかりは得ています、と。よろしいですか？　では、先に進みましょう。


「それで、せがれよ」ブリッジに一同がそろうと、エラリーの父親はいらいらしながら言った。「誰がやったのか突き止めたのか？」

「正確にはわかっていません、お父さん」

「何だって？」マッコイがあえいだ。「だが、きみはいつだって突き止めているじゃないか」

「今回も突き止めますよ。今はまだ突き止めてはいませんが。それでは、確認していきましょう。まず最初に」エラリーは話しながら、ブリッジをぐるりと回っていく。ゆっくりと、そして、自分が名前を挙げた人物を指さしながら。「われわれは、カークが殺害されたときにブリッジにいた者は、全員を消去することができます。つまり、スポック、スールー、スコット、それにマッコイです」

三人の地球人はそろってため息をつき、スポックは眉をひそめた。「どうしてそう言い切れるのですか、ミスター・クイーン？」スポックは淡々と尋ねる。「われわれが互いにかばい合っているのではない、と。共犯関係はあり得ると思いますが」

「黙れ、スポック」マッコイがうなり声を上げる。

「なぜならば、今挙げた四人の中に、カークが本当はどこに行くのかを知っている者は、一人もいなかったからです」エラリーは言った。「カークはランドと会うことを隠すため、資料保管室に行くと言いました。カークを殺した人物が誰であれ、そいつは、彼が真っ直ぐ自分の船室に向かい、そこで待っていることを知っていたのです」

「そして、それが意味することは」警視はきっぱりと、「犯人はランド下士官でなければならない、ということだ」と言った。ジャニスが青ざめる。

「違いますよ、お父さん。ぼくたちはすでに、この人が犯人ではあり得ないことを証明したではないですか。付け加えるならば、彼女はこの船の中でカークと関係があった唯一の人物でした。彼女が前もって殺人を計画する動機は、限りなく小さいのです。それに、もう一つの条件もあります。殺人者は巧みにウフーラに濡れ衣を着せました。ということは、殺人者はウフーラがアリバイのない唯一の人物だと知っていたことになります」

「そっちが意味することは、犯人はウフーラでなければならない、ということだ」スコットが言った。彼はスールーと同じように、当惑した顔で通信士官を見ていた。

エラリーは首を振った。「違います。というのも、ウフーラはブリッジの連中以上に、カークが自分の部屋に行っていると考える理由がないからです。そもそも、彼女はカークがブリッジを出て行ったことさえ知りませんでした。殺人者は、カークが手がかりを残したように見せかけるため、ウフーラの名前の一部だけをタイプしたのです」

「さっきの話を忘れたのか?」と警視が言った。「マッコイが証明しただろう。カークは自らの手でタイプライターを触った、と。カークがあの名前をタイプしたのは、はっきりしているではないか」

「ですが、マーガリンの痕跡がスペースキーにしか付着していなかったことを、あなたも覚えているでしょう。カークはどうやって、『u』や『h』のキーに痕跡を残さずに、タイプできたというのですか?」

この問いかけに対して、警視は答えることができなかった。「わかった」と彼は同意した。「殺人者がタイプしたという結論でもかまわん。だが、カークもタイプライターに触っているのだぞ。自分の名前でもタイプするつもりだったのか?」

「違います。なぜならば、彼はタイプをするだけの力が自分に残されていないことを知っていたからです。加えて、カークが絶命した後で、殺人者がタイプライターのローラーから手がかりを抜き取ってしまうことも容易でした。カークは名前をタイプしても無駄になることを知っていたのです」

「ならば、なぜタイプライターに手をかけたのだ?」

「そいつにはかなり混乱させられましたよ、お父さん。スールーが、ぼくに向かって『ペンは剣よりも強し』という下手な洒落を言ってくれるまでは」

その場にいる誰もが、ぽかんとした顔でエラリーを見つめた。「みなさんにはわかりませんか？」彼は信じられないといった様子で尋ねた。「カークは手がかりを残していたのです。それは、殺人者が見当もつかない手がかりでした。なぜならば、あまりにも単純だったからです。彼は名前をタイプしようとはしませんでした——それは殺人者の考えです。手がかりは、タイプライターそのものにあったのです」

緊張感に満ちた間《ま》。「きみが言いたいのは——」とスールーが言った。

エラリーは正面に向かって歩き、ブリッジのセットから出てしまった。彼はカメラマンに手を振りながら、「テレビカメラを後ろに下げてくれないか、サム？　アーク灯を暗くしてくれ、ここは悪魔みたいに熱いじゃないか。おいボブ！」と呼びかけた。

ボブ・ジャストマン（「スタートレック」のプロデューサー助手）が、クリップボードを手にしたまま、カメラの後ろから歩み出てくる。「今になってどうしたんだ、クイーン？」と彼は尋ねた。「この番組の撮影を終えなくちゃならないんだぞ」

容疑者たちがブリッジのセットから見つめる中、エラリーは曲がりくねったケーブルにつまずきそうになりながらも、大股で彼に近づいた。「ボブ」とエラリーは言った。「今回のエピソードを書いたのは誰だ？」

「何だって？」

「ちゃんと聞いてくれ。この『エンタープライズ号のエラリー・クイーン』というエピソードを書いたのは誰なのだ?」

ようやく理解したジャストマンは、隅に座っている痩せて眼鏡をかけた男を、こわばった顔で指し示した。「彼だ」

エラリーの目はしばらくの間、その脚本家に向けられる。そして、少し悲しそうに言った。「こっちに来てくれ、デーヴィッド」

足を引きずりながら、デーヴィッド・ジェロルド（「スタートレック」の脚本家の一人）は、探偵兼作家の前まで歩み寄った。「おれに何か用かい、エラリー?」彼は勝負がついたことを覚《さと》っていたため、ぼそぼそと声を出した。

「きみが彼を殺したのだ、デーヴィッド。きみ一人だけが、素の登場人物全員について、本当はどこにいるのかを知ることが可能だった。きみは船長を殺し、ウフーラに濡れ衣を着せようとした。きみは船長が例のタイプライターをつかんだのを見たが、その意味するところはわからなかった。船長は、自分を殺したのは脚本家だと告げようとしたのだ。彼のつかむ力は失せ、床に倒れた。きみはそこに、他人に濡れ衣を着せる完璧なチャンスを見つけたのだ。だが、なぜなんだ、デーヴィッド?」

ジェロルドは崩れ落ちた。「あいつは……あいつはおれを強請《ゆす》っていたんだ。どういうわけか、あいつは嗅ぎつけて――」

「何を嗅ぎつけたのかな?」エラリーはやさしく尋ねた。

脚本家は震えるようなため息をついた。「おれのアイデアについてだ。あいつは、おれの物語のアイデアがオリジナルではないことを嗅ぎつけたんだ。タイムマシン、コンピューター、毛むくじゃらの小動物。こういうのは、すべて過去に使われたものなんだ。あいつはそれを暴露すると言って、おれを脅迫したんだ。名声を台無しにしてやる、と——」

エラリーは不思議そうな顔になった。「だがデーヴィッド、きみが古いアイデアを使っていることとは、みんな知っているよ。そんなことも気づいていないのかい?」

ショックを受けたジェロルドは、エラリーに目を向ける。そして、「みんな知っているだと?」と、つっかえながら言った。

エラリーが、ジャストマンが、ジャド・テイラー（「スタートレック」の監督の一人）が、エディ・ミルキス（「スタートレック」の副プロデューサー）が、美人の妻を連れた白髪頭の男（「スタートレック」のプロデューサー、ジーン・ロッデンベリーとその妻で出演もしているメイジェル・バレットか?）が、カメラマンたちが、照明係たちが、クラップボード係（シーンの撮影開始と終了の合図をする係）が、中部アメリカの委員が、（その日はたまたまセットにいた）ジョン・ウィンストン（「スタートレック」で端役をいくつも演じた）が、ウォルター・ケーニッグ（「スタートレック」のチェコフ役俳優）が、そして、ブリッジの全乗組員が、そろってうなずいた。

「だとしたら……だとしたら何もかも無意味だったことになる」彼は背筋を伸ばした。「いや、意味はある……あいつは生きるに値しないやつなんだ。おれは恨みを晴らしたんだ。あの男は最低の役者だったからな。ほら、覚えているだろう、ほら、おれの脚本の——」彼の声はだんだん上ずってきた。「——『新種クアドトリティケール』を。この中で、あいつはセリフの一つを、必要以上に怒りをむきだしにして言ったんだ——覚えているだろう? あいつは言ったんだ、『貯蔵庫、貯蔵庫だって?』と。固過ぎるし、怒り過ぎだ」彼はエラリーの上着にしがみついた。「覚えているだろう、エラリー?」

「もちろん覚えているさ、デーヴィッド。麦の貯蔵庫のことだね」

「その通りだ。あいつはこれっぽっちも演技ができないんだ。おれは殺さなくちゃならなかったんだ。麦。麦。あいつは演技ができない。あいつは――」

一時間もたたない内に、白衣の男たちが彼を迎えに来た。打ちひしがれ、「麦？　麦？」とぶつぶつつぶやいているジェロルドを、彼らは引きずるように連れ去っていった。

「ふう、これで終わったな。ありがたいことだ」警視は言った。「家に帰ろう、せがれ」

エラリーは元容疑者たちをちらりと見た。スポックとスコットは握手をしている。マッコイはミントジューレップ（バーボンに砂糖とハッカを入れたカクテルの一種）をみんなに回している。ランド下士官は離れてライリーを見ている。そして、スールーとウフーラはお互いに強い興味を抱いているようだ。実にお似合いだな、とエラリーは考えた。スールー（Sulu）とウフーラ（Uhura）は、この船の中でたった二人だけ、名前に『u《ユー》』の文字を二つ持っているのだから。お互いがお互いのために生を受けたのだ。

「誰もが幸せな状態に戻ったのを見るのは、嬉しいことだな」と警視が言った。

「そうですね、お父さん。あなたも知っての通り――目下、ぼくたちのドラマは放映終了になっています。ひょっとして彼らが、保安係として二人の新顔を使ってくれるのではないかと……」エラリーは父親が自分をにらんでいるのに気づいた。「なあに、ちょっと考えてみただけですよ」

そして、離れた場所から、「麦？　麦？」という悲しげなすすり泣きの声が、いつまでも聞こえてくるのだった。

THE END

《好事家のためのノート》

・冒頭のナレーションはＴＶ版クイーンのオープニングを模している。ただし、クイーンの方は本編から容疑者の登場シーンを採っているのに対して、本作では「スタートレック」本編から採っている。耳のとがった科学士官（スポック）の台詞は「魔の宇宙病」、控えめな下士官（ランド）の台詞は「４００才の少女」。それ以外は不明。なお、このドラマのファンならば、機関主任（スコット）がスコットランド出身だとか、通信士官（ウフーラ）が歌が上手いという設定などは、ご存じだろう。

・「ロミュラン帝国の事件」とは、「透明宇宙船」のエピソード。

・「ある意味では悪名高い第五デッキ」と言われるのは、たびたび事件の現場になるため。カーク自身も、第五デッキに着くなり刺されたり（「惑星オリオンの侵略」）、銃で脅されたり（「イオン嵐の恐怖」）している。

・カークの殺害に使われた〈フェイザー銃〉は、乗組員なら誰でも使える武器。機能の一つに、高熱放射がある。

・カークは多くのエピソードで女性といい関係になっている。殺害動機が恋愛がらみだと知ったランドが「（容疑者は）何人もいるでしょうね」と言うのは、そのため。

・スールーの「遊園惑星にいたときの記録」というのは、「おかしなおかしな遊園惑星」というエピソード。この中で、拳銃の収集が趣味だということもわかる。

・そのスールーがフェンシングの腕を見せるエピソードが「魔の宇宙病」。この時に使う剣もフルーレだった。

・犯人として登場するD・ジェロルドは、作中で言及される「新種クアドトリティケール」という傑作エピソードで、SF界で有名なヒューゴー賞の最優秀映像作品賞にノミネートされた。このシリーズにはハーラン・エリスンやシオドア・スタージョン、それにロバート・ブロックやリチャード・マシスンといった、そうそうたるメンバーが脚本を書いている。その中で評価されたわけだから、誇っても当然だろう。特に、この時期のジェロルドは、SF作家ではあっても、さほど評価されてはいなかったらしいので（代表作と言われる長編『H・A・R・L・I・E』（サンリオSF文庫）は「スタートレック」放映終了後の一九七二年刊行）。逆に言えば、一流SF作家の脚本に比べて自作にはオリジナリティが欠けていることが引け目になるというのもまた、あり得る話ということになる。ちなみに、サンリオSF文庫の『最新版SFガイドマップ』（一九八四）では、彼は「独創的なものはほとんど生み出していないが、古くからのテーマを巧みに利用している」と評されている。

・その「新種――」は、宇宙ステーションから遭難信号を受けたエンタープライズ号が駆けつけると、麦の貯蔵庫の警備を依頼される、というシーンで幕を開ける。問題のカーク船長の「貯蔵庫だって?」というセリフはこの時のもの。DVDで見直してみたが、確かに怒り過ぎだろう。まあ、殺すほどではないとは思うが。

第三部　オマージュ篇

「いいですか」ぼくはため息をつきます。「あなたはさっさと違反チケットを渡すべきです」

「ふーむ」警官は言い訳がましく答えます。「渡すさ。いますぐ」と。それから、職務にふさわしい口調に戻って、「で、あんたの名前は何と言うのかな?」

ぼくは白旗を掲げました。「クイーン」

「ファースト・ネームは?」

「エラリー」

「ふふん。なるほどね。それならおれの名はネロ・ウルフだ。運転免許証を見せてもらおうか、賢い坊や」

こういったことが、人生のあらゆる局面で起こってきたのです。

ぼくは、一九五〇年にオハイオで生まれました。父は(名前はレナード・クイーンです)あなたの熱狂的なファンでした。父を恨まざるを得ません。おかげで、ぼくの人生がやっかいな方向へと向かってしまったわけですからね。

グレゴリー・G・チャップマン「問題を抱えた男」より

〈被害者〉エラリー・クイーン編集長

どもりの六分儀の事件

The Case of the Stuttering Sextant

ベイナード・ケンドリック&クレイトン・ロースン

編集者クイーンをネタにしたパロディ作品は数多くありますが、本作はケンドリック、ロースン、そしてクイーンという有名作家が手を組んだ豪華版。ケンドリックが犯罪実話のパロディを書き、ロースンがクイーンのルーブリックのパロディを添え、最後にクイーンがツッコミを入れる、となっています。本作はＥＱＭＭ一九四七年三月号に掲載されたものですが、その少し前の一九四五年は、アメリカ探偵作家クラブが設立された年なのです。この三人（クイーンはダネイだけです）は立ち上げから関与しているので、おそらく、それがらみの会合での雑談から生まれたお遊び企画なのでしょう。

まず、ケンドリックの書いた犯罪実話もどきは、『エラリー・クイーンの国際事件簿』のような高級雑誌掲載のものではなく、センセーションを売りにしたＢ級実話雑誌のパロディになっています。派手なあおり文句が添えられていたり、被害者はちゃんと服を着ているのに〝全裸死体〟となっているのは、そのためですね。やたら細かいデータを入れて現実味を出そうとしているのも、同じ理由からです。

そして、ロースンの書いたクイーンのルーブリックもどきは、いかにもクイーンが作品に添えそうなもの。本叢書のＪ・ヤッフェ『不可能犯罪課の事件簿』に収録されたものと比べてみると、面白さがアップすると思います。なお、こちらの本でのクイーンのルーブリックは「ですます調」で訳しているので、ロースンの方も合わせるべきなのですが、原文のニュアンスから、「である調」にしました。ご了承ください。

クレイトン・ロースン――〈グレート・マーリニ〉の生みの親にして「トルー・ディテクティブ」誌と「マスター・ディテクティブ」誌の共同編集者――による特別な序文と注釈

エラリー・クイーンの依頼は、ある小説に添える注釈的な序文を書いてほしいというものだった。その作品は、〈クインズベリー侯爵ルール（近代ボクシングのルール）〉をことごとく破っている、探偵実話に対するかなり無礼な茶番劇であり、私をいささか困惑させたのである。フィクション作家の一人としては、私はベイナード・ケンドリックの小説を楽しませてもらった。探偵実話の編集者の一人としては、私は腹を立てざるを得なかった。このジレンマから逃れるために、そして、クイーンの膝の上に適切なお返しを放り投げるために、私は決心したのだ。私の序文は、エラリー・クイーンの注釈的な前口上のパロディ仕立てにしよう、と。私は、あなたに思い知らせてやろうと思っているのだよ、エラリー！

探偵小説の愛読者ならば、この画期的な殺人物語の傑作に対して、歓喜の声を上げてから、通りで（白タイを着けて）踊りながら歓迎の意を表するだろう。ＥＱＭＭの愛読者ならば、これまでいかなる他言語（サンスクリット語も含む）でも発表されていない、（五歳半の）神童ベイナード・ケンドリックのタイプライターから直接きみたちのもとに届けられた、出来たてほやほやの小説であることを知り、嬉しさを抑えきれないだろう。ダンカン・マクレーン大尉と盲導犬を描いた彼の長編は、そのほとんどが（犬ではなく本のこと）、今では蒐集家が探し求める対象（デル社の二十五セント・ブック、ペーパーバック、少々破け、扉ページに汚れ、献呈の言葉「リジー・Ｂに愛を込めて――かわいい人」あり）となっているからだ。きみたちの編集者は、このケンドリック自らの書き込みが、ついに、〝ミス・ボーデンがその有名な手斧を振り回す手助けをした共犯者の正体〟という不可解な謎を解き明かすのではないかという気の重い疑いを抱いているのである。

　ケンドリックのタイプライター（ロンドンのスミス＆ウェッソン製、一八六〇年第四版、十二周径、革背、扁平脚）は、一貫して警視をニューヨーク市警殺人課の長としていることにも責任を負うべきである。現実世界においては、長を務める紳士は、もっと地位の低い警部なのだから。ＥＱＭＭに定期的に――オーナー（クイーンのこと）の特別な許しを得て――登場する、刑事に関するこの悲しむべき誤りは、ほとんどすべての職業的な探偵作家（クレイトン・ロースンを含む）によって犯されている。もっとも、最近組織された〈ニューヨーク市警殺人課の長であるダニエル・Ｊ・マホニイ警部を、アメリカ探偵作家クラブ（株）の顔を立てるために警視の地位まで昇進させる同盟〉によって、この誤りは、ほどなく訂正されることだろう。

　同じ理由によって、この〈同盟〉は、ウォランダー長官（当時のニューヨークの警察長官）に、次のことを陳情している。西二十番通りの分署を警察署の殺人班に配属することを。そしてそこを刑事裁判所の中にある地方検事のオフィスの殺人局の一部にすることを。それからこの二つのオフィスをセンター街の警察本部に――ミステリ小説の書き手たちが、それらが存在すると考えている場所へ――移動させることを。

　もし諸君が他にやることがないのならば、この驚くべき、とことん理解不能な「どもりの六分儀の事件」を読み逃すべきではない。読み終えたら、きみたちが文書名誉毀損罪を犯した破壊活動分子であることをＦＢＩが見つけ出す前に、ＥＱＭＭの本号を焼却するように。そして、弓のこを仕込んだケーキは、本誌編集者の方に送ってくれたまえ。エラリー・クイーンは、ニューヨーク市刑務所の十三棟の第六十九号独房にいる。私はごめんこうむらせてもらおう。

どもりの六分儀の事件

本作はアップサイドダウンズ・フォールズ郡警察の警部補警視（警視に準じる階級）たちの長、コルト・デリンジャー主任警部補によって書かれたものである。

さらにそれは

ロバート・マクスミティとスミティ・マクロバーツの談話に基づいている。

さらにそれは

「驚くほどすごい公認された実在の犯罪物語」誌のためであり、

さらにそれは

ベイナード・ケンドリックの談話に基づいている。

秘められた傑作犯罪

デリンジャー主任は求める答をどこで見つけ出すことができたのか？　薄気味の悪い鉄道トンネルから呼び起こされた胎児の記憶が、どもりながらも自分の母親を誘惑した人物を指し示す!!

十二月のある暑い日［注1］は、アプサラ郡の中心にあるアプサラから少し離れているアプサランディ川の岸沿いにあるアップサイドダウンズ・フォールズの小さな町でも暑かった。アプサディジー山脈の山並みから流れ落ちた刺すように冷たい雪解けの急流が、激しい勢いでアプサランディ川に流れ込んでいる。のみならず、コルト・デリンジャー［注2］主任警部補――アップサイドダウンズ・フォールズの気さくな小さな炭鉱町［注3］に住む郡警察の警部補警視たちの長である人物――のオフィスにも流れ込んだ。

氷のように冷たい水の流れがコルト・デリンジャー主任警部補（アップサイドダウンズ・フォールズ郡警察の警部補警視たちの長）の脚をひたしていく。だがそれは、電話［注4］に耳をかたむけている歴戦の警察官の温かな心の中にある氷ほどは冷たくなかった。

受話器を戻し、R・I［注5］のマスペス村二七五番通り北東一七―二四四に住む主婦、レータ・マシウィッツ夫人の興奮した声を聞かずにすむようになったそのずっとあとまで、氷のように冷たい水は、とうに青白くなった警察官の足首を冷やし続けている。

グラビティ大通り一八〇一に住む十四歳の高校生アルハイム・フォーテスキューは、三人の友人――R・Iのマスペス村二七五番通り北東一七―二四四に住む十三歳のゼリ・ミカロスキーと九歳のルシンダ・グーチャークと六ヶ月のウラジミール・グーチャークで、この三人は同じ住所に住み、内二人はレータ・マシウィッツ夫人（住所は前述の通り）の姪と甥である――と、薄気味の悪いトンネルの出口のあたりで、列車と列車の合間の七十二時間の間に遊んでいると、トンネルの隅に固まっているぞっとする光景に出くわしたというのだ。

コルト・デリンジャー主任警部補は足を水中から引きあげ、雄々しくボタン〔注6〕を押した。「何ということだ」彼は考えをめぐらしながら、「そんな事はあり得ないが、それでも、認めなければならない！　無駄にしている時間はないのだ！」

彼は鍛え上げられた頭脳で考えてから、勇猛果敢なマンハンターと化し、アプサラ郡のアップサイドダウンズ・ハイウェイ六七六七に住むシオドア・ステーブルハウス夫妻の養女であるアマニータ・アルソップに関する事実を追い求めたが、何の成果もないまま、四ヶ月を無駄にした。

アマニータの夫であり、住所不明のアル・アルソップが疑いをかけられ、警官のジョー・トロープ、テッド・リンチ、ベン・バートン、トッド・テイラー、そして警部補警視主任デリンジャー自身によって、拘留された。ところがアルソップは、自らが手にしていた血まみれの斧と、その刃に付着していた妻の頭髪の断片について、きちんと説明することができたのである。

「あいつは自分のおふくろを訪ねていったんだ」アルソップは宣誓の下に供述した。「この斧は台所で見つけたのさ。あいつが出て行ったとき、おれはここにはいなかった」

頭髪について尋問すると、彼はためらうことなく、アマニータはとてもきれい好きだから、ひげそりの際に自分で切ったに違いない、と説明した。

デリンジャー主任は、ここにいたって、南西アイ通り北東一六九六に住む赤十字勤務の美しいハンナ・レナハンを調べる決意を固めたが、ミス・レナハンは主任の混沌とした状況に何ら寄与することはなかった。

「アマニータは自分の予定について、あたしには何も話してくれませんでした」彼女は涙ぐみながら認めた。「彼女が失踪を企てるなんて、わけがわかりません――ましてや殺人なんて……」ミス・レナハンは泣き崩れ〔注7〕、アプサラ郡の郡医師で、R・Iのマスペス村二七五番通り北東一七―二四四にオフィスをかまえるマイケル・E・スローモートン博士のもとに運び込まれた。

デリンジャー主任は、それでも納得しなかった。彼は、刑事のジョー・トロープ、ベン・バートン、トッド・テイラー、そして、オズワス郡の重犯罪刑務所から連れてきた三匹の警察犬トム、ディック、ハリーに捜査の継続を命じ、彼らはそれに従った。

トンネルの中の死体――靴とストッキングと冬用下着とブラジャーと厚手の毛織りスカートとピーカブーブラウスを身につけている以外は全裸の死体――は、今なお謎に包まれたままだった〔注8〕。誰がどもりの六分儀なのだろうか〔注9〕？　この謎に包まれた美女は疾走する列車からまるごと荒々しく放り出されたのだろうか〔注10〕？

主任は、アマニータ・アルソップの養父母であるシオドア・ステーブルハウス夫妻に手紙を出したにもかかわらず返事のない原因を突き止めることにした。そして、粘り強い警部補警視主任は、何度も何度も、手紙の宛先をチェックした――アプサラ郡アップサイドダウンズ・ハイウェイ六七六七。

「われわれはまだ、あの男が彼女を殺したという確証を得ていない」デリンジャーは言った。「結局のところ、これは徒労に終わるかもしれない。われわれは彼女が死んだかどうかすらわかっていないのだ」

「まぎれもない真実だな」郡の検死官ウィリアム・E・ナップザックがうなずいた。彼の鋭い目は警察犬の面倒を見るのに追われて充血していた〔注11〕。

デリンジャー主任はそれ以上時間を無駄にしたりはしなかった。死体の身元はすぐに判明した。アプサラ・ロードに住む十九歳の女子学生マミー・ラーヒンクスか、隣村のエクセター・フォールズに住む十七歳のハウスメイドのエミリー・ウォーバートンか、アルバート（アル）・アルソップの妻であり、目下住所不明のアマニータ・アルソップ夫人の中の一人だった。

それに続く六週間は、多忙をきわめた。自らの考えに固執する疲れ知らずのデリンジャー主任は、パーム・ビーチ、マイアミ・ビーチ、パーム・スプリング、ヨセミテ国立公園、そしてバンフ（ロッキー山中の国立公園）を順番に訪れた。続いて、ニューヨーク市の金物屋と酒場と軽食堂を調べて疲労に満ちた二週間を費やした。

彼は手がかりを見つけ出すことができなかった――アップサイドダウンズ・フォールズから二マイル離れたペンデクスターという小さな村にたどり着くまでは。

馬具屋のアーサー・リバリーが、七月十七日にアル・アルソップが来店し、橇《そり》を借りていったと暴露したのだ。

「おれはあいつに、頭がいかれてるって言ってやったんだ」とリバリーは言って、「ところがあいつは、余計なお世話だと言い返しやがった」〔注12〕

その後のアルソップの動きを追うことは、さほど難しくはなかった。

（アプサラのメイン通りにある）金物屋のハンス・シッフルマンは、消えた斧は自分の店のものだと見分けることができた。

「これは男が買っていきました。私はすぐにアル・アルソップだとわかりましたよ」とシッフルマンは即座に答えた。

何もかもが熱に浮かされたようだった。消えた斧はどこにあるのか？　誰がどもりの六分儀なのか？

テレタイプ（電信タイプライター）がカチカチと音を立てた［注13］。「アルソップを連行せよ！」と。

そして元旦。デリンジャー主任は、現地の警察がマックス・リーマーの身柄を確保したマイアミ・ビーチへと旅立った。彼はシカゴのミシガン大通りに住む旅のセールスマンで、妻のベティと四人の子供たち――七歳と八歳と九歳と十歳だが、そろって父と同じ仕事をしている――を連れて、フロリダで避寒中だった［注14］。

アップサイドダウンズ・フォールズの自分のオフィスに戻ったデリンジャー主任を迎えたのは、お巡りのテッド・リンチ、トッド・テイラー、ベン・バートン、ジョー・トロープ。それに加えて、郡の検死官ウィリアム・E・ナップザックとマイケル・E・スローモートン博士。さらに、オズワス郡の刑務所の模範囚で、警察犬の面倒を見ているダニエル・ウェブスターも加わっていた。

「た、旅は、か、か、快適でしたか、し、主任？」ウェブスターがのろのろと尋ねた。

デリンジャーは深いため息をついた。「指を見せたまえ、ウェブスター」

偽の囚人はうなだれた。アルソップは模範囚になりすましていたのを見破られたのだ。

裁判において、検事側は四十人の証人を呼び出したが、カッツ、オブリーン、ハーバートの三氏が巧みな弁護を行い、アルソップは六月開廷の巡回裁判で百十年の刑を下された。一八三四年七月四日、彼はオズワス郡刑務所に投獄された。

〔ノート〕関係者に配慮して、前述の物語に登場する人物と場所の本当の名前は、すべて架空の名前と差し替えている――トムとディックとハリーを例外として。添えられた写真でポーズをとっているのは、すべて現在も生きているプロのモデルである――弾丸の複製と被害者と粘土でとった足跡とトムとディックとハリーを例外として。日付はすべて架空のものである――一八三四年七月四日を例外として。作家はすべて架空の人物である――次の一人を例外として。

ベイナード・ケンドリック［注15］。

［注1］親愛なるベイナード。エラリーは私に、この作品を犯罪実話の編集者のデスクに届いた他の原稿と同様に扱うように言った。よかろう、その通りにしようじゃないか。なぜきみは、年と日と曜日を隠すのかな？　きみ自身が罪に問われる可能性が生じるからではないのかね？――CR

［注2］きみが主任に与えた名前（Derringer）は、最初から最後までの間に、「r」が二回続けて使われている。これは、実話作家が名前をつける際には、決してやらないことだ。なぜならば、この名は銃器のカタログには出てくるが、人名辞典のたぐいに出てくる綴りではないからだ。しかも、この銃の発明者の名前（ヘンリー・ディリンジャー・ジュニア）の綴り（Deringer）とも一致していない。――CR

［注3］アプサラ郡はどこの国にあるのかな？「十二月のある暑い日」や、このあと出てくる裁判の手続きから見るとイギリスのようだが、私には、南アフリカかオーストラリアかニュージーランドにあるように思える。それにしても、なぜきみはどこの国かを書かないのかね？――

ＣＲ

[注4] この物語の最後に出てくる年月日から判断すると、この事件は一八三三年に起こっている。アレクサンダー・グラハム・ベルは、一八七六年まで電話を発明していない。――ＣＲ

[注5] Ｒ・Ｉの頭文字を持つ地区は、南アフリカにもオーストラリアにもニュージーランドにも見つからなかった。それとも、一八三三年当時は、ロード・アイランド（Ｒ・Ｉと略されるアメリカの州）が、そっちに移動していたのだろうか？　もしそれが事実なら、そうなったいきさつを述べたまえ。そんな重要な事実は、省略すべきではない。――ＣＲ

[注6] 何のボタンかな？　機器のボタン、シャツのボタン、それともお腹のボタン（「へそ」のこと）なのかな？　しかも、ボタンを押してどうなったかについては、きみはこの物語のどこにも記述していない。われらが特別調査員からの情報を、ディリンジャー主任は放置したままかね？　彼は何を伏せておこうとしているのかな？　ＦＢＩは即時の回答を求めている。すぐに電報を打ちたまえ。――ＣＲ

[注7] ミス・レナハンはこの後二度と言及されていないし、その上、泣き崩れた彼女が解決に重要な役割を果たすわけでもない。あるいは、私は先を急ぎ過ぎてしまっているのだろうか？
――ＣＲ

[注8] 私は、ディリンジャー主任のような有能な警察官ならば、消えた帽子をめぐる奇妙な謎を解決したと確信しているのだが、きみはこの捜査のくだりを報告していないね。この消えた帽子は、犯罪の動機と夫が関与しているであろうことを暗示している。あるいは、とある小説家が、帽子ごしに話す（「ほらを吹く」の意味）ために盗み出したのかもしれないが。――ＣＲ

［注9］死体が語っていることは、死体が何者かの娘であり、それゆえ、六分儀《セクスタント》（太陽の高度を測る器具）を使いこなせなかったということである。お願いだから、この事件と別の事件をごっちゃにして、そちらから殺人の凶器を持ってくるのはやめてほしい。それとも、ひょっとしてきみは、墓守《セクストン》の綴りを知らないのかな？――CR

［注10］きみが原稿に添えた写真には、トンネルを高速で走り抜ける列車を写したものは一枚もない。すぐに入手してくれたまえ。問題の地点にはX印を付けることも忘れないように。われわれの糧食は底をついている。――CR

［注11］この郡検死官の生活は幸福とは言い難いようだ。なぜ彼は目薬を試してみないのかな？

――CR

［注12］リバリーがアルソップの頭がいかれていると思った理由を説明したまえ。本作の舞台は、七月が一年でもっとも寒い月になる南半球に設定されているではないか。それに加えて、私はこのあたりの地方で生まれ育った人物（私の秘書はウプソム塩鉱山地方の出身なのだ）がサインした宣誓供述書を持っていて、そこには一八三三年の七月十七日は『三三年の大吹雪』の日だったと記されている。作品の事実関係をチェックしたまえ！　私には時間がないのだよ。手斧を持った惨殺者の淑女――彼女は私に、いかにしてヴァッサー校のクラスメートを十四の部位に切り刻んだかを話したがっているのだよ――と昼食デートをしなければならないのだから。

――CR

［注13］きみはドン・アメチ（電話の発明者ベルを映画で演じた）が生まれるよりずっと前にテレタイプを使っているが、これは明らかに不可能なことだ。――CR

［注14］夫人の年齢、体重、性向、そして性別も記述したまえ。もう一つ、主任は元旦のフロリダへの長旅を無事に終えることができたのか、私は心底疑わしいと思っている。彼にこの点を証明する文書を書かせたまえ。また、旅行に使ったのは帆船だったのか蒸気船だったのかも供述させるように。——ＣＲ

［注15］最後の一文を実証したまえ。きみのように事実をゆがめる作家というものは、架空の存在であるべきではないかね。——ＣＲ

次号登場！「突然死した犯罪実話編集者の奇妙な事件」——逃亡中の犯人、ベイナード・ケンドリックが密かに記した真実の告白。

〔編集者の切り返し〕見事に一本とられましたよ——では、あなた方にも一本お見舞いしましょうか！　ケンドリックとロースンの両氏は、本誌編集長にまんまと一杯くわせて——私たちはそれを気に入りました！　ですが、私たちは、ベイナード・ケンドリックもクレイトン・ロースンも、自らの機会を最大限に生かしていない点を指摘して、探偵的な喜びを味わうことにしましょう。どこで、おお、一体どこで、ケンドリック氏の警部補は「捜査に行き詰まった」のですか？　この許されざる欠落は、探偵実話の執筆における基本的なルールを破っていますよ。そして、どこで、おお、一体どこで、警部補と彼の部下たちは、「目と目で語り合った」のですか？　あなた方は、私たちにこれを説明できるのですか！　あなた方二人には、エド・レイディン（犯罪実話の大家）をけしかけなければなりませんね！——ＥＱ

〈探偵〉マーティン・リロイ&キング・ダンフォース

アフリカ川魚の謎

The African Fish Mystery

ジェイムズ・ホールディング

ジェイムズ・ホールディングの〈リロイ・キング〉シリーズは、クイーンへのオマージュとしても、本格ミステリとしても、実に優れています。〝リロイ・キング〟とは、マーティン・リロイとキング・ダンフォースの合作ペンネームにして作中探偵の名前。つまり、マンフレッド・リーとフレデリック・ダネイの合作ペンネームにして作中探偵の名前である〝エラリー・クイーン〟へのオマージュになっているわけです。そして、この二人がディスカッションをくり返しながら現実の犯罪を解いていく、というのが毎回のストーリー。つまり、リーとダネイの執筆時のディスカッションを、事件の謎解きに応用したものなのです。本作を読めばわかりますが、物語の大部分を占めるのは、このディスカッションに他なりません。そのため、このシリーズは純度の高い謎解きものとして、高い評価を得ています。全部で十作もあるのに、既に七作が訳され、本作は八作めになることからも、評価の高さがうかがえますね。

このシリーズのもう一つの面白さは、二人がそれぞれの妻を連れた世界一周旅行の途中で出会った事件を描いている、という点です。いわば、もう一つの〈国名シリーズ〉。本家とは異なり、実際に題名の国を舞台にして、その国特有の事件を解いているわけです。本作もまた、アフリカでなければ成立しない真相と言えるでしょう。

なお、作者のJ・ホールディング（一九〇七〜一九九七）は、クイーン・ジュニア名義の『紫の鳥の秘密』の代作もしています。

キング・ダンフォースとマーティン・リロイがのちに述懐するように、きっかけは、運転手の言葉を気にとめただけのことに過ぎなかった。このきっかけが、二人がそれぞれの妻を連れての世界一周観光旅行を満喫している間に出会った中でも、もっとも刺激的な推論の演習の一つに導いてくれたのである。「ノルウェイ林檎の謎」とは異なり、論議を招くような不慮の死にまつわる事件ではなく、不慮の富にまつわる事件であった――が、まともなゴシップ記者ならば、「食指が動かない」と言われること請け合いだ。

何百万というファンには、合作ペンネーム「リロイ・キング」の方で知られている二人のミステリ作家は、ケープタウンで客船〈ヴァルハラ号〉を降り、妻と共に車で南アフリカの国内旅行に乗り出すことにした。ダーバンで再び船に乗り込む手はずになっている。かくして一同は、車の運転手ラルフ・ミュアーが無駄口を叩いたときには、プレトリアからマカダドープに向かう平坦な道を、六十マイルほど進んでいた。「今年の初めにおれが乗せた客のように、あんたらにも幸運が訪れるといいですね、ダンフォースさん」という運転手の言葉が、前部座席で隣りに座っていたキング・ダンフォースの注意を惹いたのである。

「どういう意味かな？」ダンフォースが尋ねた。

「その客は、おれが運転手を務めた旅行からヨハネスブルグに戻ると、けっこうな大金にありついて、イギリスに帰国して暮らすことになったんですよ」

「ぼくは大金を稼ぐことはできたが」ダンフォースは顔をしかめて、「スカースデール（ニューヨークの高級住宅街）に住むのは認めてもらえなかったな」

「その人の名前は？」キャロル・ダンフォースが後部座席から聞いた。漆黒の瞳が好奇心できらめいている。

「デューク・キャリントンさんです」とラルフは答えた。

「卿《デューク》ですって」ヘレン・リロイは笑った。「それなら、身分はあなたより少しばかり下ということになるわね、王《キング》さま」

　小柄で浅黒く感情豊かな人物であるリロイは、愛する金髪の妻をひじで小突くと、にやりとした。「王《キング》さまのごきげんをとることはないよ、おまえ」彼は追い打ちをかけるように、「王《キング》さまはそんなことにはうんざりしているからね」と言った。だが、その声にはパートナーへの愛情が感じられた。

　キャロルがのほほんと訊く。「大金って、どんなお金だったの、ラルフ？」

「イギリスの親戚が死んで」とラルフは答える。「キャリントンさんにかなりの遺産を残したそうです。おれたちがヨハネスブルグに戻ったら、そいつを知らせる手紙が届いていたんです。町のみんなは、一日か二日ほど、その相続の話で持ちきりでしたね」

「よくある話だ」ダンフォースものほほんと言った。「一緒に旅行している間に、さぞや金持ちの親戚の話を聞かされたのだろう？」

「いえ、そんな話はしませんでした」とラルフは言った。「それどころか、天涯孤独みたいな印象でしたけどね」

　リロイが車の窓ごしに外をちらりと見ると、そこはンデベレ族の極彩色の村だった。ほとんど裸の黒い肌の子供たちが三人、辛抱強く牛の群れを見張っている。「教えてくれないか、ラルフ」と彼は尋ねた。「キャリントン氏はヨハネスブルグに帰った後、かなり浮かれている様子だったかな？」

「彼が町で話したことによると」とラルフは言って、「ぜいたく三昧の暮らしをするつもりだそうです。イギリスの管財人が遺産のおこぼれを狙っているに違いありませんね」

ダンフォースが振り返ると、リロイと目が合った。学者のような手でクルーカットをなでつけると、「ぼくと同じことを考えているんじゃないか、マート（マーティンの愛称）？」

リロイはにやりとした。「考えている。どこかに旅行に行った後で、不意に大金が入るなんて、これ以上おなじみで陳腐な話はあるかい？」

「わけのわからないことは言わないでちょうだい、マーティン」ヘレンが重々しく言った。

リロイは彼女を無視して続ける。「ぼくたちだって、一ダースもの作品で使ったじゃないか、キング。『血の色』と『准男爵の弾丸』くらいしか今は思い出せないが」

キャロルはわざとらしくうめき声を上げ、「またなのね」と言った。「またもや、世界一の作家コンビによるプロット作りが始まるんだわ。ねえヘレン、わたしたちはまた、休暇中に仕事に精を出す羽目になるのかしら？」

リロイはばつが悪そうに言った。「キャロル、ぼくたちは、一切合財忘れてしまった方がいいな。どうもうさんくさく聞こえたんだがなあ、キング」

「たしかにうさんくさく聞こえたな」ダンフォースが考え込みながら同意した。

「わたしには、うさんくさく聞こえなかったけど」とヘレンが言った。「ある男が財産を相続した話のどこが、うさんくさいというのかしら？　しょっちゅう起こっていることじゃないの」

「謎めいた旅行から戻った直後に、かい？　それに、『イギリスの誰とも知れない親戚の遺産が、幸運にも突然手に入った』と周囲の人に言いふらすことが、かい？」

「なぜそれがいけないのかしら？　そもそも、旅行に謎めいたところなんてなかったのでしょう、ラルフ？」

ミュアーはにやりとした。「なーんにも」

一同が乗っている黒いセダンが、アフリカの緑がうねる丘を登り始めると、エンジンのバチバチという音がしばらく続いた。不発音が数回響いてから、再び穏やかな音に戻る。

「おっと」ダンフォースが言った。「点火プラグの調子が悪いな」

リロイも、「キャブレターにゴミが入っているみたいな音だな、ラルフ。あるいは給油管かも」

キャロルも口を出す。「わたしは、ガス欠だと思うわ」

「気にしないでいいです」ラルフは一同を安心させようとする。「運転中に一回は起きるんですよ。慢性の咳《せき》みたいなものです。プラグも、キャブレターも、給油管も、異常は見つかりませんでした。それに、ガス欠になることもありません。トランクには予備のガソリンを五ガロンも積んでますから。のんびりしていてください」

「わかったわ」とキャロルは言って、「でも、デューク・キャリントン氏が得た大金が嘘だったなんて、馬鹿げているわ」

「だれが大金は嘘だと言ったんだい？」リロイが文句をつける。

「ぼくたちが言いたかったのは」とダンフォースが言って、「遺産相続の話が嘘だってことさ。大金の方じゃない」

キャロルはわざとらしく、あきらめたようなため息をついた。「ああもう。男連中は謎解きを続けてちょうだい。ヘレンとわたしは風景を眺めながら、あなたたちの驚嘆すべき推理を拝聴するわ」

リロイは前かがみになると、ダンフォースの肩を叩き、「始めたまえ、親愛なる友よ」と、はっぱをかけた。

「いいとも」そう答えたダンフォースがわずかに笑いを浮かべると、引き締まった顔が魅力を増す。「ラルフ、まず、キャリントン氏はぼくたちと同じコースを旅したのかな？　ヨハネスブルグ、プレトリア、クルーガー公園、シュルシュルウェ、といった具合に」

「いえ、違います。まったく違いましたよ——あなた方のような、一般の観光コースとは」ラルフがフロントガラスごしに見ているのは輝きながら広がる高原だったが、その目には過去の出来事が次々に映し出されていた。「おれが受けた依頼は、ヨハネスブルグのカールトン・ホテルでキャリントンさんを乗せて、彼が望むところなら、どこにでも連れて行く、というものでした。雇われていたのは、かなりの日数でしたね。森林地帯の奥に入って野宿する場合もあるということだったので、テントや寝袋や蚊帳、それに予備の食料まで用意しました」

「野宿？　だったら、きみはランドローバーかジープを運転したのかい？」リロイが口をはさんだ。

「いいえ。この車でした。まったく道路のない地域に行くようには言われなかったですね」

「きみたちはどこに行ったのかな？」キングが尋ねた。

ラルフは答える。「釣りの旅だったんです。キャリントンさんは、バール川とオレンジ川沿いの道でオレンジ川の河口に行って、釣りをしていました。南アフリカに住んでからずっと、釣りをしたいと思っていたそうです」

「博識ぶりをひけらかすようで悪いが」とダンフォースは言って、「その釣り《フィッシング》の話には少しうさんくさい《フィッシイ》ところがあるな。読んだばかりのこのトランスバール地方の分厚い案内書によると、バール川やオレンジ川なんかよりも、もっといい釣り場所が、いくつもあるはずだが」

ラルフは肩をすくめる。「おれは、あの人の行きたいところに行くように言われただけですから」

リロイは言った。「キャリントン氏はいつも川の近くにキャンプを張って、釣りに行っていたのかい？」

「ええ。そこがいいポイントだと思ったら」

「一箇所にずっと留まっていたのかい？」

「いえ。だいたいいつも、一日に車で百五十から二百マイルほど移動していました。車を停めると、夜の間だけ釣りをしてましたね」

「わかった」リロイは言った。「というか、かえって、わからなくなったな。なぜ、たかだか夜の数時間だけ釣りをするのに、一日二百マイルも車を走らせなければならないんだ？」

「かなりの遠出でしたよ」とラルフは辛抱強く説明した——このアメリカ人の客どもは、少しおかしいんじゃないかと思いつつも。「オレンジ川の河口は、ヨハネスブルグから千マイルも離れていますから」

「どうして」ヘレンは尋ねる。「そんなに遠くまで？——夜釣りのためだけに」

ラルフは再び肩をすくめた。

ダンフォースが尋ねて、「キャリントンの暮らしはどうなんだ？　仕事はしているのかな？」

「ええ」またもや持病の咳の発作を起こした車を巧みに看病しながら、ラルフは言った。「ヨハネスブルグで。ランド（ヨハネスブルグ付近の金鉱地）の金鉱の一つで働いていました」

「ああ」リロイは納得したように言った。「黄金《きん》か。きみが考えていたのは、それだな？」

「それだよ」とダンフォースは答えて、「ぼくが考えたのは、ひょっとしてキャリントンは、釣りをしながら黄金《きん》を探していたんじゃないかということさ。それで成金になったわけだな」

ラルフにもゲームを楽しむ心が芽生えてきた。彼は首を振って、「そうは思いませんね、ダンフォースさん」と言った。「川から戻ってくるとき、あの人は鉱石のサンプルなんて持っていませんでしたから。魚だけでしたよ」

「サンプルを持っていなかった点は、反証にはならないよ」リロイは不満げに、「彼が金の鉱床を探していたなら、サンプルは必要だがね。金塊か砂金を――それ自体を見つければいいものを――探していたなら、サンプルは不要だろう」

ヘレンにとっては、これは実に論理的に思えたので、「あなたを自慢しなくてはね、ダーリン」と、夫に賛辞を贈った。「それじゃあ、これで解決ね。わたしがみんなの目の前でいきなり飢え死にする前に、どこかで昼食をとりましょうよ」

「マカダドープまであと少しです」ラルフは自信たっぷりに、「そこの温泉付きホテルで食事ができます。とてもおいしいですよ」

一同がすばらしい昼食を終えて再び車に乗り込んだとき、ダンフォースはモービル社が出している南アフリカの道路地図を握りしめていた。そして、午前中にリロイが座っていた席に代わってもらい、今度は女性二人にはさまれて、後部座席に座っている。

彼は地図を広げ、ラルフ・ミュアーがネルスプリットとホワイトリバーに向かう道路を走らせる数マイルの間、注意深くそれを調べていた。やがて、ダンフォースは穏やかな声で、パートナーに話しかけた。「きみは言っていたな、マート。ひょっとすると、キャリントン氏は釣りをしているときに、砂金のたぐいを発見したかもしれない、って」

「あり得るだろう」とリロイは答えた。

キングは続けて、「ぼくの記憶では、金を探す者は――この場合はキャリントンがそうだと仮定しよう――金と川の砂をふるい分けるために、専用の椀みたいなものを使っていたと思うのだが」

リロイは考え込みながらうなずいた。「きみがラルフに訊いた方がいいな」とフェアに言って、「きみの思いつきだから」

ダンフォースは訊いた。「なあラルフ、キャリントン氏は一人であれこれやっているとき、専用の椀か笊《ざる》か、何かそういった種類のものを持っていたんじゃないか？」

ラルフは答える。「がっかりさせて申しわけないですけど、持ってませんでした。何一つ」

「すばらしき理論は去ってしまったな」リロイが嘆いた。

「だが」とダンフォースはかまわず続けて、「ぼくがもう少しラルフから聞き出せば、新たな説が生み出せるはずだ」

キャロルが口をはさむ。「ちょっとその地図を見せてくれないかしら、あなた。窓の外がどこだか知りたいから。オレンジの木立ちを通っているみたい。何てすてきなの！」

キングは地図をていねいに折りたたんだ。「ラルフ、きみたちは本当にオレンジ川の河口まで行ったのかい？」

「行きましたよ。そこには四日間いました。河口の南岸にキャンプをはったんです。キャリントンさんは釣りをして、おれはぶらぶらしてましたね」

「よく釣れたのかな？」とダンフォースが尋ねた。

「特によく釣れたってわけではなかったですね」ラルフが答える。

ダンフォースは重々しくため息をついた。「おかしいとは思わないのかい、ラルフ？　きみの証言によれば、キャリントン氏は、特によく釣れるわけでもない河口に行くために、わざわざ二百五十マイルも遠回りして車を走らせたわけだ。しかも、そこに四泊もしたのだろう？」

ラルフはわずかに顔を後ろに向けた。リロイが質問をぶつける。「『二百五十マイルも遠回り』とは、どういう意味だ？」

「地図によると、ペラより西には、オレンジ川に沿った自動車道はないんだ」ダンフォースは説明した。「きみたちが河口まで車で近づけるルートは一つしかない。まず、かなり南に大回りして、スプリンボックという町まで行く。次にまた北に戻って、海岸まで続く道を進む。その突き当たりが、オレンジ川が大西洋に注ぐ地点だ」

「どうもありがとう、ローウェル・トーマスさん（アフリカを描いた映画でナレーターを務めた）」キャロルはほれぼれしたようにつぶやくと、車の窓を開け、田舎に立ちこめるオレンジの花の芳香をもっと嗅げるようにした。

「その通りです、ダンフォースさん」ラルフがうなずく。「まさにそのコースでした」

キングが続けて、「きみは、キャリントンが河口で釣りしかしていなかったと信じ込んでいるのだろう？　だがぼくには、このルートは、彼が何か別の目的があって河口に行った証拠に思えるのだが」

ラルフは言い張った。「間違いなく、あの人はずっと、おれの目の届くところにいましたよ。河口の砂州のところがお気に入りでした。潮が引いている間に、河口のあちこちにある小島の小石だらけの川べりに立って、釣り糸をたらしていましたっけ。何時間も。潮が満ちるまでね」

突然、前部座席のリロイが無理矢理手を後ろに伸ばした。「その地図を貸してくれ、キング」そして、地図を受け取って開くと、しばらくしかめ面で目を走らせる。やがて地図を大げさに閉じて、「光明が見え始めたよ、みんな」と穏やかに言った。「ラルフが糸口をくれたんだ」

「おれが？」びっくりしたラルフが尋ねる。

「小石だらけの川べりについての話が、眠れる巨人――というのはぼくの脳のことだが――を目覚めさせてくれたんだ。聞いてくれ」まるで自分の脳が回転している音をみんなに聞かせようとしているみたいに、彼は言葉を切った。「女性陣に質問しよう。アフリカで黄金《きん》と同じくらい有名なものは何かな？」

「象だわ」キャロルが間髪を容れずに答えた。

「象じゃない。もっと価値《プレシャス》があるものだ」

「ライオンね」ヘレンが言う。「わたしはライオンの方がすてき《プレシャス》と思うわ」

「そうか！」とダンフォースが叫ぶ。前にかがんで、リロイの背中を同意を示すように叩きながら、「きみが正しいことは間違いないな！　もちろん、ダイヤモンドだ」

「ダイヤモンドでなければならない」リロイは言った。

「『女性の最良の友』ね」ヘレンは熱っぽく、「今すぐ、オレンジ川の河口に行きましょう。もしそこにダイヤモンドがあるなら、デューク・キャリントンと釣りに行きたいものだわ！」

「『ソロモン王の洞窟』ね！」とキャロルが言い出す。「あれはどこだったかしら？」

リロイは首を振った。「方向違いだよ、キャロル。ライダー・ハガードの小説に出て来る場所は、山のてっぺんの〈シバの乳房〉で、スワジランドにあるという設定だったと記憶している」

「また博識ぶりをひけらかして」ヘレンが言って、「そんな愚にもつかない知識ばっかり集めているのね、あなたは！」

「その話はどうでもいい。ライダー・ハガードは、〝スティーブンソンの『宝島』より面白い小説を書けることを証明する〟という自らの夢をかなえるために、『ソロモン王の洞窟』を書いたに過ぎないのだからね」とダンフォースは解説してから、「お願いだ、淑女諸君。きみたちの亭主がきちんとした手順でダイヤモンド説を検討する間、ちょっと景色を眺めていてくれないか。で、マーティン、それから？」

「アフリカでもっとも有名なダイヤモンドの産地は」リロイは学者みたいに質問した。「どこだと思う？」

「キンバリーだな」

「そうだ」リロイは嬉しそうに吐息をもらすと、地図をダンフォースに渡す。「バール川の上流を見てくれ」

ダンフォースは目を落とす。「何とね、その通りだ！　キンバリーのすぐ近くじゃないか」

「数マイルしか離れていない。『バール川が地中のダイヤモンドを流し出して、オレンジ川まで運んでいる』という考えをくつがえすほど離れているわけじゃないだろう?」

「そして、オレンジ川は海まで運んでいく!」

「大正解だ。つまり、オレンジ川の河口には、ダイヤモンドが堆積していることになる。黄金じゃない。ダイヤモンドだったんだ」

ラルフ・ミュアーが大声を出した。「ダイヤモンドが堆積しているですって? もう、そんなものは残っていないですよ。南西アフリカの海岸までは三百マイルもあるし、何年にもわたって、ダイヤモンドの鉱脈を掘り尽くしてしまってますから」

「それは知らなかったな」とリロイは言って、「だが、実のところ、そいつはぼくらの推理を補強してくれるな。川によって運ばれて海に流れるダイヤモンドは存在するわけだ。そして、キャリントンは仲間から——鉱山技師かな?——それを教えてもらい、オレンジ川の河口にある小島に行き、川べりに転がっているダイヤモンドを拾ったというわけだな」

「小石に混じったダイヤモンドを、ですか?」ラルフはくすくすと笑った。「その可能性はほとんどないと思いますよ」彼は二人の作家を奇妙なものでも眺めるような目で見ると、「そんなことが起きていたら」と言って、「おれはここで暮らしていませんよ」

リロイは控えめに、「きみはこういったことを感じとるセンスを持つべきだね」

ダンフォースが「これには特殊な頭脳の働きを要するからな」と言って、パートナーににやりと笑いかけた。「どうやって検討を重ねてダイヤモンド説を裏付けていくか、見せてあげるとするか。ラルフ、きみは、キャリントンがオレンジ川の河口で釣りをしている間に、何度も足を止めたのには気づいたかな?」

「ルアーを替えたり、魚を針から外したりするときは、川べりにしゃがんでましたけどね。そんなの、当たり前じゃないですか」

「そして、そのときにダイヤモンドを拾い上げたわけね」とヘレンは言ってから、「なんて人《フィッシュ》でしょう!」と付け加えて、鼻にしわを寄せた。「ちょっと待って。もしあなたがダイヤの原石を見たらわかるはずよね?」

ラルフはこう答えた。「ええ、わかります。普通は丸みをおびて、表面がすべすべしています。小石よりも、ずっとすべすべしてますね。どこか一箇所が平らになっていることが多いです」彼の無遠慮な笑いにリロイは気づく。

「何がおかしいのかな?」

「おかしいからじゃないんです、本当ですよ。〈南アフリカの星〉を思い出して笑っていたんです。オレンジ川の岸で見つかった、ばかでかいダイヤモンドのことですよ」

「どうして、真っ先にそのことを話してくれなかったのかな?」リロイはにやりとした。

「考えもしませんでしたよ。見つかったのは七十年も昔のことですよ。一万人もの探鉱者がオレンジ川とバール川の岸に押し寄せたらしいですよ。でも、今はもう何も残っていませんよ」

「キャリントンにとってはそうではなかった」とダンフォースは言って、「彼はダイヤモンドという大金を釣り上げたんだ。そして、河口への小旅行を釣りのためだと偽った。本当に釣り上げたものが何だったのかを、きみに知られないようにしたかったのさ。ヨハネスブルグに戻ると、まずは自らの幸運を祝うために、闇市場あたりにダイヤモンドを一個か二個、売り払ったのだろうな。それから、急に金持ちになったのは遺産のためだ、という話を広めた」

「でも、どうして何もかも秘密にしたのかしら？」ヘレンは納得がいかないようだった。「なぜ世間に、たなぼたのダイヤモンドのことを話さなかったのかしら？」

「おそらく、金が底をついた場合は、また拾いに戻ってくるつもりだったんだろう」ダンフォースが推測する。「ダイヤモンドを見つけた場所を、誰にも知られたくなかったんだろうな」

「おれも一つ考えたことがあります」ラルフが思いついたように言った。「キャリントンはそのままダイヤモンドをロンドンに持って行ったのかもしれませんね。そこで原石を加工する業者に売りつけた方が、高く売れますから」にやりと笑って、「ちょっとした思いつきですが」

「きみには感謝するよ、ラルフ」とリロイは言った。座席にもたれかかると、心地よい達成感に満たされながら、力を抜く。「Q.E.D.（証明終わり）」

「終わりじゃないぞ」ダンフォースが反論した。「説明しなければならない点が、一つだけ残っている。ラルフ、キャリントンが河口でダイヤモンドを拾い集めた後、きみとヨハネスブルグに帰り着くまで、どこに隠していたんだ？　隠すための容れ物が必要じゃないか」

「車の中ではありませんね」ラルフは断言する。「毎晩、トランクの中の物は全部降ろしましたから――車の座席も、外で座るために外したんです。すべての道具類は、毎日おれが出し入れしました――釣り竿のケースや釣り具箱や食料入れや、何もかもです。隠されていませんでしたね」

「ポケット付きのベルトはしていなかったか？」

ラルフは首を振った。「ベルトはポケット付きじゃありませんでした。服のポケットでもありません。半ズボンにシャツでしたから」

「ふむ、困ったな。考えてみなくては！」ダンフォースはうろたえたふりをして言った。「ダイヤモンドはどこかになければならないからな」

ラルフは急カーブを巧みに曲がった。「申しわけありませんが、ダンフォースさん」とすまなさそうに、「おれには、ダイヤモンドがどこかにあったとは思えないのですよ。キャリントンさんは釣りのために旅行をしただけだし、ヨハネスブルグに戻った後で、大金を相続したことを知ったんです。そうに違いありませんよ」

ダンフォースは笑った。「ヨハネスブルグに戻るまでに、何か変わったことに気づかなかったかな？」

「何もありませんよ。キャリントンさんの蚊帳《かや》の真新しい穴なんか、変わったこととは言えませんよね？」

ダンフォースが体を起こす。「怪しいじゃないか。どうしてそんなことに？」

「煙草で焦がしてしまったんですよ」

「彼が焦がすところを見たのか？」

「いいえ。後で聞きました」

「穴の大きさはどれくらいだったかな？」

「直径六インチくらいでしたね」

「穴の周囲は焦げていたかね？」

「覚えていません」

「それなら」会話を聞きながら考え込んでいたリロイが口を開いた。「これで何もかも説明がついたな。ラルフ、帰りのどこかで、ガス欠にならなかったかな？」

「ええ、一度だけ」

「予備のガソリン缶からタンクに注いだのは、キャリントンじゃなかったのか？」

「ええ、あの人でしたね。おれは近くの小川で汲んだ水を、ラジエーターに入れていました」

「それだよ」とリロイが言った。「まったくもって単純な話じゃないか。キャリントンは予備のガソリン缶にダイヤモンドを隠していたんだよ、ラルフ。そして、きみがガソリンを入れるようなことが起きたときのために、蚊帳の一部を切り取って、缶の注ぎ口の内側に張っておいたわけだ――缶の中に隠したダイヤモンドが、ガソリンタンクに転がり落ちないようにね。どうかな、この考えは？」

ラルフは称賛のまなざしを向けて、「驚きましたよ、リロイさん」と言った。「すんごい想像力をお持ちですねえ」


一同は夕食と就寝のために、〈ホッテントット・コップ・ホテル〉に泊まった。高台に位置するこのホテルから見下ろすと、緑の丘と息をのむような谷、それに宵闇《よいやみ》に流れる紫の霧をかぶった彼方の山々が織りなす荘厳なパノラマが浮かんでいる。

一同は豪華な夕食を注文した。キャロルとヘレンがカロリー計算を無視してじっくり選んだメニューである。食事と共に口当たりのよい南アフリカ産ワインを飲むと、すっかり陽気になった。男たちは、「アフリカ川魚の謎」と命名した事件に対する自らの輝かしき解決のために、何杯も祝杯をあげた。それから二人は、ベランダで食後の一服をしながら、暮れゆく景色を眺めていた。そのとき、ラルフ・ミュアーがベランダの階段を上がり、二人のそばにやって来た。

ラルフのいつもの平静な態度は、異常なまでの興奮によってかき消されていた。一同の招きに応じてヘレンとキャロルの間に腰を下ろすと、何とか平静さを保とうとしながら、言葉を発した。「車の手入れをしていたんです。明日の出発までに、エンジンのバチバチという音を直そうと思って」

ヘレンが訊く。「故障は見つかったの？」

「見つかりましたよ、リロイの奥さん」その返事はうわずっていた。「点火プラグでも、キャブレターでも、給油管でもなかったんです。故障の原因は、ガソリンタンクの中にありました。見てください！」

彼は、油で真っ黒になった手を固く握ったまま突き出し、一同の目の前で開く。

「小石がいくつか」とキャロルが言った。「どこが特別なのかしら」突然、その目が見開かれた。

「小石じゃありません」ラルフは重々しく「ダイヤモンドです！」と言って、生唾をのんだ。「これはみんな、ガソリンタンクの中にあったのです！　荒れた道を走ると、この中の一つがタンクの出口に転がって、しばらくガソリンの流れを邪魔するので、エンジンがバチバチ音を立てていたのですよ！」

一同は目を丸くし、魅せられたように手のひらの五つのダイヤモンドの原石を見つめた。直径が一インチを超えるものは一つもない。

キング・ダンフォースは悔しそうに舌打ちをした。「ぼくたちは間違えたな」と、パートナーに穏やかな口調で言って、「デューク・キャリントンは、蚊帳を網として使うことを思いつく前に、いくつかのダイヤモンドをタンクに注いでしまったようだ！」

リロイは手を伸ばすと、ラルフの頭のてっぺんを叩き、「きみは金持ちになったな、ラルフ」と言った。「おめでとう」

ラルフはどもりながら何かを話し始める。だが、ダンフォースとリロイの耳には届かなかった。彼ら二人はそれぞれの妻の頭越しに笑みを交わした。その笑みは、果樹園で一番高い木のてっぺんの枝にこともなげに登ることができた二人の少年が、自らを誇ると同時に、相手を尊敬しているかのようだった。

〈探偵〉エラリー・クイーン編集長

拝啓、クイーン編集長さま

Dear Mr. Queen, Editor

マージ・ジャクソン

本作はＥＱＭＭ一九六三年四月号に〈ファースト・ストーリー〉として発表されたマージ・ジャクソンの処女作。ただし、二作めは掲載されていないようなので、アマチュアの一回限りの投稿だったのでしょう。作品に添えられた自己紹介文では「一九一八年生まれで一九四二年に結婚。二人の男児を授かった」とのこと。――もっとも、本作を読み終えた読者ならば、彼女の本名や家族について、別の想像をするかもしれませんね。「雑誌の編集長宛ての書簡形式のミステリ」というのは珍しくありませんが、本作のように、〝クイーン編集長さま〟と、名指しになっているのは他誌では見かけません。なぜならば、ＥＱＭＭ以外の雑誌では、誌名になっている人物は、実際には編集をしていないからです。「マイク・シェーン・ミステリマガジン」や「セイント・ミステリマガジン」の誌名になっているマイク・シェーンやセイントが架空の人物だということは誰でも知っていました。そして、ほとんどの読者は、ヒッチコックが「ヒッチコック・マガジン」の編集をしていないことも知っていたはずです。クイーンが自らの手でＥＱＭＭの編集をしたことによって、本作のようなパロディが生まれたわけです。

本格ミステリとして見た場合、本作で最も面白いのは、あちこちに散りばめてある伏線に他なりません。これについては、ＥＱＭＭ掲載時にクイーンはこう言っています。「さてさて、親愛なる読者のみなさん。本作の狡猾さは一読瞭然！　どうか、この短編を注意深く読み進めてください……」

ニューヨーク州ニューヨーク二十二
パーク・アヴェニュー五〇五
エラリー・クイーンズ・ミステリマガジン
エラリー・クイーン編集長宛て

拝啓　クイーンさま

わたしの長男は、先の秋学期の間、あなたの雑誌や同じ出版社の別の雑誌の予約購読を勧誘してまわりました。万年筆を勝ち取るには、あと一件だけ予約が必要だということなので、良き母親を自負するわたしが、予約購読を引き受けることにしました。それで、わたし自身が面白そうだと思ったあなたの雑誌を選んだのです。

購読を始めたのは今年の頭からですが、本当に楽しませていただきました。もちろん、これらの物語が本当にあった出来事ではないことは、わかっています。でも、〝ひょっとして実際に起こった出来事かもしれない〟と思うような作品もありました。昨今は、新聞を広げたならば痛ましい記事を読まずに済むことはできませんし、その記事のいくつかは、わたしの心に疑惑の影を落とさずにはいられませんからね。そういった事件は、運命の女神がちょっとつついただけではない、と思わざるを得ないのです。

わたしの心から消し去ることができない事件が、二年前、この小さな町にも起こりました。そのときは事故として片づけられましたが、わたしは、これから起きる出来事によって、人々がこの事件を思い出し、当時の考えをあらためるのではないかと案じています。いずれにせよ、あなたは関心を持ってくれるのではないでしょうか。

事件の顚末《てんまつ》はこうです。

ある早朝、医師がネリス家に呼ばれました。テッドが前の晩から具合を悪くしていたからです。彼は急いで病院に運び込まれましたが、午後遅くには息を引き取りました。奥さんのルシールの説明は簡単なものでした。「キノコのせいに違いないわ」そう彼女は言ったのです。

調査の結果、次のことが明らかになりました。地元の森でキノコ狩りをするのが一家の習慣であること。そして、事件の前夜、ルシールは夕食にピザを作ったこと。彼女と子供たちが食べたピザにはキノコを少し使っただけでしたが、夫にはハンバーガーを用意し、別に炒めたキノコをたっぷり添えたのです。

町の人たちは何と言ったでしょうか？

「痛ましい事故だ！」

「ルシールや子供たちが毒に当たらなかったのは、幸運だった！」

「種類をきちんと見分ける自信がないなら、キノコ狩りをするべきではなかった」と指摘する声が、わたしの耳にいくつか入ってきました。そして翌週には、地元の週刊誌が、キノコが食用か食用でないかを見分ける方法を記事にしました。

さて、ネリス一家がこの町に引っ越してきたのは、テッドがキノコの毒で亡くなるわずか一年前のことでした。テッドとルシールには四人の子供がいます。一家がここに越してきたときに十三歳だったティム、八歳のマイク、それに二歳になったばかりの双子の女の子です。テッドは陸軍中佐でしたが、二十年の兵役を勤めあげたのち、退役しました。それからこの町に越してくると、ＧＩビル（退役軍人向け教育援助法）を使って、近くの州立教員養成大学に入学することができました。彼は四十を越えたばかりの、どこから見ても健康そのもののハンサムな殿方で、あっという間に町の人たちから好かれるようになりました。ルシールは地域教会の日曜学校で先生の仕事に就き、カブスカウト（ボーイスカウトの八〜十歳の年少隊員）の母親役にもなりました。夫婦そろってＰＴＡ活動に熱心で、テッドは地元のライオンズクラブにも加わりました。

一家はこの町の生活にすっかりとけ込みました。にもかかわらずルシールは、人生において初めて突き当たった金銭的問題を前にして、深い憂鬱の谷底にいたのです。今までの半分ぽっちの収入では、家計のやりくりができないことがわかったからです。

理由の一つは、一家が「保険貧乏」だったことです。わたしは知っているのですが、ルシールにしつこく言われたテッドが、毎年のように保険の額を増やしていったので、三万ドルにまで上がっていました。子供たちが生まれたときには、全員が大学教育を受けられるようにと、二十年満期の積立型保険も始めていました。軍にいた頃は、昇進で収入が増えるたびに、それに応じて暮らしぶりも上げていったので、一家の貯えと呼べるものは、これらの保険だけなのです。テッドは保険料の負担を減らすために、保険の範囲を狭くしようと言いましたが、ルシールは聞く耳を持ちませんでした。彼女は家のローンの支払いを滞納したり、請求書をため込んだりすることはあっても、保険料だけは、必ず期日までに支払ったのです。そうして未払いの請求書の山が高さを増していくにつれ、ルシールの消沈ぶりはどんどんひどくなり、いらいらもどんどんつのっていきました。

そして事故が起こったのです。

それからしばらくの間は、ルシールは子供たちの世話や、当然のことながら、葬式やら何やらで手一杯でした。ただし、テッドの保険金請求の手続きをする時間だけは、きちんと確保していたのです。彼女は家のローンを片づけ、すてきな新品の掛け布を買い、中古とはいえ最新型の車も買いました。それやこれやで、彼女の消沈ぶりもいらいらも、どこかに行ってしまいました。

彼女がテッドがいない寂しさを感じ、ときには多少の孤独さえも感じることを、わたしは知っています。彼は良き夫にして、子供たちにはすばらしい父親でしたから。でも、こういったことをすべて知った今、あなたもわたしと同じように感じませんか？——保険の額は彼女にとっていささか多過ぎるようだ、と。

ティムは今では十六歳に、マイクは十一歳になりました。双子は間もなく幼稚園に通うことになります。一家は、テッドが子供たちのために掛けた保険を——もし子供たちが満期になる前に死んだ場合は、一人につき六千ドルが受取人のルシールに入る保険を——継続しています。

おそらく、ボートの事故みたいなものが一番よいのかもしれませんね。子供たちはもう二度と、キノコを食べたがるとは思えませんから。

敬具
ルシール・ネリス

エラリー・クイーンズ・ミステリマガジン

ワシントン州リンディル
ルシール・ネリス夫人

拝啓　ネリスさま
　あなたの小説は、当編集部にあれやこれやの議論を呼び起こしました――ここ何日も、この件で私たち全員が激論を交わしていたのですよ！
　私たちが納得いかない――あるいは説明できない点が一つあります。なぜ自らが殺人者であると認める者が（なおその上に、最低でも二人を殺そうと計画しているように見える者が！）ＥＱＭＭ編集者に手紙を書き、「告白」するだけでなく、「告白状」に自分の名前を記すことにわずかなためらいも見せないのでしょうか？　本誌の読者たちは――たしかに彼らは、あなたの手紙の末尾に書かれた名前を見たときに驚くでしょうけど――ルシール・ネリスがこのような手紙をエラリー・クイーンに書いたと、どうして信じることができるのでしょうか？
　あなたの返事を首を長くして待っています。

敬具
エラリー・クイーン

編集者のメモ

エラリー・クイーンがルシール・ネリス夫人に宛てて出した手紙は、未開封のまま、ワシントン州のリンディル郵便局から差し戻された。封筒の表には以下の文言が赤インクのゴム印で押されていた。

差出人に返却（チェックのついた理由のため）

受け取りを………の理由で拒否
住所不明
住所不備
転居先不明
該当郵便局なし
再投函不可

そして、四番めの項目に太字でチェックがしてあった。

〈探偵〉エラリー・クイーン・グリフェン

E・Q・グリフェン第二の事件

E. Q. Griffen's Second Case

ジョシュ・パークター

パロディでクイーンの名前を使う場合は、キャラクター使用権の問題が発生します。そのため、商業出版されたパロディでは、さまざまな変名を使わざるを得ません。ただし、抜け道が一つだけ存在します――「クイーンを尊敬する親が、あやかろうとして息子に『エラリー・クイーン』と命名した」というアイデアが。ミドルネームを使えるアメリカならではのアイデアですね（「単なる同名異人じゃないか」と言ってはいけませんよ）。

わずか十六歳でこのアイデアを思いついたジョシュ・パークター（一九五一～）は、それを小説の形にまとめ、ＥＱＭＭでの作家デビューを果たしました。Ｊ・ヤッフェの十五歳でのデビューには及びませんが、かなりの早熟だと言えるでしょう。その処女作「Ｅ・Ｑ・グリフェン売り出す」を第一作とする〈グリフェン一家〉シリーズの設定については、冒頭に訳載したクイーンのコメントで詳しく述べられているので、省略させてもらいます。――おっと、一つだけクイーンが触れていない点を指摘しましょう。「グリフェン」という名字は、ダネイとリーが探偵の名を決める際の候補の一つだったのです。パークターのクイーン・ファンぶりが、これでわかりますね。

本作はそのシリーズの第二作。一作めではなく二作めを本書に収録した理由は、こちらの方が出来が良いと思ったから。そして、クイーンのある短編との結びつきが強かったからです。

女王《クイーン》の国のエラリーの冒険

エラリー・クイーン

ジョシュ・パークターの処女作「E・Q・グリフェン売り出す」は、EQMM一九六八年十二月号に掲載されました。これは、EQMMの三百二十五作めの「ファースト・ストーリー」でした。作者がわずか十六歳のときに書いたこの物語には、タイソン郡警察のロス・グリフェン警視が登場します。彼は十一人の子供を持つ男やもめで、その子供たち全員に、自分が若い頃に読んだ探偵小説のヒーローたち（と一人のヒロイン）にちなんだ名前をつけたのです（一人だけ年代的に合いませんが、その指摘はみなさんにお任せしましょう）。かくしてグリフェン家の子供たちは、父親が担当した事件を解く手助けをして、各自の有名なファーストネームとミドルネームを〝売り出す〟ことになりました。――「ジェーン・マープル」を、「ピーター・ウィムジイ」を、「アルバート・キャンピオン」を、「ジョン・ジェリコ」を、「パーカー・パイン」を、「ギデオン・フェル」を、「オーガスタス・ヴァン・ドゥーゼン」を、「シャーロック・ホームズ」を、「ペリー・メイスン」を、「ネロ・ウルフ」を。そして、「エラリー・クイーン」・グリフェンが、ジョシュ・パークターの〝処女作〟の主人公を務めたのです。

言うまでもありませんが、パークター君はグリフェン家の子供たち全員分の物語を書く計画を持っています。しかし、ギデオンやオーガスタスやシャーロックやネロやその他の子供たちにたどり着く前に、彼はエラリーの「第二の事件」を書いたのです。（さて、私たちに不満を述べたい人はいますかな？）

「Ｅ・Ｑ・グリフェン第二の事件」を書き上げて投稿したとき、ジョシュ・パークターは十七歳でした（おお、楽しき時期よ！――何でまた、社会不適格者の話を書いたりするのでしょうねえ）。その後、一九六九年の九月に十八歳の誕生日を祝うと、ジョシュは「高校の最上級生からミシガン大学の新入生へと進学して」、そこで今は「ジャーナリズム学科を専攻している」のです。

とはいえ、若きパークター君がどんなにジャーナリズムの勉強に打ち込もうが、私たちは確信していますよ。彼が、ロス・グリフェン警視の子供たち、中でも「女王《クイーン》の国のエラリー」のさらなる冒険のための時間を見つけ出すであろうことを……。

〔訳者の蛇足〕ヒュー・ペンティコーストの生み出した名探偵ジョン・ジェリコだけは、デビューが一九六五年なので、ロス警視が「若い頃に読んだ」というのは年代的に合わない。

ギャレット・コンウェイは、ひと気のない未明の通りをのんびりと歩いていた。首からかけた大きな青銅のメダルが、歩くたびに上下している。けばけばしいメタリックなネールジャケット（立ち襟の長い上着）の明るい黄色や桃色や青色のせいで、かえって青銅の暗い色が目立っていた。裾が通常より一段と大きく広がったラッパズボンは、革のギャリソンベルト（大きなバックルのついた幅広のベルト）によって、股上の浅い位置にひっかかっている。ベルトの大きなバックルは、服装のサイケデリックな派手さの重しになっているようだった。

コンウェイのモッズ（一九六〇年代に流行したボヘミアン的な服装）風の外見は、服装だけではなかった。ぼさぼさの髪を長く伸ばし、南北戦争前に流行した下が広いもみあげを左右不ぞろいに生やしている。一応は清潔にしているのだが、公平な第三者が見ても、風呂に入るべきだと決めつけるに違いない。

言うまでもなく、ギャレット・コンウェイはヒッピーだった。とはいえ、何かに抵抗したり、座り込み《シットイン》や行列に並んで《スタンドイン》の抗議をしたり、愛の集会《ラブイン》に出たりといった過激なことはしないし、ギターやシタール（インドの弦楽器）をかき鳴らしたりもしない。瞑想にふけったり、実体変化したり、幻覚を体験したりもしない。となれば、自分が世間に迎合しないヒッピーだと証明するのに残された道は、たった一つしかなかった。

ギャレット・コンウェイは詩人なのだ。

彼は自由詩を書いているのだが、そもそも自由詩が定型を持つ詩からの解放だったことさえ理解していないため、ある種の韻律と音律を持っていた。まあ、韻律や音律についての彼の定義には、学問的な正確さという見地からは、遺憾な点が数多くあるのだが。

コンウェイは詩作に打ち込み、一作書き上げる度に数多《あまた》の文芸雑誌のどれかに送りつけ、即座に採用を断られた。彼の人生は、無限に続く《アド・インフォナイタム》投稿と拒絶のくり返しだったのである。

シリアスな詩の分野では、コンウェイの作品が活字になることはなかったが、だからといって、屋根裏部屋で暮らす必要はなかったし、空腹に耐える必要もなかった。自らの健康維持のためならば、理想を犠牲にすることに、何の迷いもなかったからだ。すなわち彼は、アメリカでもっとも成功した十人、いや十二人の児童詩の作者の一人だったのである。金が必要になると、詩人は童謡の本を一冊ひねり出した。その本は、彼を知る出版社なら、どこでも先を争って買ってくれるので、その中の一社を選べば良かったのだ。

シリアスな詩が一度も活字になっていないギャレット・コンウェイは、ひと気のない通りを歩き、大型メダルは胸に当たってはずんだ。そして彼は、自分の背後から人影が忍び寄る音も、背中をぐさりと刺される音も聞くことはなかった。

コンウェイは歩道に崩れ落ち、動かなくなった体にかがみ込んだ人影は、札入れとポケットの中身を手早く探っていく。やがて人影は体を起こすと、被害者のネールジャケットに広がっていく赤黒い染みに笑いかけ、夜の闇に消えていった。

詩人はぴくりともしなかった。だが、しばらくすると、動き始めた。彼は歩道の端まで体を引きずっていき、子供のやることに長年親しんできた頭脳の命じるままに、コンクリートの縁石のつなぎ目にあるタールのはがれかかった切れ端を、苦痛に耐えながら引きはがした。

そのタールを使って、コンウェイはコンクリートに書き始める。タールの筆で何本か線を引くと、咳き込んで少し血を吐き、息絶えた。

その紙片には、こんな文章が書かれていた。「筆相学なんてナンセンス。筆跡から書いた人の性格を当てるなんて、おまえには無理さ！」。メモの署名は〝オーガスタス・S・F・X・ヴァン・ドゥーゼン・グリフェン〟。

エラリー・クイーン・グリフェンは紙片から顔を上げて言った。「もちろん、ぼくは兄さんが書いたことに同意はしないからね、オーギー。いいかい、この書き方からだって、いろんなことが明らかになるんだよ」

「よせよせ、エル」彼の兄はあざ笑った。「ふざけるのもいいかげんにしろよな！」

ロス・グリフェン警視の十一人の子供たちの内の五人が、広々とした父親の居間のあちらこちらにいた。ジェーン・マープルとピーター・ウィムジイは、来月の大学の期間休みまで家には戻ってこない。パーカー・パインは、ライバル高校の野球部を無得点に抑えている最中。アルバート・キャンピオンとペリー・メイスンとネロ・ウルフは、ロス・グリフェンの一番年下の弟にして売り出し中の作家、ジェームズ叔父の家で週末を過ごすために出かけたところだった。

「ふざけてないってば！」とエラリーは怒ってやり返した。「ぼくにやらせてみなよ。そうしたら、この場で兄さんの筆跡を分析してみせるから」

根負けしたオーガスタスはうなずいた。「いいとも、やってみろよ」

「それじゃあ、いくよ」とE・Qは始める。「筆跡分析において重要視される十三の要素があります。大きさ、傾き、形、太さ、などです。各要素は、それだけでは大きな意味を持ちません。でも、他の十二の要素と組み合わせることによって、かなり的確な性格判断ができるのです。オーギー、あなたの書いた文字は、中くらいの大きさで、どれもみな――」

部屋に入ってきたグリフェン警視が、愛情のこもった大声で、子供たちに「よう！」と呼びかけた。

「こんちわ、お父さん」と子供たちは異口同音に返事をする。

グリフェンは尋ねる。「坊主どもは、何をしていたのかな？」

「エラリーが、おれたちに筆相学の講義をしているんだよ」オーガスタスがくすくす笑った。「こいつは、本を二、三冊読んだくらいで、すっかり専門家気取りなんだ」

「『本を二、三冊』だって！」鼻の穴をふくらませたエラリーが、声高に主張した。「ぼくはジョセフ・ラナルドもドロシー・サラもクララ・G・ローマンもルドルフ・ハーンズもビリー・プサン・ローゼンも――」

「だから何なのさ？」とギデオン・フェルが口をはさんで、〈思考機械〉の懐疑主義に味方した。

そんなおちょくりは無視して、エラリーは控えめに続ける。「それに、ぼく自身も英作文の授業で、このテーマについてちょっとばかり書いたことがあるんだ。筆跡の七十二の特徴を詳しく調べてまとめたものだよ」

「だけど、いいか、エラリー」とオーガスタスが批判する。「おまえは、おれのことを何から何まで知ってるじゃないか。おまえが筆相学を使って、おれに関する事実を〝推理〟できたからといって、おまえが――」

「何だよ！」エラリーはつばをとばした。「兄さんは、ぼくが嘘を――」

グリフェン警視がすばやく割って入る。「邪魔して悪いがな、小僧ども。だが、もう時間がないのでね。坊主たちは、今夜は何をしたいかな？　映画はどうだ？」

新聞から顔を上げたギデオン・フェルが言い出した。「やあ《ジー》！　ケイ・チェスタトンの新作が、今夜、マジェスティック劇場で上映されるってさ。これを観に行こうよ！」

ジョン・ジェリコは笑って、「ケ、ケイ・チェスタトンだって！　さ、さ、三文女優風情のことしか頭にないのか、おまえは？」

電話が鳴った。

グリフェン警視は台所に向かい、受話器を取り上げる。しばらくの間、熱心に話を聞いていたが、非番のときの笑顔が、いかめしい顔に変わっていく。そして、電話をガチャンと切った。

「すまんな、坊主ども。お父さんは警察本部に戻らなければならなくなった。映画は明日までとっておこう」

「何があったの、お父さん？」一番下のシャーロック・ホームズが尋ねた。

「今日の未明に、殺人があった」と父親は説明して、「わしはすべて片付いたと思っていたのだがな。どうやら、まだまだ問題が残っていたらしい」

「出かける前に、ぼくたちに話してくれないかな？」ギデオン・フェルが意気込んで尋ねる。

警視は腕時計に目をやると、肩をすくめ、椅子に腰を下ろした。

「おまえら坊主どもは、タイソン郡警察全部よりも役に立つと思うことがときどきある」と彼は言った。「それはそれとして、今日未明の一時過ぎに、レオナード・ゴールドバーグという男から、電話がかかってきた。ほとんど錯乱状態と言ってよかったな。トラクストン大通りで死体を見つけたという通報だった。ゴールドバーグは、ポーカーゲームを終えて家に帰る途中で、死体を発見したのだ。すぐに二人組の警官を現場に向かわせると……」


　男が歩道で必死に手を振っている。パトカーは歩道に寄ると、その男のそばで停まった。

「ゴールドバーグさん？」ヴェリニ部長刑事が尋ねた。

「そうです、お巡りさん」と男が答える。「レニー・ゴールドバーグといいます。見てください――この人は死んでますよ、お巡りさん！」

「そいつは、あたしらのセリフだ」とヴェリニは言った。それから彼は、しわくちゃになったカラフルな固まりにかがみ込む。やがて、「Ｄ・Ｏ・Ａ（到着時死亡）だ」と感情を見せずに告げた……。

「……細くて小さなタールの切れ端が、死者の手にしっかりと握られていたのだ。被害者は、そいつを鉛筆のお粗末な代用品として使って――」

「ダイイング・メッセージだね！」とエラリーは歓喜の声を上げる。「何て書いてあったの？」

　警視は意味ありげに笑うと、上着のポケットから紙片を取り出した。それを広げ、子供たちの目の前に掲げる……。

「おい、ボブ」とヴェリニは相棒に呼びかける。「こいつを見てみろ！」

　パトロール警官のロバート・ラナロは、まだ身元すらわかっていない死体の前のコンクリートを見下ろす。そこで見たものに、思わず、低く長い口笛を吹いてしまった。セメントの上に残されたメッセージは、殴り書きではあったが、まぎれもなく……

「見ての通り」とグリフェンは続けて、「震える手で書かれた、数字の1、2、3以外の何ものでもない。大きさはどれも同じだし、疑いようがないだろう」

「で、でも、どういう意味なんだろう」ジョン・ジェリコが尋ねた。

「ああ、わしらにはわかっておる。被害者の身元が判明したので、交友関係の調査に取りかかったら、ダイイング・メッセージの意味が明らかになったのだ」

グリフェン警視はゆっくりと椅子にもたれかかると、指をテント型に組んだ。

「ギャレット・コンウェイ」と彼は言った。「それが、若くして死んだビート族だかヒッピーだか――おまえたち坊主どもが近ごろは何と呼んでいるかは知らんが――の名前だ。歳は三十五で、ライダー通りのアパートで一人暮らしをしていた。ヒッピーには分不相応な、四部屋もある高級アパートだよ。コンウェイは子供向きの本を書いていて、かなり羽振りは良かったらしいが、本当はシリアスな詩を書きたがっていたようだ。子供心をとらえるのはとても巧かった――おまえは彼の本を愛読していただろう、シャーロック――が、大人向きの作品は三流だったと聞いておる」

「ダイイング・メッセージは？」エラリーがぶつぶつ言った。「メッセージはどうなったの？」

「どういう意味だったか、だろう？　うむ、警察官がこういった数列を見たときに、いつも最初にやることは単純だよ。アルファベットと置き換えるのだ。自分でもやってみなさい、エラリー――1をAに、2をBに、という風にやるのだ。もしおまえが1―2―3を文字に置き換えるとしたら、三つの可能性がある。1、2、3ならA、B、C。12、3ならL、C。1、23ならA、Wだ。

そして、わしらがコンウェイの関係者を調べてみると、真っ先に見つかったのは彼の親友で、アンドリュー・ブランドン・チャニング（Andrew Brandon Channing）という名前だった。

つまり、死を覚《さと》ったコンウェイは、自分を殺した人物の頭文字を数字に置き換えて、犯人を示す手がかりを残したわけだ。ならば犯人はチャニングではないのか？　メッセージが彼を示していたので、わしらは全警察に手配書を送ることにした。そして数時間前、チャニングはボストン行きのバスに乗っているところを逮捕された。彼は婚約者のレイラ・サスローを訪ねるところだったと主張したが、彼女の方は、チャニングが来るとは思っていなかったらしい。チャニングは彼女を驚かすつもりだったと言い訳をしたが、わしらは尋問のために彼を拘留すべきだという判断を下したわけだ。

　だが、わしらはチャニングから何も引き出せなかった」とグリフェンは締めくくった。「彼が言うには、昨夜の十時頃にアパートを出て、数時間ほど町をぶらつき、それから家に戻って寝たそうだ。チャニングはそれを証明できなかったが、わしらも、そうでないことを証明できなかった」

「チャニングについて、もっと教えてよ」とギデオンが言った。

「あいにくと」と父親は認めざるを得なかった。「教えられることは、大してないな。チャニングには前科の記録は何一つない——駐車違反さえも、だ。アイビーリーグ（北東部の伝統的な八大学）を優等で卒業し、報道関係で働くためにこちらに来て、レイラ・サスロー嬢と幸せいっぱいの婚約をしたそうだ。彼女はチャニングの出身地であるボストンでの幼なじみだったらしい。

彼はギャレット・コンウェイとかなり親しかった——実を言うと、来月のサスロー嬢との結婚式では、花婿の付き添い役を務めることになっていたそうだ。アンドリュー・チャニングがギャレット・コンウェイを殺す動機は、知られている限りでは、何一つない。

だが、コンウェイは、自分を殺したのは彼だと名指ししたのも同然ではないか。わしらは『1、2、3』を徹底的に絞りあげたが、たった一つの明々白々な解釈しか——チャニングの頭文字という解釈しか——ひねり出すことができなかったからな」

「でも、お父さん」とエラリーは口を出す。「どうしてコンウェイは、頭文字を別のものに見せかけたの？　どうしてただ単に、『ABC』とか『チャニング』って書かなかったの？　どうしてこんな面倒なやり方を選んだの？」

「それはわからんがな、せがれ」グリフェンは答えた。「死にゆく者の頭は、おかしなやり方を選んでしまうものなのだ。本物のエラリー・クイーンの本を読んでいるなら、よくわかるだろう。おそらくコンウェイは、チャニングが戻って来るのを恐れたのだ。犯人が、自分の頭文字や名前が歩道に書かれているのを見たら、こすり取ってしまうだろうからな。メッセージの理由はどうあれ、意味は明々白々だ。他の解釈は考えつかんからな。

さて、坊主どもの誰かが、アンドリュー・チャニングが犯人だと証明する方法を教えてくれないのならば、警察本部に行くとしよう」

「ぼくができるよ！」エラリーが意気込んで言った。「チャニングの筆跡のサンプルを、ちょっとだけ調べさせてくれないかな。そうすれば、殺人を犯すような傾向があるかどうかを、お父さんに教えてあげるよ。もし、そういう性格じゃなかったら他を調べればいいし、そういう性格だったら、筆跡を分析した結果を突きつけて、自白させられると思うよ！」

「いいか、エラリー」警視はいかめしい声で言った。「おまえの筆相学とやらは、趣味でやる分にはかまわん。だが、これは現実の事件なのだ」

「でも、上手くいくはずだよ、お父さん。ためしてみようよ！」

「いかん」と警視は言った。

「ぼくは、コリヤーさんの盗難事件では、けっこう上手くやったでしょう」

「それはそうだが……」と警視は言った。

「ぼくにやらせてみたって、問題はないでしょう、ね？」

「そうだな、ついて来なさい」

グリフェン警視とエラリー・グリフェンは、相変わらず忙《せわ》しそうなタイソン郡治安ビルに足を踏み入れ、犯罪捜査部へと向かった。

「ちょっと待って、お父さん」とエラリーは言った。「チャニングに会う前に、コンウェイが刺されたときに着ていた服を見ていいかな？」

「どうしてだ？」と警視が尋ねる。

「お父さんは、ギャレット・コンウェイはヒッピーだったって言ったでしょう」少年は説明する。

「それを自分の目で見てみたいんだ」

「許さん理由はないな」そう言った警視はきびすを返して、先ほど通り過ぎた曇りガラスの前に息子を連れて行く。「この中だ」と彼は言った。

グリフェン父子はがらんとした部屋に入り、大きなテーブルに歩み寄る。そのテーブルの上にきちんと並べられているギャレット・コンウェイの服は、持ち主が死んだ今もなお、けばけばしいままだった。

警視が興味深げに見つめる中、エラリーは赤い染みのあるネールジャケットを、ラッパズボンを、青銅のメダルを、履き古した革のブーツを調べていった。それから第二次世界大戦で使われたギャリソンベルトを取り上げ、父親に顔を向けて尋ねた。「ポケットには何かなかった?」

「ありきたりのものばかりだったな――鍵、小銭、ハンカチ――誰でも持っているようなものだ」

エラリーは革のベルトをそっとテーブルに戻すと、あらためてチャニングの服に目を走らせた。

「少なくとも、見た目はヒッピーだね」


タイソン郡犯罪捜査部の取り調べ室は、三人の男に占拠されていた。一人めは、矢筈《やはず》模様で茶色のスポーティな上着と黄褐色のスラックスをカジュアルに着くずして、ネクタイをゆるめ、カラーも外すという有様。その姿で長机の端に立って、二番めの男を質問責めにしていた。その二番めの男は、腰を下ろして冷や汗を流し、怯えた様子。三番めの男は、スーツの上着とネクタイを膝にかけ、部屋の隅にある木製の椅子にだらしなく腰かけ、相棒の尋問にいびきで合いの手を入れていた。

グリフェン警視がドアをバタンと閉めると、夢遊病のボーカルは目を覚ました。室内を見回してから立ち上がり、警視に近寄っていく。

「おい、グレッグ」とエラリーの父親は彼に声をかけた。「何かあったのか？」

「何もないのですよ」男はあわてて上着を着ながら認める。そして、座っている囚人を指し示しながら付け加えた。「このチャニングの野郎は、あたしたちに何も話そうとしないんですよ、警視」

「何も話すことがないからだ！」とアンドリュー・チャニングは毒づいた。「おれは絶対にギャレット・コンウェイを殺しちゃいない。あいつはおれの一番の親友だったんだ。一昨日《おととい》からずっと、顔も見ていない！　おまえら全員に、そう言ったじゃないか！」

「チャニング」と尋問していた男は続ける。「もしおまえさんがコンウェイを殺していないのなら、彼が書き残した数字は何を意味しているんだ？　被害者はおまえの名を書いたも同然――」

「あの数字が何を意味しているかなんて、おれは知らんね」チャニングはさえぎった。「おれが知っているのは、自分がギャレットを殺してないってことだけだ！」

エラリーが「お父さん！」とささやいたので、警視はかがみ込んだ。それから、「すまなかったな、せがれよ。おまえのことを忘れておった」と言いながら、体を起こす。

グリフェンは、二人の刑事に顎をしゃくってから口を開いた。「こっちはグレッグ・サン警部補に、トマス・ヴェリニ部長刑事。ヴェリニ部長は、最初にコンウェイの死体発見現場に駆けつけた部下の一人だ。グレッグ、トム、せがれのエラリーだ。わしらのために、この事件にけりをつけてくれると言っておる」

「警視」とヴェリニが抗議の声を上げる。「こいつはいくら何でも――」

「トム、もしエラリーがおらんかったら、ジェフリー・コリヤーは今でも自由の身で、けっこう裕福になっていたのではないかな。この小僧には考えがあって、わしはそれをやらせてみようと決めたのだ。こちらが失うものは、何もあるまい？」

「ですが――」ヴェリニが何か言いかける。

「文句があるのか？」とグリフェンは冷たく言った。

部長刑事は「いいえ、ボス」とぶつぶつ言った。

グレッグ・サンは、杓子定規の相棒よりも老獪《ろうかい》だったので、笑みを浮かべて言った。「そうだな
エラリー、そろそろ誰かがこいつにけりをつけないとな」

「それできみは、あたしらのためにこの事件をどうやって解決してくださるのでしょうか？」ヴェリニがわざとらしく丁寧に尋ねた。

「こいつは筆相学者なのさ」とグリフェンが説明する。「筆跡の分析家だ。チャニングの筆跡のサンプルを見て、彼がコンウェイを殺したかどうかを教えてくれるそうだ。こういう試験をさせてもらってかまわんかね、チャニングさん？」

容疑者は顔を上げ、頭を振ってから言った。「ここから出してくれるなら、何でもやるさ！」

「それなら、やるとするか」サン警部補は愉快そうに言った。

少年は笑みを浮かべて、尻のポケットから使い古されたメモ帳を取り出した。彼はそれをチャニングの前に置いてから、ボールペンを容疑者に手渡す。

「おれは何をすればいいんだ？」男は用心深げに尋ねた。

「ただ書くだけです」とエラリーは指示する。「頭に浮かんだことを、何でもいいですから。その後、署名も入れてください」

チャニングはペンの尻を顎に当て、真っ白な紙を見つめた。そして、ようやく書き始める――空いている方の手でメモ帳をしっかりと固定して、ゆっくりと、苦労しながら、注意深く。書き終えると、無言のままメモ帳とペンを少年探偵に返した。

エラリーはメモ帳の一番上の一枚をはぎとり、二枚めの紙に何やら書きつけながら、精査を始める。分析は数分ほどで終わり、彼は口を開いた。「この事件に関しては、ほとんど解決できたと思います」

ヴェリニとサンは、信じられないといった顔で、少年を見つめた。

容疑者のメモ書きを父親に渡しながら、エラリーは続ける。「チャニングさんの筆跡を見てください、お父さん。ぼくを解決に導いてくれた重要な特徴が数多く見られますが、ここではいくつかの大まかな指摘をするだけにします。

弱々しい右下がりの文末を、逆方向に傾いている小ぶりな署名と組み合わせると、チャニングさんが不当な抑圧を受けていること、そして、この抑圧がおそらくは金銭的な要因から来ていることがわかります。加えて、太線と大文字をあちこちで用いている点は、この人が自分を抑圧する人物から逃れたいと願っていることと、自分の邪魔となる他人など、どうなっても気にしない性格であることも教えてくれます」

グリフェン警視が合図をしたので、二人の部下が歩み寄る。三人がほんの少し打ち合わせただけで、警視の顔に浮かんだ困惑が、あっという間に他の二人にも共有された。エラリーの父親は何かを言いかけたが、頭を振っただけだった。

「後は、二点だけ指摘します」と少年は続けた。「輪になった部分のある文字が左に傾いていること、署名の最後にピリオドを打つこと。この二つは、まぎれもなく反道徳的な資質を表しています」

ヴェリニ部長は紙片を指さし、激高した様子で警視に二言三言ささやいた。グリフェンはうなずいたが、沈黙を保ち続けた。

「筆相学は決して嘘をつきません」とE・Qは言って、「アンドリュー・B・チャニングの筆跡の分析を終えた今、ぼくは、今日の未明に何が起こったのかを――ギャレット・コンウェイに死をもたらした出来事を――説明できると思います」

「警視！」とヴェリニが腹立たしげに抗議をする。

「黙っておれ」とグリフェンが命じる。

エラリーは自信たっぷりに続けた。「あなたは不当な抑圧を受けていたのですね、チャニングさん。そして、その抑圧は金銭がらみでした。しかも、抑圧をしていた人物は、あなたの『一番の親友』、ギャレット・コンウェイだったのです。ぼくの推測に過ぎませんが、コンウェイはあなたを強請《ゆす》っていて、あなたはそこから抜け出したかったのですね。でも、コンウェイはどんなネタで、あなたを強請っていたのでしょうか？　あなたには前科のたぐいは一切ないというのに――どんな過ちを犯したというのでしょうか？

あなたはこれまで一度たりとも、過ちを犯したことはありません。そうでしょう、チャニングさん？　でも、これから過ちを犯すところだった――レイラ・サスローと結婚することによって。レイラ・サスローと結婚することが、犯罪になるのですね。違いますか？　でも、あなたは誰にも気づかれないと思っていたので、あえて危険を犯したのです」

「エラリー」グリフェン警視が尋ねる。「何の犯罪について話しておるのだ?」

「重婚罪です」と少年は返事をした。「もしぼくの考えが正しいとするならば、そして、ぼくは正しいと確信していますが、チャニングはすでに結婚しているのです。アイビーリーグの大学に通っていたとき、チャニングは女の子と過ちをしでかして――最後までしゃべらせてよ、お父さん。とにかく、この人は結局、彼女と結婚しなければならなくなった。だけど、二人はそういったことを何もかも秘密にしておいたのです。そして、奥さんは、おそらく流産を――お願いだからお父さん、ぼくは何も――」

「グリフェン警視」サン警部補がうろたえて、「あたしも、ヴェリニ部長に同意しなければならなくなったようです。これは、いくら何でも――」

「続けろ、エラリー」と警視は言った。

「ありがとう、お父さん。いま言ったように、奥さんが流産をすると、チャニングは彼女を捨てました。やがて、チャニングは〝となりの女の子〟と結婚することを決めました。自分が妻を捨てたことを知る者がいるとは、考えもしなかったのです――」

「だったら、コンウェイはどうやって知ったんだ?」ヴェリニが嫌味たっぷりに尋ねた。

「ぼくにはわかりませんが、それは重要ではありません。彼は何らかの手段でそれを知り、証拠の品を手に入れて、チャニングを強請ったのです。

　というわけで、チャニングは機会をうかがっていました。そして、今日の未明、その機会が訪れたのです。チャニングさん、おそらくあなたは、コンウェイのアパートの外で待ち構えていたのでしょう。まあ、それは大して重要ではありませんが――。あなたは彼の後を尾《つ》け、ついに邪魔者のいない場所に出ました。そして、自分の人生を破滅させる力を持った男、すなわちコンウェイの背後に忍び寄ったのです。あなたはその手を振り上げ――彼を刺しました。そして、地面に崩れ落ちたコンウェイの傷口から流れ出す血を見ながら、かがみ込んだのです」

グリフェン警視はたじろぎ、ヴェリニはより一層顔をしかめる。それでも、三人の警察官が口をはさむことはなかった。アンドリュー・チャニングはこゆるぎもせずに、その顔に楽しそうな薄ら笑いを浮かべている。

エラリーは続けた。「あなたは凶器を被害者から引き抜くと、きれいにぬぐって、後で処分するためにポケットに入れました。それから被害者の体を探ったのですが――探しているものは見つかりませんでした。

立ち去る前に、あなたはそこで自分の手際を眺めて悦《えつ》に入《い》っていたのですか、チャニングさん？どれくらいの間、そこで被害者を見下ろし、自分がとうとうやってしまったことを見つめていたのですか？」

この告発を受けた人物の顔から、笑いが消えていった。グリフェン警視とサン警部補は互いに顔を見合わせ、ヴェリニはヴェリー部長さながらに啞然とした表情を浮かべている。

「どれくらいの間でしたか？」エラリーは責め立てた。「そして、あなたはそこに立っていいるだけでしたか？ それとも、まだ温かい体に触ってみたのですか？ あなたが感じたのは――」

冷静さを失った容疑者は、声を低くして、「違う！ やめろ！ それ以上言うな！ おれはやってない――おれはギャレット・コンウェイを殺しちゃいない！ おまえは嘘つきだ！ おれは一度も結婚したことなんてない！ 証明できないくせに――ギャレットはおれの親友だったんだぞ、本当だ！」

エラリーはアンドリュー・チャニングのかたわらに立つと、他の人には聞こえないくらい声を落として、「マーサ・ホートン」と言った。

するとアンドリュー・ブランドン・チャニングは取り調べ室の床にへたり込み、すすり泣きを始めたのだった。


エラリー・クイーン・グリフェンはベッドに横たわり、その日の出来事を思い返していた。兄のオーガスタスに筆相学の価値を認めさせようとした。それから、アンドリュー・チャニングを追い込み、マーサ・ホートンと秘密結婚をし、後に捨て、ギャレット・コンウェイを計画的に殺害したことを自白させた。

エラリーはさらに考えをめぐらす。「たぶんオーギーは、これからは、いきなりぼくを批判したりはしなくなるだろうな。自分が年上だからといって、いつも正しいとは限らないと認めてくれるに違いない。

でも、そうは言っても、生かじりの筆相学は控えた方がよさそうだ。もしぼくが、でっちあげをせずに、チャニングの筆跡をちゃんと分析していたら、彼は潔白だと言わなくちゃいけなかったからね。あの人の筆跡が示していたのは、気が弱くて思いやりのある人で、慎重さと分別を兼ね備え、力による争いはいつも避けようとする性格だということだったからなあ。

だけど、ギャレット・コンウェイのダイイング・メッセージが、チャニングの有罪を示す決定的な証拠がどこに隠されているかを教えてくれたので、筆相学を利用して殺人者に自白させることにしたんだ――オーガスタスに思い知らせてやるためだけに！」

「答えが」とエラリーは書き進めていく。「コンウェイのダイイング・メッセージにあることは明らかだった。エラリー・クイーンの長年にわたるファンとして、ぼくは、どんなメッセージも額面通りに受け取ってはならないことを学んでいた。お父さんは、『1、2、3』をアンドリュー・ブランドン・チャニングの頭文字と重ね合わせる以外の解釈があるとは、考えもしなかった。『1、2、3』がメッセージのすべてではないという可能性を思いつかなかったからだ」

エラリーは日記帳のページをめくって書き続けた。

「エラリー・クイーンの『GI物語』では、死にゆく父親が『GI』というメッセージを残し、殺人者は軍人、すなわち彼の三人の息子の一人であることを示しているように見えた。これがぼくにヒントをくれたんだ。エラリー・クイーンの『GI物語』の被害者のように、コンウェイも、すべてを書き終える前に死んでしまったんだ。でもぼくは、こんな大きな可能性を見逃したからといって、お父さんをとがめることはできない。お父さんは、エラリー・クイーンは昔読んだきりなんだ。その上、ギャレット・コンウェイは児童詩の作者だったので、子供向けの詩を書き残そうと考えたことも不利になった。お父さんがどんなに頭が良くても、子供じゃないからね。

メッセージがアンドリュー・ブランドン・チャニングに明らかに対応しているように見えたけど、実は、三番めの文字は、数字の3を意味していたんじゃないんだ。もしコンウェイがもう少し生き延びていたならば、その時間を使って、『3』の上の左端にタールのペンをあて、下の左端まで真っ直ぐ線を下ろして――『B』の文字にしたに違いない。

チャニングの頭文字を数字で表したというのは、ぼくには少し、でき過ぎている気がした。お父さんもそう感じたらしいけど、『1、2、3』の他の意味を探すことしか思いつかなかったから、失敗したんだ。メッセージは『1、2、B』と読んでほしかったということがわかったのは、エラリー・クイーンのおかげだった。そして、死ぬ間際まで子供向けの詩人だったコンウェイが、もっとも有名なマザーグースの数え唄の最初の一節を書きだしたということがわかったのは、ぼくが子供だったからだ。

ひとつ、ふたつ」エラリーは書きながら声に出していく。「おくつのバックル（buckle my shoe)」。

「コンウェイの靴にはバックルはついていなかったよね」エラリーは紙片を父親に手渡しながら言った。「でも、彼のギャリソンベルトには大きなバックルがついていたでしょう。そのベルトのバックルの裏に上手いこと隠されていたのが、この折りたたまれた紙――アンドリュー・チャニングとマーサ・ホートンの結婚許可書のコピーだったんだ。

だから、死にゆく男が残した末期のメッセージは、単純に殺人者の名前を示すだけの手がかりじゃなかったんだよ。証拠が――犯人の動機を示す決定的な証拠が――どこで見つかるかを教えてくれる宝の地図だったんだ」

「それなら、なぜあの場でこの証拠をわしに見せなかったのだ?」グリフェン警視の声は厳しかった。

「そうすべきだとは思ったんだけど」とエラリーは認めた。「でも、オーギーに証明してやりたかったんだ。筆相学は遊びなんかじゃなく、役に立つ科学なんだって。あいにくと、チャニングの筆跡には、犯罪者の資質は何一つ見つからなかったんだ。それで、はったりの分析をしなくちゃならなくなって。しかも、それでもまだ充分じゃなかったんで、ぼくが結婚許可書のコピーを見つけたことを教えて、自白に追い込むしかなくなったんだ」

「だがエラリー」とグリフェンは続ける。「まだ一つ残っておるぞ。昨夜、おまえはわしに、なぜコンウェイは、ただ単に〝ＡＢＣ〟と書かずに、あえて暗号みたいなやり方で――いや、『別ものに見せかけた』だったな――チャニングの頭文字を書いたのか、尋ねただろう。だったら、なぜ死にゆく男は、童謡の最初の部分を書くという手の込んだことをしたのかな――なぜ〝バックル〟という言葉を書くか、少なくとも、書き始めようとしなかったのだね？」

「それは、お父さんが昨夜言った理由と同じさ。〝犯人が現場に戻って来てコンクリートの上の自分の頭文字を見たならば、こすり取ってしまうだろう〟と指摘したでしょう。もしコンウェイが『バックル』と書き残したならば、チャニングはどこを探せば良いのかすぐにわかってしまい、バックルの裏の隠し場所を見つけ出すに違いないからね。でも、童謡だったら、死にかけた児童詩の作者の無意味な落書きだと思ってもらえるかもしれないでしょう」

グリフェン警視の声が重みを増していく。「いいか、せがれよ」と彼は言った。「おまえは殺人事件の重要証拠を隠していたが、ともかくチャニングを自白に追い込むことをやってのけた。今回は見逃してやるが、わしはもう二度と、おまえにこんな危険なことをしてほしくないのだ！」

かくして、本当に久しぶりに、エラリー・クイーンはおとなしく従うことにしたのだった――父親の、そして警視の頼みに。

〈探偵と被害者〉フレデリック・ダネイとマンフレッド・リー

ドルリー

DRURY

スティーヴン・クイーン

本作の作者について知られていることは、ほとんどありません。自分の正体を謎のままにしておくことにこだわっている点から考えると、氏は大衆の前に姿を見せることを嫌悪しているのでしょう。とはいえ、作品からだけでも、以下の点が読み取れます。

まず、クイーンの熱心なファンであること。本作は一九三三年を舞台にしていますが、この当時のダネイとリーは、正体を隠したまま、「エラリー・クイーン」と「バーナビー・ロス」の二つのペンネームを用いていました。つまりこれは、ミステリでおなじみの〈二人二役トリック〉の実践に他なりません。本作では、この〈二人二役トリック〉に重要な役割を持たせ、さらに、一九三三年以降のクイーン作品の萌芽を忍び込ませてもいるのです。あなたがクイーン・ファンならば、この芽に気づいたに違いありません。なお、『レーン最後の事件』の真相が明かされているので注意してください。

次に、スティーヴン・キングのファンでもあるということ。本作のプロットは、キングの『ミザリー』（一九八七）を下敷きにしているのです。あなたがキング・ファンならば、この流用に気づいたに違いありません。

本作が最初に日本の読者に紹介されたのは、エラリー・クイーン・ファンクラブ会誌「Ｑｕｅｅｎｄｏｍ」の一九九一年六月号です。これを読んだ法月綸太郎氏はいたく感心して「自作で使いたいくらいのアイデアだ」と言ってくれました。氏の賞賛がなかったら、本作をこのアンソロジーに収録する決心がつかなかったかもしれません。

第一部　アニー

一

彼が両足の痛みで目をさますと、かたわらにグレーのカーデガンを着た大女がいた。女は本を手にして、ベッドのそばに腰をおろしていた。バーナビー・ロス著『ドルリー・レーン最後の事件』とある。それが自分のペンネームであり、彼女が読んでいるのが自分の新作だと気づいたが、べつだん驚きはしなかった。女は彼に向って言った。

「あたしの名はアニー・ウィルクス。あたしは――」

「知ってます」と、彼は言った。「私のナンバーワンの愛読者ですね」

「そうよ」彼女はにっこりした。「そのとおりだわ」

雪嵐に巻き込まれたとき、避難すればよかったのだ。そのまま車を走らせつづけたため、鈍いおおきな音がして、あっというまに上下の世界が逆さになった。彼は――

「あたしは呻《うめ》き声を聞いたの」アニーは妙な笑いをうかべて説明を続ける。「それがあ、な、た、だったのよ、ロス。いえ、これはペンネームだったわね。運転免許証には本名で出てたから、最初はあなたがバーナビー・ロスだとは、わからなかった。でも、名刺や、出版社とのいろんな書類があったので、わかったのよ」

（この女、他人の書類を勝手にのぞいたのか。）

このときはじめて、彼は心の裡《うち》ではっきりと悟った――（これは厄介なことになったぞ。この女はまともじゃない。）

二

彼の両足はなかなか回復しなかった。ある朝、アニーは遅くなって姿を見せた。顔が土気色をしている。

「ミス・ウィルクス。気分でも――」

「悪いわよ。――最低よ！　この……ろくでなし！」

「いったい――なんのことか――」と言いかけて、ハッと悟った。彼女は『ドルリー・レーン最後の事件』を読み終わったのだ。

「彼は死んじゃいけないのよ！」アニー・ウィルクスは金切り声でどなった。「ドルリー・レーンは死んじゃいけない！」

「アニー、聞いてくれ。シリーズの探偵役を最後に殺すというアイデアは――」

「アイデアなんかどうでもいいの！」彼女は叫んだ。「大切なのはドルリー・レーンよ！　あんたが彼を殺したんだ！　人殺し！」

三

翌日の夕方、アニーがタイプライターを持ち込んできた。「どう?」
「なかなかいいですね」心にもない大嘘がすらすら出たところで、すでにわかりきっていることを訊いてみた。「私はこれで何を書くことになるのかな?」
「そんなこと、わかってるじゃないの! あんたはこのタイプライターを使って、新作を書くのよ。あんたの最高の小説、『ドルリー・レーンの生還』をよ!」

第二部 「ドルリー」

一

「ドルリー・レーンの生還」
バーナビー・ロス作
アニー・ウィルクスのために

第一幕　第一場　ハムレット荘

ペーシェンスとサム警部は暖炉の前を動物園の熊のようにうろうろしていた。二人ともひと言も発しない。

この沈黙の支配を打ち破ったのは、レーンの寝室のドアの開く音、そして看護婦のアニーの声だった。

「レーン氏は命をとりとめました」

その声を聞いたペーシェンスの頬が濡れていく。それは涙だった。もしサム警部の応急処置が間に合わなかったら、もしペーシェンスが医師を連れてくるのがあと十分遅かったら、ドルリー・レーンの生命はこの世に留まっていられなかったに違いない。

二

アニーはタイプ原稿を、彼のそばのナイトテーブルに置いた。「まちがってるわ」

「では――気にいらないんですか?」

「気にいらない? もちろん、気にいってるわよ。看護婦にあたしの名前をつけてくれたりして……とても嬉しかった」

「どうもよくわからないんだが――」

「そうよ、わかってないわ。あたしは、気にい、いらない、ないなんて言わなかった。ま、まちがっ、てる、るって言ったのよ。これじゃペテンだわ。書き直すべきよ」

「どうしてペテンだと?」と、彼は訊いた。

「だって、レーンの手は〝氷のように冷たかった〟と『ドルリー・レーン最後の事件』に書いてあるじゃないの。あのラストシーンで、まだレーンが死んでないなんて、思えないわ。だいたい、ペーシェンスやサム警部がレーンの命を救ったのなら、彼は殺人犯として裁かれてしまうじゃないの」

「ええ」彼はいまや、アニーの顔から目が離せなくなっていた。彼女はたしかに忠実な読者だが、忠実な読者はまぬけな読者だとはかぎらない。

彼女はたしかにレーンを殺すことを許さなかった……と同時に、ごまかしの手を使ってレーンを生き返らせることも許そうとしない。

「フェアプレイでなければ駄目というわけか……」彼がつぶやくと、アニーの目に殺意があらわれた。

「その言葉を二度と言わないで! フェアプレイという言葉よ!」

「この言葉が嫌いなのかい、アニー」

「その言葉を小賢しげにふりまわす推理作家が嫌いなのよ。あんたと似ている作品を書くくせに、探偵の方は、レーンの十万分の一も魅力がない! あの男の方が事故に遭っていたら、迷わずにとどめを刺していたわね」

「アニー、あなたの嫌いな作家というのは……」

「もちろん、エラリー・クイーンよ!」

三

「ドルリー・レーンの生還」
バーナビー・ロス作
アニー・ウィルクスのために

第一幕　第一場　ハムレット荘

ペーシェンスは暖炉に小さな丸太を投げこんだ。炎がぼーっと燃え上がる。もう何度も座った、大きくて古風な椅子に腰を掛け、本を取りあげた。

『ロミオとジュリエット』

ドルリー・レーンが――偉大な俳優であり、探偵であり、そして最後には犯罪者にもなった男が――死の直前に読んでいた本。あの時、あの庭園で、レーンのそばに落ちていたのを、ペーシェンスが拾っておいたのだ。

なぜ、『ハムレット』ではないのだろう。彼らしくない。それとも、何かのメッセージだろうか？　ダイイング・メッセージ？　レーンさんが名探偵を演じた最初の事件の被害者のように？　自殺する人間が？　誰のために？　わたしのために？

ペーシェンスの指が、本の背中でとまった。本の背に深い割れ目ができている。何かが彼女の頭に閃いた。この割れ目は、本がこのページで開かれたまま長時間置かれていたために、ついたものなのだ。彼女はそのページを一人で読みはじめた。

それから寝る時には、この瓶を持って行かれてな、
中の薬液を、すっかりお飲みになるがよい。
とたちまちそなたの血管中を、冷たい眠いものが駆けめぐってな、
平常《ふだん》の脈搏は動かなくなって、止まってしまう。
体温もない、呼吸もない、生きた兆しは少しもない。
唇や頬のバラ色も、すっかり血の気のない
灰色に変り、ちょうど死の手が生命の光を
閉め出すように、眼《まなこ》の窓も自然に閉じる。
手も足もすべて、しなやかな動きは失われ、
硬く、つめたく、こわばって、まるで
死人同様に見えてくる。そしてこのあわれな
仮死の状態が、四十二時間つづくとだな、
まるで快い眠りからでも覚めるように、

自然に蘇《よみがえ》ることになる。（新潮文庫／中野好夫訳）

第四幕第一場。ジュリエットが、僧ロレンスから、一時的に仮死状態になる薬を与えられるシーンだ。ジュリエットは、ロミオとかけおちするために、そして、周囲の人々をあざむくために、この薬を飲むのだが――。

人々をあざむくため？　ペーシェンスの背中を冷たいものが走った。そうだ、殺人者が、自分が死んだと見せかけて警察の手を逃れようとするのは、それほど珍しいトリックではない。レーンさんが解決した事件の一つもそうだった。それに――

ペーシェンスは、いつの間にか立ちあがり、恐怖の表情をあらわに示して、叫んでいた。

「おとうさん、おとうさん！」

それに、死を演じるのが最も巧みな人物といえば――シェークスピア俳優をおいて、他にいるだろうか？

四

すでに第一幕は終わりに近づいていたが、彼はタイプをやめ、原稿にnの文字を書き込んでいった。この字のキーが取れてしまったのだ。実際に書いてみて、通常の文章にいかにnの字が多いかにあらためて気がついた。すべての箇所にnを入れると、再びタイプに戻る。

……ペーシェンスとサム警部がレーンの墓をあばいてみると、そこにあったのは死体ではなく、一通の手紙だった……。

そこにアニーが入ってきた。彼はタイプを打つ手を止めて、彼女を見る。いやな予感がした。

「嘘つき！」彼女はわめいた。斧を片手に持っている。その刃がギラリと光った。

（嘘つき？　どういう意味なんだ？）

「さっき、ラジオを聴いていたら――」彼女の声がかん高くなってくる。「『作家と語ろう』よ。――来週のゲストはバーナビー・ロスだって言うじゃないの！」

彼の脳裏をパートナーの顔がよぎった。

（そうか、彼がラジオに出るつもりなのか。おそらく、おれがこんな目にあっているとは夢にも思っていないのだろうな。もちろん、警察には失踪届けを出しているに違いない。だが、世間に対しては、バーナビー・ロスの正体を隠しておく都合上、発表できないのだ。）

「アニー、誓ってもいい。私はバーナビー・ロスなんだ」

「嘘つきほど、すぐ誓いたがる。あんたはロスじゃない。なんでもっと早く気づかなかったのだろう。あんたの荷物を調べたとき、ロスの名前が入った書類の他に、別の作家の書類もあったのに」

「あなたは、何が言いたいのだい？」

「あんたはバーナビー・ロスじゃない。あんたは、あたしの大嫌いな作家、エ、ラ、リ、ー・ク、イ、ー、ン、よ！」

木樵《きこり》のような格好で両脚を開いたアニーが斧をふりあげた。

第三部　ロス

一

「おい！」サム警部はうなった。「おまえは、この〝怪盗コーマス〟の正体が、ドルリー・レーンさんだと言いたいのか？」

「そうよ、おとうさん」ペーシェンスはうなずいた。「『おそろしく頭がよく』て、『美術品専門』で、『不可能な状況のもとに非常に高価な品を盗むことによろこびを感じる』性格、何よりも『変装の名人』。レーンさんにぴったりじゃないの。それに、コーマスの特徴である〝あごひげ〟は、シェークスピアを意識したものに違いないわ」

「だがね、パット。『コーマス』という名前は、ギリシャ神話からとったのだろう。シェークスピアじゃない。レーンさんらしくないじゃないか」警部が口をはさんだ。

「違うわ、おとうさん」ペーシェンスは自信たっぷりに言った。「ギリシャ神話からとったのではないの。『コーマス』というのは、レーンさんが生まれた劇場の名前なのよ！」

二

タイプライターを打つ手を止めると、彼はため息をついた。今度はｔのキーまで折れてしまったのだ。tは英語では二番目に頻度の多い文字だというのに。

（いっそのこと、「t」を使わずに書いてみようか。例えば、twenty の代わりに score を使うとか……）

もちろん、そんな不自然な文章を、いつまでも続けるわけにはいかない。だが――ここで彼の頭にひらめきが浮かんだ――犯人に〝そんな不自然な文章〟を書かせることならできるのでは？　今の自分のように、車椅子に縛られ、tの欠落したタイプライターしか使えない犯人が、手紙を書かなければならなくなる。そこで苦労して、「t」を使わない文章をひねり出して……

（いや、このアイデアを練るのは後回しだ。今は、アニーのための本に専念しなければ。）

『ドルリー・レーンの生還』は半ばを過ぎて、『Xの悲劇』にとりかかったときには考えもしなかった展開をみせてきた。

レーンは俳優引退後、生活に刺激を与えるため、美術品泥棒をしていたのだ（もちろん、ハムレット荘を維持するための莫大な金を入手する目的も小さくなかった）。偽装自殺を見抜かれたレーンは、怪盗としてサム警部やペーシェンスに挑戦し、彼らの目の前で、見事に皇太子人形を盗み出してみせる。

（われながら、うまく書けたものだ。）

パートナーの協力なしで、一人だけで書くのはきつかったが、なんとかやってのけた。もっとも、アニーは「ほかのドルリー・レーンものとは感じがちがうわね」といぶかしんでいたが。

（しかし、あのときは危なかった。）

アニーが斧をふりあげたとき、彼は死にものぐるいで説得した。ラジオ出演の件は、代理人が勝手に契約した話に違いないこと。バーナビー・ロスは正体を隠しているのが宣伝になっているので、失踪事件を公《おおやけ》にできないこと。彼は代理人の電話番号を教えることさえもした。アニーは斧をおろすと、階下へ電話をかけに行った。彼女がどんな嘘でロスのことを尋ねたのかはわからないが、一応、納得したようだった。ロス名義の本を出しているバイキング社との打ち合わせの帰りに事故に遭ったため、クイーン関係の書類はほとんど持っていなかったのが、幸いしたのだ。

(だが、次回の「作家と語ろう」に、もしバーナビー・ロスが出演したら……)

もし彼のパートナーであるいとこが、ロスを名乗って出演したら、その瞬間に、彼の人生は終わりを告げることになる。彼がバーナビー・ロスではなくエラリー・クイーンであることを確信したアニーは、何のためらいもなく、あの斧をふりおろすに違いない。

三

「作家と語ろう」のオープニング曲が階下で流れている。彼には、アニーがラジオの前で聞き耳を立てている姿が見えるようだった。

(「みなさん、今晩は。『作家と語ろう』の時間です。最初に、残念なお知らせを。今日のゲスト、バーナビー・ロス氏は、諸事情により、出ていただくことはできなくなりました」)

それなら、彼は『ドルリー・レーンの生還』を書きあげるまでは、生きのびることができる。

(「みなさん、今晩は。『作家と語ろう』の時間です。今日のゲストは、探偵作家のバーナビー・ロス氏です。ミスター・ロス、どうぞよろしく」)

この場合は——

そのとき、階下で物の砕ける音がした。

（だめだ、ロスは出演してしまったんだ。あの音は、怒り狂ったアニーが、何かを壊した音に違いない。）

階段を上ってくる音。ドアがゆっくりと開く。開いたドアの向こうに立っていたのは——

彼のい、い、いとこだった。

「フレッド！」

「マン！」

い、い、いとこの背後には警官の一団が続いている。安堵のため息をもらしてから、彼は気を失った。

第四部　女王《クイーン》

一

「先週の『作家と語ろう』の放送のとき、ぼくはラジオ局にいたんだ」い、い、いとこが話しはじめた。「次週のリハーサルも兼ねてね。そこへ、女性の聴取者から電話がかかってきた。本当に次週のゲストはバーナビー・ロスなのか、彼は本当に出演できるのか、しつこく尋ねていた」

「それがアニーだったんだ」

「そのとき、ぼくは思ったね。『この女は、きみの失踪について、何かを知っているに違いない』

と。そこで、きみが失踪したときに持っていた書類や証明書のたぐいを、できる限り思い出して、それぞれの電話番号について、警察経由で交換局に逆探知を頼んだのさ。この女がバーナビー・ロスについて何か確かめたくなったとすれば、このどれかに電話してくるはずだと考えたからだ」

「そして、きみの推測通り、代理人のところに、アニーから電話がかかってきた――」

「うん、交換局が逆にたどってくれたおかげで、きみの居場所をつきとめることができたんだ。きみが無事で、ホッとしたよ」

「アニーはどうした？」

「精神病院にいる。きみがバーナビー・ロスなのか、エラリー・クイーンなのか、しきりと知りたがっているらしい」

「そうだ。この事件で一つ、面白いプロットを考えついたんだが――」

「ぼくも一つ、考えたよ。女が作家を閉じこめて小説を書かせ、それを自分の名前で発表して、人気作家になるというやつだ」

「だが、本人の意志に反して、いつまでも作家を閉じこめておくのは、無理だよ。短期間ならともかく」

「そうだな。――なら、『作家はこの女に弱みをにぎられている』という設定にするか。昔、人を殺して、この女にかくまわれている、とか」

「それならモノになりそうだ。その二人を姉妹にでもすれば、もっと自然になるな」

「なるほど。で、きみのアイデアの方は？」

「アニーが、ぼくはロスなのかクイーンなのか悩んでいることからヒントを得たのだが――」

「ほう」

「ニューヨークと、そうだな……フィラデルフィアで、二重生活をしている男がいるとする。二つの名前と、二つの家庭を持ってね。この男が、ニューヨークとフィラデルフィアの間で殺されるんだ。さて、この男は、どちらの人間として殺されたのかな？　ニューヨークの男としてか、フィラデルフィアの男としてか？」彼は微笑んだ。

「バーナビー・ロスとしてか、エラリー・クイーンとしてか？」いとこも微笑んだ。

一九三三年十二月　ニューヨーク

わが儚い物語

エラリー・クイーン贋作・パロディの系譜

飯城勇三

以下は、編者が二〇一〇年までに読むことができたクイーンの贋作・パロディ・オマージュ作品をリストアップしたものである。他の作品をご存じの方は教えていただきたい。略号はHMM＝ハヤカワミステリマガジン（日本版EQMMの時期も含む）、EQ＝光文社「EQ」誌。なお、日本の作品が挙げられていないのは、いずれ『日本版エラリー・クイーンの災難』を出したいと思っているからである。声援をお願いしたい。

探偵エラリーが登場する贋作・パロディが数多く書かれるようになったのは一九六〇年代以降のこと。それまでは、「名探偵大集合」的なパロディ短編に、ちらりと顔を見せる程度に過ぎなかった。邦訳のある作で言うと、ヴィオラ・ブラザーズ・ショアの「そっくりな事件」（EQMM1948年10月号／邦訳はHMM1987年9月号）や、W・ハイデンフェルトの「〈引立て役倶楽部〉の不快な事件」（EQMM1953年2月号／邦訳は角川文庫『有栖川有栖の本格ミステリ・ライブラリー』他）などがそうである。理由はおそらく、クイーン作品が、ホームズもののようなはっきりしたパターンを持っていないからだろう。物語や人物や舞台が一貫しないクイーン作品は、パロディにしづらいのだ。例えば、一九四〇年代までの作品には、ダイイング・メッセージものはそれほど多くないので、この当時の読者の多くは、「ダイイング・メッセージと言えばクイーン」というイメージを抱いていなかったと思われる。

だが、一九五〇年代から始まったショート・ショートは、その短さと数の多さゆえに、クイーンの特徴がはっきりと表れることになった。ダイイング・メッセージ、言葉遊び、隠し場所探し、パターン探し……。かくして、一九六〇年に入ると、こういった特徴をネタにしたパロディが、続々と描かれることになったわけである。

一方で、作家・編集者・アンソロジストとしてのクイーンに捧げるオマージュ作品も、決して少なくない。リストアップした作品以外でも、アメリカ探偵作家クラブの会合を舞台にしたロバート・アーサーの「51番目の密室」（EQMM1951年10月号／邦訳は『51番目の密室』早川ポケットミステリ他）にちらりと登場。ブレット・ハリデイ『夜に目覚めて』（1954年／邦訳は早川ポケットミステリ）ではハリデイに原稿を依頼。そして、リック・ルービンの「編集者を憎む男」（EQMM1960年5月号／邦訳はHMM1961年3月号）では命を狙われるのである。

また、二十一世紀に入ると、新しい作家によって新しいクイーンの冒険が描かれるようになった。これは、リーとダネイの永眠により新作を期待できなくなった読者の熱望に応えるためのものなのだろう。

本書にはこの三種類の作品を収録したが、まだまだ面白く興味深い作品は残っている。以下では、そういった作品も紹介していくことにしよう。

ベイナード・ケンドリック＆クレイトン・ロースン（Baynard Kendrick & Clayton Rawson）

The Case of the Stuttering Sextant（EQMM,1947/3）「どもりの六分儀の事件」本書収録

［補足］本作は書誌的にはケンドリックの作となっている。ただし、〝クイーンへのオマージュ〟という観点からは、ケンドリックではなくロースンが作者なので、本書では「ケンドリック&ロースン」と表記した。ご了承いただきたい。

トーマ・ナルスジャック（Thomas Narcejac）

Le Mystère des ballons rouges（1947）「赤い風船の秘密」『贋作展覧会』早川ポケットミステリ

ナルスジャックはボワローとの合作を始める前に三冊の贋作集を出しているが、本作はその中に収められている。エラリーは「犯人はなぜ現場に赤い風船を残したか？」という謎を、読者に挑戦した後に解決。いくつもの評論でクイーンを高く評価するナルスジャックらしく、出来の良い贋作になっている。

マリオン・マナリング（Marion Mainwaring）

MURDER IN PASTICHE（1954）『殺人混成曲』早川ポケットミステリ

本作はいわゆる〝名探偵競演もの〟。たまたま同じ船に乗り合わせた九人の探偵が、一つの殺人事件の解決に挑む。「マロリイ・キング」の章では、エラリーとよく似た名探偵マロリイ・キングが登場し、語呂合わせと見立てに満ちた推理を丸々一章にわたってくり広げる。中期のエラリーの「暴走する推理」が巧みに再現されている傑作パロディ。

ジェイムズ・ホールディング（James Holding）

The Norwegian Apple Mystery（EQMM,1960/11）「ノルウェイ林檎の謎」アシモフ他編『16品の殺人メニュー』新潮文庫

船の乗客が「喉に林檎を詰まらせて死んだ」と聞いたリロイ&キングは、殺人だと仮定して新作のプロットを練りはじめる。これまで見聞きしたすべてのデータを組み込んで合理的な解決を考え出した二人だが、もちろん本当は事故死だと思っていた。ところが……。

The African Fish Mystery（EQMM,1961/4）「アフリカ川魚の謎」**本書収録**

［補足］J・ホールディングはＥＱＭＭやヒッチコックマガジンを中心に活躍した作家。〈リロイ・キング〉シリーズ以外では、図書館がらみの事件を捜査する〈ライブラリー・コップ〉シリーズや、殺し屋〈写真屋《フォトグラファー》〉のシリーズなどが有名。コメントで触れた『紫の鳥の秘密』はジュブナイルだが、言葉遊びを軸にしたプロットは、この〈リロイ・キング〉シリーズに通じるものがある。邦訳はＨＭＭ２００８年2〜4月号。

The Italian Tile Mystery（EQMM,1961/9）「イタリア・タイル絵の謎」ＨＭＭ１９７２年4月号

イタリア観光中の四人は、奇妙なテーブルを見つける。十六枚のタイルがはめ込んであるのだが、それぞれのタイルに描かれている絵には何の関連もないように見えるのだ。テーブルの持ち主から由来を聞いたリロイ&キングは、タイルの絵に隠されたメッセージを解き明かそうとするのだった。

The Hong Kong Jewel Mystery（EQMM,1963/11）「香港宝石の謎」ＨＭＭ１９６４年4月号

香港上陸中に、船に置いておいたキャロルの宝石が盗まれる。犯人はすぐにわかったが、彼は

宝石を身につけていなかった。宝石は船のどこかに隠されているのだ。リロイ&キングはディスカッションを重ね、宝石の隠し場所を突き止めようとする。

The Zanzibar Shirt Mystery（EQMM,1963/12）「ザンジバルのスポーツシャツ」ＥＱ１９９８年７月号

ザンジバルを観光中にダンフォースが撮った写真には、酔いつぶれた見知らぬ男が写っていた。だが、その男が着ていたスポーツシャツは、船旅で知り合ったハリーの〝世界で一着しかないシャツ〟だった。しかも、ハリーに聞くと、「シャツは盗まれていない」と言うのだ。

The Tahitian Powder Box Mystery（EQMM,1964/10）「おしろい箱の謎」ＨＭＭ１９７０年９月号

四人組は船の舷窓からシャネルの白粉《おしろい》が捨てられるのを目撃する。なぜ高価な白粉を、それも舷窓から捨ててしまうのだろうか？　リロイ&キングは仮説に仮説を重ね、一つの結論に達する。だが、それは……

The Japanese Card Mystery（EQMM,1965/10）「日本カードの怪」ＥＱＭＭ１９６５年12月号

四人組は船上でサカグチという名の日本人と知り合う。彼は「誰かに選んでもらったカードを日本にいる姪に当てさせる」という透視を得意にしていた。リロイ&キングは、このトリックを見抜こうとする。

The New Zealand Bird Mystery（EQMM,1967/1）（ニュージーランド鳥の謎）

船旅で知り合ったライスという大富豪が、ニュージーランド観光中に殺される。奇妙なことに、殺される直前に八千五百万ドルものトラベラーズ・チェックを現金に換えていたのだ。観光中に、なぜこんな大金が必要だったのだろうか？　そしてもう一つ奇妙なことに、殺される前日に謎め

いた手紙を受け取っていたのだ。「logical jerk」と題された意味不明の文は、殺人とどう関わるのだろうか?

The Philippine Key Mystery（EQMM,1968/2）「フィリピン監獄の謎」ＨＭＭ１９７２年８月号

フィリピンを観光中の四人は、脱獄不可能と言われる刑務所の話を聞く。だが、一人だけ、脱獄に成功した男がいたのだ。しかも、どんな方法で脱獄したのか、いまだにわかっていないらしい。リロイ&キングのディスカッションが、この脱獄トリックに挑む。

The Borneo Snapshot Mystery（EQMM,1972/1）（ボルネオのスナップ写真の謎）

キングは船中で死体を発見する。船医は事故死だと言うが、被害者の額に付着した無数の小さなガラスの粒の説明がつかない。推理を進めるリロイ&キングは、事件の原因が、ボルネオで被害者を写したスナップ写真にあることを突き止める。だが、観光地での何の変哲もない写真が、なぜ死を招いたのだろうか……

J・N・ウィリアムスン（J. N. Williamson）

Ten Months' Blunder（EQMM,1961/5）「十ヶ月間の不首尾」**本書収録**

［補足］ウィリアムスンの邦訳は、アシモフ他編『バレンタイン14の恐怖』（新潮文庫）やゴーマン&グリーンバーグ編『罠』『プレデターズ』（共に扶桑社ミステリー）や『シャーロック・ホームズ　クリスマスの依頼人』（原書房）などのアンソロジーに短編が収録。他に、彼が編んだホラー・アンソロジー『ナイト・ソウルズ』が新潮文庫から刊行されている。

マーガレット・オースチン（Margaret Austin）

Introducing Ellery's Mom (EQMM,1962/7)「エラリイのママ登場」ＨＭＭ１９６４年10月号／「エラリイのママをご紹介」ＨＭＭ１９７３年４月号

アガサ・クリスティに匹敵する人気女流ミステリ作家キャサリン・サンダーズ・マッケイ。彼女は自分の五人の子供に、ニック・チャールズ、ヒルデガード、エラリー、ナイオ、ペリーという名をつけた。このエラリーがワトソン役となり、ママが名探偵を演じた事件を語るというのが設定。謎や推理や解決がクイーン風というわけではないが、架空の事件を描く作家が現実の事件に挑んだ時のギャップを皮肉った、なかなか楽しい作品。

マージ・ジャクソン（Marge Jackson）

Dear Mr. Queen, Editor (EQMM,1963/4)「拝啓エラリイ・クイーン編集長さま」ＨＭＭ１９６３年12月号／「拝啓、クイーン編集長さま」**本書収録**

［補足］翻訳では伝わらないが、ＥＱＭＭからネリス夫人に宛てた手紙の最初に入っている「エラリー・クイーンズ・ミステリマガジン」の文字は、雑誌の誌名と同じ書体になっている。つまり、ＥＱＭＭ編集部の専用便箋だというわけ。おそらく、マージ・ジャクソンの原稿では普通のタイプ文字だったのを、クイーンか他の編集者が悪のりして、書体を専用便箋に合わせたのだろう。

アーサー・ポージス（Arthur Porges）

The English Village Mystery（EQMM,1964/12）「イギリス寒村の謎」風見潤編『ユーモアミステリ傑作選』講談社文庫／山口雅也編『山口雅也の本格ミステリ・アンソロジー』角川文庫／**本書収録**

The Indian Diamond Mystery（EQMM,1965/6）「インドダイヤの謎」二階堂黎人・森英俊編『密室殺人コレクション』原書房

「イギリス寒村」事件に続き、セロリーは再びイースト警部の依頼を受ける。今回は密室状況でのダイヤの消失で、手がかりは捜査中に殺された刑事が残したダイイング・メッセージ。不可能犯罪のトリックはよくできているが、クイーンというよりは、ポージスのミドルビー教授ものに近い。

マイクル・アヴァロン（Michael Avallone）

THE MAN FROM U.N.C.L.E.（1965）『ナポレオン・ソロ／アンクルから来た男』早川ポケットミステリ

アンクル機関の化学技師がスラッシュによって殺される。だが、被害者は死ぬ前に洋服を後ろ前に着るという意味不明の行為をしていた。ダイイング・メッセージなのだろうか？　ナポレオン・ソロは、被害者が熱烈なミステリ・ファンであることから、メッセージの意味を見抜くのだった。――何と、〈ナポレオン・ソロ〉シリーズにもクイーンが登場。しかも、ソロがクイーンを読んでいることが、はっきり書いてあるのだ。

ウィリアム・ブリテン（William Brittain）
The Man Who Read Ellery Queen（EQMM,1965/12）「エラリイ・クイーンを読んだ男」ＨＭＭ１９６６年３月号／「エラリー・クイーンを読んだ男」『ジョン・ディクスン・カーを読んだ男』論創社

ブリテンの「読んだ男」シリーズの一作。老人ホームの入居者である主人公は、熱烈なクイーン・ファンだった。入居の際の持ち込み品を〝クイーンの全聖典〟としたほどの愛好家なのだ。その彼が、老人ホームで起こった盗難事件に取り組むこととなる。クイーンばりの推理で見事に真相を突き止めた主人公は、感謝の言葉を漏らすのだった――もちろん、クイーンへの。

リーイン・ラクーエ（ノーマ・シアー） Leyne Requel（Norma Schier）
Dying Message（EQMM,1966/7）「ダイイング・メッセージ」**本書収録**

［補足］コメントで伏せた〝三つめの魅力〟とは、「どの短編も最後の一文の意味がほとんど同じ」ということ。このシリーズの他の邦訳作「ドラミス・トゥリー毒殺事件」（ハンダン・Ｃ・ジョリックス名義／ＨＭＭ２００１年４月号）を所持している読者は、ラストを読み比べてみてほしい。

デニス・M・デュービン（Dennis M. Dubin）
Elroy Quinn's Last Case（EQMM,1967/7）「エルロイ・クィン最後の事件」『エラリー・クイーン Perfect Guide』ぶんか社／『エラリー・クイーン パーフェクトガイド』ぶんか社文庫

ハイスクールの学生が書いたマニアックなクイーン・パロディ。年老いたエルロイ・クインのもとに、トマス・ヴェリー・ジュニア警視が訪ねてくる。東西が一触即発の緊張感を漂わせる中で来日した小国の国王の暗殺未遂事件への協力要請だったのだ。現場に残されたさまざまな品物は何を意味しているのだろうか？　クイーン・ファンならば、その〝意味〟に気づき、にやりとするに違いない。

ジョシュ・パークター（Josh Pachter）

E. Q. Griffin Earns His Name（EQMM,1968/12）「E・Q・グリフェン売り出す」HMM１９７５年５月号

本書収録作の前作、つまり「E・Q・グリフェン最初の事件」は、密室状況の宝石店からのネックレスの盗難。これまで「いつも緻密な理論を考え出すが、それが真相ではない」ために、兄弟の後塵を拝してきたE・Q・グリフェンが、本家エラリーが解決した「あるべき帽子がなかった事件」や「あるべき対《つい》の人形がなかった事件」からヒントを得て、鮮やかに解決する。

E. Q. Griffen's Second Case（EQMM,1970/5）「クイーン・ランドの冒険」HMM１９７２年７月号／「E・Q・グリフェン第二の事件」**本書収録**

［補足］コメントに書く余裕がなかった二つのことを。①〈グリフェン一家〉シリーズの第三作めはネロ・ウルフ・グリフェンが活躍する「サム、シーザーを埋葬す」（HMM１９７２年４月号／『ユーモアミステリ傑作選』収録）。②コメントで触れた「クイーンのある短編」、すなわち「GI物語」は、EQMM誌上で本作と並んで掲載された。

The German Cologne Mystery（EQMM,2005/9&10）（ドイツ香水の謎）※J・L・ブリーンとの合作

被害者が手にしていた二つのダイス——二つとも一の目が上になっている——というダイイング・メッセージをめぐってセラリー・ブリーンの推理が暴走しまくるパロディ。メッセージに対して二つの推理が提示されるが、どちらも面白い。ただし、その後に明かされる、事件の背後に隠されたセラリーの謎の方が、もっと面白いのだ。

ジョン・L・ブリーン（Jon L. Breen）

The Lithuanian Eraser Mystery（EQMM,1969/3）「リトアニア消しゴムの秘密」HMM１９８３年7月号／『巨匠を笑え』早川ミステリ文庫

E・ラリー・キューンがミュージカルを観に行くと、作者にして演出家にして製作者にして作詞家にして作曲家が殺される。彼がその日の曲順を変えたのは、犯人を指し示すためだったのだろうか？ そして、死体のそばにあったリトアニア消しゴムの意味するものは？ ブリーンの四作のクイーン・パロディの中では最も優れた作品——というより、他の三作がマニアックすぎるのだ。

The Idea Man（The Queen Canon Bibliophile,1969/8）「画期なき男」**本書収録**

The Swedish Boot Mystery（EQMM,1973/11）「スエーデン靴の秘密」HMM１９７４年3月号

今回、E・ラリー・キューンが取り組むのは、スポーツ・コラムニストが殺された事件。被害者は死ぬ前に書いたコラムで、あるフットボール・チームが八百長をしていることを指摘して

いた。そして、いずれはこのチーム名を明らかにする、とも。犯人はこのチームの誰からしいが、そのチーム名がわからない。キューンはコラムでのヒントを基に、そのチーム名を推理するのだった。——という、言葉遊びのパロディ。

The Adventure of the Disoriented Detective（EQMM,1976/9）（迷走する名探偵の冒険）

おなじみのE・ラリー・キューンを、ジム・ハットン主演のTVシリーズ「エラリー・クイーン」と組み合わせたパロディ。ハットン演じるエラリーのように、E・ラリーが物忘れがひどい粗忽者になってしまう。しかも、今が一九四〇年代末だと思い込み、何もない壁に向かって〈視聴者への挑戦〉をする有様。ただし、事件の謎は、クイーンお得意の「容疑者の名前の共通点探し」によって、きちんと解決される。

The Gilbert and Sullivan Clue（EQMM,1999/9&10）「ギルバート&サリヴァンの手がかり」HMM1999年12月号

コンピューターの二〇〇〇年問題が近づく中、相変わらず若々しいエラリーが活躍する贋作。本作では、またしてもハリウッドで脚本を書いているさなかに殺人事件に遭遇する。現場に残された「ギルバート&サリヴァンのオペレッタ集」はダイイング・メッセージか？　本格ミステリとしては良くできているが、プロットはクイーンというよりはクリスティ的。

The German Cologne Mystery　※ジョシュ・パークターの項を参照

デヴィッド・ピール（David Peele）

The Cataloging on the Wall（Wilson Library Bulletin,1971/4）「壁に書かれた目録」**本書収録**

［補足］Ｊ・Ｌ・ブリーンの「濡れた女」（『巨匠を笑え』収録）も、同じ号の特集のために書かれたもの。こちらは図書館での稀覯本紛失事件を私立探偵が探るというハードボイルドのパロディになっている。ピールの作を読んだ人ならば、題名が「濡れた女（The Dewey Damsel System）」となっている理由は明らかだろう。なお、２５８ページの『裁くのは俺だ』の引用は、早川ミステリ文庫の中田耕治訳より。

ジョン・アボット（John Abbott）

Death of a Rock-'n-Roller（EQMM,1971/11）（ロックンローラーの死）

邦訳のある「暗号はＡＢＣ」（ＨＭＭ１９７０年5月号）でわかるように、言葉遊びのミステリを得意としている作者が、クイーンのダイイング・メッセージものに挑んだパロディ。名探偵Ｌ・リック・ウィーンの第二の故郷、ロングズヴィルでロックンロール歌手が殺された。もちろん、死ぬ前にダイイング・メッセージを残すことは忘れていない。さて、フォスターの曲「草競馬」の出だしが指し示す犯人は誰なのだろうか？

パット・マガー（Pat McGerr）

The Last Check（EQMM,1972/3）「最後の小切手」ＨＭＭ１９７２年6月号

作者の言葉によると、「私の意図は、エラリー・クイーンの二人の読者（被害者と刑事）の先の先まで読み合った物語でした。ＥＱの愛読者が殺されたならば、犯人を示す謎めいた手がかりを残すに違いありません。そして、それを見つけ出して解読する探偵も、ＥＱの愛読者でなければ

ばならないのです」とのこと。つまり、本作の真の題名は「ダイイング・メッセージを捜せ！」なのだ。

F・M・ネヴィンズ・ジュニア（F. M. Nevins, Jr.）

Open Letter to Survivors（EQMM,1972/5）「生存者への公開状」ＨＭＭ１９７５年３月号／**本書収録**

［補足］翻訳の際、本作のエラリーがロードマスターに乗っていることが気になったので、「なぜデューセンバーグではないのか？」と作者に問い合わせた。氏の回答は、「この時期のエラリーは遠出の際はデューセンバーグは使っていない」とのこと。言われてみれば、確かにそうだった……。もう一点、エラリーがミセス・モンキューの部屋に入ってから殺人が発見されるまでの時間が短すぎる気がしたので、そのことも問い合わせてみた。こちらの答えは「今までそういった指摘は受けていない」だったので、そのまま訳している。

エル・レイ・クアイン（ナイルズ・ハーディン） L. Ray Quaine（Nils Hardin）

The Ghana Word Mystery（XENOPHILE,1975/6）（ガーナ語の謎）

アメリカのブック・コレクター向け冊子のクイーン特集号に載ったパロディで、作者はこの冊子の編集者。内容はわずか二行で、しかも、そのほとんどが×印で隠されている。当時のガーナは政情不安定なので、検閲されてしまったというギャグなのだろう。

J・P・サタイヤ（J. P. Satire）

Whodunit?（Second Age,1976/8）「フーダニット」**本書収録**

［補足］翻訳での固有名詞の表記は、『スタートレック　エンサイクロペディア』（ＤＡＩ—Ｘ出版）に従い、注釈の執筆でもこの本を参考にしている。また、注釈ではkashiba＠猟奇の鉄人氏の協力も仰いだ。なお、人名の表記に関してはＴＶ版に合わせることも考えたが、『スター・トレック』の小説版ではＴＶ版の表記を使っていないものが多いので、そちらに合わせることにした。了承してほしい。

グレゴリー・G・チャップマン（Gregory G. Chapman）

Man With a Problem（EQMM,1977/4）（問題を抱えた男）

　主人公の父親はクイーンの熱狂的なファンなので、息子に「エラリー」と名付けた。これはさほど珍しいことではない。問題は、ファミリー・ネームが「クイーン」だったことである。しかも、成長した彼は、ミステリ作家を志してしまったのだ……。「エラリー・クイーン」という本名を持つ男の苦労と、彼に降りかかった事件を描いた楽しいオマージュ作品。

ロバート・トゥーイ（Robert Twohy）

A Masterpiece of Crime（EQMM,1980/10）「完璧な犯罪」ＥＱ１９８１年３月号／「犯罪の傑作」『物しか書けなかった物書き』河出書房新社

　連続殺人を予告する手紙が警察に届く。その中には「女王陛下より最高の賛辞を受けた小説

で描かれている殺人を実行に移すつもりです」とあり、一ドル紙幣と一ペニー硬貨が貼り付けてあった。どこがどうクイーンと関係するかを書けないのが残念だが、傑作オマージュ作品。いや、「クイーンへのオマージュ」と書くこと自体がすでに……。

ジュリアン・シモンズ（Julian Symons）

Which Expounds the Ellery Queens Mystery（1981）「二人のエラリー・クイーンの秘密」ＨＭＭ１９８６年2月号／『知られざる名探偵物語』早川ミステリ文庫

七人の名探偵の伝記風小説集。クイーンの章では、聖典を分析して、エラリーは二人いたと指摘している。この説を立証すべくＪ・Ｊ・マックの遺族を訪ねた作者は、そこで未発表の事件記録を発見。それは、学生時代のクイーンが、女神像の消失事件を解決した記録だった。

なお、本書の魅力の一つに、各篇に添えられたトム・アダムスのイラストがある。本作では、読者は彼が描いた魅力的な「クイーン家の居間」や「デューセンバーグに乗るエラリー」を見ることができるのだ。特に、ティロー画伯が描いたという設定の「クイーン父子の肖像画」はすばらしく、「本の事件」の１５６ページにも登場している。

オレイニア・パパゾグロウ（Orania Papazoglou）

DEATH'S SAVAGE PASSION（1986）『クイーンたちの秘密』早川ポケットミステリ

作家探偵ペイシャンス・マッケナが出版界がらみの事件を探る本作では、クイーンの合作や代作の内幕についての蘊蓄が語られる。ちなみに、作者の夫ウイリアム・Ｌ・デアンドリアは、熱烈なクイーン・ファンとして有名。ひょっとして、旦那からネタを仕入れたのかも。

マイク・バー（Mike Barr）

The English Channeler Mystery（The Maze Agency,1990/2）（イギリス霊媒の謎）

アメコミからも一作。ＥＱＭＭに小説が採用されたこともあるクイーン・ファンの原作者が、キャラクター使用許可を得て、自作の探偵とエラリーを競演させた作品。

これまでいくつもの事件を解決してきたジェニファー・メイズとガブリエル・ウェブの〈メイズ探偵社〉。今回は不可能状況で殺された霊媒の事件を依頼される。だが、別の関係者が、エラリー・クイーンにも依頼していたのだ……。不可能犯罪、クイーン風の論理的推理、読者への挑戦、多重解決、『九尾の猫』のラストの流用と、すばらしい贋作になっている。何よりも嬉しいのは、エラリーとクイーン警視とヴェリー部長を〝絵〟で見ることができる点。実は、本書に収録したかったのだが、残念なことに諸事情により実現できなかった。

エドワード・Ｄ・ホック（Edward D. Hoch）

The Circle of Ink（EQMM,1999/9&10）「赤い丸の秘密」ＨＭＭ１９９９年12月号／「インクの輪」

本書収録

［補足］ホックは他に、クイーンの「トナカイの手がかり」（創元推理文庫『間違いの悲劇』収録）と『青の殺人』（邦訳は原書房）の代作もしている。また、ホックの長編『大鴉殺人事件』（１９６９年／邦訳は早川ポケットミステリ）では、ダイイング・メッセージの謎に行き詰まっ

た主人公が、フレデリック・ダネイに相談する。

The Wrightsville Carnival（EQMM,2005/9&10）「ライツヴィルのカーニバル」**本書収録**

［補足］ホックのシリーズ・キャラクターであるサム・ホーソーン医師は、〈シンの辻〉の隣町に住んでいるという設定になっている。そして、この〈シンの辻〉はクイーンの『ガラスの村』の舞台となった、ライツヴィルの近郊にある小村。ホックが健在であれば、いずれ、エラリーとホーソーン医師の競演が描かれたかもしれない。

馬天（ばてん、マーティエン）

日本木制鎧甲之謎（『奎因百年紀念文集』2005）「日本鎧の謎」**本書収録**

［補足］フランクの死体（？）発見シーンの描写が１１３ページと１２０ページで異なっているが、これは原文通り。他にも銃弾の旋条痕の問題がスルーされている等、気になる点が多い。

デイル・C・アンドリュース（Dale C. Andrews）

The Book Case（EQMM,2007/5）「本の事件」※カート・セルク（Kurt Sercu）との合作。**本書収録**

［補足］本作はＥＱＭＭに掲載された後、読者が前年のベスト短編を選ぶ〈ＥＱＭＭ読者賞〉で二位を獲得。さらに、〈バリー賞〉（デッドリー・プレジャー誌が設立したアメリカのミステリ賞）の年間最優秀短編の候補にも選ばれた。こんなマニアックな作品が書かれ、しかも評価されるとは、まだまだクイーン・ファンの流れは絶えていないことを証明していると言えるだろう。

The Mad Hatter's Riddle（EQMM,2009/9&10）（いかれ帽子屋の秘密）

ジム・ハットン主演のTVシリーズ「エラリー・クイーン」で、「奇妙なお茶会の冒険」がドラマ化されることになり、エラリーはハリウッドに出向く。そこで待っていたのは、『ハートの4』事件で知り合ったプロデューサーのジャーク・ブッチャー。彼から、タイとボニーがこのエピソードにゲストとして出演するという話も聞かされる。そして、間もなく起こる殺人――という、『ハートの4』の後日談とTV版EQを組み合わせた秀逸な贋作。「本の事件」同様、クイーン・ファンを喜ばせる仕掛けがあちこちに盛り込まれている。

以下は、〝オマージュ〟とは言えないかもしれないが、ここで挙げておきたい作品。

ドナルド・E・ウェストレイク（Donald E. Westlake）

Enough!（1977）『殺人はお好き?』早川ノヴェルズ

連作長編『トラヴェスティ』は、各章毎にミステリのさまざまなテーマをパロディ化している。第四章「死んだコピーライターの島」が、ダイイング・メッセージもののパロディ。

ローレンス・ブロック（Lawrence Block）

Death of the Mallory Queen（1984）「マロリイ・クイーンの死」『バランスが肝心』早川ミステリ文庫

ネロ・ウルフのパロディ〈チップ・ハリスン〉シリーズの一作。今回の依頼人は、〝マロリイ・クイーン〟と呼ばれるミステリ雑誌の編集長。ブロックは――熱烈というほどではないが――クイーン・ファンで、〈泥棒バーニイ〉シリーズではその片鱗がうかがえる。

スティーヴン・キング（Stephen King）

Secret Window, Secret Garden（1990）「秘密の窓、秘密の庭」『ランゴリアーズ』文藝春秋→文春文庫

本作は〝ＥＱＭＭ争奪戦〟がテーマ。謎の男に自作を盗作呼ばわりされた作家が、その作の初出誌であるＥＱＭＭを見せようとするが……という話（だけではないが）。本作が「シークレット・ウィンドウ」という題で映画化された時にＥＱＭＭ２００４年６月号に載ったインタビューによると、キングはクイーン・ファンで、特にレーン四部作がお気に入りとのこと。

〔編訳者〕
飯城勇三（いいき・ゆうさん）
1959年宮城県生まれ。東京理科大学卒。エラリー・クイーン研究家にしてエラリー・クイーン・ファンクラブ会長。評論『エラリー・クイーン論』（論創社）で〈本格ミステリ大賞・評論部門〉を受賞。編著書は『エラリー・クイーン Perfect Guide』（ぶんか社）およびその文庫化『エラリー・クイーンパーフェクトガイド』（ぶんか社文庫）と『鉄人28号大研究』（講談社）。訳書はクイーンの『エラリー・クイーンの国際事件簿』『間違いの悲劇』（共に創元推理文庫）など。論創社の〈EQ Collection〉では、企画・編集・翻訳などを務めている。

エラリー・クイーンの災難《さいなん》
——論創海外ミステリ 97

2012年5月15日　初版第1刷印刷
2012年5月25日　初版第1刷発行

著　者　エドワード・D・ホック他
編訳者　飯城勇三
装　丁　栗原裕孝
発行人　森下紀夫
発行所　論 創 社
〒101-0051 東京都千代田区神田神保町2-23 北井ビル
電話 03-3264-5254　振替口座 00160-1-155266

印刷・製本　中央精版印刷

ISBN978-4-8460-1145-1
落丁・乱丁本はお取り替えいたします